MICHAEL JENSEN

TOTENWELT

atb aufbau taschenbuch

MICHAEL JENSEN wurde 1966 im Norden Schleswig-Holsteins geboren. Er lebt mit seiner Familie in Hamburg und Flensburg. Im Hauptberuf ist er als Arzt und Therapeut tätig. Seine beruflichen Erfahrungen hat er in zwei Sachbüchern zusammengetragen. Dabei interessieren ihn besonders die seelischen Spätfolgen des Zweiten Weltkriegs, vor allem bei den Nachkommen von Opfern und Tätern.

Alle lieferbaren Titel des Autors sehen Sie unter aufbau-verlage.de.

Werner Grell ist ein früherer Offizier und enger Mitarbeiter von Admiral Canaris, dem ehemaligen, später hingerichteten Geheimdienstchef der Wehrmacht. Ihn kennt Inspektor Jens Druwe aus seiner Zeit in Berlin. Als Grell ihm geheime Akten anbietet, ist Druwe sofort alarmiert. Er soll für die Briten eine unbelastete Polizei aufbauen, doch viel lieber möchte er sich um Eva, seine neue Liebe kümmern. Bei der Übergabe der Akten möchte Druwe unbedingt dabei sein, doch sein Vorgesetzter bei den Briten verhindert das – mit einem fatalen Ergebnis. Sowohl Grell als auch der britische Kontaktmann werden mit tödlichen Schusswunden in einer Lagerhalle gefunden.

MICHAEL JENSEN

TOTEN-WELT

EIN JENS-DRUWE-ROMAN

KRIMINALROMAN

aufbau taschenbuch

MIX
Papier | Fördert gute Waldnutzung
FSC® C083411

ISBN 978-3-7466-3676-4

Aufbau Taschenbuch ist eine Marke der Aufbau Verlage GmbH & Co. KG

3. Auflage 2025

www.aufbau-verlage.de
10969 Berlin, Prinzenstraße 85

Bei Fragen zur Sicherheit unserer Produkte wenden Sie sich bitte an produktsicherheit@aufbau-verlage.de.
Umschlaggestaltung www.buerosued.de, München
unter Verwendung eines Motivs von © Getty Images / Walter Sanders / Kontributor
Satz LVD GmbH, Berlin
Druck und Binden CPI books GmbH, Leck, Germany

Printed in Germany

PROLOG

12. November 1944

Eine Gestalt schleicht um die feuchten Baracken. Sie kommt allein. In der Nacht hat es Frost gegeben, am Tag zuvor geregnet. Der Schatten huscht zwischen den rauen, hölzernen Bettgestellen entlang. Ein Keuchen hier, ein Stöhnen da. Und dort auf dem Strohsack in Reihe drei, unten Stille. Um drei Minuten nach vier schlug jenes Herz ein letztes Mal. Kaum eine Minute vorher war ein Seufzer durch den ausgemergelten Körper gegangen, der sich stundenlang in Krämpfen und Zuckungen gewunden hatte. Endlich war der Atemzug entwichen, der den Übergang besiegelte. Nur der dunkle Besucher weiß davon, die anderen, die Schläfer dämmern dahin. Zufrieden nimmt er die stumme Parade der Todgeweihten ab. Sie werden morgen den kalten Körper auf den Karren zerren und zur Grube fahren. Ihre Hüllen verfaulen schon im Leben, aber ihre Seelen warten nur auf ihn, den dunklen Messias.

René Fabron stammt aus Toulouse. Seine Mutter war Jüdin. Er ist Techniker. Jüdin, es bedeutete ihren Tod. Techniker, es rettete ihm das Leben. Der Erzfeind war der Deutsche, so ist es für René und seine Familie immer gewesen. Die Welt schien in Ordnung, in jenem fernen Frankreich nach dem großen Krieg und dem Vertrag von Versailles. Die Kanaille war am Boden. Doch dann kamen die Deutschen wieder. Wie ein Fieber, das überwunden schien, kroch die Welle diesmal bis Paris. Und die Grande Dame hielt ihren alten Arsch nun willig dem teutonischen Phallus hin. Unzählige Kollaborateure fanden sich, die deutsche Sache zu unterstützen. Marschall Pétain und sein Vichy-

Frankreich ließen sich besteigen vom arischen Herrenwahn. Es folgten Bespitzelung, Verrat und Deportation. Nein, es war kein Deutscher, der René und seine Familie denunziert hatte. Es waren die Durands. Sie waren die Nachbarn der Fabrons. Seit ewigen Zeiten, immer freundlich und höflich. Und dann hatte François Lefevre sie abgeholt. Ausgerechnet die Durands. Ausgerechnet François. René hatte seinem Sohn eine Lehrstelle verschafft, den Traktor und Lieferwagen der befreundeten Familien mehr als einmal repariert. Sie hatten viele Gartenfeste miteinander gefeiert. Und François war sein bester Freund aus Schulzeiten. Er hatte ihn abschreiben lassen, sich für ihn geprügelt. So war es seit Urzeiten gewesen. Man half sich. Und nun? Man verriet einander. Das Gleichgewicht der einfachen Welt war zerstört. Der Faden des Vertrauens war gerissen. Renés Familie kam ins Lager Kulmhof im Osten. Arbeit. Vernichtung. Vernichtung durch Arbeit. Und selbst der Tod war bar jeder Menschlichkeit. Seine Mutter hatte ihn angelächelt, als die Wachen sie fortrissen. Ihr letzter Gruß. Das Lebewohl an den Sohn. René hatte schnell herausgefunden, was mit jenen geschah, die nicht ausreichend arbeiten konnten. Die nicht wertvoll genug waren in den Augen der SS. Die Nazis hatten den Tod lukrativ gemacht. Wer aber hatte seine Mutter wirklich getötet? Ein deutscher Hermann oder Kurt? Oder waren es doch Claude Durand und François Lefevre gewesen?

Schmerz ist gut. Er zieht vom Körper in das Gehirn. René Fabron ringt mit seinem Hass. Die innere Glut versengt, aber der Schmerz läutert. Er erdet. Stimmt ein auf einen weiteren Tag. Endlich fährt er herum, als ihn der Stock ein drittes Mal trifft.

»Wirst du Dreckschwein endlich anfangen? Wenn ich eine Verwarnung kriege, dann zahle ich es dir zehnmal zurück, das verspreche ich dir, du Judensau.« Der Kapo steht ganz dicht bei Fabron. Ein Holländer. Kommunist. Man kann seinen fauligen Atem riechen, die braunen

Zahnreste im Mund sehen. Die Lippen sind aufgeplatzt. Auch im tiefsten Abort gibt es immer noch ein Oben und Unten.

»Halt die Fresse, Adolf«, entgegnet René trocken, und sofort treffen ihn zwei weitere Schläge in Höhe der Schulterblätter. Das haben sie den Kapos beigebracht. Dort schmerzt es, aber die Leute können weiterarbeiten. Wenn sie einen arbeitsunfähig prügeln, dann kommen sie selbst in den Bau und verlieren ihre Privilegien.

Fabron taucht seine Hände in das stinkende Bad. Er muss die Bakelit-Separatoren prüfen. Seit einiger Zeit experimentiert die Accumulatoren-Fabrik AFA mit neuen Materialien, um die Lebensdauer und Kapazität der von ihr hergestellten Batterien zu verbessern. Deshalb hatte man ihn aus dem Lager Kulmhof weggeholt. René Fabron ist Ingenieur, er kennt sich mit Elektrotechnik aus. Also ist er wertvoll für die SS, die Arbeiter an Industriebetriebe verleiht. Gegen Geld. Rassenwahn und Vernichtung sind eben auch ein großes Geschäft. Wer wertvoll ist, stirbt nicht. Jedenfalls nicht sofort. So war Fabron vor vier Monaten in dieses Werk bei Hannover verlegt worden. Die AFA baut diese wichtigen Akkumulatoren. In U-Booten, Flugzeugen, Panzern, in den V-Waffen und sogar in den Lagern werden sie verwendet. Das Reich braucht diese Batterien überall. Der Krieg braucht Strom. Neben dem Treibstoff ist er der Lebensfunke der ganzen Todesmaschinerie. Es ist, als belebe er Frankensteins Monster. Oder als drehe Fritz Lang hier im KZ-Außenlager Stöcken ein neues *Metropolis*, aber diesmal mit echten Maschinenmenschen.

René hat Glück. Weil er wertvolles Wissen besitzt, darf er Handschuhe bei der Arbeit tragen. Und eine Schutzbrille. Denn immer wieder tauchen seine Hände in das Bad aus hoch konzentrierter Schwefelsäure. Er richtet die Separatoren neu aus, misst Abstände, prüft mit einem Säureheber den ersten Ladungszustand. Er arbeitet sorgfältig, aber zwölf Stunden sind lang. Immer wieder lässt seine Aufmerksamkeit nach. Schon ein kleiner Spritzer könnte ihm die Augen verätzen.

Stattdessen treffen die Tröpfchen nur sein Gesicht. Manchmal merkt er es erst, wenn die Hitze kommt. Dann ist es schon zu spät, denn dann ätzt sich die Säure schon in ihn hinein. Bereits nach einem Vierteljahr gleicht seine Haut einer Kraterlandschaft aus pockenähnlichen Säurenarben. Und er weiß, dass er sterben wird. Er atmet die tödlichen Dämpfe ein. Das Blei wird sich in seinem Körper verteilen und ihn langsam hinrichten. Andere müssen sogar ohne Atemschutz die Bleiplatten gießen und mit bloßen Händen an den heißen Elektroden arbeiten. Sie erwischt es schnell. Kaum ein Arbeiter in der Gießerei hält länger als drei Monate durch. Es ist für alle nur geborgte Zeit. Auch für René. Nicht, dass dies etwas Besonderes wäre. Jeder Mensch stirbt. Irgendwann. Aber die Deutschen haben mit ihrem Todessystem den Schöpfer und sein ewiges Uhrwerk überlistet. Sie bestimmen die Lebenszeit der Unterjochten. Hier fährt der Sensenmann seine Ernte früher ein. Aber vorher holen die Schinder alles aus ihren Opfern heraus.

Sie haben die Zeit vorgestellt für uns Juden, denkt Fabron.

Fabron weiß, dass es den anderen Häftlingen schlechter ergeht. Täglich verrecken zwei oder drei Männer an Bleivergiftung. Sie arbeiten ohne Schutz mit den Platten, sie schleifen, schneiden, gießen, löten. Das Schwermetall zerstört ihr Gehirn. Mehrmals schon sind Gefangene wie von Sinnen durch das Lager gelaufen, haben geschrien, sich die Haare ausgerissen und die Haut blutig zerkratzt, bevor sie erschossen wurden. Oft erbrechen sie dann noch das Bleiweiß, denn das Metall hat in ihrem Magen mit der Säure einen weißen, unauflöslichen Schleim gebildet.

Fabron zeichnet gern. Zeichnen ist sein Halt in einer Welt des beständigen Fallens. Mit seinen kleinen Kohlezeichnungen krallt er sich in die Wände des Abgrunds, verzögert er sein Abgleiten in die Tiefe. Er sammelt kleine Papierfetzen, die der Wind heranträgt, die er eintauscht gegen ein Stück Brot. Und auf ihnen zeichnet er Lagerinsassen, Szenen, Gesichter. Um hier zu überleben, braucht man eine Strategie. Und da gibt es gute und schlechte Strategien. Die Nazis und Kapos wollen, dass du dich aufgibst. Dass du nur noch ans Fressen, Scheißen und Schlafen denkst. Dann ist es für sie am leichtesten. Da gibt es diejenigen, die schon nach einem Monat tot sind. Sie atmen zwar noch, und ihr Herz schlägt weiter, aber sie sind bereits fort. Man erkennt sie am Blick. Leer, ohne Hoffnung. Diese Wesen sind innerlich abgestorben, bevor sie tot sind. Vielleicht überstehen sie das Ganze sogar bis zum Ende, weil sie kein Schlag, kein Hunger, keine Kälte, keine Erniedrigung trifft. Aber sie werden auch niemals wieder das menschliche Licht sehen, Wärme spüren oder Freude empfinden.

Und dann gibt es noch diejenigen, die meinen, sich nach innen flüchten zu können. Sie trauen der äußeren Welt nicht mehr, die so viel Leid über sie gebracht hat. Sie finden Halt nur noch in sich selbst. Sie glauben, dass sie tief in sich ihre Erinnerungen und Werte aufbewahren für die Zeit danach. Aber sie sind mit sich selbst allein, isoliert, verletzbar.

Nein, da ist sich René Fabron sicher, um Mensch zu bleiben in der Hölle, muss man Kontakt halten. Nicht nur zu sich selbst, sondern auch zu den anderen. Fabron sieht in die müden Gesichter, sieht die Kämpfe, die diese Kreaturen austragen. Die Läuse, die schon in so dicken Schichten auf ihnen sitzen, dass sie bereits wärmen. Das kurze Haar, die Wangenknochen, die Höhlen, in deren Tiefen Augen verzweifelt nach dem Leben suchen. Und René schaut in die Herzen der Menschen. Er erkennt das Wesen seiner Leidensgenossen. Er sieht das Sehnen nach ein wenig Glück. Der Kaffee auf der Promenade. Die Hand der Angebeteten. Ein Sonnenstrahl, der durch dunkle Gewitterwolken bricht. Der Wind im Haar.

Das vereint uns alle, denkt er. Schmerz gehört zum Leben, auch und gerade bei den kleinen Leuten. Aber niemand darf uns den Glauben nehmen, dass auch wir etwas Schönes verdient haben. Nur eine warme Suppe, ein nettes Wort, ein sanftes Streicheln. Fabron kennt noch den Jungen in sich, der sich dem liebenden Kuss der Mutter entwand. Und jetzt würde er alles geben, diesen noch einmal zu spüren. René Fabrons Zeichnungen sind schon Thema bei den leisen, knappen Gesprächen am Abend. Kurz vor der Nachtruhe werden sie herumgereicht. Und sie zeigen den Leuten, dass bei aller Entmenschlichung noch Würde in ihnen steckt. Dass sie nicht vergessen sind. Dass ein Stück Papier von ihrem Leben berichten wird. Fabrons Geschick hat sich sogar bis zu den Aufsehern herumgesprochen. Und so hat er im Frühherbst den Lagerleiter, Hauptsturmführer Klebeck, und dessen Familie porträtieren müssen. Ein Ereignis, das ihn völlig verstörte. Klebeck, der sonst die Insassen brutal schinden ließ, saß im Garten hinter seinem Haus. Er war mit seiner Frau und seinen Kindern liebevoll und fürsorglich umgegangen. Fabron hatte den Unmenschen erwartet, er wollte den Schlächter, das deutsche Tier zeichnen. Stattdessen war es ein netter, entspannter Nachmittag gewesen. Der französische Jude aus Toulouse malte den deutschen kaufmännischen Angestellten aus Berlin. Der eine war jetzt Untermensch, der andere gehörte zur Herrenrasse. Bevor sich für ihn die Pforten zur Hölle wieder geöffnet hatten, war Fabron Schokolade überreicht worden, die Kinder hatten ihn *Onkel Rainer* gerufen und gewinkt. Fünf Minuten später hatten zwei Kapos die Normalität wieder aus ihm herausgeprügelt. Er konnte zwei Wochen nicht zeichnen.

Aus seiner Erinnerung fertigt er später ein kleines Porträt von Klebeck an. Sein geheimes Archiv besteht bald aus über fünfzig winzigen Zeichnungen von SS-Wachleuten, Kapos und Angestellten der AFA. Und noch einmal so viele, die er bereits in den Lagern Kulmhof und Neuengamme zeichnete. Einhundert kleine Bilder von den Handlangern des Grauens. Fabron malt gegen das Vergessen, denn oft liegt er wach und fragt sich, ob ihn nur ein böser Traum quält. Er will festhalten, was doch so flüchtig scheint. Seine Bilder zeigen die Wachmänner, die Schinder und Mörder. Immer mit Namen und Dienstgrad. Manchmal schreibt er eine Geschichte mit Datum dazu. Ein Zigarrenröhrchen, das er beim Reinigen gefunden hat, dient zur sicheren Verwahrung seines Schatzes. René weiß noch nicht, was er damit anfangen wird, aber er spürt, das Zeichnen gibt ihm Kraft.

Sie flattern im Wind. Die Muselmänner machen allen Angst. Fabron hatte sie schon im Todeslager Kulmhof kennengelernt. Es sind Männer, die die Schwelle überschritten haben. Hier in Stöcken bei Hannover leiden sie neben einer Entkräftung an den Vergiftungserscheinungen des Bleis. Sie sind seltsam bleich, manchmal fast weiß. Deshalb nennen die Kapos sie *Schneewittchen*. Sie krümmen sich unter Bauchschmerzen, da das Metall Koliken verursacht. Selbst die SS-Wachleute machen einen Bogen um sie. Als befürchteten sie, der Tod könne auf sie überspringen. So müssen die Ausgemergelten, die Abgemagerten, die zerstörten Menschen irgendwo an einer Bretterwand lehnen. Sie werden geschont. Jedoch nur, weil es so kostengünstiger ist. Niemand muss sie töten. Und weil diese Kreaturen selbst jetzt noch einen Dienst verrichten. Sie sind ihren Mithäftlingen Menetekel für das, was kommen mag. Stille Zeugen drohenden Unheils. Sie schüchtern mehr ein, als es Gebrüll und Prügel je könnten. So harrt der Muselmann seinem Ende entgegen, unfähig, sich mit den verkrümmten, im Bleikrampf fixierten Gliedern niederzulegen. Er lehnt sich gebeugt an klammes Holz und stirbt im Stehen.

Und wieder geht ein Tag für Fabron und seine Mithäftlinge zu Ende. Die Gestalten wanken den elektrisch gesicherten Weg von den Werkshallen zum Lager. Ein Verwaltungsangestellter der AFA steht im Schein der Natriumdampflampen am Tor, die Aktentasche mit den eben unterzeichneten Verträgen in der Hand. Er bespricht sich mit einem Mitarbeiter des SS-Wirtschaftsamts. Man lacht. Man ist sich einig geworden. Häftlinge aus dem Osten sind jetzt günstiger zu haben. Vierhundert weitere Kreaturen bis März. Die Bilanzen stimmen. Der SS-Offizier streichelt seinen Hund. Fast zärtlich wirken seine Bewegungen. Die sogenannte Schleuse, der schmale Weg zwischen dem Werk und den Schlafbaracken, führt die geschundenen Lagerinsassen über den Roßbruchgraben durch das Tor. Müdes Abzählen im Halbdunkel auf dem Appellplatz. Wegtreten. Die Novembersonne des Tages konnte die Baracken nicht mehr aufwärmen. Vom Marienwerder Wald im Süden weht zudem ein kühler, feuchter Wind. Eine Gestalt schleicht um die feuchten Baracken. Sie ist zufrieden, hier gibt es nichts für sie zu tun. Das Purgatorium frisst die Unschuld. Einsamkeit und Verzweiflung fahren ihre Ernten ein. Eine gute Zeit. Für den Tod. In Deutschland.

I

Wir tragen viele Lasten
Der Tag wird Ewigkeit
Wir tragen was auch kommen mag
Wir tragen unser Leid
(Lied aus dem KZ Sachsenhausen; Text: W. Hammer, 1942)

5. Mai 1945

Was taten die Menschen in den ersten Tagen nach diesem Krieg? In den meisten vom deutschen Joch befreiten Ländern gab es in diesen Wochen zwar auch Jubel und Freude. Aber ganze Landstriche, die zerstört, entvölkert und verbrannt waren, verharrten in banger Erwartung des Kommenden. Im Osten hatte fast jede Familie ihren Blutzoll zahlen müssen. Das alte Europa war am Ende, eine neue Zeit brach an. Die Sieger waren gleichzeitig auch Verlierer. Denn der deutsche Wahn hatte nicht nur Leben genommen, Landschaften verschlungen. Er hatte Tabula rasa in den Seelen der Menschen gemacht, und dieses Vakuum musste gefüllt werden. Womit jedoch füllt man Leere, wenn man selbst ohne Hoffnung ist? Antworten mussten gefunden werden von verwundeten Wesen, die umherirrten, ihre Welt nicht mehr kannten; die gequält wurden durch ihre Erinnerungen; deren seelische Narben für immer bleiben würden.

Was taten die Menschen also nach dem Krieg? Die Unterlegenen atmeten kurz auf, aber sie ahnten wohl, dass nun das Pendel zurückschlug, das sie angestoßen hatten. Im Norden des ehemals Großdeutschen Reichs versuchten sie, in ihr normales Leben zurückzufinden.

Was aber war Normalität überhaupt? In den ländlichen Regionen um Flensburg veränderte sich nicht viel. Hier war man vom Vernichtungskrieg, wie er im Osten geführt wurde, verschont geblieben. Hier schwiegen die Waffen sogar ein paar Tage früher als anderswo. Plötzlich trug der NSDAP-Ortsleiter in Dörfern wie Kattrup wieder Zivil statt Parteiuniform, und er sammelte Unterschriften, die ihm eine schon immer im Herzen gefühlte Widerstandsbereitschaft gegenüber dem Regime bestätigen sollten. Hakenkreuz und Führerbild verschwanden aus den Amtsstuben im Kreis Flensburg-Land. Laut und lärmend war die braune Sache gekommen, auf leisen Sohlen schlich sie davon. Der Spuk war nun vorüber, dunkle Wolken wichen dem Licht. Man musste jetzt nur fegen und aufräumen. Weitermachen nach dem unseligen Kater des Erwachens. Vielleicht mochten einige Leute es gern so sehen, aber die Wunden waren überall zu tief. Sie schmerzten. Die Söhne und Väter. Stumm und klagend blickten sie von den Bildern. Warm die Erinnerung an sie. Kalt und tot ihr Leib, verscharrt in fremdem Land. Überrollt von den Wogen eines Kriegs, den doch der Einzelne nie gewollt hatte. Und in den dann alle willig mitgezogen waren.

Inspektor Jens Druwe irrte etwas verloren durch die Innenstadt. Er hing seinen Gedanken nach. Vor zwei Wochen hatte er noch gedacht, er würde das Kriegsende als Revierleiter in einer dörflichen Polizeistube abwarten können. Der ehemalige Kripo-Mann war vor knapp zwei Jahren zu einem Ordnungspolizisten degradiert worden. Versunken in Selbstmitleid, betäubt durch Fusel und Luminal hatte er danach seinem eigenen Ende entgegengedämmert. Dann war vor acht Tagen der Mord an einem NS-Parteibonzen geschehen. Druwes kriminalistischer Spürsinn war plötzlich wiedererwacht. Sein Jagdinstinkt aus den alten Berliner Zeiten, als er noch als Kriminalkommissar gearbeitet hatte. Alles in seinem Leben hatte sich seither verändert. Er war wieder in der Spur, lädiert und verbeult zwar, aber im

Rennen. Druwe fragte sich, ob es tatsächlich der Fall gewesen war, der seinen Lebenswillen wieder geweckt hatte. Oder Eva Steinfeld, die Frau, die jetzt an seiner Seite stand.

Seltsam, dachte er. Die Welt um mich herum zerbricht. Und ich richte mich gerade wieder auf. Zu einer Unzeit. Neubeginn in einem Zwischenzustand bangen Hoffens. Als wäre ich verschüttet gewesen, jahrelang unter Trümmern verschollen. Und Eva hat mich ausgegraben. Druwe lächelte bei diesem Gedanken.

In der Stadt herrschte an diesem Samstagvormittag eine ungewöhnliche Atmosphäre. Sie ähnelte einer lauten Stille. Zum Maifeiertag hatten noch viele Geschäfte und alle Amtsstellen geflaggt. Jetzt waren plötzlich die Porträts vom Führer, das Hakenkreuz und alle anderen Symbole der NS-Volksgemeinschaft verschwunden. Bei der Buchhandlung Rühling hatte gestern noch *Mein Kampf* im Schaufenster gelegen. Jetzt zierten Schiller, Herder und Kleist die Auslage. Im Lichtspieltheater am Holm sollte heute eigentlich der Film *Kolberg* laufen. Über dem heroisch anmutenden Plakat mit den Gesichtern Heinrich Georges und Kristina Söderbaums klebte quer der rote Schriftzug *Heute keine Aufführung*. Gerüchten zufolge hatte Goebbels persönlich Hand an das Drehbuch des Durchhalte-Streifens gelegt. Druwe hatte sich den Film vor einem Monat in Glücksburg angesehen, als dort die wandernden Volks-Zeltlichtspiele gastiert hatten.

»Ich glaube, der Krieg wird bald zu uns kommen. Wir brauchen ihm nicht nachzulaufen.« Diesen Satz eines Akteurs aus dem Film hatte er sich eingeprägt.

Auf eine spezielle Weise waren der Propaganda-Minister Joseph Goebbels und seine Leute in den letzten Monaten erstaunlich ehrlich geworden. Man musste nur genau hinsehen und hinhören.

Überall in den Straßen der Flensburger Innenstadt sah Druwe Menschen umhereilen. Zerlumpte Gestalten, die auf den Schiffen aus den Ostgebieten des Reichs geflohen waren. Zehntausende waren in den

Hafenstädten angekommen. Sie stanken nach Schweiß und Angst, Schiffsdiesel und Meersalz. Tote Augen blickten ihn an. Augen, die zu viel Schreckliches gesehen hatten. Daneben flanierten Damen der Flensburger Kaufmannsfamilien und hielten sich affektiert ein parfümiertes Tuch vor die Nase. Betrunkene Flittchen aus den SS-Lokalen wankten an ihm vorbei. Eine Hafennutte aus dem Oluf-Samson-Gang lächelte ihm zahnlos zu. Nur die jungen Frauen aus dem *Bund deutscher Mädel* und einige Marinesoldaten trugen noch ihre Uniformen. Schon gestern hatte Druwe erstaunlich wenige Wehrmachtssoldaten in der Innenstadt gesehen. Die engen schwarzen Uniformen und die Lackstiefel der SS-Leute waren sogar vollkommen aus dem Straßenbild verschwunden. Der Bürgermeister und der Kampfkommandant hatten Flensburg am Nachmittag einvernehmlich zur »Offenen Stadt« erklärt. Es würde keine militärischen Maßnahmen zu ihrer Verteidigung geben. Man hoffte auf die Milde der Briten.

»Damned Kraut!«, drang es plötzlich laut an Druwes Ohr. In seine Gedanken versunken hatte er einen jungen Mann übersehen, der aus der Nikolaistraße auf den Holm abgebogen war. Er stieß mit ihm zusammen und blieb erschrocken stehen. Erst jetzt erkannte er, dass ihm ein Gewehrlauf vor die Brust gehalten wurde. Der Mann war britischer Soldat. Neben und hinter ihm zuckten die nervösen Finger seiner Kameraden an ihren Waffen. Es war ein angenehm warmer Tag, aber den jungen Männern stand der Schweiß unter den Helmen, die Salatschüsseln ähnelten. Druwe trug keine Polizeiuniform, und wahrscheinlich rettete ihm seine alte Angewohnheit aus Berliner Kripo-Tagen in diesem Moment das Leben. Bei seinen Ermittlungen war er immer in Zivil unterwegs gewesen. Langsam hob er die Arme. Der Engländer blickte ihm in die Augen, bemerkte dann Druwes braune Lederhand. Er spuckte verächtlich auf den Boden und gab seinem Sergeant ein Zeichen. Die Soldaten wechselten einige Worte, die Druwe kaum verstand. Dann wurde er rüde zur Seite gestoßen und atmete im nächsten Augenblick erleichtert auf.

Britische Vorhut, dachte er. Himmelfahrtskommando, denn überall konnte ein Heckenschütze oder angetrunkener Fanatiker des besiegten Feindes lauern. Seit gestern galt de facto eine Waffenruhe für Norddeutschland. Andererseits hatten Hitler und das Oberkommando schon im März die Anweisung gegeben, Alliierte nach dem Einmarsch hinterrücks zu erschießen. Das Unterfangen wurde martialisch *Werwolf* getauft, aber bisher scherte sich im Norden offenbar niemand um diesen Wahnsinn. Entsprechend tief saß jedoch die Angst der ersten Truppen, in einen Hinterhalt zu geraten. Und entsprechend locker lagen die Finger der jungen Soldaten am Abzug ihrer Gewehre. Solche Vorposten sollten eine zu besetzende Stadt erkunden und Meldung machen, wenn die Luft rein war.

Druwe entschied sich nach diesem Vorfall, auf sein Revier in Glücksburg zurückzukehren. Er war unkonzentriert und unentschlossen. Und das konnte im Moment verheerende Folgen haben. Hier in Flensburg herrschte die seltsame Atmosphäre eines Zwischenzustands. Es wurde zwar im Norden nicht mehr gekämpft, aber eine Waffenruhe war noch lange kein Frieden. Das konnte für ihn gefährlich werden. Immerhin hatte er noch seinen klapprigen Dienstwagen, den er vor vier Tagen in der Flensburger Direktion entwendet hatte. Wenn er Pech hatte, würden die Briten das Ding beschlagnahmen, dann konnte er die zehn Kilometer bis zur Dienststelle zu Fuß gehen. Oder sie würden ihn einfach seines Postens als Polizeichef in Glücksburg entheben. Im schlimmsten Fall kam er vielleicht sogar in Kriegsgefangenschaft, denn als Polizist hatte er offiziell auch den militärischen Rang eines Hauptmanns inne. Polizeibeamte waren vor einigen Jahren entweder in die SS oder in die Wehrmacht übernommen worden. So hatte die Weisung des Reichsführers Himmler gelautet.

Im Grenzpolizeikommissariat der Gestapo in Harrislee standen die Telefone schon am frühen Morgen nicht still. Es waren keine besorgten Bürger, die hier anriefen, um Verdächtige zu melden oder Vergehen anzuzeigen. Es waren Stabsoffiziere und Adjutanten, die für ihre besorgten Vorgesetzten Quartiere, Schutz und Fahrzeuge verlangten. Die Rote Armee hatte in den vergangenen Wochen nicht nur die Reste der Wehrmacht vor sich hergetrieben. Vor ihr flohen auch sämtliche höheren Verwaltungsstrukturen des braunen Terrors nach Westen. Kommandanten der Konzentrationslager traf man nun in der kleinen Gemeinde bei Flensburg ebenso wie Schreibtischtäter des Reichssicherheitshauptamtes.

»Steller, ich habe eine Sonderaufgabe für Sie«, sagte der Leiter des Kommissariats, Hans Bothmann, zu dem Mann, den er zu sich in den allgemeinen Besprechungsraum befohlen hatte.

Hauptsturmführer Steller hatte Anfang Mai die Flucht des gesamten Führungsstabes der Ordnungspolizei überwacht und koordiniert. Vorher war der Offizier jahrelang bei der Waffen-SS eingesetzt gewesen.

»Die Umgliederung der OrPo ist abgeschlossen«, erwiderte er. »Die Männer stehen für den Reichsführer bereit, und meine Aufgabe ist erledigt. Ich stehe voll zu Ihrer Verfügung, Hauptsturmführer Bothmann.«

»Es geht um diesen Kerl.« Bothmann legte eine Fotografie auf den Schreibtisch und schob sie zu Steller. Sie zeigte das Porträt eines älteren Mannes von der Seite und von vorn. Die Aufnahmen waren drei Jahre alt. Auf einem Schild standen die erkennungsdienstlichen Angaben der Feldpolizei.

»Druwe, Jens Hannes«, las Steller. »Sagt mir nichts.« Er wollte das Foto zurückgeben, jedoch schüttelte Bothmann den Kopf.

»Behalten Sie es. Sie werden es noch brauchen. Der Mann hat unrechtmäßig eine wichtige Liste in seinen Besitz gebracht und damit einige Personen stark verärgert. Darunter auch den Reichsführer. Zudem ist er in Besitz eines Notizbuches, in dem die Verwahrung von – nennen wir sie so – Sparguthaben dieser Personen geregelt ist.«

»Liste?«, fragte Steller. »Können Sie mir Genaueres sagen, Hauptsturmführer Bothmann?«

»Das eben Gesagte muss reichen. Der Kerl hat uns bereits eine Menge Ärger gemacht.«

»Soll ich ihn liquidieren?«, hakte Steller nach.

»Nein!«, rief Bothmann. »Zumindest nicht sofort. Setzen Sie ihn unter Druck. Machen Sie ihm Angst. Wenn er uns die Liste und das Buch ausgehändigt hat, dann …«

»So etwas braucht Zeit, Herr Bothmann. Vorbereitungen. Akteneinsicht. Und ich befürchte, dass die Kameraden von der Stapo mir nicht mehr helfen können. Ich muss zunächst seine Schwachstelle finden.«

Sein Gegenüber zog eine weitere Fotografie aus einer Mappe und legte sie vor sich ab. Er tippte mit zwei Fingern darauf. »Wir kennen seinen wunden Punkt bereits. Der Kerl wurde mehrfach mit dieser Frau gesehen. Ein Zeuge berichtete, dass sie sich geküsst hätten. Wir wissen sogar, wo sie ihren Unterschlupf haben.« Bothmann wirkte verärgert. »Ganz dreist mitten in der Innenstadt, fünf Minuten vom Präsidium entfernt. Leider fehlen uns die Männer, um beide einfach festnehmen zu lassen. Wir müssen uns wohl daran gewöhnen, in nächster Zeit eher unerkannt und verdeckt zu arbeiten.«

»Was soll ich tun?«

»Jagen Sie dem Mann Angst ein. Benutzen Sie die Frau, verletzen Sie sie, Steller. Dann machen Sie Druwe klar, dass sie stirbt, wenn er nicht unsere Forderung erfüllt. Wie schon gesagt, danach werden beide beseitigt. Betrachten Sie es als Standgericht wegen Hochverrats. Und …« Ein durchdringender Blick traf seinen Gesprächspartner. »Es muss schnell gehen. Uns läuft die Zeit davon.« Mit diesen Worten drehte er das Foto, auf dem bisher seine Finger geruht hatten, herum.

Steller grüßte seinen Vorgesetzten halbherzig, als dieser den Raum verließ. Er starrte danach lange gebannt auf das zweite Foto. Er kannte diese Frau. Und er liebte sie.

»Inspektor Druwe am Apparat.« Jens Druwe nahm den Telefonhörer von seinem Wachtmeister, Otto Hülser, entgegen. Er war noch am Samstagnachmittag auf sein Revier in Glücksburg zurückgekehrt. Er hatte sich zwar gefragt, welche Befugnisse er jetzt noch hatte. Und ob seine Leute überhaupt noch zum Dienst kommen würden. Aber irgendwie hatte er das Gefühl, dass er sich hier nützlich machen konnte. Keiner seiner Wachleute wusste, ob es überhaupt noch vorgesetzte Dienststellen gab, ob sie bezahlt wurden und ob ihre Arbeit noch erwünscht war. Druwe hatte seine Männer befragt, und alle wollten zunächst weitermachen. Sein Stellvertreter berichtete ihm von einigen Straftaten in der Umgebung. Zwei Raubüberfälle auf Höfen, eine versuchte Vergewaltigung auf offener Straße und mehrere Schlägereien. Plötzlich schien sich jene Gewalt in den Menschen Bahn zu brechen, die vor den drakonischen Strafen der Nazi-Bürokratie nur abgetaucht war. Hinzu kam, dass verzweifelte Zwangsarbeiter von den Bauernhöfen und aus Flensburger Betrieben geflohen waren, ziellos umherirrten und auch auf Rache für erlittenes Unrecht sannen. *Displaced Persons*. So nannten die Briten jene Menschen, die jetzt zwar frei, aber heimatlos waren.

»Streckwein hier«, erklang es vom anderen Ende der Leitung. »Mein Name ist Dr. Hans Streckwein, Regierungsrat beim Reichsinnenminister.«

Der Name sagte Druwe nichts. Augenblicklich versuchte er jedoch, sich ein Bild von der verworrenen Lage der Regierungsgeschäfte zu machen. Der Führer war tot, Berlin von den Russen eingenommen. Durch einen Kollegen und aus dem Radio hatte er erfahren, dass Großadmiral Karl Dönitz von Hitler mit der Bildung einer neuen Regierung beauftragt worden war. Da es jedoch kaum noch Platz in den unbesetzten Teilen Deutschlands gab, hatte sich der Oberbefehlshaber der Marine entschieden, nach Flensburg auszuweichen. Wie hätte er auch seine blauen Jungs von der Alpenfestung oder der Region um Prag aus befehligen sollen?

»Herr Druwe, ich bin vom Innenminister beauftragt, die Umstrukturierung unserer Polizei zu koordinieren. Ich habe in den letzten zwei Tagen die Personalakten von leitenden Beamten der Stadt Flensburg und des Landkreises durchgesehen. Ich würde gern mit Ihnen ein persönliches Gespräch führen. Es geht dabei um Ihre berufliche Zukunft, Herr Inspektor. Und um den Neuaufbau einer unpolitischen Polizei. Vielleicht kann ich Ihnen da eine leitende Position anbieten. Aber die Zeit drängt, da der Feind …« Streckwein unterbrach sich. »Wir wollen den Westalliierten zeigen, dass Deutschlands Staatsorgane arbeitsfähig sind. Ich wäre Ihnen sehr verbunden, wenn wir uns kurzfristig treffen könnten.«

Druwe war verblüfft und ein wenig überrumpelt. Er hatte eher mit seiner sofortigen Entlassung gerechnet. Immerhin hatte er in den letzten Tagen viel Wirbel verursacht und war dabei einigen NS-Funktionären auf die Füße gestiegen. Zudem besaß er ein paar brisante Informationen, bei deren Bekanntwerden noch mehr Unmut in den Reihen der strammen Volksgenossen aufkommen würde. Nun sollte er bei einem Neuaufbau dabei sein? Er wusste nicht recht, ob er das überhaupt wollte. Die Tätigkeit bei der Ordnungspolizei war ihm von seinen Vorgesetzten eher aufgezwungen worden. Nach der Sache in Russland galt er für die Kriminalpolizei als untragbar. Und dass er sich geweigert hatte, in die Schutzstaffel Himmlers einzutreten, war seiner beruflichen Karriere ebenfalls nicht förderlich gewesen. Zögernd stimmte er zu, sich nach dem Wochenende mit Streckwein am neuen Regierungssitz in Mürwik zu treffen. Dort hatte die Marine mehrere Schulungsgebäude und auch eine eigene Kommandantur. Zudem lag im Hafen seit Jahren der Hapag-Dampfer *Patria* mit den Annehmlichkeiten einer maritim-komfortablen Unterbringung. Es gab das Gerücht, dass sogar der Führer bei einem Flensburg-Besuch vor einigen Jahren auf dem Luxusschiff übernachtet hatte.

Druwe wechselte noch ein paar Worte mit dem Regierungsrat und brachte ein paar grobe Details in Erfahrung. Die Männer verabredeten ein Treffen für den Montagvormittag. Offenbar sollte Druwe eine Schlüsselrolle beim Aufbau einer neuen Polizeitruppe übernehmen. So viel konnte er den Andeutungen Streckweins entnehmen. Am Telefon war der Beamte jedoch nicht bereit, nähere Einzelheiten zu erläutern. Nachdem Druwe das Gespräch beendet hatte, gab er dem diensthabenden Hülser Anweisungen für die Wochenendschichten. Er wollte den Sonntag bei Eva in Flensburg verbringen und seinen schwer verletzten Kollegen Hans Oberbauer im Krankenhaus besuchen. Vor allem musste er sich aber darüber klar werden, ob er am Montag überhaupt noch Polizist sein wollte.

»Otto, ich fahre heute Abend nach Flensburg. Ich muss in dieser Mordsache Lessling den Kripo-Kollegen noch einige abschließende Fragen beantworten und die Berichte ergänzen«, log er.

Alle wussten, dass auf dem Polizeipräsidium in der Innenstadt im Moment das reinste Chaos herrschte. Die Führungsebene um Polizeidirektor Hans Hinsch hatte sich abgesetzt. In den letzten Wochen hatte man dort massenhaft gefälschte Dokumente für hochrangige SS-Offiziere, Wachleute der Lager und Verwaltungsbeamte des Reichssicherheitshauptamts ausgestellt. Plötzlich wurden aus diesen Männern entlassene Wehrmachtssoldaten, einfache Feldpolizisten, Feuerwehrleute, Sanitäter und Mitarbeiter technischer Hilfswerke. Neue Kennkarten ließen alte Identitäten verschwinden. Viele Mitarbeiter von Reichskriminalpolizei und Gestapo hatten sich abgesetzt oder waren mit Unterstützung der Flensburger unter falschem Namen abgetaucht.

Wachtmeister Hülser nickte, er kaute auf seiner Stulle. Dabei verzog sich sein Gesicht auf unnatürliche Weise, denn ein russischer Gewehrkolben hatte vor zwei Jahren seinen linken Kiefer zertrümmert. Der Feldarzt hatte im Suff beschissen gearbeitet, so dass der arme Hülser sein Essen fortan eher zermahlen musste. Er sah dabei jedes Mal aus wie eine Kuh beim Wiederkäuen.

Druwe fuhr mit seinem alten Wanderer von Glücksburg aus zurück in die Hafenstadt. Die Kiste klapperte und rauchte, aus dem Vergaser tropfte Benzin auf den heißen Motor, so dass Druwe befürchtete, mit dem Teil jeden Moment in die Luft zu fliegen. Auch dies war typisch für die Kriegswirtschaft. Gute Fahrzeuge waren längst durch Wehrmacht, NS-Fahrzeugkorps oder kriegswichtige Betriebe requiriert worden. Dafür durften sich Polizei, Feuerwehr und Hilfswerk bei Privatleuten aussuchen, was noch übrig war. Der Wanderer der Autounion war nur widerwillig angesprungen. Immerhin war der Tank noch zur Hälfte voll. Druwe fuhr am Glücksburger Schloss vorbei. Hier herrschte seit drei Tagen eine emsige Geschäftigkeit. Marinesoldaten überwachten den Zugang über die kleine Seebrücke. Sogar Möbelwagen hatte man vorfahren sehen. Hier hatte sich Rüstungsminister Speer in den edlen Räumlichkeiten einquartiert. Gerüchten zufolge sollte der ehemalige Monumentalarchitekt und Speichellecker des Führers irgendeine Rolle in der neuen Regierung übernehmen. Wahrscheinlich wollte er durch die Distanz zum Regierungssitz in Mürwik ein Zeichen gegenüber den Alliierten setzen. Er hatte sich immer schon für etwas Besseres gehalten.

Die Landschaft zwischen der verschlafenen Kleinstadt Glücksburg und dem völlig überfüllten Flensburg lag friedlich da. In den Wäldern klaubten einige Leute Feuerholz. Vielleicht hofften sie auch auf einen unvorsichtigen Hasen für den heimischen Teller. Am Strand von Meierwik sah Druwe sogar Kinder im Schlick des Fördestrands spielen. Er dachte an die Nachrichten aus Berlin, Dresden und Hamburg. Im

Moment war es eindeutig von Vorteil, im ländlichen Teil Deutschlands zu wohnen. Ein paar Kilometer konnten darüber entscheiden, ob das Dach über dem Kopf intakt und der Bauch gefüllt war. Am Twedterholz nahm die Bebauung langsam zu, und wenig später kam Druwe an der Marine-Sportschule Mürwik vorbei. Hier wollten sich Druwe und dieser Regierungsrat Streckwein am Montag treffen. Vor den Gebäuden des Kasernengeländes war aufwendig geflaggt worden, jedoch sah Druwe nur die Reichskriegsflagge, keine Swastika.

Das ist also die neue Wilhelmstraße, dachte Druwe. Der neue Regierungssitz. Von hier aus wurde jetzt die Zukunft des Reichs bestimmt. Der größte Feldherr aller Zeiten hatte dieses Land wirklich tief in die Scheiße geritten. Da nur wenig Verkehr auf der Straße war, fuhr Druwe langsamer und ließ die Eindrücke auf sich wirken.

Die Gebäude hinter Zaun und Absperrung hatten den Charme aller Kasernen. Der Backstein konnte vom Leid der geschundenen Rekruten berichten, und der Beton zeigte den jungen Männern gleich, dass hier eine Ästhetik der Härte und Kälte wirkte, die fortan ihr Leben beherrschen sollte. Als Druwe den weitläufigen Komplex umfahren hatte, bog er rechts in die steil abfallende Ziegeleistraße ein. Das Bild, das sich ihm darbot, hätte an diesem sonnigen Maimorgen prächtig sein können. Er hatte einen Panoramablick über den Hafen bis zum Westufer der Stadt. In der Schiffswerft war ein halb fertiger Frachter festgemacht. Und fast die gesamte Förde schien durch ankernde Schiffe, Schuten und Lastkähne belegt. Man hätte trockenen Fußes von Ost nach West über das Wasser laufen können. Einzig der Bereich des Marine-Stützpunkts war freigehalten worden. Hier patrouillierte ein Torpedoboot und verscheuchte ankerwillige Schiffe aus dem Militärbereich. So lag der Luxusdampfer *Patria* friedlich und ungestört vom Elend an seinem Anleger, der Blücherbrücke, in Sichtweite der ehemals kaiserlichen Marineschule.

Druwe fuhr weiter in die Innenstadt und stellte den Wagen in der

Nähe des Südermarkts ab. Hier war kein Durchkommen mehr, da die Leute mit ihrem Hab und Gut, mit Säcken und Karren die Straßen verstopften. Manche kauerten sogar unter Segeltuch in den Nischen und Gebäudegängen. Das Haus der Familie Jørgensen befand sich an der Roten Straße, in deren Hinterhöfen einige alte Handelskontore kleinerer Kaufleute lagen. Hier wurden Säcke mit Kaffee und Tee noch mit dem Handkarren vorgefahren, mit der Seilwinde in das Dachlager gezogen und dort verstaut. Mit besonderer Vorsicht galt es, die Rumfässer und Flaschen zu lagern. In allen Krisenzeiten war Hochprozentiges Gold wert. Druwe kannte das aus der Zeit, als er kriegsversehrt aus dem ersten großen Krieg zurückgekehrt war. In Hamburg und Berlin war man damals für drei Zigaretten oder eine halbe Flasche Fusel abgestochen worden.

So war es auch Jørgensens Kontoraufseher selbst, der die beiden Schauerleute vom Hafen hierher misstrauisch beäugt und begleitet hatte. Dem Kaufmann füllte der Schnaps die Börse, dem Arbeiter schenkte er Vergessen. Da konnte schnell ein Fässchen verschwinden.

»Moin, Kaj«, sagte Druwe, als er an dem Mann vorbeiging, um die schmale Treppe zur Wohnung des Kontorhauses emporzusteigen. Hier war Eva Steinfeld untergekommen, die als Aufseherin auf einem Bauernhof bei Kattrup arbeitete. Er hatte sie im Rahmen seiner Ermittlungen in der Mordsache Lessling kennengelernt. Magda Lessling, die Schwägerin des Toten, und Eva waren hier bei Verwandten untergetaucht, um einer Verfolgung durch die Gestapo zu entgehen. Zwar glaubte Druwe nicht, dass für die beiden Frauen noch eine Gefahr bestand. Trotzdem hatte er Eva geraten, sich möglichst nicht in der Stadt blicken zu lassen.

Eva saß in der geräumigen Küche vor dem Radio. Die Jørgensens hatten keinen billigen Volksempfänger, sondern ein englisches Modell, das sie in Kopenhagen gekauft hatten. Die »Goebbels-Schnauzen« waren einfache Geradeausempfänger, die den Empfang der Auslandssender erschwerten. Um das dänische Rundfunkprogramm oder die BBC zu empfangen, musste man an der leistungsschwachen Antenne herumfummeln, was höchst illegal war und manchen Schwarzhörer ins Zuchthaus oder an den Galgen gebracht hatte. Aus dem Gerät klangen flotte Tanztöne, die ganz sicher nicht den Freigabestempel der Reichskulturkammer erhalten hatten.

Als sie Jens Druwe erblickte, erhob Eva sich und eilte freudestrahlend auf ihn zu. Sie war deutlich jünger als er und hatte sich trotz persönlicher Schicksalsschläge eine gewisse Lebensfreude bewahrt, die sie nun mit ihm teilte. Es schien, als wäre ein Funke auf ihn übergesprungen, der seinen Elan und Willen belebt hatte. Er konnte immer noch nicht fassen, dass diese Frau ihn liebte. Sie umarmten und küssten sich. Es war in diesem Moment keine leidenschaftliche, sondern eher eine vertraute, zärtliche Geste. Gerade das rührte Druwe tief an. Sein Leben war in den letzten Jahren eine Katastrophe gewesen. Mehr als einmal hatte er daran gedacht, sich das Leben zu nehmen. Beruflich gescheitert, körperlich und seelisch verkrüppelt hatte er die Tage vor sich hinvegetiert. Seine Ehe war zerbrochen, seine Kinder hatte er seit über einem Jahr nicht gesehen. Seinen Beruf, die Arbeit bei der Kripo, hatte man ihm genommen. Stattdessen durfte er Hühnerdiebe in Glücksburg fangen. Die Erinnerungen und Alpträume an drei Jahrzehnte Krieg quälten ihn. Mit Eva Steinfeld hatte er endlich einen Menschen gefunden, der ihm Wärme und Geborgenheit geben konnte. Es war ein unbeschreibliches Gefühl, das größte Glück.

»Ich werde verrückt, wenn ich noch weiter hier drin bleibe«, sagte Eva plötzlich. »In der BBC sagen sie, dass nur noch im Osten gekämpft wird. Die meisten Truppen im Westen verhandeln über eine Kampfpause. Es ist aus. Wir sind die Schweine los. Ich will nach draußen, dabei sein, Jens.«

»Not und Verzweiflung am Hafen. Ungewissheit überall, selbst in den Villen auf der Westlichen Höhe«, entgegnete Druwe, als er sich von ihr löste. Es lag ein bitterer Unterton in seiner Stimme. »Mehr gibt es da draußen nicht. Die armen Teufel wissen nicht, wie sie weiterleben sollen. Und die Bonzen hoffen, dass ihnen niemand wegnimmt, was sie zusammengerafft haben. So enden doch alle Kriege für die Verlierer.«

Sie schwiegen einen Moment. Druwe spürte, dass es eine Menge zu sagen gab. Aber in vielen Menschen brach sich nun eine verzweifelte Erschöpfung Bahn. Sie machte kraftlos, sprachlos.

»Hast du Neuigkeiten von deinem Bruder?«, fragte Druwe schließlich, um die Atmosphäre etwas zu entspannen. Er sah eine Postkarte auf dem Küchentisch.

Eva Steinfeld schüttelte den Kopf. »Nein, es ist die Karte von Lupo, die du schon kennst. Ich habe sie nur immer wieder gelesen. Einerseits bin ich so froh, dass er es nach Dänemark geschafft hat. Andererseits macht es mich traurig, dass er offenbar auch dort drüben wieder in einem Lager sitzt.«

»Er ist eben Deutscher«, sagte Druwe. »Dass er zwölf Jahre zu Unrecht hier im Zuchthaus saß, interessiert die Dänen im Moment nicht. Aber er schreibt ja, dass sie die Leute nicht misshandeln. Wenigstens etwas. Er kommt sicher bald frei.« Er versuchte, zuversichtlich zu klingen.

Eva begann zu weinen. Diese Reaktion machte ihn jedes Mal hilflos. Er hatte jede Form der Trauer in sich abgetötet, daher fiel es ihm schwer, Eva zu trösten. Sie drückte sich verzweifelt an ihn, und er nahm sie etwas unbeholfen in den Arm.

»Es muss doch irgendwann aufhören, Jens«, schluchzte sie. »Der Hass, das Morden.«

Druwe wollte gern selbst daran glauben. Aber in seinem Inneren ahnte er, dass nun eine Welle der Gewalt ins Reich zurückkam, die das selbst ernannte Herrenvolk über alle Länder Europas gebracht hatte. Er befürchtete, dass für viele Menschen das Leiden noch nicht zu Ende war, aber er schwieg.

»Hast du schon entschieden, was du mit dieser Namensliste machst?«, fragte Eva, nachdem sie einen einfachen Ostfriesen-Tee getrunken hatten.

Druwe war bei den Mordermittlungen vor einigen Tagen auf eine Liste von Personen gestoßen, die sich unter falschem Namen absetzen wollten. Es waren hochrangige Offiziere aus den Reihen von Schutzstaffel und Gestapo sowie NS-Parteimitglieder, die befürchten mussten, für ihre Vergehen von den siegreichen Alliierten zur Rechenschaft gezogen zu werden.

»Wem kann ich im Moment vertrauen?« Er schüttelte den Kopf. »Heute Mittag bin ich drüben am Holm über einen Vorposten der Briten gestolpert. Soll ich denen die Liste in die Hand drücken? Oder soll ich aufs Präsidium gehen und hoffen, dass jetzt alle einen neuen Sinn für Gerechtigkeit entwickelt haben? Nein, ich muss abwarten, Eva. Vielleicht ist ja in der neuen Regierung jemand, dem ich vertraue. Oder ich wende mich an die Militärpolizei der Tommys. Die MP hat fast immer Kontakte zu den Geheimdienstabteilungen. Da muss ich aber auch noch Geduld haben.«

»Und in der Zwischenzeit hauen die Kerle ab«, entgegnete Eva. »Du darfst nicht zu viel Zeit verlieren. Ich frage Lasse. Vielleicht kannst du über die dänischen Sozialdemokraten …«

»Bitte noch nicht, Eva«, unterbrach Druwe sie. »Ich will dich, die Lesslings und Jørgensens nicht in Gefahr bringen. Alles ist im Moment zu verworren. Keiner traut dem anderen.«

»Einer muss damit anfangen!«, rief Eva. »Diese Mörder tauchen einfach unter. Mit der Liste kann man viele aufspüren. Das weißt du selbst, Jens.«

»Du hast ja recht.« Er nickte. »Aber die Kerle kommen nicht weit. Ihnen fehlt das Geld. In die Suppe habe ich ihnen kräftig hineingespuckt.« Er überlegte einen Moment. »Ich werde sehen, dass ich so bald wie möglich Kontakt zu einem englischen Offizier aufnehme. Natürlich werden die uns nicht trauen. Aber wenn ich ihnen von dem Mordfall berichte, dann glauben sie mir vielleicht. Ich will mir diese Namensliste auch so schnell wie möglich vom Hals schaffen.«

Es folgte ein unangenehmes Schweigen zwischen beiden. Um die angespannte Atmosphäre aufzulockern, entschied sich Druwe nach einer Weile, Eva einen Gefallen zu tun.

»Ich mach dir einen Vorschlag. Wir gehen eine halbe Stunde raus. Du kannst dir das ganze Chaos ansehen. Und vielleicht gibt es bei *Bartelsen* Grießkuchen mit Invertzucker. Dazu eine schön dünne Lorke. Na, klingt das nicht verlockend?«

Bereits wenige Minuten später waren beide auf dem Weg zum Südermarkt, der gleich um die Ecke lag. Die Nikolaikirche ragte in den Himmel und wirkte in Gesellschaft der vielen kleinen Altstadthäuser etwas zu groß geraten. Tatsächlich hatte sich auf dem großen Platz vor der Kirche in einigen Bereichen ein reger Tauschhandel entwickelt. Oft waren den Vertriebenen, die hier in Zelten hausten, nur recht seltsame Dinge geblieben, die für den Alltag und das Überleben in der neuen Stadt keinen direkten Wert hatten. Frauen waren mit ihren Kindern und mit nur einer Porzellanschüssel gekommen. Kriegsversehrte hatten sich verzweifelt an einen Kasten mit Uhrmacherwerkzeug oder an einen Ballen Stoff geklammert.

»Es ist noch schlimmer geworden«, flüsterte Eva. Sie war mehrere Tage nicht draußen gewesen. Nun betrachtete sie die Menschen, die oft direkt auf ihren wenigen Habseligkeiten hockten und schliefen. Ihre Kleidung war meist schmutzig und verschlissen.

»Ich habe dich gewarnt. Und am Hafen sieht es ebenfalls übel aus«, sagte Jens Druwe.

Beide drängten sich über den Marktplatz zum Holm. Hinter ihnen stand der imposante Kirchbau. Druwe wurde durch die Spiegelung der Sonne in einem geöffneten Fenster kurz geblendet und verlor Eva Steinfeld aus den Augen. Plötzlich nahm er an seinem linken Ohr ein Zischen wahr, als würde Papier schnell zerrissen. Im nächsten Moment fuhr ein scharfer Schmerz durch seine Gesichtshälfte. Hinter ihm, bei der Kirche fluchte ein Mann. Druwe hatte die Geräusche aller möglichen Waffen verinnerlicht. Instinktiv wusste er, dass auf ihn geschossen worden war. Aber es war kein Knall zu hören gewesen. Und das konnte nur bedeuten, dass …

»Wo steckst du denn, Jens?« Eva hatte ihn wiedergefunden.

Druwe wirbelte herum und zog sie hinter ein größeres Zelt, in dem Suppe ausgeteilt wurde. Seitlich am Tuch vorbei blickte er zu den Gebäuden auf der anderen Seite des Marktplatzes. Er konnte an den Fenstern niemanden erkennen.

»Du blutest. Hast du dich wieder beim Rasieren geschnitten?«, fragte Eva und suchte in ihrer Tasche nach einem Tuch.

Druwe tastete an seinem Ohr, und tatsächlich lief dort Blut seitlich am Hals hinab. »Ja. Ich dachte, es hätte sich geschlossen. Mal wirkt das Alaun, mal nicht.« Seit seiner Verwundung vor Stalingrad musste er sich mit links rasieren, und oft rutschte er dabei mit dem Messer ab. Er war froh, jetzt eine Ausrede zu haben, denn er wollte Eva nicht beunruhigen. Er drückte sein Taschentuch auf die kleine, brennende Wunde und rang sich ein unverfängliches Lächeln ab.

»Geh schon mal vor, Eva. Wir treffen uns bei *Bartelsen*. Ich will schnell in die Apotheke und ein kräftiges Heftpflaster holen.« Ohne eine Antwort von ihr abzuwarten, zwängte sich Druwe durch die Menschenmenge wieder in Richtung Friesische Straße. Unauffällig beobachtete er Eva dabei aus dem Augenwinkel. Sie sah ihm zunächst verblüfft hinterher, drehte sich dann um und verschwand in Richtung Holm. In diesem Moment bog er in Richtung Kirche ab. Nach kurzer

Zeit hatte er den Mann wiedererkannt, der nach dem Schuss auf Druwe geflucht hatte. Ohne Rücksicht auf die Proteste zu nehmen, zog Druwe die Plane von der Kirchenmauer weg. Er brauchte Gewissheit. Das Licht schien durch ein Loch im Jutestoff. Und im Backstein dahinter steckte ein Projektil. Druwe nahm sein Feldmesser und hebelte das Teil aus dem Ziegel. Es handelte sich um typische Infanterie-Spitz-Munition.

Jetzt hatte er Gewissheit. Es war kein Schuss zu hören und niemand zu sehen gewesen. Das Projektil konnte zu einem Mauser-Karabiner passen. Es gab für ihn keinen Zweifel. Ein Scharfschütze musste auf ihn geschossen haben. Und er hatte ihn knapp verfehlt. Bei diesen letzten Gedanken stieg Panik in Druwe auf. War es Vergeltung? Weil er der SS in die Suppe gespuckt hatte? Oder wollten die Schweine immer noch an ihr Geld herankommen? Vielleicht hatte die Kugel auch Eva gegolten. Wollte man ihren Bruder einschüchtern, damit er nicht wieder politisch aktiv wurde? Sicher schien Druwe nur, dass Eva und er in Gefahr waren.

Der Nachmittag war angenehm auf dem Oberdeck des Luxus-Passagierschiffs *Patria*. Seit Jahren lag das Schiff an der Blücherbrücke in den Hafenanlagen des Marinestützpunkts Mürwik. Kurz nur hatte es die Welt gesehen, denn ursprünglich war es von der HAPAG als Südamerika-Linienschiff geplant gewesen. Mit Kriegsbeginn jedoch waren zivile Schiffe zu einer leichten Beute geworden. Die Tonnage des Feindes sollte auf den Meeresgrund geschickt werden. Schiffe waren fortan nur noch »BRT«, Bruttoregistertonnen, die es zu versenken galt. Frachtraum war wichtiger als Menschenleben. Während viele Schwesterschiffe ein solches Schicksal ereilte, konnte die *Patria*, gut verborgen unter Tarnnetzen, zunächst im Hafen von Stettin, dann hier in Flensburg friedlich Muscheln am Rumpf ansetzen. Nun waren Dönitz und sein Kabinett da. Seit der Großadmiral telegrafisch angekündigt hatte, an Bord Quartier zu beziehen, hatte der Erste Offizier in drei Wochen klar Schiff machen lassen. Die Besatzung hatte die Tarnnetze entfernt, den großen Swimmingpool auf dem Achterdeck neu befüllt, und den Holzböden war man mehrere Male mit dem Decksbär zu Leibe gerückt.

»Ein sehr angenehmer Mai, finden Sie nicht, Herr von Krosigk?«, fragte ein etwas hagerer Mann, der zusammen mit drei Regierungsmitgliedern an einem ovalen Tisch saß.

Obwohl das oberste Schiffsdeck durch eine große Markise vor der Sonne geschützt war, blendete das Weiß des Tischleinens die Gäste, die fast alle Sonnenbrillen trugen. Der Mann hatte eine Aktentasche auf dem Schoß, aus der er mehrere Mappen hervorholte. Statur und Aussehen mochten die Anwesenden an eine Verwandtschaft mit Joseph Goebbels denken lassen. Die hohe, fliehende Stirn und ein Gesicht, das an eine Ratte erinnerte, unterstrichen diesen Eindruck. Allein, der Mann hatte keinen Klumpfuß und verfügte nicht über jenes diabolische Charisma, welches die Leute in den Bann des Ministers für Propaganda gezogen hatte.

»Ganz recht, Herr Dr. Löhr.« Graf Schwerin von Krosigk war seit zwei Tagen Leitender Minister und Außenminister der geschäftsführenden Reichsregierung. »Obwohl dunkle Wolken und Regen eher zum Zustand des Reichs passten.« Er nahm einen tiefen Zug von seiner Zigarette, die er an einer Spitze aus Elfenbein hielt. Den Rauch blies er zur Seite in Richtung der wartenden Ordonnanz. Sein leicht nach hinten geneigter Kopf schien etwas zu schmal für die weit auseinander stehenden Augen. Der akkurate Linksscheitel und ein Maßanzug mit feinsten Lederschuhen unterstrichen seinen Junker-Stil.

Am Tisch neben ihm saßen Innenminister Wilhelm Stuckart und Großadmiral Karl Dönitz, den Hitler vor sechs Tagen zu seinem Nachfolger ernannt hatte. Etwas abseits nach achtern standen Generalfeldmarschall Wilhelm Keitel und der Kommandeur der hiesigen

Marinekriegsschule, Kapitän Wolfgang Lüth. Keitels herausragendste militärische Begabung war immer das servile Abnicken der Ideen des Führers gewesen. Er hatte Hitler als Oberkommandierender der Wehrmacht bis zu dessen Selbstmord in Berlin zur Seite gestanden. Besser gesagt, er war ihm in den Arsch gekrochen. Lüth hingegen war ein Aushängeschild der NS-Propaganda. Knapp über dreißig war er einer der erfolgreichsten U-Boot-Kommandanten, hoch dekoriert und selbst vollkommen überzeugt von der nationalsozialistischen Sache. Beide Offiziere unterhielten sich lautstark über militärische Optionen im Kampf um Großdeutschland. Lüth waren dabei bereits zwei Cognacschwenker zu Bruch gegangen, als er Keitel an der Reling eine Seeschlacht hatte nachstellen wollen.

»Kommen wir zum Ende, Herr Löhr«, sagte Dönitz knapp.

»Zwei Punkte darf ich mit den anwesenden Herren Ministern und Ihnen, Herr Reichspräsident, noch klären.« Das hagere Rattengesicht blickte Dönitz devot an. Der Admiral nickte kaum merklich gelangweilt.

»Herr Kapitän Lüth möchte, dass vor dem Eintreffen feindlicher Streitkräfte in der Stadt eine Bekanntmachung an die Truppen und die Zivilbevölkerung ergeht«, fuhr der Mann fort. Er schob mehrere Abschriften eines Dokuments über den Tisch. Dann verlas er den Inhalt der Verfügung.

»Alle Soldaten und die Zivilbevölkerung sind sofort darauf hinzuweisen, dass es mit der aufrechten Haltung eines deutschen Menschen und dem Stolz eines Nationalsozialisten nicht zu vereinbaren ist, wenn der vordringende Feind durch Tücherwinken und ähnliche Handlungen begrüßt wird.« Er legte das Schriftstück zur Seite.

»Tücherwinken? Welch abscheuliche und ordinäre Wortwahl«, murmelte von Krosigk leise, so dass ihn Lüth keinesfalls hören konnte. »Aber bitte, soll er seine Erklärung doch abgeben. Was meinen Sie, Herr Reichspräsident?«

Dönitz nickte wieder nur geistesabwesend. Er war mit seinen Gedanken woanders. Er war im Herzen kein Politiker, kein Wortschacherer. Er liebte Schiffe und die See. Er genoss das sanfte Wiegen an Bord der *Patria*. Er hatte in den letzten zwei Nächten so gut geschlafen wie lange nicht mehr. Sein Leben war das Meer. Er hatte auf fast allem gedient, was schwamm. Und Adolf Hitler hatte seine Talente früh erkannt. Erst war er der Oberbefehlshaber der U-Bootflotte gewesen, dann erster Mann der Kriegsmarine. Großadmiral. Und jetzt sogar Reichspräsident. Der Preis für diese letzte Ehre war allerdings hoch genug. Hitler, sein geliebter Führer, war tot. Berlin war verloren. Wehrmacht und Marine wurden von der ausländischen Presse mit Schmutz beworfen und der abscheulichsten Verbrechen beschuldigt. Sein Lebenswerk war in Gefahr. Er musste retten, was zu retten war. Es ging um die Marine. Seine Marine. Und um Deutschland. Das Leben konnte erbarmungslos sein für einen Offizier wie ihn. Die Vorsehung hatte ihn bei rauem Wetter ans Ruder gestellt. Nun musste er diese Last tragen und das Schiff durch schwere See bringen. Er seufzte und nahm sich noch ein Lachs-Kanapee vom kleinen Silberteller.

»Also lassen Sie es drucken und an die Dienststellen in der Stadt verteilen«, sagte von Krosigk ungeduldig. Schon im Kabinett Hitler war er Finanzminister gewesen, hatte jedoch kaum etwas zu melden gehabt, da der Führer gern selbst die Millionen verteilte. Und was an Geld nicht da war, wurde einfach gedruckt. Und jetzt sollte er Deutschland als Kabinettsleiter mit diesem Haufen verbliebener NS-Politiker in den Frieden geleiten. Er entstammte uraltem Adel, der zwar mit dem konservativen Weltbild der Nationalsozialisten gut zurechtkam. Der andererseits jedoch das ordinär-pöbelhafte Auftreten der Bewegung verabscheute. So wahrte man immer einen gewissen Abstand zum »kleinen Gefreiten« Hitler. Er roch zu sehr nach Volk.

Lutz von Krosigk blies eine weitere Rauchwolke über Deck. »Was sonst noch, Dr. Löhr?«, fragte er schließlich.

»Verschiedene Truppenteile melden vermehrte Unmutsäußerungen von Soldaten, und vereinzelt wurden Befehle hinterfragt oder verweigert. Einige Elemente haben offenbar sogar die Waffen niedergelegt und sind desertiert«, sagte der Mann und legte weitere Dokumente zur Bestätigung vor. »Hier sind einige Anfragen meiner zivilen Richterkollegen, wie mit diesen Männern verfahren werden soll. Wie die Herren ja sicher wissen, bin ich in der Doppelfunktion als stellvertretender Gerichtspräsident am hiesigen Landgericht und als Marineoberstabsrichter verantwortlich für die Koordination von zivilen und militärischen Rechtsfragen.«

Dönitz war plötzlich hellwach und schlug mit der Faust auf den Tisch. »Ohne Waffenstillstand darf es keine Schwäche der militärischen Führung geben!«, donnerte er los. »Flensburg ist zwar offene Stadt, und es gibt vereinzelt Kampfpausen, aber jeder Soldat muss auf seinem Posten bleiben.«

»Also sind solche Elemente weiterhin nach Militärrecht abzuurteilen, Herr Reichspräsident?«, fragte Löhr.

»Jawohl. Ausnahmslos und mit voller Härte!«, bestätigte Dönitz. »Ohne Ordnung in Marine und Heer bricht das Reich zusammen. Oder wie sehen Sie das, Keitel?«

Der Chef des Oberkommandos des Heeres war an den Tisch getreten. »Ich bin vollkommen Ihrer Ansicht, Herr Dönitz.«

»Dann müssen wir mit dem Leiter Ihres Sonderzugs, Kapitänleutnant Jepsen, ein Zeichen setzen, das von allen verstanden wird«, sagte Löhr.

Innenminister Stuckart rutschte unruhig auf seinem Stuhl hin und her. Er wollte am Nachmittag noch einige persönliche Dinge erledigen. Ein Schneider in Flensburg hatte Anzüge für ihn angefertigt. Er musste zum Fotografen, damit sein neues Soldbuch und die Kennkarte möglichst echt wirkten. Sie lauteten auf den Namen Peter Engerlein. Die passende Biografie dazu musste er noch auswendig lernen. Er war gewiss kein Feigling, die Vorbereitungen sollten nur eine Art Rückversicherung sein, falls der Feind ihm krumm kommen wollte. Als SS-Obergruppenführer in leitender Position konnte ihm seine Beteiligung an der sogenannten Endlösung schnell zum Verhängnis werden. Entsprechend nervös war er in den letzten Tagen gewesen.

»Was ist mit diesem Jepsen, Dr. Löhr?«, fragte er sichtlich verärgert. »Muss jetzt die Reichsregierung jeden Gerichtsfall einzeln absegnen, oder was?«

»Todesurteile gegen Offiziere der kämpfenden Truppe sind vom Staatsoberhaupt gesondert zu bestätigen, Herr Innenminister. Führererlass vom …« Weiter kam Richter Löhr nicht, da Stuckart aufgesprungen war.

»Diesen belehrenden Ton verbitte ich mir, Herr Löhr!« Er hatte einen leichten Sprachfehler, der erkennbar war, wenn er sich in höchster Erregung befand. Das D und T kamen dann besonders hart. »Natürlich kenne ich den Erlass. Und natürlich hat unser verehrter Herr Großadmiral nun die Pflicht der Entscheidung. Aber Sie plustern sich hier gefälligst nicht so auf. Kommen Sie zur Sache, Mann.«

»Jawohl, Herr Innenminister«, sagte Löhr kleinlaut. »Wie der Herr Reichspräsident bereits wissen, ist der Sonderzug *Auerhahn* im Bahnhof Sörup, zwanzig Kilometer von hier zum Halt gekommen. Auf Befehl oder mit Duldung von Kapitänleutnant Jepsen haben die Marinesoldaten ihren Dienst beendet. Der Zug wurde von Zivilisten geplündert, Reichseigentum entwendet, wichtige Apparate für Fernmeldetechnik und Nachrichtendienst sind verschwunden. Ebenso große Anteile des privaten Eigentums des Herrn Reichspräsidenten.«

Dönitz nickte. Unangenehme Sache. Er selbst war vor einigen Tagen aus Berlin nach Plön abgefahren und vorgestern hier angekommen. In diesem Sonderzug der Reichsbahn waren wichtige Dokumente, Geheimdienstunterlagen, Dechiffriermaschinen und viele persönliche Gegenstände, die er und sein Stab benötigten. Kaleun Jepsen hatte den

Befehl über den Zug gehabt. Und gestern war das Ding ausgeraubt worden und nur mit Lokführer, Heizer und einer Fernmeldesekretärin am Bahnhof angekommen. Ein Affront. Unentschuldbar. Einerseits waren Missverständnisse in diesen unruhigen Zeiten nie auszuschließen. Vielleicht hatte dieser Jepsen wirklich geglaubt, der Krieg wäre vorbei. Andererseits mussten Auflösungserscheinungen unbedingt vermieden werden.

»Und? Wie lautet das Urteil?«, fragte Stuckart.

»Desertion eines befehlshabenden Offiziers, Anstiftung zur Fahnenflucht, Plünderung und Diebstahl von Reichseigentum, Behinderung kriegswichtiger Operationen. In allen Punkten schuldig. Tod durch Erschießen.« Löhr schob Dönitz ein Dokument zu. »Mein Vorgesetzter, Admiralstabsrichter Dr. Rudolphi, war als neutraler Beobachter beim Prozess zugegen. Er bestätigte mir gegenüber den einwandfreien Ablauf der Verhandlung. Ein Umstand, den ich Ihnen, Herr Reichspräsident, unbedingt zur Kenntnis bringen sollte.« Er fuhr mit dem Finger über das Papier. »Wenn Sie bitte hier unterzeichnen. Dann werde ich das sofort weiterleiten. Vollstreckung des Urteils heute Abend oder morgen früh.«

Dönitz überlegte nur kurz. Er konnte die Vollstreckung zwar aussetzen, sogar das Urteil in Haft umwandeln. Jedoch war Jepsen Marineangehöriger. Wie mochte es auf Keitel oder die Zivilisten wirken, wenn er Milde gegen eigene Truppenangehörige walten ließ? Es musste seine Autorität untergraben. »Ich kann keinen zwei Moralen dienen«, sagte er schließlich und seufzte leise. »Ich kann den Volksgenossen nicht Härte oder Opfer abverlangen, selbst aber gütig und weich handeln. Wir dürfen gerade jetzt keine Schwäche zeigen. Die militärische Ordnung sichert das Überleben der Volksgemeinschaft«, ergänzte er und griff den Füllfederhalter, den ihm ein Ordonnanzoffizier von der Seite reichte. Keitel nickte. Stuckart und von Krosigk blickten aufs Wasser, als der Admiral seine Unterschrift als Bestätigung des Urteils unter das

Schreiben setzte. Standhaft und unbarmherzig. Gegen sich und andere. Um eines höheren Zieles willen. Das war schon das Prinzip seines verehrten Führers gewesen. Durch Männer wie ihn, Großadmiral und Reichspräsident Karl Dönitz, würde er weiterleben. Und nach ihm kämen andere. Nein, der Führer war nicht tot, er war ewig geworden.

Friedrich »Fiete« Möller stand vor dem *Blaumann* in dem kleinen Ort Harrislee nahe der Grenze zu Dänemark. In der Kneipe ging es hoch her. Laute Stimmen drangen aus dem Schankraum. Kein leises Flüstern. Keine verstohlenen Blicke. Fast wie in alten Zeiten. Die linken Genossen hatten wieder zusammengefunden.

Genossen, dachte Fiete. Nicht Volksgenossen. Zwölf Jahre haben wir uns verkrochen, als stünde der böse Wolf vor der Tür. In die Hose haben wir uns gepisst. Die Sache verraten. Und nicht nur die Sache, auch unsere eigenen Leute. Wie konnte es so weit kommen?

Ein anderer Mann riss Fiete Möller aus seinen Gedanken. Er trug eine Schiebermütze aus Leder, die ihm ebenso schief auf dem Kopf saß wie die Nase im Gesicht. Den Zinken hatten ihm die SA-Schläger vor fast zwanzig Jahren verbogen. Die Saalschlachten Ende der Zwanziger. Rot gegen braun. Parolen und Fäuste. Knüppel und Blut. Nein, sie waren nicht zimperlich gewesen, auf beiden Seiten.

»Fiet, wir brauchen dich drinnen. Die Komintern-Genossen machen schon wieder Stunk. Und unsere sind auch nicht viel besser. Als hätten sie nichts gelernt«, sagte Ralf Hucke, den alle nur »Gorilla« nannten. Er besaß Oberarme, die bei anderen als Schenkel durchgingen. Er hatte damals einem Braunen einfach die Hand zerquetscht, als der ihn schlagen wollte. Später war er dafür fünf Jahre in den Bau gegangen.

»Ist gut, Gorilla. Ich komme.« Fiete warf den Rest der Zigarette in den Rinnstein. Zigarette? Eher der letzte Schnitt vom Bahndamm. Oder Ziegenhaare. Nur kein Tabak. Die Dreckskerle haben alles kaputt gemacht, was Spaß bringt, dachte er. Die Jungs vom Fußballverein verrecken an der Front. Das Bier ist dünn. Sperrstunde, beschissene Lieder im Radio, und selbst die Huren haben Angst. Die Kumpel vom Skat waren tot oder wurden vermisst. Moser, Petersen, Hinrichs, Hansen. Es war Zeit, dass sich etwas änderte. Fiete Möller betrat den großen Raum, in dem sich beinahe fünfzig Leute versammelt hatten, die früher zur SPD oder KPD gehört hatten.

»Wir müssen ein Komitee gründen!«, rief einer.

»Moskau unterstützt uns. Zwanzig Mark für jeden, der zur neuen Rotfront kommt!«, schrie ihn ein anderer nieder.

»Räterepublik! Diesmal richtig. Alle Adligen aufhängen und die Nazi-Bonzen ertränken.«

»Wir brauchen Wahlen. Und einen SPD-Kanzler. Dann Friedensverhandlungen.«

»Ein Parlament? Hast du sie noch alle? Die Schwächlinge haben uns das doch eingebrockt!«

So ging es noch eine Weile weiter, bis Fiete seinem Freund ein Zeichen gab. Gorilla schlug mit seiner Pranke auf einen Tisch und brüllte: »Ruhe im Puff!«

Augenblicklich verstummten die Männer und blickten auf Möller. Der alte Mann, ein Sozialdemokrat der ersten Stunde, hatte ihren Respekt. Sein Wort galt. Siebzig, aber er malochte immer noch auf der Werft, da er seine kranke Frau, zwei im Krieg versehrte Söhne und seine verwitwete Tochter versorgen musste. Er war ein begnadeter Dreher, seine Werkteile passten immer. Die Leitung der Werft hatte ihn mehrmals aus dem Gefängnis geholt. Er war vielleicht der einzige SPD-Mann in Deutschland, der sich in den letzten zwölf Jahren nie verleugnet hatte. Braune Speichellecker und emsige Denunzianten hatten ihn angezeigt, angebrüllt, verhaftet. Und drei Tage später stand er dann immer wieder an der Drehbank, sein Gang vielleicht schleppender. Der Rücken geschunden, ein Auge geschwollen, aber Fiet Möller ließ sich nicht kleinkriegen. Vielleicht war es diese naive Respektlosigkeit, die ihn seine Unverfrorenheit überleben ließ. Vielleicht war er selbst einfach zu unbedeutend, um vom System als vernichtenswert eingestuft zu werden. Oder seine groben Hände fertigten einfach zu wertvolle Feinteile. Irgendwo zwischen diesen Vermutungen lag der wahre Grund. Jedenfalls stand Sozi-Fiete auch nach zwölf Jahren Terror noch aufrecht.

»Genossen!« Sein Bariton klang durch den Raum. Es herrschte angespannte Ruhe. »Ihr wisst selbst, dass unser eigener Streit den SA-Schweinen damals den Sieg gebracht hat. Geeintes Rot hätte gesiegt!« Zustimmendes Gemurmel erhob sich. »Wir müssen dieses Mal zusammenstehen. Sonst werden uns die Tommys ein paar unangenehme Fragen stellen. Sie werden fragen: Wo wart ihr, als die Nazis alles an sich rissen? Und als sie diesen Scheiß-Krieg begannen? Wo wart ihr, als die Sache zu Ende ging?« Fiete legte eine Pause ein, um einen kräftigen Schluck aus seinem Bierglas zu nehmen. »Wenn wir darauf keine Antworten haben, dann werden sie uns nicht ernst nehmen, Genossen! Dann spielen wir in einem neuen Deutschland keine Rolle! Dann kann das Kapital sich mit einer neuen Farbe anpinseln, und wir bleiben wieder die Dummen!«

»Weg mit dem Staat! Alle Macht den Räten!« Paul Söhner war schon immer laut gewesen, aber nie besonders schlau.

»Bakunin! Anarchie ist die Antwort!«

»Produktion, äh, Produktivmassen. Ich meine, alle Produkte in Volkshand!« Für viele Leute waren die marxistischen Theorien schon immer zu kompliziert gewesen.

»Hängt die Kriegsgewinnler auf!«, schrie ein KPD-Mann. »Genosse Stalin hat das schon immer gewusst.«

»Ach ja? Und warum haben dein sauberer Genosse und Hitler dann am Anfang gemeinsame Sache gemacht?«, fragte Lasse Momsen, der vor der Machtergreifung Hitlers sogar in der Flensburger Ratsversammlung gesessen hatte. Im nächsten Moment drohte die Situation zu eskalieren. Beide Männer schrien sich an, eine Schlägerei lag in der Luft. Auf einen Wink Möllers griff sich »Gorilla« Hucke beide Streithähne. Er packte sie am Nacken, als wären sie junge Katzen. Bei anderen Gelegenheiten hatte er auf diese Weise auch schon oft seinen berühmten »Bruderkuss« erzwungen. Eher unfreiwillig trafen sich in solchen Fällen die Köpfe der Männer, so dass danach augenblicklich Ruhe eintrat. Beschwichtigend und das Unheil ahnend hoben jetzt beide Genossen die Arme, und Hucke verzichtete auf weitere Schlichtungsversuche.

An diesem Maiabend in Harrislee gründete sich der »Vorläufige Ausschuss der Flensburger Arbeiterschaft«. Viele alte Genossen waren dabei. Man hatte überlebt. Geschwiegen, aber überlebt. Manche von ihnen hatten unter Lebensgefahr ihre kleinen Widerstände geleistet. Ein Flugblatt hier, ein politischer Hauskreis dort. Einer hatte einen Dänen versteckt, der von der Gestapo gesucht wurde. Ein anderer hielt noch einen jungen Deserteur verborgen, der vor einigen Tagen von der Front verschwunden war. Kleine Zeichen, Kerzenlichter im großen Dunkel. So mischte sich in die Freude und den Stolz der Teilnehmer auch ein wenig Scham, erst jetzt – am Ende – wieder den Kopf aus dem Dreck gehoben zu haben.

Niemand der Anwesenden ahnte, dass am selben Abend, zur selben Zeit nur wenige hundert Meter weiter, im Grenzkommissariat Harrislee, eine denkwürdige Abschiedsrede gehalten wurde. Heinrich Himmler stand vor etwa fünfzig seiner treuesten und verdientesten SS-Offiziere. Sie hatten dieses Deutschland für ihn brutal und mitleidlos ausgehöhlt, es jeder Menschlichkeit beraubt. Männer vom Sicherheitsdienst und von der Gestapo. Bürokraten aus dem Reichssicherheitshauptamt und Schlächter aus den Konzentrationslagern. Sie saßen dort, weil sie untertauchen wollten. Immer noch überzeugt von ihrer

Sache meinten sie, unter falschem Namen die Kapitulationswirren im Reich oder im Ausland aussitzen zu können. Um dann nach einigen Jahren zurückzukehren.

Himmler war erst seit kurzer Zeit in Flensburg. Er hatte damit gerechnet, in der neuen Regierung weiterhin für die Polizei und Innere Angelegenheiten zuständig zu sein. Aber Dönitz hatte ihn abblitzen lassen. Und die Nachrichten von den Amis und Briten verhießen nichts Gutes. Seine SS würde wohl nicht unter den Schutz der Genfer Konvention fallen, die Männern als Angehörigen von Kampfverbänden gewisse Rechte zusprach. Im Gegenteil, es gab Gerüchte, dass höhere Offiziere verhaftet worden waren. Zudem hatte Himmler erst vor wenigen Minuten von seinem Adjutanten erfahren, dass sich seine alternativen Pläne ebenfalls zerschlagen hatten. Er und alle anwesenden Kameraden sollten eigentlich wohlversorgt mit Devisen, Gold und Wertpapieren ihr Exil antreten. Eine Art Netzwerk sollte das Fortbestehen der SS nach der deutschen Niederlage sichern. Aber Himmlers Sonderbeauftragter hatte versagt, er war in einen Mordfall verwickelt worden, irgendein Polizist war ihm auf die Schliche gekommen. Und nun wusste niemand, wo die Geldkoffer für seine treuen, auserwählten SS-Offiziere in Schleswig-Holstein versteckt wurden. Der ehemalige Reichsführer reagierte auf die Hiobsbotschaft in einer für ihn typischen Weise. Im Grunde seines Wesens war er ein Schwächling. In der Schule war er geschlagen und gehänselt worden. Seine erste Militärzeit war ein totales Desaster gewesen. Körperlicher Schmerz und Krankheiten waren ihm unerträglich. Aber er hatte seine Schwächen uminterpretiert, er sah sich als auserwählt, berufen zu Höherem. Und er war ein Meister der Intrige und der Anpassung geworden. Dabei gab es für ihn immer nur ein großes Ziel, und das war er selbst. Kameradschaft, Zusammenhalt und Gemeinschaft waren für ihn Phrasen, mit denen sich die Masse lenken ließ. Wenn jetzt nicht genug für alle da war, dann musste er eben sehen, dass genug für ihn selbst blieb. In diesem Bewusstsein trat er vor seine Männer, mit denen er eigentlich in ein paar Jahren ein neues Deutschland hätte aufbauen wollen.

»Meine treuen Kameraden, ich weiß um eure Last und euren Schmerz«, begann Himmler seine Rede. »Hart war der Dienst und gering der Lohn. Aber mein Dank jedoch wird euch ewig gehören.« Er hielt kurz inne und schob seine kleine Brille nach oben. Dann blickte er mit seinen kleinen Augen in die Runde der gespannten Gesichter. »Meine lieben Männer! Wir wurden verraten. Von Elementen, mit denen wir zu nachsichtig waren. Trotz aller Mühen ist es uns nicht gelungen, alles faulige Fleisch vom einstmals gesunden deutschen Volkskörper zu schneiden. Und dort haben sich jene Parasiten versteckt, die sich jetzt wieder hervorwagen. Durch schändliches Versagen ist uns ein Teil unserer Mittel entwendet worden.«

Ein ungläubiges Raunen ging durch den Raum. Einige SS-Männer erhoben sich beunruhigt von ihren Stühlen.

Himmler hob beschwichtigend die Hand. »Keine Sorge. Die Vorsehung wird auf unserer Seite sein. Und wir werden zusammenstehen. Wie immer. Ich habe entsprechende Anordnungen gegeben.«

Himmlers Adjutant kannte seinen Vorgesetzten, und er wusste genau, was er jetzt meinte. Er hatte befohlen, alle Mittel zusammenzuraffen, die noch verfügbar waren. Jedoch keineswegs, um sie kameradschaftlich zu teilen.

»Niemand wird unseren heiligen Blutbund brechen«, fuhr Himmler fort. Zustimmendes Gemurmel erhob sich im Raum. Er zögerte einen Moment, bevor er weitersprach. »Weder unsere Feinde noch unsere eigenen Volksgenossen können ahnen, wie sehr ihr gelitten habt, Kameraden. Von euch werden die meisten wissen, was es heißt, wenn einhundert Leichen beisammen liegen, wenn fünfhundert daliegen oder wenn eintausend daliegen. Dies durchgehalten zu haben und dabei anständig geblieben zu sein, das hat uns hart gemacht. Dies ist ein niemals geschriebenes Ruhmesblatt unserer Geschichte.«

Applaus erfüllte den Saal, obwohl viele anwesende SS-Offiziere diese Worte schon einmal, in Posen vor anderthalb Jahren, gehört hatten.

Himmler improvisierte weiter. »Aber von jetzt an ist jeder von uns auf sich allein gestellt. Das reinste Blut bewährt sich in der dunkelsten Stunde. Und wenn wir nun versprengt werden, so kommen wir doch eines Tages wieder zusammen. Wir dürfen in der Not nicht verzagen, denn der Auftrag an uns bleibt bestehen. Wir sind das Bollwerk, das sich ewig dem tosenden Sturm aus dem Osten entgegen ...«

Der ehemalige Hühnerzüchter, Orakelgläubige und zweitmächtigste Mann des Reichs erging sich noch weitere Minuten in schwülstigen Schilderungen seiner Träumereien und Appellen an das arische Sendungsbewusstsein. Er rollte das R, wie er es bei seinem großen Führer abgeschaut hatte. Mitunter wurde seine Tonlage dünn. Sein Adjutant wusste, dass ihn dann ein Thema besonders erregte. Mit keinem Wort erwähnte er, woran der seit Jahren ausgearbeitete Fluchtplan gescheitert war. Dass ein unbedeutender Ordnungspolizist dafür verantwortlich war, dass den Männern für ihre Flucht deutlich weniger Geldmittel zur Verfügung stehen würden. Diese Umstände verschwieg der hagere Mann mit Brille.

2

Hinter Stacheldraht und Riegel
Wird erschossen wer sich wehrt
Statt Brot da gibt's nur Prügel
Nur der Hass der wird genährt
(Lied aus dem KZ Heuberg/Stetten; Text: A. Geiger, 1933)

6. Mai 1945

Das erste Tageslicht fiel in die Schlafstube. Das Kontorhaus im Hinterhof der Roten Straße harrte noch jenes kurzen Augenblicks, der die schläfrige Muße der Nacht von der neu einsetzenden Geschäftigkeit des Tagwerks trennte. Jens Druwe war seit etwa vier Uhr wach. Er lag ruhig im Bett, bewegte sich kaum, wollte die Frau neben sich nicht wecken. Er lauschte ihrem leisen Atem, er blickte auf ihr volles, dunkles Haar und genoss den Duft ihres Körpers. *Savon de Marseille*, hatte sie gesagt. Olivenöl-Seife aus der Provence. Mit einem Hauch von Lavendel. Schon als er ihr vor neun Tagen das erste Mal begegnet war, hatte er an ihr diesen Duft wahrgenommen. Eva Steinfeld faszinierte ihn. Sie war gebildet und doch bodenständig. Sie wirkte verletzlich, und doch hatte sie ihn, den Polizisten, geschlagen. Es war, als hätte ihn die Ohrfeige innerlich wachgerüttelt. Er fühlte sich von dieser Frau verstanden, obschon sie ihm unverhohlen ihre Meinung sagte. Hätte jemand ihm vor zwei Wochen gesagt, dass er sich verlieben würde, er hätte wohl nur gelacht. Schließlich war er die letzten drei Jahre wie ein Schlafwandler durch sein Leben gegangen. Und sofern die Gefühle und Erinnerungen ihn dennoch heimgesucht hatten, war er ihnen mit Hochprozentigem zu Leibe gerückt. Diese Frau hatte nun alles verändert.

Druwe hob seinen rechten Arm und betrachtete die rötlich schimmernde Haut im Morgenlicht. Der Stumpf, wo eine Hand gewesen war. Dort, wo das Leder und die Riemen drückten, waren im Laufe der Monate Schwielen entstanden. Die Rötungen und Druckstellen waren auch nach Stunden ohne Prothese noch zu sehen. Trotz der Polsterung konnte er nicht vermeiden, dass das Leder scheuerte. Über zwei Jahre war es her. Stalingrad. Sein Funker vor ihm war auf eine Mine getreten. Das arme Schwein hatte es das Leben gekostet, Druwe nur die rechte Hand. Monatelang wollte er nicht auf den Stumpf schauen. Er hatte ihn gewaschen, ohne hinzusehen. Es hatte ihn angeekelt, dieses Gefühl, ein Krüppel zu sein. Die Wunde hatte sich erneut entzündet und wochenlang geeitert. Es war ihm egal gewesen. Sollte der Arm doch abfaulen. Er hasste sich. Denn dieses fehlende Körperteil war das Symbol seines inneren Makels. Die Granate hatte seine Hand zerfetzt, aber der Krieg hatte den Mann, der er einmal war, schon lange vorher verschlungen.

Druwe rieb die Narbe. Sie juckte oft. Gute alte Penaten-Creme half gegen den Juckreiz und den Schmerz der wunden Stellen. Gegen den tiefer sitzenden Schmerz in ihm jedoch half nichts.

Was dem Säuglingsarsch recht ist, ist dem Krüppelstumpf billig, dachte er zynisch. Seltsam, dass die Kriegswirtschaft vor Penaten halt gemacht hatte. Schließlich wurde seit fast vier Jahren alles ersetzt, was wertvoll war. Statt Honig bekam man Zucker, statt Kaffee Gerste, Brot war gestreckt und Benzin so minderwertig, dass die Autos mit Gülle besser fuhren. Die pastöse Creme jedoch war gleichgeblieben. Die Wehrwirtschaftsführer hätten ja auch geriebenes Kastanienmehl oder Pferdemist in die Dosen abfüllen lassen können. Mit Widerwillen dachte Druwe an den Ersatzkaffee, die beschissene Lorke aus Zichorien. Er hatte sogar ein Magengeschwür davon bekommen. Den guten alten Berliner Vorkriegs-Mokka in seiner Stammkneipe hingegen hatte er immer vertragen, und er erinnerte sich mit Wehmut an seine Zeit in der Hauptstadt. Sogar seinen geliebten Honig hatten die Kerle gegen flüssigen Invertzucker ausgetauscht. Wahrscheinlich waren die Bienen in Görings Luftwaffe eingezogen worden.

»Du bist wach?« Eva streckte sich und gähnte.

»Soll ich jetzt nein sagen?« Jens Druwe strich ihr sanft übers Haar.

»Dann könnte ich ohne schlechtes Gewissen noch mal einschlafen.« Sie drehte ihr Gesicht zu ihm und lächelte. »Wieder diese Träume?«

Er schüttelte den Kopf. »Im Moment habe ich den Eindruck, auf einem Karussell zu sitzen, das sich immer schneller dreht. Über ein Jahr sitze ich in meinem Kaff in Glücksburg und zähle die kleinen Fliegenschisse an der Wand. Und plötzlich ist da ein Mord. Und ein SS-Kerl, der fast zwei Kollegen umbringt. Ich setze mich in alle Nesseln, die zu finden sind. Zu allem Überfluss noch ein Luder, das mich verführt, obwohl ich eher der schüchterne, unschuldige …«

Weiter kam Jens Druwe nicht, da ihn im nächsten Moment ein Kissen im Gesicht traf.

»Mir scheint, dass ich das Veilchen unter deinem Auge auffrischen sollte.« Eva spielte auf die Blessur an Druwes Wange an. Dort hatte sie ihm vor etwas mehr als einer Woche eine saftige Ohrfeige verpasst. »Es ist doch schon arg blass. Und es steht dir gut, nimmt dir die Schüchternheit und Unschuld.« Sie lachte.

Druwe stöhnte. Eva Steinfeld blickte ihn nun doch besorgt an.

»Der Arm.« Er zeigte auf den Bluterguss, der am rechten Unterarm in allen Farben schillerte. Dort hatte ihn bei einem Schusswechsel mit seinem Widersacher vor einigen Tagen eine Kugel getroffen. Zu seinem Glück war sie in der Lederprothese stecken geblieben. Die Wucht des Aufpralls war jedoch vollständig in das Gewebe abgeleitet worden und hatte außerdem seine Schulter gestaucht. Er konnte den Arm nur unter Schmerzen heben. Eva fuhr mit den Fingern vorsichtig über die Prellung und streichelte sanft den Stumpf. Nur sie durfte das.

»Hast du deinen Schwager da mal draufschauen lassen?«, fragte sie.

Druwes Schwager, Dr. Berthold Schmid, war Chefarzt der Chirurgie an der Flensburger Diako, dem Diakonissen-Krankenhaus.

Jens Druwe schüttelte den Kopf. »Der jagt mich doch vom Hof, Eva. Die haben andere Sachen zu tun. Wie ich hörte, wollen die Briten sich das Krankenhaus unter den Nagel reißen. Für ihre eigenen Soldaten. Berthold verhandelt offenbar schon, dass wenigstens ein Teil der Betten für uns Deutsche bleibt. Wenn er da keinen Erfolg hat, dann krepieren die Leute demnächst wieder an einer einfachen Blinddarmentzündung.«

Plötzlich tastete er nach seinem Ohr. Der scherzhaft gemeinte Schlag mit dem Kissen hatte das Pflaster am Ohrläppchen und Kieferwinkel verschoben. Die Wunde blutete jetzt ungewöhnlich heftig.

»Mist«, rief Eva und zeigte auf das Kopfkissen, auf dem bereits eine Blutspur zu sehen war. »Das Kissen muss sofort eingeweicht werden.«

Druwe stöhnte theatralisch, als er sich aus dem Bett erhob. »Ich sterbe, und du sorgst dich um die Wäsche.«

Als er aus dem Badezimmer kam, hatte er den Streifschuss wieder dick verpflastert. Und er hatte eine Entscheidung getroffen.

»Eva«, sagte er. »Ich habe mich gestern nicht beim Rasieren geschnitten.«

Sie nickte. »Ich weiß.«

»Jemand hat gestern auf uns geschossen«, fuhr er fort.

»Du hast mich gewarnt, Jens«, meinte sie. »Und du hattest offenbar recht. Es ist gefährlich da draußen.«

»Du hattest ebenso recht«, entgegnete er. »Wir können uns nicht ewig verkriechen.« Er überlegte einen Moment. »Ich denke, es war ein Scharfschütze.« Er deutete auf das Heftpflaster am Ohr. »Entweder war er ein lausiger Schütze, oder er wollte mich verfehlen.«

»Wie kommst du denn darauf?«, fragte Eva.

»Der Südermarkt ist nicht so groß, dass ihn irgendetwas gestört haben könnte. Außer der Menschenmenge vielleicht«, antwortete Jens Druwe. »Aber wir sind langsam gegangen, es war kaum Wind, und es hat nicht geregnet. Der Kerl konnte sich das Fenster aussuchen und hatte höchstens achtzig Meter Entfernung. Da trifft jeder halbblinde Jäger.«

»Hat es mit dem alten Fall zu tun?«, fragte sie unvermittelt.

Er zuckte mit den Schultern. »Vielleicht wollen sich die SS-Kerle auf diese Weise rächen oder doch noch an das Geld und die Liste herankommen. Vielleicht war es eine Warnung.«

»Ich habe es ja gesagt«, meinte Eva. »Du musst die Liste loswerden.«

Schweigend bereitete sie das bescheidene Frühstück vor. Sie ahnte, dass sich ihr Leben an einem Wendepunkt befand. Gefahr hatte bisher bei ihr immer eine Trotzreaktion ausgelöst. Die Nazi-Bürokraten hatten sie gedemütigt und bedroht, aber auf wundersame Weise war sie daran innerlich gewachsen. Vielleicht war es ihr Philosophiestudium gewesen, das ihr geholfen hatte, über den Tellerrand des eigenen Lebens hinaus zu blicken. Sie hatte die Bedeutung und den Sinn des Daseins in ganzer Tragweite erfasst, als sie mit der kollektiven Verleugnung von Unrecht in Kontakt gekommen war. Und als sie den Hass und die Zerstörungswut des Nazismus am eigenen Leib erfahren hatte. Sie hatte halbnackt auf Verwaltungsfluren gestanden. Sie war geschlagen und getreten worden, hatte im Frauengefängnis eingesessen. Aber all das hatte sie stärker gemacht. Und nun war – am Ende dieses Wahnsinns – Jens Druwe in ihr Leben getreten. Evas Welt hatte sich verändert. Eine Welt, in der sie schlicht überleben musste, war einer Welt gewichen, die in eine – wenn auch ungewisse – Zukunft blickte.

Die 159. Infanteriebrigade unter dem Befehl von Colonel Peter Andrews stand kurz vor Flensburg. Der Vormarsch westlich an Hamburg vorbei in Richtung Norden hatte etwas Bizarres gehabt. Die Lorries und Jeeps ratterten unbehelligt über die zumeist unversehrt gebliebenen Straßen. Und die Männer begannen sogar wieder zu singen, derart zuversichtlich waren sie. Die Kampfhandlungen waren eingestellt worden, die Bewohner der Dörfer und Städte wirkten nicht feindselig. Vereinzelt trafen sie auf versprengte Truppenteile der Wehrmacht. Aber auch diese Soldaten schienen froh, dass es vorbei war. Obwohl Andrews noch nicht alt war, wusste er vom Grauen dieses Kriegs. Und er ahnte, dass alle folgenden Kriege nur noch schlimmer würden. Er hatte die Berichte aus Montgomerys Hauptquartier gelesen. Arbeitslager, die die Briten befreit hatten. Abgestellte Viehwaggons mit Menschen beladen. Massengräber, die freigelegt wurden. Und dann Bergen-Belsen. Neuengamme. Andrews war froh, dass er bei der Befreiung der Konzentrationslager nicht dabei gewesen war. Was war das nur für ein Land, in dem sie sich befanden? Welches Volk war zu solchen Taten fähig? Wie anders als mit Abscheu und Hass konnte man den Deutschen begegnen? Als wollten sie wie ein Kontrast dazu wirken, waren diese Maitage im Norden des Hitler-Reichs fast idyllisch. Die Menschen schienen sich einfach nach dem Frieden und der Wärme des Sommers zu sehnen. Ebenso mochte es wohl in London, Somerset, Norfolk oder Sussex sein. Die letzten Tage dieses Wahnsinns hatten tatsächlich eher etwas von einem lieblichen Spaziergang gehabt Solche Schilderungen waren dazu angetan, junge Männer zu verführen. Und die Heimat zu beruhigen. Seht her, es ist nur ein Spaß mit Helm und Gewehr! Mutter, sorge dich nicht um deinen Sohn! Aber Peter Andrews wusste es besser.

Und nun hatte ihm das Oberkommando auch noch die Presseleute geschickt, damit sie den Sieg im Norden dokumentierten. Diese Kerle waren die reinsten Nervensägen. Ständig stellten sie Fragen, ständig fertigten sie Fotos oder Filme an, die Andrews wegen der Geheimhaltungspflicht erst durchsehen und freigeben musste. Und dann war da noch dieser Franzose Fabron. Der Colonel hatte eine dubiose Anweisung des *Intelligence Service* erhalten. Solche Orders kamen direkt aus dem Hauptquartier. Niemand in der *Army* wusste so recht, wem diese Geheimdienstleute eigentlich unterstanden und wem sie Anweisungen erteilen durften. Jedoch kam man ihnen auch besser nicht in die Quere. Fabron war offenbar von ihnen angeworben worden, um Nazi-Schweine, die sich in den Norden abgesetzt hatten, dingfest machen zu können. Der Mann sah aus wie ein Seemann, den man in einer Spelunke in einer karibischen Hafenstadt an Pocken sterbend zurückgelassen hatte. Er bestand nur aus Haut und Knochen, war dabei jedoch hochgewachsen. Dadurch wirkte er wie eine übergroße Holzpuppe, die jeden Moment auseinander zu fallen drohte. Dazu trug er eine Nase im Gesicht, die länger als ein Zeigefinger war. Die Männer nannten ihn deshalb Pinocchio. Der Rest seines Gesichts hätte allerdings jedes Kind zutiefst verschreckt. Die Haut war von Narben bedeckt, an vielen Stellen des Kinns wuchs offenbar kein Bart mehr, die linke Augenbraue war verschwunden. Und das rechte Lid schloss nicht richtig, so dass das Auge beständig rot entzündet war und tränte. Andrews wusste nicht viel über den Mann. Offenbar war Fabron als Techniker für die Nazis wichtig gewesen, und sie hatten ihn in irgendeiner Fabrik als Zwangsarbeiter eingesetzt. Obwohl er Jude war, hatten sie ihn am Leben gelassen. Fabron sprach nur wenig Englisch, dafür recht gut Deutsch. Beiden Männern missfiel es, sich in der Sprache des Feindes zu unterhalten, allerdings konnten sie sich nur so gut verständigen.

»Suchen Sie ganz bestimmte Leute in Flensburg, Mr Fabron?«, fragte Andrews eines Abends. Die Offiziere der Brigade speisten immer gemeinsam in der provisorischen Feldmesse. Die Kriegskorrespondenten und Fabron hatte man notgedrungen dazugebeten. Immerhin waren zwei Presseleute in den Rang eines Second Lieutenant erhoben worden. Aber René Fabron war weder richtiger Zivilist noch Soldat. Und er tat dem Briten in gewisser Weise leid, wie er meistens schweigsam und allein am Rand des Camps saß.

Dem armen Teufel haben sie wahrscheinlich alles genommen, dachte Andrews, und ihn in einer Welt der Toten zurückgelassen. Was mochte einen solchen Menschen noch antreiben, am Leben zu bleiben? Die vage Aussicht auf Wiedergutmachung? Alles wird wieder gut! Das versprachen doch Eltern ihren Kindern, wenn Schmerz oder Verlust sie ängstigten. Was aber konnten die Deutschen jemals tun, damit bei Menschen wie Fabron alles wieder gut wurde? Wie konnte man Familie und Heimat ersetzen?

»Ganz bestimmte Leute, Colonel«, antwortete Fabron. »Wie Sie sicherlich wissen, gibt es Hinweise, dass einige wichtige Nazis nach Norden abgehauen sind.«

Andrews blickte erstaunt. »Ja, aber was haben Sie damit zu tun, Fabron? Ich meine, Sie waren doch jahrelang inhaftiert?«

Fabron nahm die abgegriffene lederne Aktentasche, die er immer bei sich trug. »Hier drin …«, sagte er und klopfte auf die Tasche. »Hier drin ist alles, was ich in Kulmhof, Neuengamme und Stöcken gesammelt habe. Jeder Name, der gerufen wurde oder auf einer Uniform stand. Ich habe ihn notiert. Jedes Gesicht, das ich sah. Ich habe es gezeichnet. Misshandlungen, Strafen, Hinrichtungen. Erstaunlich, wie viel in vier Jahren dabei zusammengekommen ist.« Er griff in eine Mappe, zog ein kleines und ein größeres Blatt Papier hervor und reichte es Andrews.

»Hauptscharführer Heinz Kerbich: Zwanzig Stockhiebe für den Häftling Oskar Löbl, weil dieser nicht ordentlich stramm stand, sofort vollstreckt am 23. Februar 1944, 18 Uhr 27«, las der Brite. Dann blickte er auf das kleinere Papierstück. Darauf war die Zeichnung eines Gesichts zu erkennen, darunter der Name: *Heinz Kerbich, SS-Hauptschar-*

führer; Totenkopfsturmbann Neuengamme, vormals Totenkopfstandarte Brandenburg.

Andrews nickte anerkennend. »Ich verstehe«, sagte er dann. »Wachmänner. Wie viele dieser Dokumente haben Sie, Fabron? »

»Über fünfzig«, antwortete der Franzose. »Es waren fast überall Angehörige der Totenkopfverbände, die die KL bewachten. Und Ihre Leute im Hauptquartier sagen, dass viele aus den nördlichen Lagern nach Flensburg abgehauen sind. Zusammen mit den Kommandanten.«

Fünfzig, dachte Andrews. Ein Tropfen auf den heißen Stein. »Immerhin ein Anfang«, sagte er jedoch laut. »Ich werde Sie meinem Field Security Officer, Captain Tanner, zuweisen. Die *Field Security Section* arbeitet schon seit Jahren daran, Informationen über Nazis auszuwerten. Dort wird man Sie brauchen können, Fabron.«

Der Franzose nickte nur.

»Kommen Sie mit nach Flensburg«, fuhr Andrews fort. »Captain Tanner muss dort vielleicht operiert werden. Aber sobald er sich erholt hat, sind Sie sein Mann.« Der ehemalige Häftling war dem britischen Offizier unheimlich. Es war, als sähe einem der Tod fortwährend in die Augen. Sollte sich doch Tanner mit diesem Fabron und seinen dunklen Geschichten herumschlagen.

Das alte Mietshaus in der Nähe des Nordermarkts hatte schon bessere Tage gesehen. Die Wirtschaft in Zeiten des totalen Kriegs verlangte eben Opfer von allen, auch von Hausbesitzern und Mietern. Im Dachgeschoss kämpften die Bewohner gegen Wassereinbrüche oder Zugluft. Beschwerden dagegen waren eine Beleidigung des deutschen Kampfwillens. Hingegen kam in den dunklen Schusterwohnungen des Tiefparterres die Feuchtigkeit von unten.

Ein leises Wimmern klang aus dem Schlafzimmer der Wohnung im dritten Stock. Ruth Hansen weinte Tränen der Verzweiflung und der Wut. Zwei Männer hatte sie verloren. Ihr Mann Gustav galt seit der

Panzerschlacht bei Kursk in Russland als vermisst. Das war nun beinahe zwei Jahre her. Keine Hinweise oder Lebenszeichen. Keine Hoffnung. Und vor einem halben Jahr war der Briefträger mit der Nachricht vom Tod ihres ältesten Sohnes Karlfried gekommen. Absender war die Wehrmachtauskunftstelle. Früher war der Trauerrand auf der Post noch deutlich zu erkennen gewesen. Es gab ja angeblich Leute, die stolz darauf waren, dem Führer und seinem Krieg ein Kind oder den Ehemann opfern zu dürfen. Nach Stalingrad schien dann aber jeder zehnte Feldpostbrief die Nachricht vom Heldentod an der Front zu enthalten. Manchmal kam auch – wenig taktvoll und vor allem kostensparend – nur eine aus der Heimat abgeschickte Postkarte zurück mit dem lapidaren Vermerk *Zurück! Gefallen für Großdeutschland.* Zu oft brachen verzweifelte Angehörige dann im Treppenhaus zusammen. Und die Postboten – alle über sechzig, einarmig oder mit Holzbein – begannen, immer öfter einen Schluck aus dem Flachmann zu nehmen, bevor sie die Briefe übergaben. Manche waren nach zwei Stunden Dienst bereits sturzbetrunken. Schlecht für die Moral an der Heimatfront. Also hatte man an oberster Stelle kurzerhand entschieden, den Umschlag fortan in neutralem Weiß zu halten. Der Absender war jedoch immer noch die berüchtigte Auskunftstelle. Und die Briefumschläge waren aufgrund des Papiermangels derart dünn, dass oft das aufgedruckte stilisierte Eiserne Kreuz des Kondolenzschreibens, der Dienststempel und sogar die Zeile »Mit aufrichtigem Bedauern« hindurchschienen.

Liebe Mutter. Sorge dich nicht, mir geht es gut. Wenn diese schwere Zeit überstanden ist, kann mich nichts mehr schrecken. Ich werde dir und Vati zur Ehre gereichen. Kein Wort der Klage werdet ihr von mir hören. Grüße Willi von mir. Er soll sich in der Schule anstrengen, dass kein Esel aus ihm wird. Dein Karlfried. Diese Zeilen gingen Ruth immer wieder durch den Kopf. Es war die letzte Postkarte ihres Sohns aus der Nähe von Danzig. Zwanzig Jahre hatte er nur gehabt, dann kam die Nachricht, dass er gefallen war. Lehrer wäre er gern geworden.

»Ich werde die Unterschrift selbst daruntersetzen, Mutti«, rief es aus der Küche. »Es ist meine Pflicht. Hörst du? Meine Pflicht! Was sollen Vati und Karlfried von mir denken, wenn ich jetzt kneife?«

Ruth war wie vom Blitz getroffen. Sie hatte gebeten und gebettelt, als ihr jüngster Sohn von seinen Plänen berichtete. Dann hatte sie geschrien und getobt. Schließlich war sie in Tränen ausgebrochen und hatte sich auf das Bett in der kleinen Schlafkammer geworfen.

»Bist du verrückt, Lütt Willi?«, hörte sie Grete rufen. »Wie kannst du Mutti das antun? Der Krieg ist aus. Sie haben im Radio gesagt, dass es nur darum geht, möglichst viele Leute vor den Russen zu retten. Hörst du nicht zu? Der Führer ist tot.«

»Rede nicht so, Grete. Und nenn mich nicht Lütt Willi. Ich bin alt genug, um selbst zu entscheiden.« Willis Stimme klang seit einem Jahr seltsam. Seit er in den Stimmbruch gekommen war, wechselte seine Stimmlage bei Aufregung zwischen knabenhaftem Sopran und männlichem Tenor. Und er wurde sehr wütend, wenn jemand darüber lachte. »Rektor Schreiner sagt, dass Deutschland jetzt ehrenhaft in den Frieden gehen muss. Und dass hier bei uns eine neue Regierung ihre Arbeit aufnimmt. Flensburg ist jetzt wichtiger als Berlin. Wir machen Frieden mit dem Westen. Und dann holen wir uns den Osten zurück. Dafür werden immer noch Soldaten gebraucht. Ich melde mich. Basta.«

In diesem Moment trat Ruth um die Ecke und baute sich vor ihrem Sohn auf. Sie war eine recht große Frau, schlank und beinahe drahtig. Ihre Worte waren jetzt mehr ein leises Zischen, als müsste sie sich beherrschen. »Karlfried ist tot und dein Vater wahrscheinlich auch. Hat diese Familie nicht genug für Deutschland getan? Unseren Adolf hat es jetzt auch erwischt. Aber immer noch steht es zwei zu eins für uns Hansens.« Sie lachte fast hysterisch auf. »Und mein Herr Sohn will zur Flak! Magst du dich zu Klump schießen lassen? Im letzten

Moment ein Bein verlieren? Wie dein sauberer Dr. Schreiner? Oder soll es ein Auge sein, vielleicht eine Hand?« Sie griff nach dem rechten Arm ihres Sohns und hielt ihn fest.

»Au«, rief Willi. »Lass das, Mutti, du tust mir weh!«

»Ach ja? Weißt du denn, was Schmerzen sind? Ich habe die armen Teufel gesehen, oben in der Diako. Sie liegen in den Betten und wimmern. Die tapferen Helden weinen und rufen nach ihrer Mutter. Sie quälen sich mit Bauch- und Lungenschüssen, an denen sie seit Wochen langsam verrecken. Oder soll es Wundbrand sein, der dein Fleisch in einem heißen Fieber verfaulen lässt? Gasödeme in gequetschten Gliedern. Oder lallende, halbierte Schrapnell-Schädel. Dein Heldentod kommt selten schnell …«

»Mama, bitte«, rief jetzt Grete. Sie war siebzehn und half ihrer Mutter, die als Krankenschwester am Flensburger Diakonissen-Krankenhaus arbeitete, bei der Pflege der Verwundeten und Kranken. Viele verletzte Soldaten waren mit den Marineschiffen aus den Ostseehäfen vor den anrückenden russischen Truppen nach Flensburg evakuiert worden. »Wir müssen jetzt Ruhe bewahren.«

»Er will Soldat werden, Grete! Soldat! Jetzt, wo alle schon nach Hause gehen.« Ruth schrie beinahe vor Verzweiflung. »Es ist vorbei. Die Bonzen haben uns in den Dreck geritten, die großen Feldherrn haben versagt. Gustav, euer Vater, hat es schon damals gewusst. Die sind unser Untergang, hat er gesagt. Und Kalli sah das auch so. Wir können bloß froh sein, dass wir nicht im Osten wohnen. »

»Nicht so laut, Mama.« Grete versuchte, ihre Mutter zu beruhigen.

»Sollen sie es doch hören!« Ruth formte mit ihren Händen eine Art Trichter an ihrem Mund und wandte sich zur Haustür. »Mein Gustav war ein Sozi und ist es immer geblieben«, rief sie übertrieben laut. »Und er war tausend Mal mehr wert als diese braunen Schinder.«

»Das ist Verrat! Aufhetzung! Zersetzung des Wehrwillens!«, schrie Willi. »Sei still! Wegen Leuten wie dir haben wir verloren.« Nun traten auch ihm Tränen in die Augen. »Ich will von dir nichts mehr wissen. Ich gehe nach Mürwik und melde mich dort. Wenn du irgendetwas wegen der Unterschrift sagst, dann erzähle ich denen, was das hier für eine saubere Kommunisten-Familie ist.« Wilhelm Hansen nahm seine Jacke vom Haken und ging zur Tür. »Ihr werdet schon sehen. Morgen bin ich an der Front. In der *Volkszeitung* haben sie geschrieben, dass unser Vaterland jetzt mutige junge Männer braucht. Das Alte geht, das Neue kommt. Und ich bin dabei.«

Mit Schwung riss er die Wohnungstür auf. Ruth Hansen konnte einen kurzen Blick auf die Nachbarn erheischen, die im gebohnerten Flur gestanden hatten. Wie aufgeschreckte Ratten huschten sie zurück in ihren Bau, und einen Moment später schloss sich dort die Tür. Sie wusste, dass ihre Worte gehört worden waren, und sie wusste auch, dass man in diesem Deutschland in den letzten Jahren für viel weniger abgeholt worden war.

»Bitte nicht, Willi«, flüsterte sie. Sie unternahm einen letzten Versuch, hielt ihren Sohn am Ärmel fest, zaghaft nur, verzweifelt. Aber er entwand sich ihrem Griff, war taub gegen ihr Flehen. Entschlossen trat er aus der Wohnung. Die Dielen knarrten unter seinen Schritten. Ruth war wie erstarrt. Sie verlor einen weiteren Mann. Hansens gegen den Führer. Drei zu eins. In der Schlussminute. Endstand.

7. Mai 1945

Die Welt hielt nun den Atem an. Es war der erste Tag nach dem Krieg und der letzte Tag vor dem Frieden. Obwohl, war es wirklich ein Frieden? Besser schien es zu sagen, es war das Ende der Kampfhandlungen, zumindest im Norden des Reichs. Deutsche Militärs hatten versucht, mit dem britischen Oberbefehlshaber Montgomery eine Art von Sonderkapitulation auszuhandeln. Tatsächlich war gestern ein

Vorauskommando der Briten kampflos in der Stadt Flensburg eingetroffen. Die Sieger hatten das Krankenhaus, die Polizeidirektion und das Rathaus besetzt. Seltsame Szenen hatten sich auf den Straßen abgespielt. Deutsche Soldaten wechselten die Straßenseite, wenn sie auf die Briten trafen. Waren sie schon die Besiegten, gar Kriegsgefangene? Viele beschlossen, ab morgen einfach in Zivilkleidung aufzutreten. Ihre Waffen hatten viele vorsorglich weggeworfen. Der Feind, der Besatzer grüßte nicht. Ehrenbezeugungen hatte das besiegte Deutschland nach Ansicht der Alliierten nicht verdient. Eine Anweisung aus dem Hauptquartier. Kein militärischer Gruß, kein Händedruck, keine Gespräche. Nur Befehle waren erlaubt. SS-Angehörige waren von einem Tag zum nächsten aus dem Straßenbild verschwunden. Ihre Uniformen mit den Sigrunen an den Kragenspiegeln hatten sie in der Förde versenkt oder am Feldrand vergraben. Aus den Männern Himmlers wurden einfache Wehrmachtssoldaten, Zivilbeamte und Kriegsversehrte. Ihre Zahl war beinahe über Nacht um fünftausend gestiegen.

Flensburg hatte turbulente Wochen hinter sich. In der alten Kaufmannsstadt ging es drunter und drüber. Die Einwohnerzahl hatte sich durch Flüchtlinge aus dem Osten in fünf Monaten nahezu verdoppelt. Die Hafengegend glich einem orientalischen Basar, jedoch roch es hier nicht nach exotischen Gewürzen, sondern nach Schweiß, Urin und Kot. Auch die Farbenpracht hielt sich in Grenzen. Die Stadt hatte den Krieg bisher recht ruhig erlebt. Seit zwei Jahren gab es zwar vereinzelte Luftangriffe, durch die der Gegner seine Überlegenheit auch in abgelegenen Reichsgebieten zeigte. Da aber viele dänische Familien in der Stadt lebten und die Beziehungen zu Dänemark traditionell gut waren, hatte der britische Luftmarschall, von den Deutschen Bomber-Harris genannt, auf Großangriffe verzichtet. So standen die Häuser der Innenstadt dicht an dicht, die engen Gassen und Hinterhöfe atmeten den Duft von Handelsgütern aller Art. Ein Problem wurden die Fäkalien der mittlerweile übervölkerten Stadt. So lagerte die Verwaltung ankommende Flüchtlinge schnell in die Außengebiete aus, oft auch gegen Widerstand.

»Heute muss ich mich entscheiden. Diese Regierungssache …«, sagte Druwe nach dem Frühstück, beendete den Satz jedoch nicht. Er aß normalerweise nur, wenn er Hunger hatte. Er schlief nur, wenn er hundemüde war. Jetzt aber spürte er wieder, dass eine Tasse Tee und eine Scheibe Brot mit Schmalz dem Tag Würde gaben.

»Es sind zwei Entscheidungen, Jens«, erwiderte Eva und blickte ihn an. »Und eine davon betrifft uns. Wie soll es weitergehen?« Sie schwiegen beide, da Versprechungen und Beteuerungen in diesen unsicheren Zeiten nur hohl wirken konnten. »Für mich steht fest, ich fahre nach Kattrup zurück«, fuhr Eva plötzlich fort. »Magda hat mich gebeten, ihr auf dem Hof zu helfen. Paul ist noch zu schwach. Außerdem muss ihre Schwester Elsbeth sich um das Kontor kümmern. Dann haben wir hier sowieso kein Bett mehr.« Sie blickte ihn mit gespielter Koketterie an. Sie hatte Druwe ihre Entscheidung schon gestern angedeutet. Er war insgeheim erleichtert gewesen, da es ihn der Pflicht enthob, einen Weg zu finden, wie er sie in Sicherheit bringen konnte.

Eva Steinfeld war seit über zwei Jahren auf einem Bauernhof südlich von Flensburg beschäftigt. Ein Gericht in Hamburg hatte sie zum zwangsweisen Arbeitseinsatz verurteilt. Da sie die Schwester eines politischen KL-Häftlings war. Sie galt als sogenannter Volksschädling und hatte ihre »Schuld« gegenüber der arischen Gemeinschaft abzutragen. Sie hatte sich zudem beharrlich geweigert, einen deutschen Siegfried zu heiraten und dem Führer Söhne zu gebären. Zehn Jahre Arbeitsdienst, so hatte deshalb der Richterspruch gelautet. Eva beaufsichtigte auf dem Hof von Paul und Magda Lessling zwei Dutzend Fremdarbeiter und Kriegsgefangene aus den besetzten Ländern. In Zukunft musste man nun allerdings sagen: aus den ehemals besetzten

Ländern. Nach der Niederlage brach überall Chaos aus, da die Leute schnell nach Hause wollten. Zum Teil kam es auch zu Racheakten an der deutschen Bevölkerung. Prügeleien, Plünderungen, Überfälle gehörten im Moment zur Tagesordnung in Schleswig-Holstein.

»Ein Glück, dass Magda und Paul die Arbeiter immer anständig behandelt haben«, sagte Eva. »Magda meinte, dass die meisten so lange bleiben wollen, bis sich die Lage beruhigt hat. Zwei Belgier und ein Franzose sind abgehauen, die Russen sind alle geblieben. Die wissen gar nicht, wo sie hin sollen. Und auf dem Hof wird ihnen wenigstens der Bauch gefüllt.«

»Du hast mit Magda Lessling telefoniert?« Jens Druwe blickte sie verwundert an.

Sie nickte. »Feddersens von nebenan haben Telefon im Laden. Und ich habe bei Paulsen in der Gendarmerie angerufen. Der hat einen Botenjungen zu Magda geschickt.«

»Wie geht es dem alten Lessling?«, fragte Druwe. Paul Lessling hatte einen schweren Rheumaschub erlitten, als vor einer Woche ein SS-Kommando auf seinem Hof erschienen war. Lesslings Bruder, ein höherer Parteibonze, hatte dort Beutegut aus den besetzten Ländern, Hehlerware und Geld versteckt. Nach erfolgloser Durchsuchung aller Gebäude hätte die SS dem Ehepaar fast den Hof angesteckt. Nur das beherzte Eingreifen der Fremdarbeiter bei den Löscharbeiten hatte das Schlimmste verhindern können. Kurz danach war Paul Lessling zusammengebrochen.

»Er erholt sich, ist aber noch zu schwach, um zu arbeiten. Ich werde Magda unterstützen. Außerdem kommt ihre Schwester morgen zurück. Ich denke, dass Elsbeth und ihr Mann mich nicht ewig hier dulden würden. Und uns beide …« Sie blickte ihn verschwörerisch an. »… erst recht nicht. Zusammen mit der Einquartierung wird es langsam eng.«

Schade, dachte Druwe. Das Hinterhofhaus der Jørgensens in der Nähe des Flensburger Südermarkts war in den letzten Tagen ihr Liebesnest gewesen. Druwe war mit seinem halblegal entliehenen Dienstwagen recht mobil gewesen. So konnte er auch einige Male auf seinem eigenen Polizeirevier im benachbarten Ort Glücksburg nach dem Rechten sehen. Insgesamt waren die vergangenen Tage eine Idylle gewesen. Vor fünf Tagen hatte zwar die Stadtverwaltung dann die Aufnahme einer Familie angeordnet, die über die Ostsee aus Pillau gekommen war. Aber diese Menschen waren bescheiden und leise. Hanne von Weiher und ihre beiden kleinen Kinder hatten nichts retten können außer ihrem Leben. Zusammen mit Hannes verwirrtem Schwiegervater waren sie jetzt also sechs in der kleinen Wohnung. Mit der Rückkehr des Ehepaars Jørgensen würde die Situation untragbar werden.

Jetzt hieß es also, Abschied zu nehmen. Da kam Druwe eine Idee. »Wenn du bis heute Nachmittag wartest, dann fahre ich dich mit dem Wagen nach Kattrup. So wie das jetzt aussieht, wärst du mit Omnibus und Fuhrwerk kaum eher da. Wenn überhaupt jemand unterwegs ist. Und sicherer ist es auch.«

»Werden die Briten dir den Wagen nicht wegnehmen?«

»Diesen Schrotthaufen? Wenn sie auf so etwas scharf wären, hätten sie den Krieg nicht gewonnen. Außerdem ist mein Englisch ganz gut. Police Officer at work. No SS.« Druwe lächelte. »Ich trage Zivil und zeige ihnen noch meine besondere Dienstmarke.« Er hob seine Lederprothese der rechten Hand. »German Frollein in Not, very important Angelegenheit.«

»Wenn du meinst ...« Ganz überzeugt schien Eva nicht. Die Aussicht, den Weg nach Kattrup allein zurückzulegen, behagte ihr jedoch nicht. Zwar würde der Knecht vom Lessling-Hof sie in Satrup am Bahnhof abholen. Aber fuhren die Züge überhaupt noch?

»Also, abgemacht. Ich fahre dich. Vorher muss ich allerdings noch die Sache mit Streckwein und dem Innenminister klären.« Druwe fuhr sich mit der Zunge über die Lippen. Er erinnerte sich an das Telefonat am Samstag. Dieser Regierungsrat Streckwein, Sekretär des neuen Innenministers, war ihm nicht geheuer. Die vielen Gerüchte um die Regierung wirkten haarsträubend. Dönitz. Ein neuer Führer? Hier in Flensburg? Die Sache wirkte auf ihn eher wie eine Lachnummer aus einem Berliner Kabarett, von der *Wilden Bühne* oder aus dem *Café Größenwahn*. Wehmütig dachte Druwe an sein altes Berlin. Da war er nur Kripo-Mann gewesen. Aus allen Intrigen und Kungeleien hatte er sich immer herausgehalten. Nun aber war er plötzlich mittendrin in solchen politischen Machtspielchen. Auf diesem Parkett zählte Eitelkeit mehr als Erfahrung, und die Strippenzieher kamen weiter als die ehrlichen Malocher. Nach der Niederlage im Ersten Krieg und dem Zusammenbruch des Kaiserreichs hatte er sich nie Gedanken darüber gemacht, wie eine neue Ordnung im Land überhaupt entstehen konnte. Warum auch? Er war damals Untertan seiner Majestät gewesen. Und entlassener Soldat. Er hatte sich um sich selbst, um Unterkunft und Beruf kümmern müssen. Jetzt sollte er für einen Minister arbeiten? Sich um die Polizei kümmern? Diese Vorstellung war absurd. Er war ein Mann der Straße, der Schreibtisch hatte ihm nie zugesagt. Streckwein hatte ihn für den Vormittag nach Flensburg-Mürwik zur Marinesportschule gebeten. In den dortigen Gebäuden befand sich seit vier Tagen der Sitz der neuen, provisorischen Reichsregierung.

»Wenn ich diesen Streckwein richtig verstanden habe, dann will er, dass ich beim Aufbau einer neuen Polizei helfe«, unterbrach Druwe seine eigenen Gedanken. »Er deutete an, dass ich da irgendeine Leitungsaufgabe übernehmen soll. Sein Chef ist Innenminister Stuckart. Der Mann ist mir völlig unbekannt. Ich glaube, ich habe im Lazarett mal einen Artikel im *Völkischen Beobachter* über ihn gelesen. Damals war er noch Sekretär bei Innenminister Frick. Hatte wohl Kommentare zu den Rassegesetzen verfasst, die gelobt wurden. Er will nur noch saubere Polizeibeamte haben, was immer das heißen mag. Ich musste Streckwein erst einmal erklären, dass wir dann wohl nur eine Handvoll zusammenkriegen werden. Und auch nur, sofern wir im ganzen Reich suchen.«

»Du warst nicht in Himmlers Verein. Weder bei der SS noch bei der Gestapo. Offenbar haben die Herren Politiker sich deine Akte ganz genau angesehen«, meinte Eva zuversichtlich.

»Wenn dem so ist, dann kennen sie sicher auch die anderen Einzelheiten. Das Verfahren vor dem Militärgericht, die Degradierung zum Mannschaftsdienstgrad und mein Einsatz im Strafbataillon vor Stalingrad«, erwiderte Druwe nachdenklich.

»Aber vielleicht bedeutet es auch, dass man dort genau weiß, dass du im Grunde keinen Dreck am Stecken hast. In die Sache wurdest du hineingedrängt«, sagte Eva. »Sie suchen nach Leuten, die glaubwürdig mit den Briten arbeiten können. Nazis werden die wohl kaum nehmen. Und irgendwo müssen sie ja anfangen. Offenbar hat man in der Regierung erkannt, dass überall in der Polizei Verbrecher am Werk waren.«

»Ich weiß nicht«, entgegnete er. »Neue Regierung. Admiral Dönitz. Hitlers Testament. Was werden die Briten dazu sagen? Vielleicht setze ich mich gerade dadurch im letzten Moment in die Nesseln, dass ich mit diesen Kerlen zusammenarbeite. Dönitz hat immerhin den U-Boot-Krieg zu verantworten.«

»Aber jemand muss doch etwas tun.« Eva wurde nun lauter. »Und die Briten brauchen einigermaßen anständige Leute. Oder glaubst du, dass die hier alles selbst auf die Beine stellen wollen? Es ist wichtig, dass du mitmachst. Sie werden anerkennen, dass du nicht bei der SS warst. Auch nicht bei der Gestapo oder dem Sicherheitsdienst. Und wenn du nach oben kommst, kannst du vielleicht sogar helfen, die untergetauchten Verbrecher und Profiteure zu fassen. Das ist doch das, was dich in den letzten Tagen so beschäftigt hat. Dass die plötzlich alle verschwinden.«

»Wahrscheinlich hast du recht«, sagte Druwe. »Zumindest käme ich aus Glücksburg raus. Da verblöde ich noch. Einbruch in der Backstube. Schlägerei vor der Kirche. Diebstahl eines Handkarrens. Zwei Russen sollen einen Hirsch gewildert haben. Und gestern sind die Helfer nicht zu den Flak-Stellungen gekommen. Die sind alle erst vierzehn oder fünfzehn. Der Feldwebel hat ihnen gesagt: Der Krieg ist aus, ihr Bengel, geht nach Hause. Und weißt du, was dann passiert ist? Ein pickliger Marineleutnant stand plötzlich mit zwei Soldaten in meiner Revierstube. Er wollte den Feldwebel verhaften, und ich sollte ihm dabei helfen. Wegen Zersetzung der Wehrkraft. Faselt etwas von der Kriegssonderstrafrechtsverordnung und Todesstrafe mit sofortiger Vollstreckung. Stell dir das vor, Eva!« Jens Druwe hatte sich in Rage geredet. »Der Kerl hat damit geprahlt, dass er bereits drei standrechtliche Erschießungen befehligt hatte! Ich habe ihm Schläge angedroht und ihn rausgeschmissen. Und diesen Feldwebel habe ich von meinem Wachtmeister warnen lassen, er solle sich ein paar Tage gut verstecken. Die Welt ist völlig aus den Fugen geraten. Mich kotzt das alles so an.«

»Du könntest doch wieder bei der Kriminalpolizei anfangen. An deiner Stelle würde ich das bei diesem Streckwein zur Bedingung für eine Zusage machen«, sagte Eva beinahe euphorisch.

Druwe überlegte. Diese Vorstellung hatte etwas für sich. Er war mit Leib und Seele Kriminalpolizist gewesen. In Hamburg und Berlin, lange vor Hitler und diesem ganzen Wahnsinn. Jetzt bot sich ihm die Möglichkeit, wieder dort hinzukommen, wo er vor drei Jahren aufgehört hatte. Bevor man ihn in diesen Krieg gezwungen hatte. Und bevor diese Sache in Witebsk und Smolensk passiert war.

»Außerdem …«, fuhr Eva fort. »Was willst du denn sonst machen? Kartoffeln anbauen? Altmetall sammeln? Betteln gehen?«

Er nickte. Es stimmte, was sie sagte. »Kripo-Arbeit. Das ist mein Leben. War es schon immer. Ich kann nichts anderes.«

»Na bitte, da hast du deine Antwort. Wenn du merkst, dass sie dich nur benutzen, dann wirfst du eben hin. Und vielleicht kannst du sogar engere Kontakte zu den Briten knüpfen. Die sind sicher an dieser Liste der abgetauchten SS-Leute interessiert. Vielleicht lösen sich dann mehrere Fragen gleichzeitig.«

Druwe schwieg eine Weile. »Ehrlich gesagt, Eva, den Leuten in der neuen Regierung traue ich nicht. Die sind zwar alle nur aus der zweiten Reihe, aber haben kräftig mitgemischt, so lange Hitler noch am Ruder war. Die malen sich nur etwas hellbrauner an und machen so weiter. Und wahrscheinlich wollen sich die Herren nur reinwaschen.«

»Wahrscheinlich hast du recht«, erwiderte sie. »Aber durchs Herumsitzen wirst du gar nichts erreichen. Entscheide dich, Jens. Bleib in Glücksburg bei deinen Hühnerdiebstählen. Oder misch wieder mit. Du wirst aber keine zweite Chance bekommen.«

Er hatte selbst zu lange weggesehen. Als er noch bei der Kripo gewesen war, hatte er gedacht, irgendwie für das Recht einstehen zu können. Trotz der neuen Ideologie. Trotz der Nacht-und Nebel-Verhaftungen. Trotz der brutalen Verfolgung Andersdenkender. Trotz der Folterungen in den Gestapo-Kellern der Prinz-Albrecht-Straße. Und trotz des Rassenwahns. Er hatte sich selbst getäuscht. Der Lüge folgte die Tat. Der Tat die Schuld. Und dieser Schuld, die er auf sich geladen hatte, war er eindeutig noch etwas schuldig.

3

Auch wir geh'n eines Tags nach Haus
Hinweg aus dieser Wüste
Wir geh'n auf unsern Füßen raus
Und nicht in einer Kiste.
(Lied aus dem KZ Sachsenhausen; Text: H. Naujoks, 1941)

Die Aussicht vom Kai am Ostufer des Außenhafens wäre zu anderen Zeiten schön gewesen. Ganz verziehen hatten die Flensburger dem abgedankten Kaiser Wilhelm nicht, dass er mit seinen Plänen für einen neuen Flottenstützpunkt vor über dreißig Jahren eine Entwicklung angestoßen hatte, durch die den Städtern ihre herrliche Sommerfrische genommen wurde. *Klein Westerland* hatten sie den Strand genannt, der in hervorragender Lage fast gegenüber der Innenstadt einen Blick nach Nordwesten bis zum Flensburger Wald und Dänemark geboten hatte. Vor fünfzehn Jahren war dann der gesamte Bereich Militärgelände geworden. Sperrgebiet. Erst waren es die Kadetten der ambitionierten Kaiserlichen Marine, die sich hier schleifen ließen. Danach kamen in Weimarer Zeiten die Offiziersanwärter der durch den Versailler Vertrag geschrumpften Einheiten der Kriegsmarine. Sie spielten zum Teil mit Attrappen und Holzbooten in der Förde, da die Tonnage im Friedensvertrag beschränkt wurde. Und seit Beginn des neuerlichen Kriegs mühten sich nun die blauen Jungs der Marine des Tausendjährigen Reichs, ihren seemännischen Anteil zum Endsieg des Führers beizutragen. Das unterdessen besiegelte Scheitern dieses Vorhabens drückte sich aus durch eine Unmenge von Schiffen, ob ziviler oder militärischer Art, die seit Wochen in den

Hafenbereichen und Teilen der Außenförde auf Reede lagen. Zu anderen Zeiten wäre der Betrachter, der am Kai saß und auf das Wasser zu blicken schien, vielleicht versucht gewesen, an eine Parade zu Kaisers oder Führers Geburtstag zu glauben.

Der Mann trug einen schlecht sitzenden Anzug. Er war hochgewachsen, nicht mehr ganz jung, vielleicht etwas über dreißig Jahre alt, gut genährt und durchtrainiert. Sein dunkelblondes Haar war oben etwas länger, seitlich kurz mit einer Rasur im Nacken und über den Ohren. Die heftige Morgenbrise wehte ihm einige Strähnen in die Stirn. Er saß am Ende der nördlichen Anlegebrücke, die den kleinen Marinebooten vorbehalten war. Seine Haltung wirkte fast lässig, als hockte er nicht auf Tampen, sondern ruhte auf einem Divan. Dabei lehnte er mit dem Rücken seitlich an mehreren leeren Kisten. Sein Blick ging in Richtung der offenen Förde und des dänischen Ufers bei Kollund. Das Treiben auf der Uferstraße der Marineschule ließ ihn offenbar unberührt. Vielleicht beobachtete er die ersten Seekadetten auf dem Wasser, die gleich ihre Oberarme beim morgendlichen Rudertraining stählen würden. Ein winziger Frachter, getarnt als Fischerboot, hatte gegen sechs Uhr hier festgemacht, und seine Güter wurden von einem halben Dutzend Matrosen entladen. Einige Nachschubwege der Marineschule kamen derzeit über das dänische Sønderborg. In die besetzten skandinavischen Länder waren von der Marineführung schon vor Monaten kriegswichtige Güter ausgelagert worden. Das ohnehin gespannte Verhältnis zu den Deutschen hatte in den letzten Wochen noch stärker gelitten, als einige Truppenteile die nordischen Häfen regelrecht ausplünderten. Man hatte dort nicht nur die Depots geräumt, sondern sich auch rücksichtslos am Hab und Gut der Einheimischen vergriffen.

Irgendetwas jedoch stimmte nicht. Seeleute erkannten sofort, ob sie einen der ihren oder einen Landlubber vor sich hatten. Und der Kerl, der da saß, war eindeutig eine Landratte. Es hob auch nicht gerade die

Stimmung der Männer, wenn man sie morgens gegen sechs beim Rudertraining, beim Entladen von Kisten oder beim Sackkraulen beobachtete. Es dauerte also nicht lange, bis sich ein Maat aufmachte, dem vermeintlichen Kurgast an der Mole ordentlich die Meinung zu geigen.

»Moin, Mister. Keine Piepels an den Umschlagplätzen«, posaunte der Unteroffizier in bestem Marine-Kauderwelsch. Beim ersten Schuss war immer Vorsicht geboten, das wusste jeder Soldat. Schließlich konnte es sich um einen Vorgesetzten handeln, der in der Nacht etwas zu tief in die Buddel geschaut hatte. Für diesen Fall musste man sich mit einem Witz herausreden können. Der Mann antwortete jedoch nicht.

»Ich muss Sie auffordern, den Bereich zu verlassen. Zivilisten haben keinen Zutritt. Ich bin auch befugt, Sie entfernen zu lassen.« Der Maat wurde ungeduldig. Der Kerl starrte weiterhin in die Ferne. Auch sonst keine Reaktion. Dämlicher Arsch. Es wurde Zeit für den zweiten Schuss. Der Obermaat ging auf den Mann zu und packte ihn recht unsanft an der Schulter.

»Wächst dir Seetang in den Lauschern, du Klabauter?« Durch die Bewegung kam der Körper des Sitzenden aus dem Gleichgewicht und rutschte etwas nach hinten. Dadurch schien der Mann den Kopf zu heben, als wolle er nun doch auf die Frage antworten. Stattdessen jedoch blickte der Maat in gebrochene Augen, deren bereits milchig eingetrübte Linsen seltsam ins Nirgendwo zu starren schienen. Der Mund stand leicht offen, aus einem Mundwinkel war Speichel geflossen, der sich eingetrocknet über das Kinn zog. Im anderen Mundwinkel sammelte sich etwas geronnenes Blut. Das faltenfreie Gesicht wies eine rosig gesunde Gesichtsfarbe auf, wie sie viele Seegäste nach einem Spaziergang bei Kälte und Sturm zeigten. Weniger gesund wirkten die verkrampften Muskeln an Kiefer, Hals und Schlund. Dadurch glich der Ausdruck einer Art friedvollen Entsetzens. Jetzt kippte der

Körper, endgültig aus seiner Nullposition gekommen, nach vorne um. Dabei behielt er die gebeugte Haltung eines sitzenden Mannes bei. Der Maat wich erschrocken zurück und machte keine Anstalten, den fallenden Korpus aufzufangen. Er wusste, der Mann merkte sowieso nichts mehr. Er war tot.

Ein Briefumschlag wehte über den Beton des Piers. Offenbar war er unter einen Oberschenkel des Toten geklemmt gewesen. Geistesgegenwärtig trat der Marinemann mit einem Fuß darauf, bevor der Wind ihn aufs Wasser tragen konnte.

Auf dem Umschlag stand nur ein Name. *Eva Steinfeld.*

Druwe fuhr gegen neun Uhr nach Mürwik. Die Marineschule lag am Ostufer der Innenförde, nur etwa vier Kilometer von der Innenstadt entfernt. In der ganzen Hafengegend war es ruhig – zu ruhig für einen Montagmorgen. An eine geordnete Arbeit war sowieso nicht zu denken. Überall lagen kleine und große Schiffe, meist in dritter oder vierter Reihe vertäut. Druwe schätzte ihre Zahl auf über zweihundert. Lange hatte die Verwaltung den lebenswichtigen Güterumschlag freihalten können, aber nun waren die Liegeplätze der Frachtkähne ebenfalls belegt. Die provisorischen Meldeämter, die in Zelten an den Kais für die Flüchtlinge aus dem Osten eingerichtet worden waren, lagen verwaist da. Kennkarten, Meldebescheinigungen, Essensmarken. Niemand gab noch einen Pfifferling auf das alte System.

Die Leute werden anfangen, sich in spätestens zwei Tagen für ein paar Kartoffelschalen die Köpfe einzuschlagen, dachte Druwe. Und wer glaubte, angesichts des Kriegsendes zufriedene oder gar fröhliche Menschen zu erblicken, der sah sich getäuscht. Resignation und Hoffnungslosigkeit standen in den Gesichtern derer, die überlebt hatten. Druwe hatte Gerüchte gehört, nach denen in den vergangenen Wochen über eine Million deutsche Vertriebene in den Häfen Schleswig-

Holsteins angekommen waren. Er selbst hatte in den letzten Tagen in viele Totenmasken geblickt. Wachsartig und hölzern. Ausdruckslos nahmen diese Kreaturen hin, dass sie das eine Grauen gegen ein anderes eingetauscht hatten. Zwar waren sie den Kriegsübeln und drohenden Racheakten der Roten Armee entflohen. Aber hier erwartete sie kein Willkommensgruß. Hier waren sie »Ostpack« und »Polacken«, die den Einheimischen Wohnraum und Essen nahmen.

Druwe fuhr den Ballastkai hinauf. Erst ging es am Hafengelände für den Getreideumschlag vorbei, dann kamen Flak-Stellungen, in denen offenbar tatsächlich noch ein paar viel zu junge Helfer, kaum älter als Pimpfe, ihren Dienst versahen. Rechts lagen die riesigen Bunkeranlagen der Marine, deren Zweck Druwe nicht kannte. Er fuhr an der eigentlichen Marineschule vorbei in Richtung der Straße Twedterholz. Dort war im Zuge der Olympia-Euphorie die Mürwiker Marine-Sportschule errichtet worden. Hier und nicht bei den offiziellen Marine-Einrichtungen hatte die neue Regierung Dönitz Quartier bezogen.

Druwe musste am Posten halten. Er zeigte seinen Dienstausweis vor. »Regierungsrat Streckwein erwartet mich zu einer Besprechung um zehn«, sagte er. Über dem Eingang zum Gebäude des Kommandeurs wachte der obligatorische Betonadler, dessen Schwingen eher Rasierklingen ähnelten. Seitlich erkannte Druwe Reliefs mit der Darstellung klassischer Sportarten. Boxen, Ringen, Laufen, Schwimmen.

Schießen fehlt, dachte er bitter. Und Sterben. Wie viel Punkte mochte das Reich wohl auf einer olympischen Totenskala erreicht haben? Vier, fünf Millionen? Mehr? Damit hätte Deutschland wohl das Gold in dieser Disziplin sicher.

Ein wachhabender Marinesoldat verschwand im Wachhaus. Der andere behielt indessen Druwe im Auge. Nach etwa fünf Minuten trat der Wachhabende mit einem Obermaat wieder heraus.

»Herr Inspektor Druwe?« Der Unteroffizier zögerte. »Ich meine,

Herr Streckwein sprach von einem Kommissar.« Er betrachtete aufmerksam Druwes Ausweis. Kommissar, Inspektor, Hauptmann. Da blickte schon seit Jahren niemand mehr richtig durch. Himmler als Chef der Polizei hatte immer wieder die Dienstränge neu geordnet, Zuständigkeiten getauscht, Verwirrung gestiftet. Mittlerweile hatten sogar die Schäferhunde Dienstgrade zugeordnet bekommen.

»Ach, egal«, fuhr der Obermaat fort. »Herr Streckwein hat sein Büro in Baracke 7a. Vorn die zweite Stichstraße rechts, da finden sie ihn.« Der Schlagbaum ging hoch.

»Kommissar Druwe?« Er hatte eine Viertelstunde auf einer Turnbank im Flur gewartet. Streckwein musste offenbar ohne Sekretärin arbeiten. Da er zudem Zivilist war, stand ihm wohl auch kein Unteroffizier als Helfer zu. Der Mann war Anfang sechzig und wirkte freundlich. »Entschuldigen Sie, aber hier ist alles provisorisch. Kein Personal für uns, dabei bohren die Marinesoldaten draußen in der Nase. Um jedes Stück Papier müssen wir beim Kommandanten betteln. Die Marinejungs sind schon recht sonderbar. Aber ich denke, dass Admiral Dönitz das in ein paar Tagen im Griff hat. Kommen Sie bitte herein. Kaffee?«

In den folgenden Minuten erfuhr Druwe, weshalb man ihn hergebeten hatte und was Streckwein von ihm erwartete.

»Herr Druwe, Graf von Krosigk und Innenminister Stuckart möchten so schnell wie möglich, dass die Polizei neu geordnet wird. Sie wissen ja, dass die Polizei dem Reichsführer Himmler unterstellt war. Die Beteiligung von Herrn Himmler an der Regierungsarbeit ist …« Der Regierungsrat hielt kurz inne. »… von Herrn Dönitz nicht mehr erwünscht. Der Reichspräsident hat ihn aller Ämter enthoben.«

Druwe staunte, erwiderte jedoch nichts. Das hätte er dem ehemaligen Befehlshaber der U-Boot-Flotte nicht zugetraut. Entweder war Himmlers Macht mittlerweile stark geschwunden, oder Dönitz fühlte sich absolut sicher, hatte vielleicht sogar ein unbekanntes As im Ärmel. Den Reichsführer SS Himmler zu entmachten, das war starker Tobak. Hier wurden ganz offensichtlich auch alte Rechnungen beglichen. Himmler ausschalten. Friedensverhandlungen mit den Alliierten aufnehmen. Eine neue Polizei aufbauen. Alles nur, um selbst im Sattel zu bleiben. Und in diesem Ränkespiel sollte Druwe jetzt mitmischen? Er fühlte sich bei diesen Überlegungen zunehmend unwohl in seiner Haut.

»Da die meisten Polizisten, vor allem bei der Kripo, auch Mitglieder in der SS sind, befürchten wir, dass es dort an Unterstützung für uns fehlen wird«, fuhr Streckwein fort. »Kurzum, wir brauchen Leute, denen wir vertrauen können. Und die möglichst nicht in Himmlers Organisationen waren.«

»Wie sind Sie auf mich gekommen? Sie wissen, dass ich seit über drei Jahren nicht mehr bei der Kriminalpolizei bin. Fronteinsatz und dann abgeschoben zur OrPo in Glücksburg. Steht es um das Flensburger Personal so schlecht?«

Streckwein überhörte Druwes letzte Frage. »Gerade in der Zeit des Neubeginns muss das Führungspersonal über größere Zweifel erhaben sein. Und natürlich verfügen wir über Zugriff auf sämtliche Dienstakten. Ihr Lebenslauf qualifiziert Sie ausreichend für die Aufgabe, Herr Druwe.«

»Ach ja? Und weshalb?«

»Zunächst einmal ist es wichtig, dass Sie niemals in der SS waren. Die Briten werden sicher bei den Verhandlungen darauf drängen, dass sich einige Dinge in Deutschland ändern. Im Vertrauen, wir werden die SS verbieten. Da sind einige unappetitliche Geschichten vorgefallen. Das lassen wir klären. Dafür kann der Völkerbund eine unabhängige Kommission einsetzen. Wahrscheinlich werden die Alliierten auch darauf bestehen, dass Wahlen abgehalten werden. Es ist nun mal das Steckenpferd der Amerikaner. Dazu noch unabhängige Richter und nicht oder wenig belastete Polizisten. Das wird das Kabinett den Briten anbieten. Alles Bedingungen, mit denen wir leben können. Dann noch Reparationen, aber das hat Deutschland schon einmal geschafft. Im besten Fall haben wir dann in einem Jahr einen Friedensvertrag.«

»Wie sieht Ihrer Meinung nach meine Aufgabe aus? Woher sollen die Beamten kommen?«, fragte Druwe. »Es wird schwer werden, überhaupt jemanden zu finden, den die Briten für unbelastet halten.«

»Führerprinzip, mein Lieber. Die deutsche Volksgemeinschaft hat bewiesen, dass sie mit diesem System zu außergewöhnlichen Taten fähig ist. Oben, Mitte, unten. Reichspräsident Dönitz möchte daran festhalten. Auf diese Weise können wir am ehesten eine bolschewistisch-jüdische Unterwanderung vermeiden, die alles Erreichte infragestellen würde.«

Seit Jahren immer dieselben Parolen, dachte Druwe. Er schwieg jedoch.

»Was wir also brauchen, sind integre Polizisten, die durch ihre Führungsstärke den Kameraden ein Vorbild sind«, fuhr Streckwein fort. »Auch denen mit leichten bis mittelgradigen Verfehlungen. Ich werde vorschlagen, Sie zum Juli in den Rang eines Kriminalrats zu befördern. Laut Ihrer Akte waren Sie in Berlin bereits kurz davor, nach oben zu kommen. Also bitte, Druwe, hier ist Ihre zweite Chance. Und die gibt es nicht oft im Leben. Auf Dauer kann ich Ihnen die Leitung im Kreis anbieten, vielleicht sogar in ganz Schleswig-Holstein. Was sagen Sie?« Der Mann sah Druwe erwartungsvoll an.

Das ganze Wochenende hatte er schon gegrübelt, wie er sich verhalten sollte. Seit Streckwein vorgestern am Telefon erste Andeutungen gemacht hatte. Einerseits verspürte Druwe ein Unbehagen, mit diesen Leuten zusammenzuarbeiten. Andererseits hatte Eva recht. Hier bot sich ihm die Gelegenheit, etwas zu tun. Wenn er in Glücksburg blieb, würde sich kein Schwein für seine Ermittlungsarbeit im

Zusammenhang mit dem Mordfall vor einer Woche interessieren. Und seine Liste mit den Namen von SS-Offizieren, die untertauchen wollten, könnte er als Kaminanzünder nutzen. Hier in Mürwik sah die Sache anders aus. Er nahm an, dass die Engländer eine Art Zusammenarbeit mit der neuen Regierung anstreben würden. Was sollten sie auch tun? Die Deutschen ignorieren? Sie würden das Land wohl kaum selbst regieren wollen. Also wäre er vielleicht in der Lage, entsprechende Kontakte zu englischen Kollegen aufzubauen. Die Briten hatten eine Militärpolizei und ihre Geheimdienstleute. Wenn er dort jemanden fand, dem er vertraute, dann könnte er einigen SS-Leuten nochmals gehörig in den Hintern treten. Druwes Entscheidung stand fest.

»Ich brauche hier ein Büro mit Schlafraum. Und Telefon. Uneingeschränkter Zugang zu den Personalakten in der Direktion. Schriftliche Vollmacht. Provisorischer Dienstausweis mit Siegel. Ich arbeite in Zivilkleidung, möglichst unauffällig. Und ich will außerdem ein Dienstfahrzeug ohne Treibstoff-Rationierung.«

Streckwein reichte Druwe die Hand, erkannte dann sein Versehen und klopfte ihm herzlich auf die Schulter. »Betrachten Sie das als erledigt. Holen Sie Ihre Sachen aus Glücksburg. Übergeben Sie den Laden dort an Ihren Stellvertreter. Schreiben Sie die Anweisungen für Ihre Leute selbst. Ich werde Ihnen sofort ein Dienstsiegel und Stempel mitgeben. Haben wir erst Samstag bekommen«, sagte er nicht ohne Stolz.

Druwe blickte über den Schreibtisch auf ein offizielles Schreiben, das dort lag. Weder im Briefkopf noch im Siegel fand sich das Hakenkreuz. Der Reichsadler hielt nur einen leeren Lorbeerkranz in seinen Klauen. Es war ein seltsamer Anblick. Und ein noch seltsameres Gefühl, das damit verbunden war. Immerhin war das Symbol der nationalsozialistischen Bewegung über ein Jahrzehnt in den Amtsstuben des Reichs allgegenwärtig gewesen. Kein offizielles Schreiben ohne

Swastika. Von der Geburt bis zum Tod hatte sich das Hakenkreuz mit seinen vier Armen in das Leben der Deutschen verhakt.

»Eine Sache noch, Herr Streckwein«, sagte er. »Meine Entlassung aus der Wehrmacht.«

Streckwein wirkte irritiert. »Das dürfte sich in den nächsten Tagen doch von selbst erledigen. Meinen Sie nicht?«

»Nach dem ersten Krieg hatte ich mir geschworen, nie wieder Soldat zu sein«, antwortete Druwe. »Da ich nicht in die SS eingetreten bin, war aber der Pro-forma-Dienst in der Truppe auf Anweisung meiner Vorgesetzten die einzig gangbare Alternative. Offiziell bin ich deshalb Heeressoldat. Im Rang eines Hauptmanns.« Druwe blickte Streckwein an. Für ihn gab es in dieser Sache nichts zu verhandeln. Wenn der Beamte sein Ansinnen ablehnte, würde er alles hinwerfen. »Und nun will wenigstens ich entscheiden, wann ich gehe. Also?«

»Wie Sie wollen.« Streckwein zuckte mit den Schultern. »Dies könnte aber Nachteile für Besoldung und spätere Pensionszahlungen nach sich ziehen. Und Ihnen steht vielleicht Versehrtengeld zu.« Er deutete verlegen auf Druwes Stumpf. Dann besann er sich. »Ihre Entscheidung, Herr Druwe. Ich muss schauen, dass ich hier jemanden auftreibe, der das absegnen kann. Sollte nicht schwer sein, denn Generalfeldmarschall Keitel ist schließlich ebenfalls vor Ort. Ich werde schon einen Adjutanten finden, der Ihr Gesuch unterzeichnet. Betrachten Sie auch das als erledigt. Ab morgen sind Sie Zivilist.« Streckwein wirkte immer noch konziliant. »Pardon, Polizist, meine ich natürlich.«

»Wie kann ich die Kripo-Kollegen überzeugen, auch tatsächlich mitzumachen?«, fragte Druwe. »Sofern ich welche finde.«

»Bieten Sie Ihnen eine Übernahme durch die neue Verwaltung an. Keine weitere Überprüfung. Mit bevorzugter Gehaltseinstufung ab nächstem Jahr. Oder drohen Sie Ihnen mit sofortiger Entlassung. Ich unterschreibe alles. Hauptsache, wir haben schnell eine eigene Polizeitruppe zusammen. Sonst setzen uns die Tommys ihre Leute vor die Nase. Ich hörte, dass sie morgen oder übermorgen die Stadt besetzen wollen. Wir müssen uns in Stellung bringen, Herr Druwe.« Er lächelte über dieses misslungene Bonmot, seufzte und zuckte dann mit den Schultern. »Verwaltung ist letztlich wie Krieg. Es wird nur mit anderen Mitteln gekämpft. Taktik und Strategie ändern sich nicht. Und da wir im Feld unterlegen sind, müssen wir jetzt den Siegern mit Papier und Bleistift entgegentreten.«

Streckwein begann, die Unterlagen auf seinem Schreibtisch zu sichten. Fast schien es, als hätte er seinen Gast bereits vergessen, als er noch einmal den Kopf hob. »Sie können zu den Gewinnern gehören, Druwe. Aber jetzt entschuldigen Sie mich, in wenigen Minuten ist Kabinettssitzung. Der Großadmiral und Reichspräsident wird über den Umgang mit den Zeichen unserer Bewegung ...« Er hielt kurz inne und räusperte sich. »Es muss geklärt werden, wie mit den Symbolen der nationalsozialistischen Sache in Zukunft umgegangen wird. Die Bilder des Führers, der deutsche Gruß, die Fahnen der Partei, die Reichskriegsflagge, das Liedgut der kämpfenden Truppe. Da gibt es viel zu klären. Und Reichsminister Speer wird einen Überblick über die Versorgungslage der Zivilbevölkerung geben. Der Wiederaufbau soll in einem Fünfjahresplan ...«

Druwe hörte schon nicht mehr zu, als er zur Tür ging.

»Übrigens können Sie gleich anfangen, wieder Kripo-Mann zu spielen, Herr Druwe«, rief ihm Streckwein hinterher.

Druwe blieb stehen und drehte sich noch einmal zu Streckwein um. »Wie meinen Sie das?«

»Ich habe das fast vergessen«, sagte Streckwein. »Heute Morgen wurde hier auf dem Gelände eine Leiche aufgefunden. Schwer zu sagen, um was es sich da handelt. Mord, Selbstmord? Leider haben wir ja innerhalb der letzten zehn Tage mehr Verbrechen zu verzeichnen als im gesamten letzten Jahr.«

»Ist das nicht Sache der Marine?«, fragte Druwe. Er wusste, dass die Feldpolizei-Einheiten und deren geheime Ableger für die Verfolgung von Straftaten innerhalb der Truppe zuständig waren. Und mit ihren Kompetenzen nahmen sie es sehr genau. »Der *GFP* möchte ich lieber nicht in die Quere kommen.«

»Geheime Feldpolizei, Sicherheitsdienst, Gestapo. Wird alles aufgelöst«, entgegnete der ältere Mann. »Aber ich kann Sie in der Hinsicht beruhigen, Druwe. Der Tote ist nicht Angehöriger der Marine. Also ist die Kripo zuständig, und schon haben Sie ihren ersten Fall als wiederauferstandener Kriminalkommissar. Ich hätte Sie gar nicht damit behelligt, wenn man nicht einen Brief bei dem Toten gefunden hätte. Da steht der Name Ihrer …« Streckwein suchte nach einem passenden Wort. »Er ist an Fräulein Eva Steinfeld gerichtet. Ihrer Akte entnahm ich, dass Sie die Dame kennen.«

Druwes Neugier war plötzlich geweckt. Ein Toter auf dem Marinegelände, der einen Brief an Eva bei sich trug? Es konnte sich dabei um einen entfernten Verwandten handeln, den es hierher verschlagen hatte. Vielleicht war es ein alter Bekannter. Jedenfalls war er es Eva schuldig, in der Sache tätig zu werden. Und seinen eingerosteten Kripo-Spürsinn konnte er auf diese Weise ebenfalls schulen.

»Ich werde das klären, Herr Streckwein«, gab er zurück. Er hatte sehr wohl registriert, dass Eva in seiner Personalakte auftauchte. Offenbar hatten die Spitzel der Gestapo auch in den letzten Tagen des Reichs noch gut gearbeitet.

Der Regierungsrat kramte auf seinem großen Schreibtisch herum. Dann nahm er eine dünne graue Mappe zur Hand. »Hier ist die Akte. Obwohl wenig drin ist außer dem besagten Brief und ein paar Notizen. Aber die Ermittlungen sind ja auch Ihre Sache.« Er reichte Druwe die Mappe. »Sie haben völlige Handlungsfreiheit. Wenn es Ihnen zu viel wird, benennen Sie einen Kollegen, der damit weitermacht. Oder legen Sie es zu den ungelösten Fällen. Und jetzt entschuldigen Sie mich bitte, Herr Druwe. Die Weltpolitik wartet leider nicht.«

Druwe stand vor dem Gebäude der Sportschule und blickte in Richtung der Straße Twedterholz. Die Gegend ringsum war waldreich und bis vor Kurzem dünn besiedelt. Jetzt hatte sich auch hier eine Art Vorstadt aus Zelten und Behelfshütten gebildet. Rohe Baumstümpfe erhoben stille Klage und zeugten vom Brennstoffbedarf der Zugewanderten. Vor einer halben Stunde war Druwe noch unschlüssig gewesen, ob er tatsächlich bei der neuen Verwaltung anfangen sollte. Jetzt öffnete er die Aktenmappe und nahm den Umschlag, den man bei dem Toten gefunden hatte, in die Hand. Das Papier war schlichte Kriegsqualität. Hauchdünn, so dass man erkennen konnte, dass sich darin ein handgeschriebener Brief befand. Druwe kämpfte mit sich, ob er den Brief öffnen sollte. Normalerweise hätte er dies getan, es gehörte zu jeder Kripo-Arbeit. Da es sich jedoch um Eva handelte, empfand er ein solches Handeln als Vertrauensbruch. Deshalb entschloss er sich abzuwarten.

Erst als Druwe den Brief unschlüssig in der Hand hielt, bemerkte er, dass sein Name ebenfalls auf dem Umschlag stand. Er war klein mit Bleistift in die linke Ecke geschrieben, ohne Vorname. Sofort stellte sich in ihm jener Alarmzustand ein, den er von wichtigen Ermittlungen her kannte. Er durfte jetzt keine Fehler machen. Keine Zeit verlieren, aber auch nicht den Kopf verlieren. Er wollte wieder zu jener Klarheit im Denken zurückfinden, die er in seiner Berliner Kripo-Zeit gehabt hatte.

»Wer liebt, wird verletzbar«, hatte der Kompaniechef im Strafbataillon seinen Männern gepredigt. »Also vergrabt eure Herzen!«

Drei Jahre lang hatte Druwe sich an diesen Rat gehalten. Ihm war sein eigenes Leben wertlos geworden. Resignation und Abstumpfung hatten sämtliche Gefühle absterben lassen. Jetzt stand er hier mit dem Brief in der Hand und schalt sich selbst einen Narren. Die Lösung war doch so einfach. Warum mochte wohl sein Lieblingsautor Arthur Conan Doyle dem genialen Detektiv Sherlock Holmes einen gefühlsbetonten Partner wie Dr. Watson zur Seite gestellt haben? Natürlich war es ein literarischer Kniff. Denn er sollte zeigen, dass beides zum Leben dazu gehörte, Denken und Fühlen. Druwe konnte bei Ermittlungen mit dem Verstand arbeiten, sich vollständig auf einen Fall konzentrieren. Aber im Umgang mit Eva durfte er auch die Gefühlsanteile zeigen, die sie an ihm mochte.

Vor allem brauchte er jedoch die Fakten. Spekulationen führten immer ins Nichts. Er musste den Leichnam untersuchen und mehr über diesen Mann herausfinden. War er ein Bekannter von Eva? Was hatte er dann auf dem Marinegelände zu suchen? Eva hatte ihm erzählt, dass sich fast alle Freunde von ihr und ihrem Bruder abgewandt hatten. Und was sollte sein eigener Name auf dem Umschlag? Druwe kam der Verdacht, dass die Sache wieder mit dieser unseligen Liste zu tun haben könnte, die sich in seinem Besitz befand. Aber hätte man sich dann nicht an ihn direkt gewandt? Und wenn es so wäre, hatte der Mann allein gehandelt? Oder existierten Hintermänner? Es gab im Moment viele Fragen und nur wenige Antworten.

Diese verdammte Liste, dachte Druwe grimmig. Das Ganze ist eine Nummer zu groß für mich. Wenn ich nur wüsste, wem ich sie geben kann. Die Einzigen, die das Wissen sinnvoll nutzen werden, sind die Briten. Wenn ich Streckwein oder Stuckart davon erzähle, werden sie die Informationen verschwinden lassen wollen. Und mich gleich mit.

Spekulationen, Fragen und Ahnungen, aber keine Erkenntnisse. Druwe schlug die dünne Akte auf. Es gab nur ein paar handschriftliche Eintragungen auf den ersten Zeilen des Deckblatts über Fundort, Identität und Verbleib des Leichnams.

Männliche Leiche, Alter dreißig bis fünfunddreißig. Identität unbekannt. Aufgefunden 7. Mai 1945 gegen 6 Uhr 20 am Marine-Stützpunkt Mürwik, Pier 2, Marinehafen gegenüber Torpedostation. Zeuge: Obermaat Hinrich Stüterhagen. Feststellung sicherer Todeszeichen durch Marinestabsarzt Dr. Paltinger 7. Mai, 6 Uhr 48. Überstellung Leichenhaus Marinelazarett 7. Mai, 7 Uhr 10. Kein Hinweis auf Zugehörigkeit zu den Streitkräften, daher Übergabe in zivilen Verantwortungsbereich.

Hätte ihn Streckwein nicht auf den Fall hingewiesen, dann wäre der Kerl in der Kühlkammer des hiesigen Leichenhauses vergammelt. Davon war Druwe überzeugt. Die Feldpolizei war zuständig für Wehrmachtsangehörige. Und der Mann hatte offenbar kein Soldbuch dabeigehabt, das ihn als Soldaten auswies. Und er hatte auch keine zivile Kennkarte bei sich getragen. Ungewöhnlich genug, denn das Gesetz sah drakonische Strafen für den Fall vor, dass man sich nicht ausweisen konnte. Also hatte ihm der Täter alles weggenommen oder …

Vielleicht war er selbst von der Gestapo oder GFP, dachte Druwe mit Schaudern.

Geheime Staatspolizei, Geheime Feldpolizei. Solche Leute ließen bei unsauberen Aktionen gern mal ihre Kennkarten und Dienstausweise auf dem Revier. Druwe war mittlerweile den Hang hinabgelaufen, auf einen kleinen Weg vorbei am Trampedachlager, in dem sich die Baracken von Offiziersanwärtern befanden. Links von ihm ragten die Gebäude der Offiziersschule empor. Die Burg, wie man den Backsteinbau im Wilhelminischen Stil auch nannte. Das Ding wirkte schon antiquiert und verstaubt, bevor man es überhaupt errichtet hatte. Rechts von Druwe lag der Bootshafen, ein Tender und zwei Minenräumer hatten etwas entfernt davon festgemacht und dümpelten im gleißenden Morgenlicht. Zwei gabelartige Ausläufer der Kelmstraße umfassten die Burg. Druwe nahm den südlichen Weg und kam nach einigen Minuten zum Marinelazarett. Sein alter Dienstausweis und die Erwähnung seiner neuen Funktion in der Regierung Dönitz reichten aus, um ihm alle Türen dort zu öffnen. Er fragte nach dem Stabsarzt, der den Tod festgestellt hatte.

»Station zwei, Zimmer sieben«, antwortete ein rauchender Sanitätsmaat, der am Eingang des Lazaretts stand. »Oder er ist im Schwesternzimmer. Fragen Sie einfach dort noch mal. Gang rechts runter, dann Treppenhaus erster Stock. Kaum zu verfehlen.«

Das Lazarett weckte ungute Erinnerungen an die Zeit seiner Verwundung. Im Winter vor zwei Jahren hatten sie den halbtoten Druwe in der letzten Maschine aus Stalingrad herausgeflogen. Der Teufelskerl von Pilot hatte das Flugzeug um mehr als die Hälfte überladen lassen, aber er hatte das Ding trotzdem in die Luft gebracht und dort gehalten. Druwe war da schon bewusstlos gewesen. Hier im Marinelazarett roch es unerträglich nach Karbolsäure. Er wusste, dass man das Mittel zur Desinfektion von OP-Tischen oder Bettgestellen einsetzte. Ihm hatte sich der Gestank aber im wahrsten Sinne eingebrannt. Irgendein hirnloser Sanitäter im Flugzeug hatte ihm Karbol direkt auf den blutenden, offenen Stumpf gekippt. Und in einem Meer von Schmerzen hatte sich Druwes Geist daraufhin entschieden, für eine unbestimmte Zeit wegzudriften. Druwes Erinnerung setzte erst wieder ein, als er im Heereslazarett Krakau in seinem Bett erwacht war. Statt der rechten Hand hatte er einen dicken, sauberen Verband getragen. Im Mund dieser widerliche Geschmack nach der Äther-Narkose. Und in der Nase Karbol. Vielleicht war dieser Karbolgeruch eine ewige Erinnerungsspur, mit der seine Sinne versuchten, der Bedeutung der Sinnlosigkeit zu folgen.

»Die Besuchszeit ist von vier bis fünf«, schnarrte plötzlich eine weibliche Stimme. Der Dragoner in Weiß hatte Druwe sofort erspäht, als er aus dem Treppenhaus getreten war. Station zwei. Zehntausende Soldaten hofften auf den Heimatschuss, also eine nicht allzu schwere

Verletzung, die einem die sehnlichst erträumten Annehmlichkeiten krankenschwesterlicher Fürsorge einbrächte. Gut gebaut, jung und von herzlichem Wesen sollte sie sein. Spätere Heirat nicht ausgeschlossen. Sofern man nicht schon verheiratet war. Druwe hatte den Eindruck, dass die meisten Geschichten über kühne Liebschaften im Lazarett doch eher den Wunschvorstellungen der Versehrten entsprangen. Die Wirklichkeit sah aus wie Oberschwester Hilde, die sich jetzt vor ihm aufgebaut hatte und deren Leibesfülle jedes unbemerkte Vorbeikommen unmöglich machte. Ihre Habichtsnase mit den kleinen, eng zusammenstehenden Augen passten perfekt zu einem erstaunlich schlanken Hals, der aus dem breiten weißen Kragen ihrer Schwesternkleidung hervorstak. Ihr dichtes, mit Silberfäden durchsetztes Haar quoll unter der Haube hervor. Fasziniert beobachtete Druwe, wie die Frau ihren Kopf zu drehen schien, ohne dass der Körper dieser Bewegung folgte.

Dieser Eule entgeht nichts, dachte er. »Ich suche Dr. Paltinger.«

Mit einem ruckartigen Kippen des Kopfes hatte die Eule Druwes Lederhand erspäht. »Sie sind ein Privatpatient des Herrn Stabsarzt? Haben Sie einen Termin?«, fragte sie herrisch.

Druwe beendete das Spiel, indem er seinen Dienstausweis vorzeigte und sein übliches Sprüchlein aufsagte. Wenn er allerdings geglaubt hatte, die Eule damit zu beeindrucken, so hatte er sich geirrt.

»Der Herr Stabsarzt empfängt vor der Visite nur angemeldete Patienten. Die Visite dauert zwei Stunden. Wenn Sie sich also bitte bis dahin gedulden würden, Herr …«

Druwe hörte bereits nicht mehr auf den Eulenruf. Er hatte das kurze Lamentieren genutzt, um sich auf dem Gang zu orientieren. Zum Glück musste er nicht an dem Raubvogel vorbei, sondern drehte sich nach rechts, da er dort Zimmer sieben vermutete.

»Hören Sie mal!«, rief die Oberschwester hinter ihm her. »Ich werde Meldung machen.«

Von der Wiege bis zum Grab halten Befehl und Meldung uns auf Trab, dachte Druwe und stand tatsächlich im nächsten Moment vor dem gesuchten Zimmer. Er wusste, dass er nicht viel Zeit hatte, bis die Eule ihn eingeholt hatte. Er hörte bereits ihren Flügelschlag. Also klopfte er an die Tür und trat fast im selben Augenblick ein. Eine gut gekleidete hagere Frau drehte sich erschrocken zu ihm um. Sie saß vor dem Tisch des Arztes, der ihr gerade eine Flasche mit *Bellergal*-Dragees reichte. Bevor es zu einem peinlichen Eklat kommen konnte, entschuldigte sich Druwe für sein forsches Auftreten und schilderte in knappen Worten sein Anliegen. Schon im nächsten Moment fegte Schwester Eule um die Ecke.

»Herr Stabsarzt, es tut mir leid. Ich konnte nicht ...«, hob sie an, wurde aber durch Dr. Paltinger unterbrochen.

»Ist gut, Hilde. Es sind unruhige Zeiten. Ich bin sicher, dass es nicht in Kommissar Druwes Absicht lag, Ihre Autorität auf dieser Station in irgendeiner Form in Zweifel zu ziehen«, sagte der Arzt mit deutlich badischem Akzent. Zur Bestätigung nickte Druwe treuherzig.

Oberschwester Hilde schien keineswegs besänftigt, räumte jedoch nach einem Grunzen, das Druwes Bild von der Eule störte, das Feld. Der Marinearzt verabschiedete seine Patientin höflich und wandte sich dann Druwe zu.

»Es geht um den Toten von heute Morgen?«, fragte er.

Druwe nickte. »Können Sie etwas zur Todesursache sagen, Herr Stabsarzt?«

»Wissen Sie, Herr Kommissar, ich war bis vor drei Jahren Dorfarzt im badischen Land. Da stürzt ein betrunkener Bauer vom Schober. Oder ein Gaul schlägt aus und trifft ihn unglücklich am Kopf. Im schlimmsten Fall schaut er vor der Jagd in die Flinte, um zu sehen, ob sie geladen ist. Meistens aber versterben die Leute durch das Alter. Mal früher, mal später. Der Motor röchelt, und aus ist es.«

Er zog eine kleine Schachtel aus einer Schublade. »Darf ich Ihnen eine *Overstolz* anbieten, Herr Druwe? Wir haben hier einige Offiziersanwärter aus hohen Familien. Da bekommt man das eine oder andere Geschenk überreicht.«

Druwe nahm dankend an. In letzter Zeit war es immer schwerer geworden, gute Zigaretten zu bekommen. Er hatte mit diesem Laster wieder angefangen, seitdem er seinen Alkoholkonsum erheblich eingeschränkt hatte. Ohne die Stippen hätte er jetzt schon sicher drei Aquavit intus. »Baden?«, fragte er dann. »Wie kommt es, dass Sie bei der Marine sind? Da unten gibt es doch höchstens Ruderboote.« Genüsslich sog er den Zigarettenrauch ein. Wenn das die Eule wüsste, dachte er.

»Meine Motive beruhten auf reiner Selbsterhaltung, Herr Druwe. Auf den U-Booten fahren keine Ärzte mit. Und Schlachtschiffe hat das Reich kaum noch. Also sind die meisten Posten für Ärzte bei der Marine an Land. Und fast immer deutlich hinter der Front«, antwortete Paltinger und grinste. »Wie es aussieht, ist meine Taktik aufgegangen. Der Krieg ist vorbei, und ich lebe noch.«

»Sie haben meine Frage vom Anfang noch nicht beantwortet, Herr Doktor«, sagte Druwe.

»Indirekt schon. Ich bin Landarzt. Ich kann Ihnen etwas zum ungefähren Todeszeitpunkt sagen. Ich denke, der Mann war etwa sechs Stunden tot, als wir ihn fanden. Woran er starb, kann ich nicht sagen.« Der Stabsarzt zuckte mit den Schultern und blies den Rauch seiner Zigarette aus dem Fenster, das er mittlerweile geöffnet hatte. »Ich konnte keine äußeren Verletzungen feststellen. Vielleicht war es ein Herzanfall.« Er nahm einen letzten tiefen Zug. »Obwohl er ja noch recht jung war. Und durchtrainiert. Andererseits haben viele Leute in letzter Zeit ziemlichen Mist in sich hineingepumpt, um zuversichtlich und leistungsfähig zu bleiben. Möglicherweise sind es Nebenwirkungen von Medikamenten, an denen er krepiert ist.«

»Haben Sie ihn näher untersucht? Ich meine, hier im Leichenhaus?«, fragte Druwe.

»Er war kein Marineangehöriger. Also bin ich nicht zuständig. Tut mir leid.«

»Können Sie noch irgendetwas zu seiner Identität sagen?«

Paltinger schüttelte den Kopf. »Es wurden keine Ausweispapiere bei ihm gefunden. Kein Urlaubsschein, kein Soldbuch und auch keine Erkennungsmarke. Schon seltsam. Er könnte freigestellt gewesen sein, aber gerade dann hätte er Kennkarte und amtliche Bescheinigung doch immer dabei.« Der Arzt zögerte einen Moment und überlegte. »Vielleicht war er irgendein hohes Tier. Oder …«

»Ja?«, fragte Druwe, obwohl er die Antwort ahnte.

»Sie wissen ja, dass es Einsatzkräfte gibt, die bei gewissen …« Paltinger suchte nach passenden Worten. »Nun ja, die bei gewissen Aufträgen unerkannt bleiben wollen.«

Druwe nickte. »Ich benötige Ihre Hilfe, Dr. Paltinger. Und ich fürchte, es wird Oberschwester Eule nicht gefallen.« sagte er. »Sie müssen den Toten noch einmal eingehend untersuchen. Ich würde ihn ja in die Pathologie an der Diako schicken, aber das dauert zu lange. Ich brauche nur ein paar Informationen, für die Ihre Qualifikation als badischer Landarzt gewiss ausreichend ist. In einer Stunde können wir damit fertig sein.« Druwe blickte den Marinestabsarzt an. »Und natürlich weiß ich, dass ich Ihnen keine Weisungen erteilen darf. Deshalb bitte ich Sie darum, Dr. Paltinger.«

Der Arzt überlegte. »Hilde wird nach Ihrem Auftritt hier ohnehin unausstehlich sein. Ich werde mich aus der Schusslinie nehmen und meinen Medizinalassistenten zur Visite schicken. Der muss auch lernen, im Sperrfeuer und in den Minenfeldern des Lazarett-Alltags zu überleben.«

Der Tote lag im Leichenhaus des Lazaretts. Die Beleuchtung des kleinen Eingangsbereichs war eher spärlich. Es gab keine Einzelkammern, in denen die Körper gekühlt wurden, sondern eine recht geräumige Frostkammer für alle Leichname.

Mehrbettzimmer statt Einzelzimmer, dachte Druwe. Bei der Truppe geht es also auch nach dem Tod gemeinschaftlich weiter.

»Bei uns werden die Leichname nicht nur gekühlt, sondern eingefroren, da die Toten vor dem Krieg in ihre Heimatorte verbracht wurden«, erläuterte der Stabsarzt. »Hoffentlich ist er noch nicht durchgefroren, denn dann haben wir ein Problem. Wir wollen ihm bei der Untersuchung ja nicht die Nase oder die Finger abbrechen.« Paltinger hatte sich eine Gummischürze umgebunden und war in dem Raum verschwunden. Wenige Augenblicke später rollte er eine Bahre hinaus, auf der unter einem Tuch ein halbrundes Etwas lag.

Druwe fragte sich, ob Leichname, Sektionen und abgetrennte Körperteile generell den Sarkasmus von Ärzten befeuerten. Schon in Berlin hatte er die derben Scherze der gerichtlichen Mediziner erlebt, wenn er sich an der Charité einen wichtigen Fall angesehen hatte. Und sein Schwager Berthold war auch nicht anders. Vielleicht verbarg dieses Verhalten jedoch auch nur die Unsicherheit, die die Leute verspürten, wenn sie so nah am Abgrund standen.

»Ist er noch in dem Zustand, in dem Sie ihn aufgefunden haben?«, fragte Druwe.

Paltinger hatte das Laken weggezogen. Zum Vorschein kam ein auf der Seite liegender Leichnam, dessen Rücken gebeugt war und dessen Extremitäten vom Körper abstanden. Dadurch hatte er unter dem Tuch die bizarre Form gezeigt. Es sah so aus, als könnte der Tote jeden Moment von der Bahre fallen.

»Die Leichenstarre hat sich noch nicht gelöst. Aber kein Wunder, jetzt wird er ja gekühlt. Er hat am Pier gesessen, als ihn die Männer fanden. Und die Körperhaltung ist unverändert. Eigentlich lassen wir bei Raumtemperatur die Starre abklingen, dann kann man den Körper gut lagern. Da er aber ein ziviler Fall ist, konnten wir nicht wissen, wann er untersucht wird. Hätten wir ihn im Vorraum gelagert, wäre er bestimmt vergessen worden. Und wenn dann in vier Tagen der Darm ...« Paltinger schien fasziniert. »Und mit den Fliegenmaden geht es auch recht schnell.«

»Ist gut, Herr Doktor«, sagte Druwe. »Ich kippe zwar nicht um, aber bin auch nicht scharf drauf, solche Details zu erfahren.«

»Was wollen Sie wissen, Herr Kommissar?« fragte der Stabsarzt.

»Hinweise auf die Todesursache«, entgegnete Druwe.

Paltinger betrachtete den Körper zunächst in bekleidetem Zustand. Nirgendwo fanden sich Blutspuren, die auf Stich- oder Schussverletzungen hinweisen würden. Danach widmete er sich dem Kopf. Er strich durch das Haar und tastete die Kalotte ab.

»Kein offenes Schädeltrauma. Natürlich könnte ein Schlag einen Menschen auch umbringen, ohne dass es von außen sichtbar ist. Aber für gewöhnlich würde der Körper noch eine Schwellung, einen Bluterguss oder eine Hautverfärbung an einer solchen Stelle ausbilden.« Paltinger befühlte die Region am Hals.

»Keine Hinweise für Strangulation. Kehlkopf intakt.« Seine Finger glitten zur Halswirbelsäule. »Ich kann nichts tasten. Aber um einen Genickbruch auszuschließen, brauchen wir ein Röntgenbild. Da bekomme ich aber mit Sicherheit Ärger.«

»Sonst muss ich ihn doch zur Diako schaffen«, entgegnete Druwe.

»Verdammt!«, fluchte der Arzt plötzlich und hielt einen Finger ins Licht.

»Hat er gebissen?« Druwe konnte es sich nicht verkneifen.

»Ich habe mich geschnitten«, sagte Paltinger und nahm Taschenlampe und Pinzette zur Hand. »Halten Sie mal.« Er gab Druwe die Lampe. Dann stocherte er im Mundraum des Toten herum. Er beförderte mehrere kleine braune Glasstückchen daraus hervor und legte sie auf das Laken. Dann fuhr er zu Druwe herum.

»Lüften Sie! Alle Fenster auf!« Er rannte zum Ausguss, riss sich die Handschuhe herunter und hielt seine Hände unter das fließende Wasser. Mit Seife und Bürste begann er, den verletzten Finger zu schrubben.

Druwe hatte mittlerweile begriffen. Er blieb am Fenster stehen. »Zyankali?« Es war mehr eine Feststellung. Offenbar hatte sich der Mann das Leben genommen, indem er auf eine Zyankali-Kapsel gebissen hatte. Druwe blickte den Arzt an, der immer noch seinen Finger schrubbte und spülte. »Ist das nicht etwas übertrieben?«, fragte er.

»Kleinste Mengen, Druwe«, erwiderte der Arzt. »Kleinste Mengen können tödlich sein. Sie bleiben manchmal als Mikrotropfen zwischen Glasstücken und Zähnen hängen. Zyankali wird entweder über die Schleimhaut aufgenommen. Oder auch über die Atemluft.« Er hob seinen jetzt stärker blutenden Finger, den er dann mit einem Pflaster versorgte. »Oder es geht über die Blutbahn.«

»Dann haben wir die Todesursache«, sagte Druwe. »Könnte Selbstmord gewesen sein. Ist ja nicht so selten dieser Tage. Man könnte ihn aber auch gezwungen haben …«

»Er ist kräftig. Er hätte sich gewehrt, und dann würden wir bei Gewalteinwirkung Spuren an Hals oder Kinn sehen«, gab der Marinearzt zu bedenken.

»Also am ehesten Selbstmord.« Druwe dachte nach. Der Arzt wollte den Leichnam schon wieder in den Kühlraum schieben, als ihn der Polizist aufhielt. »Haben Sie eine große Schere für mich, Dr. Paltinger?«

Eine Minute später drehte Druwe den linken Arm des Toten nach hinten oben. Leichenstarre und Gefriervorgang machten sein Unterfangen mühsam, und es fühlte sich an, als brächen in einem Sack viele kleine Scheite Anfeuerholz. Paltinger half ihm, den Jackenärmel des Toten abzutrennen und das Hemd bis zur Achsel aufzuschneiden. Dann hatte Druwe gefunden, was er gesucht hatte. Ein schwarzes, nicht einmal einen Zentimeter großes *B* war in den Oberarm tätowiert.

»SS«, sagte Paltinger leise. »Blutgruppen-Tätowierung. Der Buchstabe ist noch in altdeutscher Schrift ausgeführt, der Kerl ist also schon recht lange dabei.« Er sah Druwe an. »Wie sind Sie darauf gekommen?«

Druwe winkte ab. »Eine Eingebung. Sein Aussehen. Blond, groß, gut genährt. Und die Zyankali-Ampulle wird bei der SS gern benutzt. Also brauchte ich Gewissheit.«

Dass ihm wieder die Namensliste in den Sinn gekommen war, die Eva und ihn in Gefahr brachte, verschwieg er. Er konnte sich zwar nicht erklären, weshalb ein SS-Mann in Mürwik Selbstmord beging und was das mit ihm oder Eva zu tun haben könnte. Aber dass es einen Zusammenhang gab, daran gab es für ihn keinen Zweifel.

Liebe Eva.
Es ist viel Zeit vergangen, seit wir uns das letzte Mal sahen. Und vielleicht erinnerst du dich gar nicht mehr an mich. Ich hingegen habe noch jede Einzelheit von dir vor Augen. Ich habe dich schon in der Schulzeit beobachtet, als du nachmittags mit deiner Lieblingspuppe (Nanna?) gespielt hast. Ich gebe zu, dass ich mich zu jener Zeit auch lieber mit Metallautos, Messern und Zinnsoldaten beschäftigt habe. Damals fand ich Mädchen nur doof. Bis auf eines …

Ich war der glücklichste Mensch in der kurzen Zeit, in der wir ein Paar waren. Ich glaube, Brüning war gerade Kanzler. Erinnerst du dich an die hitzigen Diskussionen? Abends hast du immer Studenten nach Hause gebracht, und dein Bruder hat Komintern-Reden geschwungen. Ludwig hieß er, nicht wahr? Er wollte mich einmal verprügeln. Weil ich für die

Deutschnationalen war. Für mich war Deutschland immer wichtig. Hohn und Spott, die damals über unserer Heimat ausgegossen wurden, haben mich tief verletzt. Auf einer Veranstaltung kam ich damals über Major Steiner zur Sturmabteilung. Und die SA, später die SS wurden meine zweite Liebe. Der große Junge hatte jetzt seine echten Panzer, Flugzeuge, Gewehre und Pistolen. Vielleicht hättest du ja damit leben können, Eva. Aber meine Begeisterung für die Sache des Führers konntest du mir nicht verzeihen. Als sie dann deinen Bruder verhafteten, haben wir uns getrennt.

Du hast ein Loch in mein Herz gerissen, das bis heute nicht verheilt ist. Seit zwölf Jahren verspüre ich nun diese Leere, die dein Weggang in mir hinterlassen hat. Ich stürzte mich von einem Einsatz in den anderen, immer bemüht, dich zu vergessen und meine Sehnsucht zu betäuben. Für einige Jahre gelang es sogar. Ich weiß nicht, ob eine Frau verstehen kann, wie berauschend die Siege eines Soldaten sind. Welche Erfüllung ein Mann im Erobern findet. Ich glaube, wir Deutsche sind kein friedvolles Volk. In der Weimarer Zeit hat man es versucht. Mit Abrüstung und Pazifismus. Aber es ging nur eine Zeitlang gut. Dann brach die Unruhe sich wieder Bahn. Ich weiß nicht, ob der Führer und Goebbels recht hatten, als sie vom Auserwähltsein sprachen. Die letzten Monate zeigten eher, dass sie da falsch lagen. Aber es stimmt, dass das deutsche Volk mit seiner Unruhe irgendwo hinmuss. Um sich selbst Frieden zu geben, muss es Krieg bringen. Eine innere Unruhe drängt uns zu unseren Taten. Denn für eine innere Ruhe bedarf es einer Zufriedenheit, die jedoch vielen von uns fehlt. Die Vorsehung stellte den deutschen Soldaten an alle Fronten dieser Welt. Und dort entschied sich unser Wert. Leider nicht zum Besten.

Wir würden uns noch heute streiten, Eva, dessen bin ich gewiss. Ich bin Nationalsozialist und sage das mit Stolz. Einige Aspekte müssen von Herrn Dönitz korrigiert werden. Aber das Gedankengut des Führers ist deutsches Gedankengut. Kein anderes System passt so perfekt zu Deutschland. Ich jedoch werde an einem Wiederaufbau unserer Bewegung und unseres Landes nicht teilnehmen. Eine kleine Gruppe von SS-Offizieren um Hans Bothmann rekrutierte mich im Kommissariat Harrislee. Dorthin hatten sich etwa zweihundert Männer der Schutzstaffel zurückgezogen, um für einige Zeit vor den Alliierten unterzutauchen. Viel brauche ich ja nicht zu erwähnen, denn dein Bekannter/Freund/Ehemann Druwe kennt die Einzelheiten. Meine Aufgabe sollte es sein – bitte erschrick nicht –, dich zu verletzen, um Herrn Druwe unter Druck zu setzen. Er besitzt etwas, was der enge Kreis um Hans Bothmann unbedingt haben will. In meinem Regiment war ich Scharfschütze und insofern für diese Aufgabe hervorragend geeignet. Zu dem Zeitpunkt wusste ich nur von der »weiblichen Begleitung«, deinen Namen kannten die Leute nicht. Dann habe ich euch auf diesem Kirchplatz im Zielfernrohr gehabt. Und dich erkannt, Eva. Ich habe deinen Mann nur ein wenig gestreift. Aber ich könnte dir nie weh tun. Noch nicht einmal dadurch, dass ich dir diesen Druwe nähme. Obwohl ich ihn so sehr beneide. Denn er hat, was ich niemals mehr haben werde.

Noch vor einigen Tagen hätte ich dir gesagt, dass ich nichts bereue. Ich habe Kameraden, die unter schwersten Bedingungen an der Front gekämpft haben. Ich habe Kameraden, die nur in der Schreibstube saßen und dort ihre Pflicht erfüllten. Und ich habe Kameraden, die in den Lagern und Zuchthäusern Dienst taten. Mein Bild wankte bisher nicht. Aber plötzlich einen geliebten Menschen vor dem Korn zu haben, ein Gesicht, einen Namen, eine Geschichte töten zu sollen, ändert vieles. Ich bin mir nicht mehr sicher, ob ich das Recht habe, einen Iwan, einen Juden oder einen Partisanen zu liquidieren. Die mögliche Antwort auf diese Frage macht mir Angst, denn sie könnte mich zu einem Untier, einem Monster machen. Ich werde mich dieser Angst auch nicht mehr stellen. Meine Welt, meine zweite Liebe, ist zerstört. Und ich gehe mit ihr fort.

Ich wünsche dir für dein Leben Freude und die innere Ruhe, die ich nie fand. Ich habe immer bewundert, dass der Glaube für dich ein Anker ist, der dein Lebensschiff im Sturm auf Kurs hält. Auch wenn es mir schwerfällt, wünsche ich auch diesem Mann, sofern tatsächlich er zu deinem Leben gehört, alles Gute.

Dein Dietrich Steller

P. S.

An Sie, Herr Druwe: Sehen Sie zu, dass Sie diese Dokumente (ich weiß nichts Genaues) loswerden. Zwar zerfällt die Gruppe Bothmann langsam, aber die Leute sind immer noch gefährlich. Passen Sie auf Eva auf!

»Dieter.« Eva schluchzte. »Er wusste sogar noch, dass meine Puppe Nanna hieß.« Sie reichte Druwe den Brief. »Hier, lies. Ich habe nichts zu verbergen. Und einiges ist wichtig.«

Jens Druwe las den Brief zügig. Er wusste nicht recht, was er sagen sollte, als er das Blatt Papier wieder auf den Tisch legte. »Ein ehemaliger Freund?«

Sie nickte. »Er konnte ein witziger und charmanter Kerl sein. Aber politisch war er ein rechter Vollidiot. Darüber haben wir uns immer wieder gestritten, uns sogar zwei Mal zeitweise getrennt. Nach dem dritten Mal und Lupos Verhaftung war es dann endgültig aus.«

»Scheint ja bis zum Schluss bei der Sache gewesen zu sein.« Druwe nahm den Brief und fand schnell den Satz, den er suchte. »*Ich bin Nationalsozialist und sage das mit Stolz.*«

»Wenigstens ehrlich bis zum Schluss«, meinte Eva Steinfeld.

»Und etwas verbohrt, oder?« Wieder las er einige Zeilen vor: »*Aber es stimmt, dass das deutsche Volk mit seiner Unruhe irgendwo hinmuss. Um sich selbst Frieden zu geben, muss es Krieg bringen.*« Er legte den Brief erneut zur Seite. »Gequirlter Unsinn, wenn du mich fragst.«

»Sprich nicht so, Jens. Er ist tot. Das sind die Worte eines verzweifelten Menschen«, sagte Eva.

»Haben die Kerle jemals Rücksicht auf die Verzweiflung anderer genommen?«, fragte Druwe in kaltem Tonfall. Nach einem kurzen Moment besann er sich jedoch. »Entschuldige. Er war ein Freund. Das tut weh.«

Eva Steinfeld schwieg und lehnte sich an Jens Druwe an. Sie hatte zwei Koffer gepackt, sich von Hanne und den Kindern verabschiedet. Es war Zeit, die Kontorwohnung in der Roten Straße zu verlassen. Elsbeth Jørgensen war vom Hof ihres Schwagers zurückgekehrt, ihr Mann hatte sein Kommen für morgen angekündigt. Druwe war froh, dass Eva wegen der Scharfschützen-Sache, die Dietrich Steller in seinem Brief erwähnt hatte, nicht weiter nachgefragt hatte. Vielleicht war sie von der Nachricht seines Selbstmords zu schockiert. Da nun in der Flensburger Wohnung sowieso kein Platz mehr war, musste sich Druwe nicht einer Diskussion um Evas Verbleib stellen. Sie wollte auf den Hof der Familie Lessling bei Kattrup zurückkehren. Dadurch löste sich das Problem ihrer Sicherheit für Druwe auf elegante Weise.

Am späten Nachmittag fuhr Druwe mit Eva nach Kattrup. Tatsächlich wurden sie südlich von Flensburg von britischer Militärpolizei angehalten, die bereits die großen Zufahrtsstraßen in die Stadt sperrte. Druwe fuhr langsam auf den gesicherten Posten zu, dessen Soldaten ihre Gewehre angelegt hatten. Als er das Fahrzeug schließlich stoppte und ausstieg, kam ihm der Umstand zu Hilfe, dass er in den letzten zwanzig Jahren gern englische Kriminalromane im Original gelesen hatte. Sein Englisch war zwar nicht perfekt, aber die Soldaten schienen sich bei den Klängen ihrer eigenen Sprache sofort etwas zu entspannen.

»Pardon me, Gentlemen! I am a civil member of the German Police Bureau at Flensburg. No army and no SS! Ich arbeite im Auftrag der neuen Regierung. Hier sind meine Papiere.« Als er zu sprechen begann, hob Druwe vorsichtshalber seine Arme. Er bemerkte sehr wohl, dass die Briten seinen Armstumpf offenbar als weiteres vertrauensbildendes Merkmal auffassten. Jedenfalls bedeutete ein Sergeant seinen Männern, die Gewehrläufe zu senken.

In den folgenden Minuten entwickelte sich ein reger Wortwechsel zwischen Druwe, dem Sergeant und einem Lieutenant, der aus seinem etwas entfernt stehenden Fahrzeug gestiegen und herangetreten war. Eva Steinfeld konnte nicht alles verstehen, ihre Schul- und Studienkenntnisse der englischen Sprache hatten zwölf Jahre brach gelegen. Aber sie erkannte am Lachen der Männer, dass sie sich offenbar auf einen freundlichen Umgang miteinander geeinigt hatten. Schließlich reichte man Druwe seine Papiere, und er kehrte zu ihrem Wagen zurück. Er zog genüsslich an einer Zigarette, die ihm der britische Offizier angeboten hatte.

»Wunderbar«, sagte er und blies den Rauch steil in die Luft. »In unseren Zigaretten war ja zum Schluss nur noch abgekratzter Dieselruß und Kamindreck. Herrliche neue Zeit!«

»Ich bin beeindruckt, Jens«, entgegnete Eva. »Das Gespräch wirkte, als hättest du alte Freunde getroffen. Und dein Englisch ...« Druwe wollte ihr die Zigarette überlassen, sie lehnte jedoch ab. »Worüber gab es denn so viel zu lachen?« fragte sie stattdessen.

»Ich habe ihnen einen Witz erzählt. Der dicke Hermann und Humpelfuß Goebbels wandern im Wald. Plötzlich begegnet ihnen eine Elfe ...«

»Nein, bitte nicht.« Eva verdrehte die Augen. »Der ist abscheulich! Und damit hast du dich bei den Tommys beliebt gemacht?«

»Ach, Eva, beliebt oder nicht. Wichtig ist doch, dass ich so etwas überhaupt wieder sagen kann, ohne befürchten zu müssen, gleich im Zuchthaus zu landen.«

Etwa eine halbe Stunde später steuerte Jens Druwe seinen Wanderer W24 in die Dorfstraße von Kattrup. Der Wagen war ihm vom Fuhrpark der Marineschule zur Verfügung gestellt worden. Er war selbst erstaunt gewesen, wie einfach er nun an die Privilegien der oberen Zehntausend herankam. Das Rotbraun der Motorhaube und des Kotflügels harmonierte perfekt mit dem Elfenbeinweiß der Tür- und Frontbereiche. Das Faltdach der Cabrio-Limousine hatte Druwe sofort geöffnet, als er beim NS-Kraftfahrzeugkorps vom Hof gefahren war. Erste Annehmlichkeiten seiner neuen Stellung. Und dazu uneingeschränkter Kraftstoff-Bezug. Nach vier Jahren Rationierung war diese Erfahrung eine Wohltat.

Sie kamen an Kattrups Gendarmerie vorbei, die nur ein umgebautes Wohnhaus war, und Druwe überlegte einen Moment, ob er kurz bei Wachtmeister Paulsen vorbeischauen sollte. Paulsen hatte ihn vor beinahe zwei Wochen als Erster über den Leichenfund in der Nähe informiert. Dadurch war die ganze Sache ins Rollen gekommen, die ihn und seinen Kollegen Oberbauer fast das Leben gekostet hätte. Dann entschied sich Druwe jedoch dagegen. Zuerst wollte er Eva auf dem Lessling-Hof absetzen. Er konnte Karl Paulsen später immer noch einen Besuch abstatten. Also fuhr er in den Abzweig nach Lüttfeld Richtung Westen. Dabei ließ er die Kirche, den Gasthof und die geduckten Häuser der Landarbeiter zügig hinter sich.

»Dort drüben bei der großen Hecke lag Paul Lesslings Bruder«, sagte er mehr zu sich selbst, als sie nach etwa zweihundert Metern rechts einen Feldweg erblickten, der in einem Bogen zurück ins Dorf führte. Eva nickte nur stumm.

Nach weiteren hundert Metern konnten sie den Hof der Familie Lessling erkennen. Der norddeutsche Dreiseithof lag unverändert da. Die Linden im Innenhof hatten nun fast ihre volle Blätterpracht und warfen mächtige Schatten. Unter den Bäumen blühten Maiglöckchen, vor dem Haus entfalteten gerade die Pfingstrosen ihre erste Pracht. Alles schien friedlich, aber Druwes geübter Blick erkannte sofort, dass das Altenteilerhaus fehlte. Und die Scheune daneben. Beide Gebäude hatten etwas abseits des Hofs gestanden, als er hier in der Mordsache ermittelt hatte. Sie waren niedergebrannt worden. Offenbar hatte man versucht, die wertvollen Tragbalken zu retten, denn die angekohlten, riesigen Hölzer lagen etwas seitlich der Brandruinen.

»O nein!«, rief Eva und hielt eine Hand vor den Mund, als sie die zerstörten Häuser sah.

»Es sind nur das kleine Haus und die Scheune, Eva«, versuchte Druwe sie zu beruhigen. »Alles andere ist heil geblieben. Bei dem Reet und der engen Bebauung hätte ihnen der ganze Hof abbrennen können.«

Wenig später saßen die beiden in der großen Küche des Haupthauses. Magda Lessling hatte ihnen ein verspätetes Mittagessen aufgetischt, während ihr Mann Paul in der Stube Gespräche mit mehreren Fremdarbeitern führte.

»Verhandelt Paul mit den Männern, damit sie bleiben?«, fragte Eva die Bäuerin.

Magda nickte. »Zwei russische Familien werden erst einmal nicht gehen. Ein Pole und ein Ukrainer ebenfalls. Bis sich die Lage im Osten beruhigt hat«, erklärte sie. »Sie verhandeln mit Paul über neuen Lohn. Luc und Alfonse werden noch zwei Wochen bleiben, vielleicht vier. Erst dann wollen sie nach Straßburg zurück. Ein Segen, dass wir die Leute immer anständig behandelt haben. Sonst hätten sie uns vielleicht in den Betten erschlagen.«

Magda Lessling hatte recht. Hunderttausende Zwangsarbeiter befanden sich noch im Kernreich. Sie waren gezwungen worden, die Arbeit zu verrichten, für die die deutschen Männer fehlten. Mit dem Zusammenbruch der Nazi-Herrschaft erlangten sie nun ihre Freiheit wieder. Aber es war oft eine trügerische neue Hoffnung, der sie erlagen. Ihre Heimat war zerstört. Viele Russen, Polen, Weißrussen und Ukrainer befürchteten sogar schwere Repressalien durch die Rote Armee und deren Politkommissare, wenn sie zurückkehrten. Schließlich hatten sie sich – in deren Augen – gefangennehmen und für die Zwecke Nazi-Deutschlands missbrauchen lassen. Viele Arbeiter waren zudem verzweifelt und von Rachegedanken getrieben. Endlich waren ihre Peiniger am Boden, jetzt erhoben sich die Unterdrückten über ihre ehemaligen Herren und übten oft grausame Vergeltung. Schlägereien, Diebstahl und Raub waren dabei eher die kleineren Vergehen. Tötungsdelikte, Folter und Vergewaltigung waren nun die alltäglichen, blutigen Nachwehen eines Kriegsendes, dessen Ende noch nicht erreicht war. Ruhelos waren diese *Displaced Persons* tatsächlich Menschen, denen ihr Platz, ihre Wurzeln, ihr festes Dasein genommen worden waren.

»Heute Morgen waren britische Soldaten hier«, fuhr Magda Lessling fort. »Erst waren sie ziemlich unfreundlich, dann haben sie mit Alfonse gesprochen. Sie wollten wissen, ob die Deutschen hier Nazis sind. Sie scheinen eine ziemlich seltsame Vorstellung von unserem Land zu haben. Nazi oder nicht, das ist wohl die Frage in nächster Zeit. Noch schlimmer wäre SS. Dann hätten sie Paul wohl sofort mitgenommen. Aber Alfonse hat sich für uns eingesetzt. Dann haben sie jeder ein Glas Milch getrunken und sind weitergefahren. Als ob das so einfach wäre!« Magda ereiferte sich. »Einfach zu fragen. Nazi? Ja oder nein? Da wird doch jeder sagen: Ich? Niemals!«

»Mitgemacht haben wir alle«, murmelte Eva. »Irgendwie, mal mehr, mal weniger. Wenn sie es ganz genau nehmen, dann können sie die Lager gleich stehen lassen und uns …«

»Eva!«, rief Magda aufgebracht. »Was hätten wir denn tun sollen? Paul kann von Glück sagen, dass sein Bruder Gerhard ihn nicht angeschwärzt hat. Du weißt, dass Paul am Anfang gegen Hitler gestimmt hat. Mit seinem Rheuma hätte er keine zwei Monate im Zuchthaus überlebt. Da war es besser zu schweigen. So leben wir wenigstens noch.«

»Können viele andere nicht von sich behaupten«, sagte Druwe jetzt. »Die einen töten, die anderen schweigen. Und alle hoffen, irgendwie zu überleben. Wer ist dann schuld am Tod der Unschuldigen? Nur die Mörder? Oder auch die Schweiger?«

»Herr Druwe!« Magda richtete sich auf. »Mein Mann und ich haben diese Leute stets ordentlich behandelt. Wir sahen in ihnen immer zuerst Menschen, egal was die Gesetze dazu sagten. Und wie Sie wissen, haben wir jahrelang die Familie Isensteijn bei uns versteckt. Juden, Herr Druwe! Juden. Ich muss Ihnen nicht sagen, was geschehen wäre, wenn man sie bei uns entdeckt hätte. Dann noch Evas Bruder, der im April zu uns gekommen ist. Also belehren Sie mich in meinem Haus bitte nicht darüber, ob man hätte schweigen, die Stimme erheben oder besser zum lieben Herrgott hätte beten müssen.« Sie funkelte ihn an, als sie fortfuhr. »Was haben Sie denn getan bei der Polizei?«

»Lass gut sein, Magda«, donnerte nun eine Stimme aus der Halle. Paul Lessling war aus der Stube getreten und hatte drei Fremdarbeitern die Hände geschüttelt. Offenbar war man sich einig geworden. Nun stand er am Durchgang zur Wohnküche und hatte anscheinend den Rest der Unterhaltung mitgehört. »Vielleicht sind wir nicht in allen Punkten einer Meinung. Aber in einer Sache müssen Leute wie wir zusammenstehen. Die Kriegstreiber und Rassenfanatiker dürfen keine Chance mehr bekommen. Nie mehr!«

»Es waren schwierige Zeiten, Frau Lessling«, ergänzte Druwe beschwichtigend. »Meine Worte waren missverständlich. Was ich meinte, war: Zu viele haben geschwiegen, zu wenige haben nein gesagt. Aber auch das ist eine Form der Zustimmung, für die man sich eventuell verantworten muss. Ich wollte Sie nicht kränken, Magda.«

»Schon gut«, entgegnete die Bäuerin. »Ich habe überreagiert. Ich weiß schon lange, was da draußen wirklich vor sich geht. Oder habe es geahnt. Eva hat Dinge berichtet, die ihr die Arbeiter erzählt haben. Und im Dorf sind in den letzten Jahren immer wieder Feldpostbriefe angekommen, die die Zensur wohl übersehen hat. Im Osten wurden Leute zusammengetrieben. Es gab Erschießungen von Frauen und Kindern. Und dort müssen Lager gewesen sein, in die die Juden und Zigeuner ...« Sie stockte, hob dann den Kopf. »Lager, in denen wir diese Menschen ermordet haben.«

Druwe schluckte trocken. Er wusste nur zu gut, wovon Magda Lessling sprach. Für ihn war der Feldeinsatz als Polizist dicht hinter der Front zum Alptraum seines Lebens geworden. Die Gräben und das Gas im Ersten Krieg. Oder seine schwere Verwundung in Stalingrad. Nichts war schlimmer als seine Erfahrungen in Witebsk an der Ostfront. Er entschuldigte sich bei den anderen. Übelkeit stieg in ihm auf. Es war der Gestank seiner eigenen Schuld, vor dem er sich ekelte. Er eilte nach draußen an die frische Luft.

Nachdem er eine gewisse Zeit unschlüssig bei den Linden gestanden hatte, ging Druwe zu den Ruinen des Altenteilerhauses und der Scheune. Es roch immer noch stark nach Holzbrand, die Wasserleitung der ehemaligen Küche ragte ohne Halt in die Höhe. Ein Fliesenschild lag zerborsten am Boden. Wenige verschmorte Kabelreste formten bizarre Geometrien. Er nahm sich einen Ast und stocherte damit wahllos in den Brandresten herum. Die SS war für diese Tat verantwortlich, denn die Leute hatten vermutet, dass hier wichtige Dokumente und Geldmittel lagerten. Partei, SS und Wehrmacht hatten im Osten nicht nur einen brutalen Krieg angezettelt. Sie hatten dort auch einen gigantischen Raubzug durchgeführt. Gold, Schmuck, Gemälde, Kunsthandwerk und wertvolles Mobiliar, sogar ganze Zimmer waren abtransportiert worden. Zum Schluss fuhr mancher Reichsbahn-Sonderzug mit Beutegut nach Westen, während am Wegesrand Frauen und Kinder verreckten. Einiges hatte sich Druwe selbst zusammengereimt, andere Details hatte er von seinem Kollegen Hans Oberbauer erfahren. Vor ein paar Wochen hatten sich viele hohe Herren, denen das Pflaster zu heiß wurde, entschieden, sich mit einem ordentlichen Finanzpolster abzusetzen. Ihre Pläne sahen vor, entweder ins Ausland zu verschwinden oder mit neuen Identitäten im Reich zu bleiben. Für beide Vorhaben benötigten sie jedoch Geldmittel. Und dieses Geld war durch Druwes Ermittlungen unerreichbar für sie geworden. Als die SS- und Gestapo-Männer hier auf dem Hof nicht fündig wurden, hatten sie – aus Rache oder aus Wut – einfach alles angesteckt. Zum Glück hatte Druwe die Lesslings und Eva warnen können, so dass die Frauen sich in Flensburg versteckt hatten.

»Zeit, Abschied zu nehmen, Jens.« Er wurde aus seinen Gedanken gerissen. Eva Steinfeld stand neben ihm.

»Sag das nicht so, Eva. Wenn du willst, komme ich jeden Tag.« Er nahm sie in die Arme. Die vergangenen fünf Tage waren die schönsten gewesen, die er in den letzten zehn Jahren erlebt hatte. Er wollte es ihr sagen, aber es fiel ihm schwer, über seine Gefühle zu sprechen. »Eva, ich …«, setzte er an. »Du und ich. Ich meine, wir sollten …«

»Ich weiß, Jens.« Eva lächelte ihn an und legte ihm erst den Zeigefinger auf die Lippen, dann küsste sie ihn. »Ich habe meine Aufgabe hier, du deine in Flensburg. Aber erstens geht das sicherlich nicht ewig so. Und zweitens kannst du ja so oft kommen, wie du es schaffst. Und da du dein eigener Vorgesetzter bist, kannst du dir ja sonntags frei nehmen. Magda und Paul haben einen Alkoven, da muss man ganz dicht beieinander liegen, damit man zu zweit hineinpasst.« Sie strich ihm durchs Haar und blickte ihn vielsagend an.

Seine körperliche Versehrtheit konnte Eva nicht heilen, doch Jens Druwe spürte wieder einmal, dass sie seine Rauheiten glättete, seine Beulen und Dellen erträglich machte. War es egoistisch von ihm, dass er es zuließ? Durfte er die Hoffnung haben, dass sie ihm half, wieder ganz zu werden? Und konnte er ihr überhaupt etwas zurückgeben? Zerschunden und zerbrochen wie er war?

»Hast du hier noch etwas gefunden?«, fragte Eva plötzlich und löste sich von ihm.

Jens Druwe schüttelte den Kopf. »Was da war, haben die Kerle wohl mitgenommen. Wird ihnen aber im Moment nicht mehr viel bringen. Mit einem Sack voller Gemälde, Kerzenständer und Silberbesteck kommt man sicherlich nicht unbemerkt an den Briten und Amis vorbei. Und viel war es auch nicht.« Er grinste. »Die Geldkoffer, die sie gesucht haben, sind gut versteckt. Und nur auf einer einzigen Liste steht, wo genau.« Seine Stimmung wurde mit jedem Wort, das er sprach, besser. »Und diese Liste habe ich.«

4

Morgens ziehen die Kolonnen
In das Moor zur Arbeit hin
Graben bei dem Brand der Sonne
Doch zur Heimat steht der Sinn
Wir sind die Moorsoldaten
Und ziehen mit dem Spaten
Ins Moor!
(Lied aus dem KZ Börgermoor; Text: J. Esser, W. Langhoff, 1933)

8. Mai 1945

Werner Grell hasste das Reisen. Egal, ob mit dem Schiff, Zug oder Auto. Ihm wurde oft übel, sein Kreislauf spielte verrückt, der Rest des Tages war dann immer gelaufen. Er hatte gehofft, dass es mit dem Fliegen besser sein würde. Weit gefehlt. Der einzige Vorteil war, dass er es schneller hinter sich hatte und größere Strecken in kürzerer Zeit zurücklegen konnte.

Ans Fliegen war seit zwei Wochen nicht mehr zu denken gewesen. Die Jäger der Alliierten holten im Moment alles vom Himmel, was einen Motor hatte und größer als ein Buchfink war. Also war Hauptmann Grell vor zehn Tagen mit seinem Dienstwagen aus dem Ort Zossen bei Berlin aufgebrochen. Drei Kollegen hatte er noch bei sich. Selbstverständlich waren sie in der Nacht gefahren. Der Horizont im Osten hatte gewirkt, als rollte ein Gewitter im Sonnenaufgang heran. Nur hatten diese Sonnenaufgänge Ende April die ganze Nacht gedauert, und sie hatten nichts mit einer lieblichen Frühlingsidylle gemein gehabt. Es waren die Stalinorgeln gewesen, nicht die Sonne, die das gespenstische Licht aussandten. Mörser- und Granateinschläge gaben den Takt vor, in dem das Berliner Umland in diesen Mai tanzte.

Grell hatte vor gut drei Jahren bei einem Spaziergang in der Diedersdorfer Heide, südlich der Hauptstadt, zufällig seinen späteren Vorgesetzten, Admiral Canaris, kennengelernt. Beide waren mit ihren Hunden unterwegs gewesen, hatten sich über die Dackelzucht und über das liebliche Spanien unterhalten. Grell hatte vor dem Krieg in der *Kraft durch Freude*-Verwaltung gearbeitet. Die *Nationalsozialistische Gemeinschaft KdF* sollte jedem verdienten Volksgenossen das Urlaubsreisen ermöglichen. Nicht nur in den schnöden Harz oder an die windige Ostsee. Nein, die Wärme Spaniens, Italiens und Griechenlands lockte und sollte touristisch erschlossen werden. Es gab *KdF*-Reisezüge und Passagierschiffe, *KdF*-Unterkünfte und überall die perfekte Organisation von Tanz und Spiel. Amüsieren auf Befehl des Führers. Denken unerwünscht. Das vollkommene Programm der Gleichschaltung. Grell konnte aus beruflichen Gründen dreimal ins Franco-Spanien reisen und an Bord des Luxusdampfers *Sierra Cordoba* die herrlichen Küsten des Landes erkunden. Etwa zur selben Zeit konnte sich Admiral Canaris der Gastfreundschaft General Francos in dessen Landvilla erfreuen. Immerhin kannte der Marineoffizier das Land schon gut durch geheime Kooperationen in U-Boot-Fragen, die in den zwanziger Jahren stattgefunden hatten. Und er hatte später den Funk- und Nachrichtendienst für Francos Putschisten koordiniert. So hatten sich beide Männer während des damals folgenden Bürgerkriegs kennen und schätzen gelernt.

Noch heute konnte es Werner Grell nicht fassen, dass sich zwischen ihm und Canaris innerhalb kurzer Zeit ein freundschaftliches Verhältnis entwickelt hatte. Canaris, dieser in sich gekehrte Taktiker und Chef der Abwehr. Er, Grell, der Verwalter des Archivs, der Herr der Akten. Beide Männer hatten keinen Hehl daraus gemacht, dass sie in diesem

Krieg und den Machenschaften von SS, Gestapo und Sicherheitsdienst die Sargnägel ihres geliebten alten Deutschlands sahen. Canaris war jener Typ Marineoffizier, dessen Herz konservativ-patriotisch schlug und der in dem großen Verführer Hitler zwar die Rettung seines gedemütigten Vaterlands sah, der aber gleichzeitig das Laute, Ordinäre und Brutale der neuen Bewegung verabscheute. Dabei war er, der Marinemann, selbst keineswegs unschuldig oder zimperlich gewesen in jüngeren Jahren. Als Militärrichter war er nach dem ersten Krieg sogar indirekt in die Ermordung Rosa Luxemburgs verstrickt gewesen, und er glaubte bis zum Schluss fest daran, damit Deutschland und seinem Treueeid gegenüber dem Kaiser gedient zu haben.

Canaris und Grell erkannten schnell auch berufliche Gemeinsamkeiten und teilten eine Leidenschaft. Sie sammelten Informationen, sie ordneten sie, werteten aus, zogen Schlüsse, archivierten. Grell war in der Zentralabteilung Inland im Referat III unter Oberst Hans Oster tätig gewesen. Oster hatte zusammen mit einem Zivilbeamten, einem gewissen Hans von Dohnanyi, eine große Sammlung von Dokumenten über wichtige Personen zusammengestellt. Beide Männer legten eine erstaunlich kritische Haltung gegenüber Hitlers Kriegsplänen an den Tag. Grell hatte sich immer gewundert, dass in den Amtsräumen offen über mögliche Alternativen bis hin zu einem Putsch gesprochen wurde. Und immer wieder hielt Canaris seine schützende Hand über Oster und Dohnanyi. Grell hatte im Auftrag Osters die Beschaffung von Informationen zu koordinieren. Diese Informationen bezogen sich dabei auf Kreise, die weit über den Aufgabenbereich der Abteilung Abwehr hinausgingen. Natürlich wurden Militärs und Politiker im Ausland überwacht, schließlich war das die klassische Aufgabe der Spionage. Aber auch deutsche Persönlichkeiten fanden das Interesse von Osters Leuten. Über hohe Offiziere der Wehrmacht, der Schutzstaffel und des Sicherheitsdienstes, Wirtschaftsführer, ja sogar über Schauspieler, Maler und Literaten wurden umfangreiche Dossiers angelegt. Admiral

Canaris spielte dabei eine Rolle, die Grell nie ganz durchschaut hatte. Einerseits gab er Anweisungen, die Oster unterstützten, und duldete sogar Aktivitäten eines sanften Widerstands innerhalb der Wehrmacht. Andererseits hielt er sich gern heraus, erwies sich als gewiefter Spürhund, der sich den verfänglichen Situationen immer wieder entwinden konnte. Grell ahnte, dass die Seele dieses Menschen zerrissen war. Canaris litt unter Phasen schwerer Depressionen, teilweise tauchte er tagelang nicht in seinem Büro auf und ließ wichtige Termine verstreichen.

Zum Schluss haben sie dich dann doch gekriegt, du alter Fuchs, dachte Grell. Er stand an der Schiffbrücke und blickte auf den überfüllten Flensburger Hafen. Hier lagen über zweihundert Schiffe, dazu Lastkähne und Schuten. An Deck sah er Zelte und Planen, die wohl die Unterkünfte vor Regen und Wind schützten. Am Ufer hatte sich ein wildes Durcheinander von Behelfsbaracken, Baumaterial, Ladekisten und Karren gebildet. Menschen saßen apathisch auf verschlissenen Decken, ältere Kinder spielten in dem Chaos, Säuglinge weinten. Oster hatte damals Recht gehabt, als er Grell gegenüber davon gesprochen hatte, dass er dunkle Zeiten kommen sähe.

Warum hatten Oster und Dohnanyi nicht alle heiklen Akten vernichtet, so wie es ihnen Canaris befohlen hatte? Grells Gedanken gingen wieder zu Canaris und dessen Stab. Stattdessen hatten die beiden Ressortleiter sie aus Berlin nach Zossen vor den Toren der Hauptstadt gebracht und in einem Panzerschrank versteckt. Hatten sie wirklich geglaubt, Hitlers Spürhunde würden keine Witterung aufnehmen? Natürlich hatten die Leute vom Sicherheitsdienst irgendwie Wind davon bekommen. Das war Canaris und den anderen zum Verhängnis geworden. Man hatte ihn verhaftet, aber der alte Fuchs hatte noch einen letzten Trumpf gespielt.

Kümmern Sie sich um meine Hunde, Grell. So lautete die scheinbar unverfängliche Nachricht auf einer Postkarte, die ihm Canaris aus der

Zelle im Gestapo-Gefängnis in Berlin geschrieben hatte. Grell war später zu dem kleinen Haus des Admirals am Tirpitzufer gefahren. Gestapo und SD hatten dort jeden Stein umgedreht. Die Hunde, sein geliebter Dackel und der Terrier, waren von der Haushälterin gefüttert und vom Gärtner ausgeführt worden. Grell hatte den Hinweis verstanden und den Zwinger durchsucht, sogar die Ruhekissen der Tiere hatte er aufgeschlitzt. Schließlich war ihm die Idee gekommen, die Lieblingsstrecke des Admirals im nahegelegenen Wald abzugehen. Hier war Grells Vorgesetzter fast jeden Tag mit seinen Hunden unterwegs gewesen. Dort gab es einen alten Hochsitz, den der Abwehrchef gern früh morgens aufsuchte, um die Landschaft in der Dämmerung zu beobachten. Er liebte die Melancholie des Morgennebels. Und oben, hinter einer zweiten Bretterlage, hatte Grell den Aktenkoffer entdeckt. Darin befanden sich viele Dossiers über Personen, deren Namen ihn erschaudern ließen. Göring, Ohlendorf, Frank, Keitel, Heydrich, Glücks, Nebe und andere hochrangige NS-Persönlichkeiten. Daneben gab es noch Mappen mit unzähligen Mikrofilmen. Grell wusste, dass in den letzten Monaten immer mehr Behörden aus Sicherheits- und Platzgründen ihre Akten auf Planfilm hatten ablichten lassen. Er schätzte, dass der gefundene Koffer auf diese Weise die Informationen von über zweihundert Geheimdienstakten enthielt. Diese Informationen waren Gold wert, das hatte Grell geahnt. Aber sie konnten ebenso gut tödlich sein.

Das bin ich dir schuldig, du gewiefter Mistkerl. Grell hatte damals am Hochsitz gestanden, gelächelt und an seinen ehemaligen Chef gedacht. Wir werden einigen Leuten mächtig auf die Zehen steigen, mein Lieber.

Er war mit Regierungsrat Schröder, Major Kauder und Hauptmann Lüder nach Flensburg gefahren. Weg von den Russen. Das war ihr erstes Ziel gewesen. Aber Grell hatte Größeres im Sinn. Sie würden die Canaris-Akten nutzen, um ihre Haut zu retten und aus dieser Hölle zu entfliehen. Zwar hatte sich keiner der vier Männer etwas zuschulden kommen lassen, weder im Osten noch in den Lagern. Er und seine Kollegen waren nur Verwaltungsbeamte, erfahrene Archivare und Buchhalter. Zudem hatten sie keinerlei Fronterfahrung. Insofern glaubte Grell nicht, dass die Alliierten sie wirklich behelligen würden. Jedoch war Grell überzeugt, dass sich für sie einiges Kapital aus den Abwehr-Akten schlagen ließe. Er wollte Internierung und Kriegsgefangenschaft unbedingt vermeiden. Freiheit, Geld und ein neuer Wohnsitz. Vielleicht war sogar Südspanien drin. Briten und Amis würden mit den Dossiers den Grundstock für ihre angekündigte Entnazifizierung legen können. Gleichzeitig konnte auf diese Weise sogar Osters Werk noch vollendet werden. Einige NS-Bonzen wären sicher nicht erfreut, wenn in nächster Zeit diese Informationen über sie ans Licht kämen.

Grell führte die kleine Gruppe an. Er hatte zwar einige Zeit bei der Polizei gearbeitet, aber er fühlte sich mit dieser Leitungsaufgabe bereits überfordert. Er war Beamter in der Verwaltung, kein Lenker und Vorgesetzter. Der ranghöhere Major Kauder hatte sich jedoch Anfang April eine schwere Grippe eingefangen und immer noch nicht davon erholt. Seine Beine waren angeschwollen, er hustete oft und schlief ständig vor Erschöpfung ein. Also würde Grell mit den Briten verhandeln müssen. Vielleicht konnten davon auch noch andere Mitarbeiter der Abwehrabteilung profitieren. Der alte Admiral hätte das so gewollt. Und er hätte gewollt, dass dabei einige dieser Dreckschweine vom Sicherheitsdienst über die Klinge sprangen. Da war sich Werner Grell sicher.

Sein Archivkollege Rudolf Lüder hatte vorgeschlagen, nach Flensburg auszuweichen. Der Osten des Reichs war verloren, und eine Kriegsgefangenschaft bei den Russen konnte für die Leute der Abwehr wahrscheinlich unangenehm oder tödlich werden. Immerhin gab es im Norden noch unbesetztes Reichsgebiet. Grell wollte jedoch keinen Kontakt zur neuen Regierung, obwohl ihm Major Kauder dazu geraten hatte. Er befürchtete, eben jene Männer anzutreffen, deren Lebensläufe sich in seinem Aktenkoffer befanden.

»Was tun wir, wenn dort die gleichen Kerle wie in Berlin sitzen? Die hören nur, dass wir bei Canaris waren, und stellen uns an die nächste Wand«, hatte er auf Kauders Vorschlag erwidert.

»Wir können aber auch nicht einfach zu den Briten marschieren«, hatte Kauder zu Bedenken gegeben. »Oder kennst du dort jemanden? Wenn die Gerüchte stimmen, dann soll der Flugplatz Weiche bereits von einer britischen *Air Squadron* eingenommen worden sein. Und das Vorauskommando einer Infanteriebrigade trifft heute oder morgen in der Stadt ein. Ich glaube, die haben andere Sorgen, als uns zuzuhören.«

Nach einigen Diskussionen hatten sie schließlich den Plan entworfen, sich an den dänischen Konsul in Flensburg zu wenden. Der Mann war eine Autorität in der Stadt, der vielleicht in ihrer Sache vermitteln konnte. Lüder hatte seit den zwanziger Jahren mit den Dänen zusammengearbeitet. In Süddänemark lebten viele Deutsche, umgekehrt in Norddeutschland viele dänische Bürger. Als Geschäftsmann hatte Rudolf Lüder oft mit dem Konsulat zu tun, musste Genehmigungen einholen und besprach sich einige Male mit dem Konsul. Deutschen und Dänen war damals daran gelegen gewesen, sich gegenseitig das Leben etwas zu erleichtern. Grenzdiskussionen überließ man den jeweiligen Nationalen, deren Geifern war den Kaufleuten egal, so lange die Bilanzen stimmten.

Grell und Lüder hatten bereits kurz nach ihrer Ankunft vor drei Tagen eine Unterredung mit dem Generalkonsul gehabt, der sich auch tatsächlich wohlwollend an den Deutschen erinnern konnte. Er hatte die weitere Koordination einem Vertrauten übergeben. Rittmeister Hans Lunding war zukünftig für die Funktion eines Verbindungsoffiziers zu den alliierten Truppen vorgesehen. Zu Grells Verwunderung kannte der Däne Admiral Canaris aus einer gemeinsamen KL-Haft und wusste sogar über die Akten Bescheid. Lunding bestätigte den beiden Deutschen, was sie bereits vermutet hatten. Canaris war hingerichtet worden. Einzelheiten zur Lagerhaft und zu den Informationen, die der Abwehrchef ihm gegeben hatte, behielt der Däne jedoch für sich. Grell hatte dem Konsulat eine Akte zur Prüfung überlassen und schließlich hatte Lunding zugesagt, in der Frage zu vermitteln. Er verfügte offenbar über Kontakte zu britischen Geheimdienststellen.

Nachdem die vier Abwehrleute fast zwei Tage gewartet hatten, war gestern über einen Boten die Nachricht gekommen, dass sie sich mit einem Mittelsmann in der Hauptpost treffen sollten.

»Freunde, das Warten hat ein Ende«, hatte Grell aufmunternd gesagt. »Dieser Lunding hatte Informationen über unseren Admiral, die er sich unmöglich ausgedacht haben kann. Er hat sogar den Inhalt einiger Dokumente grob gekannt. Ich denke, nun kann nichts mehr schiefgehen.« Er hoffte, dass in seiner Stimme mehr Zuversicht lag, als er selbst empfand.

Der Ort war gut gewählt. Grell hatte als Treffpunkt zunächst an ein Lokal oder ein Hotelzimmer gedacht, diesen Plan jedoch verworfen. Zu unübersichtlich. Fluchtwege konnten dort schnell blockiert werden. Die Abwehrleute kannten sich zudem in der Stadt nicht gut aus. Eine einsame Waldlichtung hingegen war etwas für einen Schundroman, im realen Leben wäre sie eine Todesfalle. Und das Konsulat als Verhandlungs- oder Übergabeort schied ebenfalls aus, da es die Dänen in Misskredit bringen konnte. In der Polizeidirektion liefen immer noch zu viele Gestapo- und SD-Leute herum. Zwar waren bereits am Samstagnachmittag erste britische Einheiten in der Stadt aufgetaucht, die seit gestern begonnen hatten, wichtige Gebäude zu besetzen. Selbstverständlich waren Polizeidirektion und Rathaus ihre ersten Ziele gewesen. Aber Grell wollte kein Risiko eingehen. Immer noch wehte der alte Geist in den Diensträumen des Präsidiums. Jeder biedere Verwaltungsmann in Zivil konnte ebenso gut gestern noch ein Gestapo-Knecht gewesen sein.

Das Postgebäude an der Rathausstraße hingegen war weitläufig, und die Räume und Hallen waren gut überschaubar. Es gab fast nur zivile Angestellte. Wehrmacht und deutsche Polizei suchte Grell vergebens, was ihn etwas beruhigte. An den Eingängen standen vier englische Militärpolizisten. Grell war mit Rudolf Lüder erschienen, der den Gebäudekomplex im Bereich der Rathausstraße und an den Norderhofenden gut kannte.

»Der Reichssender Flensburg ist hier untergebracht«, erklärte Lüder seinem Kollegen. Er spielte auf den provisorischen Radiosender der neuen Regierung an. Der Großdeutsche Rundfunk in Berlin hatte vor einigen Tagen seine letzten Töne über den Äther gesendet. »Rundfunk und Presse genießen bei den Amis und Briten einen gewissen Sonderstatus. Vielleicht erinnerst du dich, wir hatten auch mal eine Meinungs- und Pressefreiheit.« Lüder lächelte dünn. »Ich hoffe, dass die Tommys den Bereich hier gut im Auge haben. Man munkelt, dass hier im Keller die Gestapo ihre Räume hatte. Das Präsidium ist ja um die Ecke. Es soll Verbindungsgänge geben. Wie in Berlin. Alles nur ein wenig kleiner.«

»Sehr ermutigend, Rudolf. Wenn das im ersten Stock schiefgeht, dann können sie uns gleich dorthin überstellen«, sagte Grell. Mit Schaudern dachte er an die Prinz-Albrecht-Straße in Berlin. Das Palais von Heydrich; Sicherheitsdienst und Gestapo waren dort untergebracht gewesen. Und mancher unfreiwillige Gast hatte in den Verhörkellern seine Zähne gelassen. Oder sogar sein Leben.

Die Männer mischten sich unter das Treiben im Erdgeschoss. Auch sie hatten sich für Zivilkleidung entschieden. Grell trug einen grauen Wehrmachtsmantel, von dem er alle Rang- und Dienstzeichen abgetrennt hatte. Hierdurch blieb seine Uniform auf den ersten Blick verborgen. Lüder wirkte für Ort und Tageszeit etwas unpassend gekleidet, da er nur über einen legeren Abendanzug verfügte. Beide Männer waren deutlich früher erschienen, um sich zu orientieren. Die Reichspost hatte ihre Dienste weitgehend einstellen müssen. Dennoch versuchten viele Menschen, Briefe aufzugeben. Pakete wurden vermisst. An den Telefonkabinen hatten sich lange Schlangen gebildet. Jeder hoffte, noch eine Leitung zu bekommen. Telefonistinnen wurden durch den Hörer angeschrien, als wären sie für den Zusammenbruch der Verbindungen verantwortlich. Die Leute wollten Angehörige in Hamburg, Köln oder Stuttgart informieren. Es war, als hätten die alliierten Bomber nicht nur Häuser und Erdreich umgepflügt. Auch die Menschen schienen umhergewirbelt, als hätte sie ein Orkan erfasst, emporgerissen und überall verteilt. Grell und Lüder wurden gestoßen und geschoben, als sie sich dem Treppenaufgang näherten. Die Obergeschosse waren für den Publikumsverkehr gesperrt. Hier wurde es deutlich ruhiger.

»Raum 120. Der Sekretär des Konsuls meinte, dass in dem Trakt die Post aus Dänemark bearbeitet wird. Die Dänen organisieren das selbst, sie wollen verhindern, dass die dänischen Pakete geklaut werden. Und viele Leute unterstützen ihre Verwandten hier.« Lüder schien mehr zu sich selbst zu sprechen. Er war nervös.

Sie erreichten den Westflügel, von dem ein Gang abbog. Ein Schild wies auf die Nummern 120 bis 125. Es roch nach Bohnerwachs, Holz und leichter Feuchtigkeit. Der große Bau im Stil der Neurenaissance barg noch die Winterkälte in den hohen, dicken Mauern. Durch ein Fenster konnten die Männer in den weitläufigen Innenhof blicken. Dort befand sich ein Übertragungswagen der Reichsrundfunkanstalten, gestrichen in Feldfarbe mit einem Kennzeichen der Kriegsmarine. Davor stand ein britischer Unteroffizier. Immer wieder eilten junge Frauen mit Mappen oder Tonband-Dosen unter dem Arm über den Hof zum Ü-Wagen.

»Wenn Goebbels wüsste, dass das der klägliche Rest seines Rundfunkimperiums ist.« Grell wies mit dem Finger auf den Hof.

Er trat an die Tür mit der schlichten Aufschrift *Post Danmark* heran. Er klopfte. Einen Augenblick später wurde die Tür geöffnet. Grell spannte sich an. Er und Lüder trugen keine Waffen bei sich. Zwar war er ein lausiger Schütze, aber im Moment hätte er sich mit einer Walther-Pistole deutlich wohler gefühlt. Die Briten hatten an großen Plätzen Bekanntmachungen in deutscher Sprache angebracht, die allen Deutschen das Tragen von Waffen untersagte. Auch der gesunde Menschenverstand gebot den Männern, die Sieger nicht unnötig zu provozieren.

»Kommen Sie herein. Schnell!«, raunte eine unbekannte Stimme.

Grell wusste nicht, was er erwartet hatte. Englisch? Dänisch? Oder wenigstens einen Akzent? Der Mann sprach jedoch fehlerfreies Deutsch. Lüder und er traten in den Dienstraum, die Tür schloss sich hinter ihnen.

»Sie gestatten, dass mein Mitarbeiter sie nach Waffen durchsucht? Es sind unsichere Zeiten, Sie werden das sicher verstehen, meine Herren.« Ohne ihr Einverständnis abzuwarten, tastete ein kräftiger Mittvierziger die beiden Männer routiniert ab. Der erste Mann winkte sie danach zu einem mächtigen Eichentisch heran und bat sie, auf den Stühlen Platz zu nehmen.

»Sie kennen uns.« Grell räusperte sich. »Wir würden es vorziehen, wenn auch Sie sich vorstellen würden.«

»Nennen Sie mich Tom.« Der Unbekannte lächelte. »Und das ist John.« Er zeigte auf seinen Kollegen, der sich breitbeinig vor die Tür gestellt hatte. »Sie beide haben für Canaris gearbeitet, nicht wahr? Dann wissen Sie ja sicherlich, was V-Leute sind. John und ich stellen die von Ihnen gewünschte Verbindung zu den Briten her.«

»Woher sollen wir wissen, dass wir Ihnen trauen können?« Grell war über das Auftreten der Männer verärgert.

»Also bitte, Herr Grell. Wir sind es, die hier ein großes Risiko eingehen. Sie beide tauchen beim Konsul auf, sprechen von wichtigen Akten, wollen mit den Briten ...« Der Mann, der sich Tom nannte, unterbrach sich und lächelte wieder. »Sie wollen mit uns ein Geschäft machen. Was sollen wir da denken? Die Sache könnte den Herrn Konsul, ja sogar die dänische Krone kompromittieren. Es könnte ein billiger Versuch sein, mit dem Sie, meine Herren, Ihre feine Beamtenhaut retten wollen. Also, wer sollte hier wem misstrauen, Herr Grell?«

Lüder hatte sich wieder erhoben, schnaubte verächtlich. Jedoch wies ihn Grell an, wieder Platz zu nehmen. »Lass gut sein, Rudolf. Wir sind alle nervös, nicht wahr?«

Grell musste sich eingestehen, dass der Mann hinter dem Schreibtisch durchaus recht hatte. Bei derartigen Geschäften musste sich eine Seite aus der Deckung wagen, wollte man sich nicht ewig argwöhnisch umschleichen.

Tom beugte sich vor. »Welcher Art sind Ihre Informationen, Herr Grell?«

»Es handelt sich um Dossiers zu bekannten und/oder wichtigen Persönlichkeiten. Aus dem Inland und Ausland. Aus Politik, Wirtschaft, Militär.«

»Was heißt Dossiers?«, fragte Tom.

»Es sind Aufstellungen zu Lebenslauf, Herkunft, Beziehungen und Bekanntschaften, Beteiligungen an Firmen, zum Vermögen, zur Teilnahme an Treffen und geheimen Gesprächen, Einstellung zu prekären Themen wie der ...« Grell suchte nach den richtigen Worten. »... Kriegsführung oder Judenfrage. Zusammenarbeit mit dem RSHA und Heydrich. Und noch einiges mehr.«

»Namen?«

»Ich habe nicht alles gelesen. Nur überflogen. Wehrwirtschaftsführer wie Jähne und Bosch von IG Farben. Oder Porsche und Messerschmidt. Von Bohlen und Halbach. Offenbar einige Herren vom Reichssicherheitshauptamt. Natürlich Heydrich. Aber auch Blume, Nebe, Eichmann, Ohlendorf. Aus der Wehrmacht sind Keitel, von Brauchitsch und Jodl dabei. Vielleicht ist für die Briten brisant, dass es sogar eine Akte über das Haus Battenberg gibt. Die Amis werden etwas über Henry Ford und IBM finden. Und ich glaube, das ist noch nicht alles.« Grell lehnte sich zufrieden zurück. Er hoffte, dass diese Namen wie Köder an Angelhaken wirkten.

»Noch vor einer Woche hätte Sie nur die Nennung dieser Aufzählung den Kopf gekostet, Grell. Mir scheint die Sache doch eine Nummer zu groß für – verzeihen Sie meine Direktheit – ein paar Buchhalter aus der Gruppe um Canaris. Sie täten gut daran, uns alles zu übergeben. Wir legen ein gutes Wort bei den Briten ein, das verspreche ich Ihnen.« Tom erhob sich. »Haben Sie die Akten bei sich?« Er blickte Grell an. »Natürlich nicht, wie dumm von mir zu fragen. Haben Sie sie versteckt, im Hotel gelassen oder Ihren Kameraden gegeben?«

»Ich habe Ihnen gesagt, was ich anzubieten habe, Herr Tom.« Grell erhob sich ebenfalls, und seine Stimme wurde kalt. Er hatte nicht die Absicht, sich wie ein Schuljunge abkanzeln zu lassen. »Wenn Ihre Auftraggeber es wünschen, kann ich ihnen ein weiteres Dossier zur Ansicht und Prüfung überlassen. Aber danach, Tom …« Er blickte dem Mann direkt in die Augen. »… bestimme ich, zu welchen Bedingungen wir die Akten übergeben. Wir verlangen gar nicht viel. Nur Sicherheit für uns und unsere Familien und Anstellungen, die unserer Qualifikation entsprechen. Dabei geht es um etwa zwanzig ehemalige Mitarbeiter der Abteilung Abwehr. Niemand von ihnen hat sich etwas zuschulden kommen lassen. Das können Ihre Leute gern überprüfen. Admiral Canaris war es wichtig, dass …«

»Die Ratte hat bekommen, was sie verdient hat.«

Auch Lüder sprang jetzt aus seinem Stuhl. Grell glaubte, sich verhört zu haben. Er wollte etwas entgegnen, als er einen Schmerz an der Kehle verspürte. Der Mann hinter ihm, John, hatte sich angeschlichen und blitzschnell ein Drahtseil um seinen Hals geschlungen. Er zog die Garotte zu. Augenblicklich musste Grell würgen. Tom stand seelenruhig am Schreibtisch und richtete nun eine Pistole auf Lüder.

»Ganz ruhig, Lüder. Herr Grell muss uns nun leider verlassen. Aber Sie können die Sache überstehen, wenn Sie keine Dummheiten machen. Danach geben Sie uns einfach die Akten und fahren heim zu Mutter.« Lüder schaute entsetzt auf Grell, unfähig, ihm zu helfen.

Grells Augen schienen aus den Höhlen zu treten. Er konnte nicht atmen, nicht denken. Der Mann hinter ihm war etwas kleiner als er, aber sehr viel kräftiger. Er spürte, wie der Draht seine Haut am Hals langsam durchtrennte. Blut rann auf den Hemdkragen. Instinktiv versuchte er, nach dem Seil zu greifen, jedoch hatte es sich schon in sein Bindegewebe gegraben. Er starb. Er spürte seine Kräfte bereits schwinden. Dann schlug er noch einmal verzweifelt hinter sich. Wieder hob er eine Hand zum Hals. Da war eine kleine Stelle. Grell war Träger des Eisernen Kreuzes zweiter Klasse aus dem Ersten Krieg. Wie vorgeschrieben, trug er es am Hemdkragen. Aus alter Gewohnheit hatte er es auch heute angelegt. Ein Stück des Drahtes hatte sich am oberen Kreuzschenkel verhakt und grub sich nun langsam in seinen Kehlkopf. Hier fand sein linker Zeigefinger eine Lücke. Und er zog. Er spürte, wie sich das Fleisch von seinem Finger löste, aber er zog weiter. Dann, nach einer gefühlten Ewigkeit, hatte er einen Zentimeter gewonnen. Er schnappte nach Luft. Mit letzter Kraft riss er an der Garotte, trat mit seinem Stiefelabsatz nach hinten und ließ den Kopf ebenfalls zurück schnellen. Er hörte das Nasenbein seines Peinigers knacken. Der Stiefel hatte die Weichteile des Mannes hinter ihm getroffen. Ein Ruck am Seil, und er war frei. Dabei trennte sich sein Zeigefinger ab, der dem verblüfften Tom entgegenflog.

Lüder reagierte sofort. Auf dem Tisch lag ein Brieföffner. Grells Kollege warf sich nach vorn, griff nach der stumpfen Klinge und rammte sie Tom von unten in den Hals. Zuerst schien es, als könnte dieser seine Waffe doch noch abfeuern. Er drehte sie langsam in Lüders Richtung, dann erschlaffte seine Hand. Er blickte aus brechenden Augen in eine Welt, die für ihn dunkel wurde. Dann sank er nach vorn auf die Tischplatte.

Grell jedoch hatte sich umgedreht. Sein Gegner war durch die gebrochene Nase und den Tritt einen kurzen Moment betäubt. Er trat nochmals zu, der Mann krümmte sich. Grells Knie schoss hoch und traf ihn mitten im Gesicht, so dass er auf den Boden sank. Rasend vor Wut griff Grell nach dem kurzen Draht, von dem noch sein eigenes Blut abtropfte. Er umschlang den Hals seines Gegners und zog unbarmherzig daran. Einen Augenblick später hörte er das ekelerregende Geräusch des brechenden Kehlknorpels, dann erschlaffte auch der Körper des zweiten Mannes.

Der Krieg war vorbei, aber das Töten ging weiter.

9. Mai 1945

Druwe hatte sich in einer kleinen Stube neben seinem Dienstzimmer wohnlich eingerichtet. Mehr als ein Feldbett, ein Spind und eine Waschschüssel, die in ein Dreibein aus Metall eingelassen war, passten nicht in den Raum. Das Gebäude seiner neuen Dienststelle *Inneres 5/Polizei* lag zentral neben der Verwaltung der Marineschule. Wieder einmal hatte er nur wenig geschlafen. Jedoch waren es in den letzten beiden Nächten ausnahmsweise nicht die Alpträume, die ihn um seine Ruhe brachten. Vielmehr erklang auf dem Gelände der Marineschule eine beständige Kakophonie emsigen Treibens. Lastwagen wurden entladen, Behelfsunterkünfte gebaut, Marinesoldaten übten einige Ehrenformationen. Sogar eine Blaskapelle stimmte sich gegen sechs Uhr morgens ab. Dazu kam das nächtliche Flutlicht, das das gesamte Gelände in gespenstische Natriumdampflampen-Atmosphäre tauchte. Zwar lag die Marine-Sportschule etwas abseits, aber die Stäbe der neuen Regierung übertrumpften sich gegenseitig in lärmender Aktivität. Die Swastika verschwand von den Hauswänden, Druwe hatte am Vortag einen Anhänger entdeckt, der mit Bildern und Büsten des ehemals geliebten und nun verschmähten Führers vollgestopft gewesen war. Vorwurfsvoll hatte ihn das zerbrochene Porträt des größten Feldherrn aller Zeiten, das von der Ladefläche gerutscht war, angestarrt. Plötzlich gab es keinerlei schwarz uniformierte SS-Männer mehr auf dem Gelände. Offenbar stellte man sich bereits darauf ein, dass die Sieger auf bestimmte Formen zur Schau getragenen Herrenmenschen-Gehabes verstimmt reagierten.

Druwe war am Morgen an einer Baracke vorbeigekommen, in der sich auf riesigen Regalen Zivilkleidung stapelte. Anzüge unterschiedlicher Qualität, Mäntel, Schuhe. Am Hang hatten zwei Soldaten eben jene unliebsamen schwarzen Uniformen und auch Kennkarten und Soldbücher verbrannt. Es gehörte nicht viel Verstand dazu, den Zweck dieser Arbeiten zu erahnen. Hier kam man als SS-Mann und ging als Zivilist. Derzeit konnte man seine Identität in Mürwik ebenso einfach wechseln wie ein Paar Schuhe. Schon vor gut zwei Wochen hatte Druwe erlebt, dass in der Flensburger Polizeidirektion neue Kennkarten ausgestellt wurden. Neue Namen für alte Kämpen, denen jetzt der Arsch auf Grundeis ging. In der Marineschule gab es dazu offenbar passende, gefälschte Soldbücher, die sogar auf alten Papierbeständen gedruckt waren.

Die Ratten verlassen das sinkende Schiff, dachte er. Einen der Kerle hatte er vor einer Woche fast dingfest gemacht. Das Schwein hatte erst einen hochrangigen Nazi ermordet. Dieser Umstand wäre Druwe fast schon gleichgültig gewesen, aber er hatte auch noch sich und anderen SS-Offizieren mit Geld und Papieren zur Flucht verhelfen wollen. Das wiederum war Druwe gehörig gegen den Strich gegangen. Leider war ihm der Mann in letzter Sekunde entwischt. Zuvor aber hatte er noch einen Kripokollegen schwer verletzt, der in Berliner Zeiten Druwes Freund gewesen war.

Oberbauer, dachte Druwe. War er jetzt eigentlich schon wieder so etwas wie ein Freund? Sie hatten sich in den letzten Jahren erst entfremdet, dann hatten sich ihre Wege getrennt. Nun hatten die beiden Polizisten und ehemaligen Kollegen in wenigen Tagen viel erlebt. Und wie so oft gab es Licht und Schatten im Leben. Bei beiden Männern.

Druwe fuhr zum Flensburger Krankenhaus auf der Westlichen Höhe. Man hatte ihm im Fahrzeugkorps einen ordentlichen Kübelwagen aus Marinebeständen gegeben. Der schöne Wanderer war für einen Staatssekretär reserviert. Der Kübel hatte erst viertausend Kilometer auf dem Tachometer, fast neue Reifen, kein Rost. Etwas zugig zwar, dafür aber verlässlicher als die requirierten Zivilfahrzeuge, die oft seit Jahren nicht mehr gepflegt wurden und vor sich hin rotteten. Druwe hatte zudem einen U-Schein für das Benzin. U für unbeschränkt. So konnte er gestern Abend einfach noch einen Abstecher zu Eva nach Kattrup machen. Knapp vierzig Kilometer hin und zurück. Luxus in unnormalen Zeiten. Druwe hatte Eva sogar zu einer kleinen Fahrt eingeladen. Es war ein schöner Sonnenuntergang gewesen. Kleine Normalität nach dem großen Krieg. Auf dem Rückweg war der Wagen mit Schinken und Brot für die Angehörigen der Lesslings in Flensburg beladen worden. Ein Huhn hatte sich aus dem Käfig befreit und war Druwe vors Gesicht geflogen, so dass er den tadellosen Kübel beinahe gegen einen Baum gesetzt hatte. Zwei Kontrollposten der Briten hatten ihn problemlos durchgelassen. Sein Englisch war gut, er trug weder Uniform noch Waffe, seine Papiere wiesen ihn als Polizeibeamten der Dönitz-Regierung aus. *Donuts-Government* lachten die Tommys und winkten ihn durch die Absperrung.

Er parkte den Wagen auf dem Parkplatz vor der Diako, wie die Flensburger ihr Krankenhaus auch nannten. Britische Fahrzeuge standen herum, einige Tommys rauchten und lachten. Mehrere junge Frauen blickten aus einiger Entfernung zu ihnen herüber. Auch sie kicherten. Druwe begab sich zur chirurgischen Station. Sein Schwager, Dr. Berthold Schmid, leitete die Chirurgie als Chefarzt. Sein Kollege Oberbauer lag nun auf dessen Station. Ihn hatten zwei Kugeln erwischt, als sie diesen Dreckskerl von der SS verfolgt hatten. Es war verdammt knapp gewesen. Oberbauer wäre fast verblutet, aber Schmid hatte ihn noch einmal von der Schippe geholt.

»Morgen, Jens.« Schmid sah wieder einmal aus, als hätte er unter einer Brücke geschlafen. Immer wieder wunderte sich Druwe, dass sein Schwager überhaupt noch operieren konnte.

»Wie geht es Hans?«, fragte er. »Nervt er dich schon, wann er entlassen wird? Oder hat er einer Schwester einen Antrag gemacht?«

»Oberschwester Ingeborg stutzt ihn zurecht, wenn er frech wird.« Schmid lächelte. »Aber im Ernst, es sieht gut aus.« Die Operation vor acht Tagen war gut verlaufen, aber vor drei Tagen hatte sich die Schulterwunde entzündet. »Er kann von Glück sagen, dass die Briten hier sind«, fuhr der Arzt fort. »Denen habe ich gleich ein wenig Penicillin geklaut, als sie das Krankenhaus besetzt haben. Die Schulter heilt jetzt auch. Und er hat kein Fieber mehr.«

»Kannst du hier weitermachen? Oder gibt es mit den Tommys Ärger?«, fragte Druwe.

»Ach was! Ärzte werden immer gebraucht. Im Moment vor allem Chirurgen. Sie haben gleich am ersten Tag einen Sergeant gebracht. Dem konnte ich den Arm retten. Ein Captain mit Blinddarmentzündung war dagegen reine Routine. Seitdem sagen die Briten *Sir* zu mir. Respekt muss man sich eben verdienen.« Schmid schrieb Anweisungen in ein Krankenblatt.

»Wirst du hier bleiben, Becher?« Druwe nutzte manchmal den Spitznamen seines Schwagers aus Studentenzeiten. Der Chirurg hatte schon damals gern tief in die hochprozentig gefüllten Gläser geschaut.

Mehr denn je hatte er sich den Spitznamen auch in diesen Tagen verdient.

»Wo soll ich denn hin?« Schmid nickte. »Hier geht es mir gut. Die Briten haben mir einen Assistenten gegeben, Dr. Aaron Fielding. Lustig, er ist auch mein neuer Vorgesetzter, soll mich ein wenig überwachen. Ein fähiger Kollege. Und wann hatte ich das letzte Mal mit einem *Aaron* zu tun, Jens? Mir ist scheißegal, woher jemand kommt. Wie er aussieht oder wie er heißt. Hauptsache, er macht seine Arbeit gut. Und der Mann ist ein guter Chirurg. In ein paar Monaten bin ich hier wieder der Chef. Vertrauen muss man sich eben auch verdienen.«

Ja, so war er, sein Schwager. Er konnte zynisch sein, er soff wie ein Loch, sah manchmal aus wie eine der Leichen aus seiner pathologischen Abteilung, die er ebenfalls leitete, aber er war Chirurg mit ganzem Herzen. Druwe mochte ihn. Und er war sicher, seine Schwester würde ihn auch immer noch mögen, wäre sie nicht schon vor über zwanzig Jahren gestorben. Schmid konnte im Umgang mit seinen Patienten warmherzig und fürsorglich sein, eine Fähigkeit, die er sich selbst gegenüber nach dem Tod seiner Frau jedoch verloren hatte. Er betrieb seit einem Vierteljahrhundert Raubbau an seiner Gesundheit und schonte sich nie.

Wenig später stand Druwe im Zimmer seines Kollegen Hans Oberbauer. »Hallo, Hans. Wie geht es dir? Wann kann die Verbrecherwelt wieder mit deinen stümperhaften Ermittlungen rechnen?«

»Ich komme erst wieder, nachdem sie den größten aller Stümper aufs Altenteil geschickt haben.« Oberbauer grinste. Als er sich im Bett aufsetzte, verzog er jedoch schmerzhaft das Gesicht. »Die Schulter hätte mich doch noch umbringen können, sagt dein Schwager.«

Druwe nickte geistesabwesend. Sein Verhältnis zu Oberbauer konnte man bestenfalls als seltsam bezeichnen. Vor zehn Jahren waren sie in Berlin eine Ermittlergruppe bei der Kripo gewesen. Der deutlich jüngere Oberbauer hatte als sein Assistent gearbeitet, und sie waren gut miteinander ausgekommen. Danach hatten sich ihre Wege getrennt. Oberbauer hatte sich angepasst und war – wie beinahe alle Polizisten – in Himmlers SS eingetreten. Er hatte es bis zum Kriminalrat gebracht. Druwe hingegen hatte das erlebt, was man im Milieu *In die Scheiße fassen* nannte. Sein Vorgesetzter hatte ihn zu den Polizeibataillonen im Ostfeldzug geschickt. Dort sollte er sich bewähren und seine Loyalität unter Beweis stellen. Im Osten, bei Smolensk und Witebsk, in Charkow und Stalingrad. Er hatte Dinge gesehen und getan, die ihn an der eigenen Menschlichkeit zweifeln ließen. Bis heute. Und er hatte am Ende den Preis dafür bezahlt. Sein Stumpf juckte unter dem Ärmel des Mantels.

»Ich habe vergessen, Berthold zu fragen, wie es Jünger geht. Weißt du was?«, fragte Druwe. Peter Jünger war Oberbauers Assistent gewesen. Bis zu jenem verhängnisvollen Abend vor neun Tagen, an dem der unerfahrene Kripobeamte auf eigene Faust diesen abgebrühten SS-Offizier und Mörder zur Strecke bringen wollte.

»Er ist aufgewacht. Aber Dr. Schmid sagt, dass sein Gehirn wohl Schaden genommen hat. Er spricht nicht, starrt nur an die Decke. Sie müssen ihn mit einem Schlauch ernähren. Ich wage nicht, ihn zu besuchen. Das tut weh, Jens. Verdammt weh«, antwortete Oberbauer.

Druwe nickte nur. Dann erzählte er von den Veränderungen, die sich durch die Kapitulation ergeben hatten. Die Briten in der Stadt. Chaos am Hafen. Dönitz in Mürwik. Oberbauer hob den Finger an den Mund.

»Warte, Sie haben vorhin etwas im Radio angekündigt. Eine Erklärung oder so etwas.« Er hatte am Bett einen Volksempfänger, der bereits ziemlich ramponiert wirkte. Eben hatte Druwe die laue Orchestermusik kaum wahrgenommen. Jetzt drehte Oberbauer die Lautstärke hoch.

»Es ist genau neun Uhr. Hier sind der Reichssender Flensburg und die angeschlossenen Sender«, plärrte eine Nachrichtenstimme aus dem Gerät. »Aus dem Hauptquartier des Großadmirals und Reichspräsidenten Dönitz. Das Oberkommando der Wehrmacht gibt bekannt: Seit Mitternacht schweigen nun an allen Fronten die Waffen. Auf Befehl des Großadmirals hat die Wehrmacht den aussichtslos gewordenen Kampf eingestellt. Damit ist das fast sechsjährige heldenhafte Ringen zu Ende …« Oberbauer drehte wieder leiser. Beiden Männern war klar, dass sie an diesem schlichten Ort der Verkündung einer epochal wichtigen Entscheidung beiwohnten. Sie schwiegen einen Augenblick. Aus dem Radio erklang leise eine Instrumentalversion des Deutschlandlieds.

»Kapitulation«, sagte Druwe. »Jetzt ist es also offiziell.«

»Der König ist tot. Lang lebe der König«, sagte Oberbauer trocken.

Druwe schüttelte den Kopf. »Dieses Mal nicht, Hans. Das alles wird uns teuer zu stehen kommen. Ich habe bei der Regierung einige Dinge aufgeschnappt. Dort geht die Angst um. Selbst Mitglieder der Regierung haben noch einen Plan B in der Tasche. Neue Kennkarte, gefälschtes Soldbuch, Löschungen in den Personalakten. Ganze Lebensläufe werden da offenbar umgeschrieben und frisiert. Die Briten haben Dönitz schon fast kaltgestellt. Er darf noch nicht einmal entscheiden, wann auf dem Klo das Licht eingeschaltet wird. Das Kabinett ist handlungsunfähig. Man munkelt, die Alliierten werden gar keine neue Regierung dulden. Die wollen uns besetzen, vielleicht sogar annektieren, Hans.«

»Unsinn, Jens. An Deutschland führt kein Weg vorbei. Wir haben Mist gebaut und den Scheißkrieg verloren. Dafür bezahlen wir die Rechnung. Wie beim ersten Mal. Wir liefern die wichtigsten Kriegstreiber und Mordbrenner aus. Und dann bauen wir alles wieder auf. Gerade uns Polizisten werden sie aber brauchen, glaub mir.«

Druwe schwieg.

»Ich habe hier ein paar englische Offiziere kennengelernt«, fuhr

Oberbauer fort. »Natürlich sind die stinksauer. Wegen der Kriegsschäden, den Lagern und der Sache mit den Juden. Aber das sind vernünftige Leute, Jens. Wir müssen einiges geradebiegen, dann werden sie uns schon machen lassen.«

»Geradebiegen?«, fragte Druwe nur ungläubig. Er kannte diese Seite an Oberbauer. Da war dieser unglaubliche, fast unerträgliche Spürsinn für Karriere, Vorteilsnahme und Absicherung. »Wir haben diese Menschen getötet, Hans.« Er erhob seine Stimme. »Was willst du da biegen?«

»Ich habe nie auch nur einen Juden angerührt, Jens. Ich muss mir nichts vorwerfen.« Aber Oberbauer merkte, dass er zu weit gegangen war. Er wechselte schnell das Thema. »Du arbeitest also jetzt für Dönitz?«

»Ich soll eine Polizeitruppe aufstellen, die möglichst wenig Dreck am Stecken hat«, sagte Druwe.

»Und natürlich hast du da sofort an mich gedacht.« Oberbauer lachte.

Druwe war sich nicht sicher, ob er es ernst meinte. »Zuerst dachte ich, ich nehme nur Leute, die nicht bei Himmlers Verein waren. Aber dann hätte ich nur beinamputierte Gärtner oder kopflose Schutzpolizisten zur Wahl. Also suche ich verlässliche Leute, die sich vorstellen können, für ein besseres Deutschland auf die Straße zu gehen. Ich brauche auch die SS-Heinis, aber nur die, die nicht an Schlimmerem beteiligt waren.«

»Du solltest dich hören, Jens. Erst ein paar Tage dabei und schon redest du wie ein Politiker. Besseres Deutschland? Was soll das sein? Nicht an Schlimmerem beteiligt? Ja, an was denn? Da musst du schon genauer werden, mein Lieber.«

»Keine Leute von der Gestapo, keine vom Sicherheitsdienst«, entgegnete Druwe.

»Oha. Da fallen also schon mal die leistungsfähigsten Männer weg.« Oberbauer verdrehte die Augen. »Wach auf, Jens! Willst du Archivare, Bleistiftdreher und Schreibtischschläfer? Oder Leute, die ermitteln und zupacken können? Die dranbleiben, auch wenn es gefährlich wird? Da wirst du solche Kerle brauchen. Ob es dir gefällt oder nicht.«

Druwe dachte nach. So bitter die Erkenntnis war, Oberbauer hatte recht. Er hatte selbst zwei Tage über dem Problem gegrübelt. Er hatte unzählige Personalakten in der Direktion gewälzt und versucht, Kriterien für die Männer zu finden, die er einstellen wollte. Er brauchte erfahrene Kripobeamte. Und die waren fast alle irgendwie belastet. In den Akten hatte er Einträge über die Verhaftungen politisch unzuverlässiger Personen, die Teilnahme an Verhören und sogar Befehle zur Liquidierung von sogenannten Volksschädlingen gefunden. Druwe wusste, dass er sich von einer Art Begeisterung hatte mitreißen lassen, als er der neuen Aufgabe zugestimmt hatte. Jetzt erkannte er, dass darin auch ein gehöriges Maß an Selbstgefälligkeit steckte. Wer war er denn, dass er sich zum neuen Herrn der sauberen Polizei berufen fühlte? Er blickte auf seine Lederprothese der rechten Hand. Sie schien ihn höhnisch zu ermahnen, sich seiner eigenen Schuld bewusst zu werden.

Mit mir haben sie den fettesten Bock zum Gärtner gemacht, dachte er bitter.

»Jens?« Oberbauer griff nach dem Mantel seines Kollegen. »Jens! Ich habe hier einen Engländer kennengelernt, der bei der britischen *Field Security* ist. Zumindest hat Schmid mir das erzählt. Die hängen das nicht an die große Glocke. Ein Captain Tanner. Du solltest mit ihm Kontakt aufnehmen. Ich kann da vielleicht etwas anbahnen.«

Druwe war plötzlich hellwach. Vielleicht bot sich mit Tanner eine Möglichkeit, endlich diese verfluchte Namensliste loszuwerden. Bei den Alliierten hatte alles, was sich *Security* nannte, mit den Geheimdiensten zu tun. Nicht minder verwoben und kompliziert als bei den

Deutschen. Ohne es zu merken, hatte ihm sein verletzter Kollege aus der Sackgasse geholfen.

»Sollen die Alliierten doch entscheiden, wen sie in der deutschen Polizei haben wollen. Ich bitte dich nur, auf längere Sicht einen Posten für mich frei zu halten«, fuhr Oberbauer fort.

»Aber genau das will der neue Innenminister doch vermeiden. Dass die Briten alles bestimmen. Deshalb soll ich die Leute ja aussuchen«, gab Druwe zu bedenken. Er wollte Oberbauer nichts von der Liste erzählen und blieb deshalb beim Thema Polizei.

»Stell dich der Wirklichkeit, Jens. Und dein Innenminister sollte das auch tun. Du brauchst ja nicht zu sagen, dass die Tommys alles bestimmen. Verkauf es als eine Art Gentlemen's Agreement. So nennen die das. Ein Deal unter Fachleuten. Du kriegst die Männer, und die Briten nehmen sie dir nicht gleich wieder weg. Was ist daran schlecht?« Oberbauer sah seinen Kollegen an.

Druwe schwieg. Darüber musste er nachdenken. Er sah, dass Oberbauer vor Anstrengung schwitzte, als er Namen und Dienstgrad des britischen Offiziers notierte. Das Gespräch war gut gelaufen für ihn. Er konnte über diesen Captain Tanner vielleicht zwei Fliegen mit einer Klappe schlagen.

»Also gut, Hans«, sagte er. »Es kann nicht schaden, mit den Briten zu sprechen.« Nun schrieb er seine Adresse und Telefonnummer auf einen weiteren Zettel und gab ihn Oberbauer. »Hier, der Dienstapparat in Mürwik. Falls mich jemand erreichen will.«

Hans Oberbauer nickte. »Ich weiß, wir hatten Differenzen, Jens. Aber irgendwie ist das doch das Salz in der Suppe, oder? Wir können hier im Norden eine Menge erreichen. Wir beide. Zusammen. Irgendeine Schicksalsfügung hat dich wieder nach oben gebracht. Mensch, Jens, du bist wieder bei der Kripo. Noch vor zwei Wochen warst du abgemeldet. Ergreife die Chance. Du hast den Biss, lässt dich nicht verbiegen. Ich habe die Beziehungen und …« Er lächelte. »… den notwendigen Charme. Zusammen wären wir unschlagbar. Du machst die Sache zehn Jahre als Chef, danach übernehme ich. Damit könnte ich leben.«

Druwe wandte sich zum Gehen. »Ich denke darüber nach.« Er wollte die Zimmertür schließen.

»Danke übrigens«, rief ihm Oberbauer hinterher. »Für alles. Ohne dich läge ich jetzt zwei Meter tiefer.«

Gegen Mittag war Druwe in die Polizeidirektion zurückgekehrt. Mittlerweile grüßten ihn die wachhabenden Kollegen am Tresen. Es hatte sich herumgesprochen, dass er der neue Chef war. In gewisser Hinsicht zumindest. Der bisherige Polizeidirektor, SS-Standartenführer Hans Hinsch, hatte sich offenbar ein paar freie Tage genommen. Jedenfalls war er nirgendwo auffindbar. Druwe durchsuchte dessen Diensträume, aber er entdeckte nichts von Interesse. Hinschs Sekretärin, die er schon vor einigen Tagen kennengelernt hatte, berichtete ihm, dass ihr Chef mehrere Kisten mit Dokumenten fortgeschafft hatte. Die meisten Unterlagen waren jedoch auf seine Anweisung hin im Innenhof verbrannt worden. Viele leitende Beamte in den Dienststellen waren in den letzten zwei Wochen so verfahren. Druwe war sicher, dass es auf dem Präsidium kein belastendes Material mehr gab.

Eine Stunde später wurde er von einem älteren Kriminalkommissar in einen Fall eingeweiht, der sich bereits am Vortag abgespielt hatte. Der Kollege war eigentlich vor vier Jahren in den vorzeitigen Ruhestand versetzt worden. Aber auf Druwes Bitte hin hatte er sich bereit erklärt, zunächst in den aktiven Dienst zurückzukehren. Nun berichtete er ihm, dass im Gebäude um die Ecke, der Hauptpost, zwei Leichen gefunden worden waren. Zwei Deutsche in einem Raum, der dort zur dänischen Postverwaltung gehörte. Offenbar hatten die Dänen gezögert, die Angelegenheit zu melden. Schließlich war sich niemand sicher, wer zuständig war. Da das Gebäude gleich in der Nähe lag, und da er nichts weiter zu tun hatte, entschied Druwe, sich die Sache selbst näher anzusehen. Daher stand er wenig später erstmals mit einem Offizier der britischen Militärpolizei in einem Zimmer.

»What are you looking for, Kraut?«, fragte der Mann in barschem Ton.

»Police Officer Jens Druwe. Ich bin der neue Polizeichef und handle im Auftrag der Regierung«, antwortete Druwe in seinem besten Englisch. »Zwei Deutsche. Tot in der Flensburger Hauptpost. Ich bin sicher, dass Ihre Vorgesetzten und die dänische Regierung in solch einem Fall die Beteiligung eines deutschen Kommissars begrüßen.« Er ließ sich nicht aus der Ruhe bringen. Das war schon immer seine Stärke gewesen. Auch bei seinem Lieblingsspiel, beim Pokern. Kein Blatt auf der Hand, bluffen, den Gegner verunsichern. Und schließlich gewinnen mit einem mickrigen Paar Neunen.

Der MP-Offizier war sichtlich erstaunt, dass der Deutsche fehlerfrei zu ihm sprach. Mehr noch beeindruckte ihn jedoch Druwes Selbstsicherheit. Da hatten die Krauts gerade alles verloren, und der Kerl schien keine Angst vor ihm zu haben.

»Two more dead Krauts.« Er spuckte verächtlich auf den Boden. »Who cares?«

»Ah, new british manners?« Das war Druwes Schwäche. Er konnte die Schnauze nicht halten, wenn es besser war, es zu tun. Das Gesicht des Lieutenant lief rot an. Die Adern an seiner Schläfe traten hervor. Er kam einen Schritt auf Druwe zu, griff nach seinem Pistolenkoppel. In diesem Moment drang ein Befehl von draußen in den Raum. Der Mann erstarrte in der Bewegung, schien zu überlegen.

»German bastard«, presste er zwischen den Lippen hervor, drehte sich um und verschwand.

»Du mich auch, mein Lieber«, flüsterte Druwe erleichtert.

Er begann, sich umzusehen. Ein Tatort von der heftigen Sorte. Es gab Tote, die waren vergiftet und sanft gebettet, durch ein Würgen erstickt, durch einen Schlag gefallen oder mit sauberem Herzschuss ihres Lebens beraubt. In solchen Fällen behielten die jungen Kriminalassistenten ihr Frühstück bei sich. Dann gab es noch die aufgeschlitzten Bäuche, die zerschlagenen Schädelkalotten, verrenkte Gelenke, Knochen, die grauweiß in alle Richtungen staken. Und Blut. Natürlich, das Blut. Es verströmte diesen typischen metallischen Geruch, der sich einem auf die Zunge zu legen schien. Noch Stunden nach Verlassen des Tatorts roch man es. In diesen Fällen mussten die noch unerfahrenen Assistenten kapitulieren. Für diese Anblicke schien das Verdauungssystem nicht geschaffen. Druwe hatte sich oft gefragt, ob es vielleicht zwischen Auge und Magen direkte Nervenbahnen gäbe.

Er betrachtete den Toten am Tisch. Es wirkte so, als hätte er ein Nickerchen machen wollen und wäre vorn über in den Brieföffner gekippt, mit dem er kurz zuvor gespielt hatte. Das Ding war durch den Unterkiefer in den Hirnstamm eingedrungen.

Drei Sekunden hatte er danach noch gehabt, um sich die Welt anzuschauen, dachte Druwe. Drei ewig lange Sekunden. Wusste das Gehirn in diesem Moment, dass es starb? Oder wähnte es sich in einem bösen Traum? Zwei oder drei Herzschläge. Aus. Die Augen des Toten waren weit aufgerissen, als könnten sie das Unvermeidbare nicht fassen. Druwe erkannte, dass die Linsen trübe wurden. Die Hornhaut war bereits trocken und rissig. Das Licht in diesen Augen war vor mehr als achtzehn Stunden erloschen. Der Eichenschreibtisch war fast komplett mit einer Blutlache überzogen, die weitgehend geronnen und eingetrocknet war. Offenbar hatte es auch die Halsgefäße erwischt, und die letzten Herzschläge hatten jede Menge von dem roten Saft auf der Tischplatte verteilt.

Der andere Tote lag seitlich neben der Tür. Ein kräftiger, etwas gedrungener Kerl. Sein Gesicht war eine Trümmerlandschaft. Das Nasenbein war fast in den Gesichtsschädel hineingetrieben worden. Zwei Zähne hatten die Wange durchstoßen, der Unterkiefer war offenbar ausgerenkt. Geronnenes Blut lag wie ein braunes Leichentuch über dem tödlichen Kunstwerk. Dann fesselte etwas anderes Druwes Blick. Der Hals des Mannes war wulstartig geschwollen. Dabei schien in der Mitte des Fleischwulstes eine Art Furche zu verlaufen. Feine Blutfäden hingen dort herab. Am Nacken erkannte Druwe einen feinen Draht. Er musste in die Knie gehen, um den Hals vorne zu untersuchen. Der Tote ließ sich aufgrund der Totenstarre und der gekrümmten Haltung nicht drehen. Der Kehlkopf war durch den Draht beinahe vollständig herausgedrückt und zerfetzt worden. Er lag auf dem Brustbein des Toten.

Druwe erhob sich. Brieföffner und Garotte. Die Drahtschlinge hatte sich vor ein paar Jahren bei den Gestapo-Schlägern einiger Beliebtheit erfreut. Die Kerle probierten immer wieder neue Methoden aus, um Menschen zu quälen. Aber der Brieföffner? Eine ungeplante Handlung im Affekt? Im Moment konnte Druwe nur zwei Möglichkeiten sicher ausschließen. Weder hatten sich die beiden Männer gegenseitig umgebracht, noch handelte es sich um Selbstmorde. Druwe hielt es auch für ziemlich unwahrscheinlich, dass hier nur ein einziger Täter am Werk gewesen war. Wer würde am Schreibtisch sitzen bleiben, während der Mann an der Tür erdrosselt wurde? Er vermutete, dass wenigstens zwei andere Männer im Raum gewesen sein mussten, als die Morde geschahen. Sofern es Morde waren. Vielleicht hatten sich die beiden anderen nur gewehrt? Fragen über Fragen. Und kaum echte Hypothesen, nur Vermutungen und unsaubere Spekulationen. Druwe war unzufrieden. Er hätte seine Ausrüstung aus seinem Dienstbüro in Mürwik mitnehmen sollen. Zudem wären in einem solchen Fall Fotos sinnvoll. Sonst blieb das hier eine unsaubere Untersuchung, die später mehr Fragen aufwarf als klärte.

Mehr aus Routine durchsuchte er die Kleidung der Männer. Er erwartete nicht, etwas zu finden, was eine Identifikation ermöglichen würde. Umso erstaunter war er, als er beim Toten am Schreibtisch einen Spindschlüssel fand. Daran befestigt war ein Metallanhänger, auf dem sich die Adresse und das Emblem des Grenzpolizeikommissariats in Harrislee befanden. Das Opfer an der Tür trug eine Kennkarte bei sich. Kurt Wiesener. Der Name sagte Druwe nichts. Aber vom Kommissariat in Harrislee wusste Druwe, dass sich dort vor einigen Wochen viele hochrangige SS-Offiziere eingefunden hatten. Auch im Abschiedsbrief von Dietrich Steller war von Harrislee und einem gewissen Bothmann die Rede gewesen. Offenbar hatte die Zusammenkunft auf Weisung Himmlers stattgefunden, der sich als neues Staatsoberhaupt sah und Unterstützer für seine Sache um sich scharen wollte. Der Ort lag an der Grenze zu Dänemark, und Druwe hatte erfahren, dass für einige Leute über den Hafen in Esbjerg eine Fluchtroute nach Kanada geplant worden war. Das Gros der Männer wollte aber offenbar unter falschem Namen im Chaos des zerfallenden Reichs untertauchen. Druwe war es gelungen, die Geldmittel für die Absetzbewegungen unauffindbar zu machen. Offenbar saßen einige SS-Leute immer noch in Harrislee fest. Was aber planten sie? Gehörten die beiden Toten zu Himmlers Leuten? Waren sie dort in dem Kommissariat immer noch aktiv? Trotz der Kapitulation? Oder waren sie jetzt mit falschen Identitäten einfach nach Flensburg zurückgekehrt? Druwe konnte nur eines mit Sicherheit sagen. Die Aktion hatte nicht ihm und der Namensliste gegolten. Dennoch zeigte ihm dieser Vorfall einmal mehr, dass weiterhin Vorsicht geboten war.

Er wollte gerade das Zimmer verlassen, als er sich anders entschied. Er trat noch einmal in alle vier Ecken des Raums, entwickelte Perspektiven. Bekam ein Gefühl dafür, wo der oder die Täter gestanden haben konnten. Obwohl ihn das ungute Gefühl beschlich, gar nicht zu wissen, wer hier eigentlich die Opfer und wer die Täter waren. Sein berühmter Lehrmeister und einstige Chef in Berlin hatte ihm vor zwanzig Jahren eingebläut, sich immer alle Sichtweisen zu einem Fall offen zu halten. Als er an der Fensterseite hinter dem Toten am Schreibtisch entlang ging, trat er auf einen Gegenstand. Zunächst dachte er, es könne sich um einen Füllfederhalter handeln. Als er sich aber bückte, hielt er verblüfft inne. Vor seinem Fuß lag ein Zeigefinger am Boden. Druwe zog sein Taschentuch hervor und hob den Finger auf. Obwohl er sich eigentlich sicher war, überprüfte er nochmals die Hände der beiden Toten. Von ihnen stammte der Finger nicht. Er betrachtete ihn eingehend. Männlich, gepflegt, linke Hand. Ein bisschen Anatomie hatte er von seinem Schwager gelernt. In der Nähe des Grundgelenks auf der Innenseite war der Finger halb durchtrennt, als hätte ein scharfes Messer ihn durchgeschnitten. Der Rest des Gewebes wirkte herausgerissen, denn am Gelenkköpfchen hingen ausgefranste Sehnen und Muskeln. Darauf konnte Druwe sich keinen Reim machen. Hatte der Fingermann einen Messerangriff abgewehrt? Hatte es etwas mit der Garotte zu tun? Er betrachtete eingehend die Schnittseite. Tatsächlich fand er in der Haut daneben kleine Einschnitte mit Abdrücken. Er ging noch einmal zu dem Erdrosselten an der Tür, kniete nieder und hob ein Stück des Drahts zum Finger. Das verdrillte Muster der kleineren Drahtfäden passte exakt zu den Druckstellen in der Haut. Langsam entwickelte sich ein Bild vor Druwes geistigem Auge. Er war sich ziemlich sicher, dass mindestens zwei weitere Männer im Raum gewesen waren. Wäre es nur einer gewesen, so wären die beiden Opfer sich zu Hilfe gekommen, sie lägen zumindest dichter beieinander. Nein, Druwe war sich sicher. Ein Mann hatte den Brieföffner genutzt. Der andere war in einen Kampf mit dem Kerl an der Tür verwickelt gewesen. Und einer der beiden Täter hatte bei der Sache seinen Finger eingebüßt.

Druwe schob das Beweisstück in einen kleinen Papierbeutel. Dann fertigte er eine Skizze des Tatorts an und notierte wichtige Abstände und die Lage der Gegenstände. Am liebsten wäre ihm jetzt ein Fotograf gewesen. Saubere Ermittlungen erforderten heute Fotos. Aber er war sich sicher, dass die Briten den Tod von zwei Deutschen im Moment nicht auf ihre Liste von Prioritäten setzen würden. Wie zur Bestätigung erschienen plötzlich vier englische Soldaten, die eine Armbinde mit dem Aufdruck *M. P. – Military Police* trugen. Ein Sergeant drängte Druwe zur Seite.

»Get out here, Kraut.« Dabei hasste Druwe Sauerkraut.

5

Früh am Morgen geht's zur Arbeit
Ob nach Klinker oder Elb [...]
Hört ihr nicht den Ruf der Heimat
Beim Appell die Namen schrein
Leuchtend kommt auch euch die Freiheit
Mütter, eure Söhne kehren heim
(Lied aus dem KZ Neuengamme; Text: A. Dortmann, 1942)

10. Mai 1945

Druwe sollte am späten Vormittag an einer Kabinettssitzung der Reichsregierung teilnehmen. Es war zwar Himmelfahrt, aber dennoch wurde heute gearbeitet. Der Außenminister und Leiter der Regierung, Graf Schwerin von Krosigk, hatte seine Anwesenheit gefordert. Nun wartete Druwe im Flur der Sportschule. Tatsächlich war es gelungen, dem Ort eine Atmosphäre der Bedeutsamkeit zu verleihen. Boten huschten mit Akten über die Gänge. An der Wand hingen Bilder von Admirälen, die Druwe allesamt nicht kannte. Dazu fand er ein Bild des letzten deutschen Kaisers, Wilhelms II. Daneben dann Großadmiral Dönitz mit der Bildunterschrift *Reichspräsident*. In diesem Flur waren die Jahre der Republik und Hitlers berühmte Tausend einfach ausgeblendet.

Zunächst hatte Druwe draußen vor dem Gebäude an der steinernen Treppe gestanden. Er hatte wieder angefangen zu rauchen. Der Dreck der Kriegszeit hatte es ihm abgewöhnt. Getrocknete Brombeerblätter und der berühmte Schnitt vom Bahndamm waren zu viel für Druwes

Lungen. Als Ermittler des Innenministers gab es für ihn jedoch jetzt wieder guten Tabak.

Den Kerlen ist es die ganzen Jahre über nicht schlecht gegangen, dachte Druwe. Wein, Weib und Gesang. Nur jetzt hatten offenbar einige Herren ob ihrer Zukunftssorgen schlaflose Nächte.

Wie zur Bestätigung waren kurze Zeit später die Kabinettsmitglieder erschienen, viele mit tiefen, dunklen Rändern unter den Augen. Die meisten von ihnen, wie auch Dönitz selbst, waren auf dem Gelände der Marineschule untergebracht. Die Engländer hatten der neuen Regierung einen militärisch unbesetzten »Sonderbereich« zugestanden. Nur Albert Speer, der ehemalige Günstling des Führers und Rüstungsminister, residierte auf Schloss Glücksburg und fuhr im Staats-Mercedes vor. Druwe musste warten, bis sein Tagesordnungspunkt aufgerufen wurde. Dennoch bekam er mit, was bei der Sitzung vor sich ging. Die Tür zum Saal war eben nur für eine Sporthalle erdacht, nicht um die Geschicke des neuen Reichs vor fremden Ohren verborgen zu halten.

Die Themen der Besprechung waren eher symbolischer Natur. Vereidigung der neuen Rekruten auf die Regierung, nicht auf den Führer. Verbot einiger alter Kampflieder der nationalsozialistischen Bewegung. Das Entfernen der Swastika aus Dienstsiegeln und Beflaggung. Die Farben der Fahne des neuen Reichs. Umbenennung der NSDAP in NDP, um dem Verbot der Alliierten vorzubeugen. Druwe gähnte. Dann horchte er doch auf. Abschaffung des Deutschen Grußes.

Na endlich, dachte er. Jetzt muss ich die rechte Flosse nie mehr heben. Er hatte den Führergruß nie gemocht. Seit seiner Verwundung vor zwei Jahren hasste er ihn regelrecht, erinnerte er ihn doch an seine Versehrtheit – und sein moralisches Versagen.

Dann kamen noch ein paar wichtigere Fragen wie etwa die Versorgung der Bevölkerung, die Unterbringung der Vertriebenen, eine neue Kennkarten-Regelung, die Reparatur von Straßen und Schienen.

Endlich wurde Druwe gerufen.

Als er den Raum betrat, schlug ihm ein penetranter Geruch entgegen. Körperschweiß und Cognac, keine Mischung, die um elf Uhr vormittags begeisterte. Offenbar tat sich insbesondere der Chef des OKW, Generalfeldmarschall Wilhelm Keitel, darin hervor, ein spätes, flüssiges Frühstück zu sich zu nehmen. Neben ihm saß Generaloberst Alfred Jodl, der ihn eifrig in dem Vorhaben unterstützte, noch vorhandene französische Spirituosen vor dem Zugriff des Feindes zu schützen. Beide Männer waren Speichellecker des Führers gewesen und hofften nun, quasi als politische Offiziere den Strapazen einer Kriegsgefangenschaft entgehen zu können. Wirtschaftsminister Speer erhob sich gerade, als Druwe den Raum betrat.

»… mich entschuldigen. Ich habe noch wichtige, nicht aufschiebbare Korrespondenz zu erledigen.« Speer verließ die Turnhalle, ohne auf Druwe zu achten. Der ehemalige Rüstungsminister war schon immer ein Sonderling gewesen. Plötzlich legte er Wert auf die Tatsache, während der ganzen Nazizeit nur Architekt und Planer gewesen zu sein. »Herr über Millionen« hatte ihn hingegen Keitel einmal spöttisch genannt und dabei auf Speers Rolle bei der Organisation Todt angespielt. Für Millionen Goldmark hatten Millionen Zwangsarbeiter geschuftet und Millionen Tonnen Stahl und Beton für Rüstungsprojekte bewegt.

»Nun zum letzten Tagesordnungspunkt.« Der Sekretär des Innenministers erhob sich. »Neuaufbau und Neustrukturierung der Polizeiarbeit. Hierzu wird der Leitende Beamte, Kriminalrat Jens Druwe, referieren.« Streckwein nickte in Druwes Richtung.

In den folgenden Minuten erläuterte Druwe sein Konzept. Er fühlte sich völlig fehl am Platz. Er war Ermittler, kein Politiker. Polizist, kein Strippenzieher und Formularhengst. Dennoch hatte er sich in den vergangenen Tagen einige Gedanken gemacht. Zunächst war ihm nichts eingefallen. Wie sollte er Männer finden, die einerseits etwas von ihrer

Arbeit bei der Kripo verstanden, die aber andererseits nicht oder wenig belastet durch die Nazi-Zeit gekommen waren? Ihm schien dies fast ein Widerspruch in sich zu sein, die Suche nach der sprichwörtlichen Nadel im Heuhaufen. Dann jedoch war ihm eine Idee gekommen. Sein Mentor und Vorgesetzter bei der Berliner Kripo, Ernst Gennat, hatte einmal gesagt: »Sprich mit den Hausangestellten, wenn du wissen willst, wie du die Herrschaft einschätzen sollst.« Also hatte Druwe begonnen, die Sekretärinnen und anderen zivilen Angestellten im Polizeipräsidium zu befragen. Innerhalb eines Tages konnte er sich auf diese Weise ein Bild von den wichtigsten Kripo-Kollegen machen. Da gab es auf seiner Liste die *Hundertzehn-Prozenter*, wie er sie nannte. Das waren die Überzeugten, die Systemtreuen, die bedingungslosen Parteigänger. Dann waren da die *Mitläufer*, jene, die ihr Mäntelchen in den Wind hielten, aber versuchten, sich aus dem Dreckigsten und Gröbsten herauszuhalten. Und dann noch die *Kalten*, die sich zwar nicht offen kritisch, jedoch erkennbar neutral oder gar ablehnend gegenüber den Methoden von Gestapo und Sicherheitsdienst verhielten.

»Ich habe durch Gespräche, Befragungen und Aktendurchsicht zunächst drei Kollegen in der Kriminalabteilung finden können, deren Lebenslauf zweifellos auch vor einer Überprüfung durch die Briten bestehen wird.« Druwe hatte sich vor der Rede entschlossen, seine Hausangestellten- und Sekretärinnen-Methode unerwähnt zu lassen. »Weitere siebzehn Kripobeamte müssen von mir noch überprüft werden. Dabei geht es um möglicherweise kompromittierende Einträge in den Akten oder entsprechende Vorkommnisse in deren Lebensläufen. Hier gilt es, Kriterien abzustimmen, die eine Weiterbeschäftigung erlauben oder ausschließen. Von weiteren neun Beamten muss ich derzeit abraten, weil sie …« Er hielt inne, da ihm die zurechtgelegten Worte etwas unpassend vorkamen. Immerhin saßen hier am Tisch eben solche *Hundertzehn-Prozenter*, von deren Weiterbeschäftigung er absehen wollte. Männer, die nicht nur mit den Wölfen geheult, sondern die Hitlers und Himmlers Sache gebilligt, unterstützt und davon profitiert hatten. »Ich muss von diesen Leuten abraten, da sie nicht nur devot und treu, sondern erkennbar übereifrig Entscheidungen und Taten zu verantworten haben, die nicht auf Gegenliebe bei den Alliierten stoßen werden«, fuhr er schließlich fort.

»Was ist daran verwerflich, wenn ein Nationalsozialist treu zu uns steht?«, lallte Jodl.

»Die Alliierten sollen uns nicht lieben«, grölte der sichtlich angetrunkene Generalfeldmarschall Keitel vom anderen Ende des Tischs.

»Bitte, Herr Keitel, Herr Jodl. Lassen wir Herrn Druwe doch ausreden. Wir besprechen uns später«, entgegnete mit dünner Stimme Graf Schwerin von Krosigk. »Fahren Sie bitte fort, Herr Kriminalrat.«

»Ich denke, dass ich ein Konzept ausarbeiten kann, nach dem in allen größeren Dienststellen im Raum Norddeutschland recht schnell eine unbelastete Polizeiarbeit möglich wäre«, fuhr Druwe mit selbstbewusster Stimme fort.

»Unerhört!« Keitel hatte sich schwankend erhoben. »Unbelastet, belastet. Diese Männer haben ihre Arbeit für das Reich und den Führer getan. Ohne die ganzen Drückeberger und Leisetreter, die dieser Kerl …« Er zeigte mit zitterndem Finger auf Druwe. »… jetzt zu leitenden Polizisten machen will, würden wir heute auf den Sieg anstoßen. Und nicht …«

»Herr Keitel, als Leiter des Kabinetts verwarne ich Sie«, unterbrach Graf Schwerin von Krosigk jeden weiteren Disput. »Ihre Ansichten behalten Sie bitte für sich. Hier geht es darum, dass wir den Briten zuvorkommen wollen. Die setzen uns sonst ihre eigene Militärpolizei vor die Nase. Und dann wäre gar nichts gewonnen.«

Keitel schnaubte verächtlich, nahm allerdings wieder Platz. Sein Intimus Jodl legte beruhigend eine Hand auf seine Schulter und schenkte Cognac nach.

In den folgenden Minuten schloss Druwe seinen Vortrag ab. Er deutete noch grundsätzliche Probleme an, die es zu lösen galt. Wer sollte eine künftige Polizei überwachen? War nicht gerade die völlige Unabhängigkeit von Himmlers Polizei, Gestapo und Sicherheitsdienst der Grund für deren Machtfülle und Willkür? Als er diese Fragen ansprach, erntete er nur missmutiges Gemurmel. Am Ende seiner Darlegungen wurde dennoch applaudiert. Plötzlich trat Regierungsrat Streckwein an ihn heran.

»Ich habe eben einen Anruf aus dem Polizeipräsidium erhalten«, flüsterte er. »Major Griffith, der Leiter der britischen Militärpolizei, möchte Sie umgehend dort sehen. Es tut mir leid, Herr Druwe. Aber wir sind im Moment nicht in der Lage, ein solches Ersuchen abzulehnen.«

Druwe verabschiedete sich und trat wieder vor das Sportschulgebäude. Die Maisonne wärmte den Asphalt. Nach dem kalten Winter in der Dienstwohnung im Dachgeschoss seines Glücksburger Reviers war das eine Wohltat. Für eine Zigarette war noch Zeit.

Das wird auch ein Tommy verstehen, dachte Druwe und blies den Rauch in den Himmel. Er blickte auf die Förde. Im Norden konnte er im Dunst die dänische Küste erkennen. Die Dänen wollten schon nach dem ersten Krieg das Land bis Schleswig haben. Ob sie es jetzt wohl bekommen?, fragte er sich. Wäre Nordfriesland, seine Heimat Friesland, in Zukunft dänischer Boden? Und wäre Flensburg fortan eine dänische Stadt?

An den Piers lagen kleine Boote der Marine. Die Militärführung hatte für Flensburg jede Aufmerksamkeit vermeiden wollen. Größere Marineeinheiten hätten nur eine Bombardierung nach sich gezogen. Während also der Flensburger Hafen mit über zweihundert zivilen Schiffen aus allen Nähten platzte, dümpelten hier nur ein Schnellboot, ein Minensucher und zwei Räumboote. Die einzig bedeutsamen, glanzvollen Ausnahmen waren die *Patria*, die an der Alten Blücherbrücke im Marinehafen südlich der Marineschule lag, und die etwas entfernt festgemachte *Oceana*, die vor einigen Tagen mit Flüchtlingen beladen aus Gotenhafen gekommen war. Die *Patria*, das moderne Passagierschiff der HAPAG, hatte jahrelang unter aufwendigen Tarnnetzen gelegen, die an Stangen gespannt waren. Der neue Reichspräsident Dönitz und viele Regierungsmitglieder hatten auf dem Schiff Quartier bezogen. Weniger bedeutsames Personal war auf der *Oceana* oder an Land in den Quartieren der Marinesportschule untergekommen. Jetzt glänzten beide Passagierschiffe in der Sonne, als hätten sie gerade den Stapellauf hinter sich. Als würden sie jeden Moment mit fünfhundert wohlhabenden *Kraft-durch-Freude*-Touristen nach Südamerika aufbrechen wollen. Sie waren Symbole für die Vorkriegsträume des betuchten Lebemannes, für den nie aufgegebenen deutschen Anspruch auf einen Teil der Weltmeere. Prunk und Luxus vermochten die aus Berlin geflohenen ehemaligen NS-Parteibonzen und oberen Militärs nun etwas über die harschen Verluste der vergangenen Monate hinwegzutrösten. Druwe schüttelte angewidert den Kopf. Draußen verreckten die armen Schweine, drinnen durften die hohen Herren zwischen drei Kuchen zum Dessert wählen. Er trat den Zigarettenstummel aus. Es wurde Zeit, diesen Griffith aufzusuchen. Erfahrungsgemäß warteten die Sieger ungern.

Seit Druwe gestern zum letzten Mal im Präsidium gewesen war, hatte sich viel verändert. Plötzlich waren provisorische Schilder an den Türen angebracht, die die Dienststellen auf Englisch beschrieben. Im Wachraum saßen jetzt vier bewaffnete *Military-Police*-Soldaten, die seinen Ausweis und seine Vollmacht prüften. Britische Zivilangestellte, auch Frauen, huschten über die Gänge. Amtssprache war hier offenbar nicht mehr nur Deutsch. Druwe trat in das Vorzimmer des Polizeidirektors. Offiziell war dies bis gestern der flüchtige SS-Standartenführer Hinsch gewesen. Und für einen Interimstag hatte sich Kriminalrat in spe Druwe tatsächlich gefragt, ob er in Zukunft in diesem Zimmer Quartier beziehen sollte. Diese Entscheidung war ihm nun jedoch abgenommen worden. Ein schnell auf Schreibmaschine getipptes Papier an der Tür wies den Raum nun als Dienstsitz von Major Hal Griffith aus, *Military Police – Public Safety*. Druwe wollte klopfen, als ihm ein Sergeant in den Weg trat.

»Access only to members of the Allied Forces.« In gebrochenem Deutsch fuhr der Mann fort. »Sie können hier oben nicht sein. Zivilisten ist downstairs.«

»I got an invitation. Ich habe eine Einladung von Major Griffith«, erwiderte Druwe. Vorsichtshalber wählte er Englisch und Deutsch.

»I'd rather say, it's a summons, not an invitation, Mr Druwe.« Ein Endvierziger war aus dem Dienstraum getreten und bedeutete seinem Untergebenen sich zu entfernen.

Eine Vorladung, keine Einladung, dachte Druwe. Das kann ja heiter werden. Bei der Aussprache seines Namens hatte sich der Engländer fast die Zunge gebrochen.

»Haben Sie Verwandte in England?«, fragte der Major.

Druwe verneinte und erläuterte ihm seine Vorliebe für Romane über *Sherlock Holmes* im Original.

»Sir Arthur Conan Doyle? Ich dachte, ihr Deutschen lest nur *Mein Kampf.*« Griffith lächelte zynisch.

»Ach, Herr Major. Viele Deutsche glauben auch, dass alle Briten stottern und fett sind«, antwortete Druwe trocken. Er war nicht gewillt, sich das Brot vom Teller nehmen zu lassen. So spielte er jovial auf den Sprachfehler des englischen Königs und die Leibesfülle des Premierministers Churchill an. »Aber gebildete Menschen wissen, dass das nicht stimmt.« Auch er lächelte.

»Arsch in der Hose«, sagte Griffith auf Deutsch. In der Stimme lag ein Hauch Anerkennung.

»Wie bitte?« Druwe war erstaunt.

»Meine Tante kommt aus Bremen. Als wir klein waren, ermunterte sie uns, mutig zu sein. Sie nannte das Arsch-in-der-Hose-haben, wenn ich nicht irre.«

»Eine weise und bodenständige Frau.«

»Sie scheinen einen solchen zu haben, Herr Druwe. Einige ihrer Landsleute sind, gelinde gesagt, ekelhaft freundlich und unterwürfig. Masters at first glance, but toadies at second.« Major Griffith betrachtete seinen Gesprächspartner aufmerksam.

»Die Pflicht der Verlierer gegenüber den Siegern, würde ich sagen.«

»Bei der Sache haben wir letztlich alle verloren, meinen Sie nicht?«, fragte Griffith.

»Da gebe ich Ihnen recht. Die Welt, die wir noch vor fünf Jahren kannten, hat aufgehört zu existieren. Was jetzt kommt, ist ungewisse Zukunft. Mit vielen unangenehmen Wahrheiten, großem Hunger und tiefer Trauer«, sagte Druwe. Beide Männer sahen sich einen Moment schweigend an. »Aber Sie haben mich sicherlich nicht gerufen, um mit mir über Sinn und Unsinn dieser Zeit zu sprechen. Nicht wahr, Herr Major?«

»Sind Sie Nazi, Herr Druwe?«, fragte Griffith unvermittelt.

»Auf diese Frage werden Sie zurzeit in Deutschland in neun von zehn Fällen keine ehrliche Antwort bekommen, befürchte ich.« Druwe sah dem englischen Soldaten direkt in die Augen. »Fast alle, die noch leben, werden irgendwie irgendwann irgendwo Nazis gewesen sein. Es ist wie mit den Kindern und der eingeworfenen Scheibe. Danach ist es natürlich niemand gewesen. Und schon gar nicht der Werfer selbst.«

»Eine ehrliche Antwort, denke ich.«

»Nein, nicht ganz«, fuhr Druwe fort. »Die Wahrheit ist, ich war Polizeibeamter.«

»Also auch bei der SS?«, fragte Griffith, und seine Haltung versteifte sich.

Der Mann kennt sich aus, dachte Druwe. Tatsächlich war es der

Wunsch des Reichsführers gewesen, dass alle Beamten des höheren und gehobenen Dienstes in die SS eintreten sollten, sofern sie den arischen Idealen einigermaßen entsprachen. Die übrigen wurden sowieso kaltgestellt. Himmler hatte Ende der Dreißiger die Kontrolle der Polizei an sich gerissen. Und Druwes Vorgesetzte hatten allen erdenklichen Druck auf ihn ausgeübt, damit er eine Übernahme beantragte. Er jedoch hatte sich geweigert. Er war nicht Polizist geworden, um der Partei und den Interessen irgendwelcher Bonzen zu dienen. Und er war töricht genug gewesen, zu glauben, er könnte damit ungeschoren davonkommen. Jetzt schüttelte er den Kopf.

»Nein. Stattdessen war ich beim Heer. Aber nur der Form halber, denn bis zum Russlandfeldzug war ich noch bei der Kripo Berlin eingesetzt. Und dort habe ich lange die Augen verschlossen vor den schmutzigen Machenschaften von Gestapo und Sicherheitsdienst. Zu lange. Aber man kann nicht im Dreck spielen, ohne selbst dreckig zu werden. Dafür habe ich bezahlt.« Druwe hob den rechten Arm und zeigte seine Handprothese.

»Was ist passiert?«, fragte Griffith.

»Eine lange Geschichte. Ich habe bei solch einer schmutzigen Sache zu spät nein gesagt. Sie haben mich degradiert und ins Strafbataillon gesteckt. Bis Stalingrad habe ich dann Hitlers große Ferienreise in den Osten mitgemacht. Und die Stadt hat ein Andenken von mir haben wollen. Da haben wir uns eben in aller Freundschaft die Hand gereicht, der Schnee an der Wolga und ich.« Druwes Stimme klang bitterer, als beabsichtigt.

»Ich wurde informiert, dass Sie Leute für eine neue Polizeitruppe aufstellen wollen. Stimmt das?«, wechselte Griffith das Thema.

»Der Innenminister bat mich darum.« Druwe nickte.

»Wollt ihr Krauts die Kontrolle behalten? Denkt ihr, es geht einfach so weiter wie bisher? Alter Führer tot. Neuer Führer Dönitz und alles ist vergessen? Glaubt ihr das?« Griffith erhob seine Stimme.

»Nein«, antwortete Druwe. »Es geht darum, eine Polizei zu bekommen, die mit wenig belasteten Männern besetzt ist.«

»Also habt ihr selbst erkannt, dass ihr belastet seid. Das ist immerhin schon viel wert.«

Druwe schwieg. Was sollte er auch sagen? Hier saß er am kürzeren Hebel. Natürlich war ihm klar, dass die neue Regierung keinerlei Machtmittel mehr besaß, um ihre Entscheidungen durchzusetzen. Deutschland hatte bedingungslos kapituliert, die alten Funktionäre waren tot oder geflohen. Und mit ihnen die Hauptverantwortlichen. Wer sollte das Machtvakuum füllen? Die neuen Männer kamen aus der zweiten und dritten Reihe und waren ebenfalls keine Sonntagsschüler. Das Reich war eine Farce auf der Landkarte, zusammengeschrumpft auf ein paar strategisch unbedeutende Punkte. Und ohne Streitkräfte.

»Aber ich gebe zu, dass es gut wäre, wenn wir nicht alles allein machen müssten«, fuhr der Brite fort. »Erste Pläne sehen vor, dass zunächst die *Military Police* die Polizeiaufgaben in Deutschland übernimmt. Und wir können Hilfskräfte anwerben, wenn sie uns zuverlässig erscheinen.«

Hilfskräfte. Druwe schwieg immer noch. Es war also schlimmer als angenommen. Nichts würde in deutscher Hand bleiben, so viel stand fest. Vielleicht bin ich fortan Hilfskriminalrat Jens Druwe, dachte er. Rosige Aussichten!

»Ich habe erfahren, dass Sie gestern die zwei Toten in der Post untersucht haben, Herr Druwe. Was meinen Sie zu dem Fall?«

»Es waren weder Selbstmorde, noch handelt es sich um ein Liebes- oder Beziehungsdrama«, antwortete Druwe spröde. Ihm gefiel die Aussicht, zum Laufburschen degradiert zu werden, gar nicht.

»Ironie mögen wir auf den Inseln, Herr Druwe, Sarkasmus eher nicht«, erwiderte Griffith. »Also bleiben wir sachlich, okay?«

»Sehr ungewöhnlicher Tatort«, sagte Druwe. »Brutale Kerle, zumindest der untersetzte Tote an der Tür hatte eindeutig Erfahrung mit dem

Töten. Seine Handschuhe waren aus sehr festem Leder und zeigten Spuren der Garotte. Nur diesmal hat der Draht ihn selbst erwischt. Der andere am Tisch war eher der Denker. Beide waren vom Sicherheitsdienst, vermute ich. Ich habe einen Schrankschlüssel gefunden, der aus dem Kommissariat Harrislee stammt. Dort hat sich die SS Ende April eingenistet. Die wollten wohl verduften.« Von seinen eigenen Ermittlungen und der Mordsache vor zehn Tagen berichtete Druwe nicht. Dafür schien ihm die Vertrauensbasis zu diesem Major noch nicht ausreichend. »Ich hätte vermutet, dass die Schweine alle abgehauen sind. Stattdessen treiben sie hier in der Stadt munter weiter ihre Spielchen, obwohl ihr …« Er unterbrach sich.

»Glauben Sie mir, Herr Druwe, genau diese Tatsache beunruhigt mich. Wir haben eine Nachricht vom dänischen Konsulat erhalten. Irgendjemand will Dokumente an uns übergeben. Im Tausch gegen Sicherheit. Und ein Mitarbeiter des Postamts hat uns informiert, dass das Konsulat und dessen Berater abgehört wurden. Erst gestern gestanden uns zwei Mitarbeiter, dass Verbindungen gezielt zur Gestapo umgeleitet wurden. Verstehen Sie, Druwe? Wir sind seit drei Tagen hier. Alle wissen, dass ihr diesen Höllenkrieg verloren habt. Und die Gestapo hört in Seelenruhe weiterhin die Dänen ab. Die Krönung des Ganzen ist, dass wir die Gesprächsprotokolle und Abhöranlagen im Keller der Hauptpost gefunden haben. Gleich hier um die Ecke! Wir fangen gerade an, den Stall auszumisten, und die nächste Sau scheißt schon wieder rein.« Major Griffith hatte sich erhoben und schritt den Raum nervös ab.

»Dokumente? Im Konsulat? Ich verstehe nicht …«, erklärte Druwe erstaunt.

»Ich bin gewillt, Ihnen zu vertrauen, Druwe. Mir scheint, Ihr einziger und größter Fehler ist, dass Sie Deutscher sind. Aber das werde ich zu meinem und zum Vorteil des Empire nutzen. Betrachten Sie sich als wiedereingestellt. Jedem deutschen Hilfsbeamten werde ich einen meiner Männer als Vorgesetzten zuweisen. Ihr werdet eine weiße Binde bekommen. Aufschrift *German M. P.* oder *Ordnungstruppe Flensburg*. Die Amis haben das schon im Rheinland gemacht.«

Hilfspolizist Druwe, also doch. Meine berufliche Odyssee geht weiter, dachte er nur.

»Über deutsche Bürger bekommt ihr Polizeigewalt, über alliierte Armeeangehörige natürlich nicht. Unser Rechtsverständnis und euer Sachverstand im eigenen Land, das wird was.« Griffith hatte sich regelrecht in Euphorie geredet.

Nachdem er den Ausführungen des Majors einige Zeit zugehört hatte, räusperte sich Druwe vernehmlich. Ihm war der britische Offizier zwar durchaus sympathisch, aber dessen Selbstgesprächen über eine Zukunft der deutschen Polizei wollte er doch nicht länger zuhören.

»Und was ist nun meine Aufgabe in dieser dänischen Abhör-Dokumenten-Sache mit unklarer Gestapo-Beteiligung?«, insistierte er deshalb nach einigen Minuten.

Griffith blickte ihn verwundert an, als bemerkte er seinen Gast erst jetzt wieder. Er ging, ohne auf Druwes Frage zu antworten, in sein Vorzimmer. Einen Augenblick später kehrte er dann mit einem hochgewachsenen Mann zurück, der sich etwa in Druwes Alter befinden musste. Kurzer Haarschnitt und Mittelscheitel ließen das Gesicht streng wirken, jedoch wurde der Eindruck durch Augen gemildert, die zu lächeln schienen.

»Darf ich vorstellen, Rittmeister Hans Lunding, tätig für den dänischen Konsul hier in Flensburg«, sagte Griffith.

Nach einer kurzen Begrüßung erläuterte Lunding, wie es zu der letztlich gescheiterten Vermittlung seitens der Dänen kam.

»Ein gewisser Hauptmann Lüder erschien vor drei Tagen bei uns. Der Mann war dem Herrn Konsul persönlich bekannt. Vor dem Krieg war Lüder sehr aktiv in Handelsfragen beiderseits der Grenze«, sagte der Däne. »Einzig aus diesem Grund war der Herr Konsul bereit zu intervenieren.«

»Und worum ging es dabei?«, fragte Druwe.

»Um Akten«, antwortete Lunding. »Akten, die eine gewisse Brisanz haben.«

»Inwiefern?«

»Durch die Art der Informationen«, antwortete der Däne.

»Geht es bitte etwas genauer?« Druwe wurde ungeduldig. Der Mann war nicht redselig. Vielleicht war er Verhöre gewohnt oder sogar entsprechend ausgebildet worden, nicht zu viel zu verraten.

»Es sind Dossiers über Personen, die im Reich von Bedeutung waren«, fuhr Lunding fort. »Generäle, Angehörige der SS, Unternehmer, Künstler. Es sind Informationen, die diese Leute wohl eher verbergen würden. Informationen über unsaubere Geschäfte im weitesten Sinn.«

»Haben Sie die Akten gesehen?«, fragte Druwe.

»Lüder hat uns eine Akte übergeben. Zum Verbleib, quasi als Muster zur Prüfung«, erwiderte der Däne. Er griff nach seiner Ledertasche, die er eng unter den linken Arm geklemmt hatte. Er nahm eine Mappe heraus, die er Druwe überreichte.

»Wie viele Dossiers sind es?«, fragte Druwe.

»Über hundert.«

»Woher wussten Sie, dass das Zeug echt ist? Und dass Sie diesem Lüder vertrauen konnten?«

»Ich kannte Canaris persönlich«, sagte Lunding. »Er hat mir über diese Akten jede Einzelheit verraten. Was er wann über wen sammeln ließ. Er gab nur die Originale und jeweils eine Abschrift. Die Originale sind dem Sicherheitsdienst in die Hände gefallen. Und der Mann, der Lüder begleitete, konnte ganz genau das Versteck benennen, in dem Canaris die Kopien lagerte. Und deshalb habe ich den beiden Männern vertraut.«

»Der Mann, der Lüder begleitete? Wer war das?«, fragte Druwe.

»Er hat sich nicht vorgestellt«, entgegnete Lunding.

Druwe notierte sich die Beschreibungen der beiden Männer.

»Welche Forderung hatten die beiden?«, fragte er dann noch.

»Etwas Geld und Verschonung vor der Kriegsgefangenschaft«, antwortete Lunding. »Dazu noch eine Anstellung in Betrieben unter britischer oder amerikanischer Kontrolle. Meines Erachtens war das nicht viel.«

Nachdem sich Rittmeister Lunding verabschiedet hatte, öffnete Druwe die Mappe und überflog den Inhalt. Dabei interessierten ihn vor allem die mit Lineal und Bleistift sorgfältig unterstrichenen Passagen.

GÜNTHER QUANDT – UNTERNEHMER

Privatleben

geb. 28. Juli 1881 in Pritzwalk

Zwei Söhne aus der Ehe mit Antonie Ewald (verst. 1918): Hellmut (1908–1927) und Herbert (geb. 1910)

Ein Sohn aus der Ehe mit Magda Ritschel: Harald (geb. 1921)

1929: Scheidung von Magda, die zwei Jahre später den damaligen NSDAP-Gauleiter von Berlin, Joseph Goebbels, heiratete

Gespanntes Verhältnis zu ehemaliger Gattin und Goebbels wegen der stark unterschiedlichen Auffassungen zu Haralds Erziehung (…)

Insgesamt eher ereignisarmes Privatleben, abgesehen von einer üblichen, »standesgemäßen« Repräsentation (Immobilienerwerb in erster Adresslage, Gesellschaftsabende usw.).

Dafür in unternehmerischer Hinsicht umso aktiver (s.u.).

Im Rahmen der Vorbereitung seines Sohnes Herbert auf die spätere Übernahme der Firmen unternahm G.Q. mehrere

Auslandsreisen und vermittelte »Lehrzeiten« für den Sohn bei Geschäftsfreunden (…)
1933 kurze Haft (s.u.), danach vor allem Auftreten bei Industrie-Messen, Automobilausstellungen usw.
Ab 1941 immer seltenere Auftritte in der Öffentlichkeit

Bis auf die Goebbels-Sache wirkte das Leben dieses Mannes auf Druwe eher langweilig. Aus den Magazinen und Wochenschauen kannte man da ganz andere Persönlichkeiten, die sich mit jeder Haarspitze ins Rampenlicht drängten. Nun hatte er auch nicht geglaubt, dass dieser Quandt wegen eines illustren Privatlebens das Interesse der Canaris-Behörde geweckt hatte.

Beruflich
Vor dem Weltkrieg war G.Q. als Tuchfabrikant tätig, ab 1914 zunehmende Erfahrung in der Bewirtschaftung kriegswichtiger Güter (…)
Seit 1915 Übernahme der Leitung der *Reichswoll-AG* und Hauptlieferant des Deutschen Heeres während des Krieges (…)
Zu Zeiten der Republik Referent im Reichswirtschaftsministerium (…)
Seit Anfang der zwanziger Jahre Erwerb der Aktienmehrheit an der *Accumulatoren Fabrik Aktiengesellschaft* (AFA) mit Sitz in Berlin und Hagen (…)
Ab 1928 Übernahme der *Deutsche Waffen- und Munitionsfabriken AG* (DWM) in Berlin und Karlsruhe (…)

Die folgende Passage war seitlich rot markiert und mit mehreren Ausrufezeichen versehen.

Bereits um 1930 fanden zwischen G.Q. und Vertretern des Reichswehr-Ministeriums erste geheime Gespräche über die Wiederaufnahme einer Produktion von Rüstungsgütern statt. G.Q. drängte dabei insbesondere auf die Herstellung von Batterien für U-Boote (durch die in seinem Besitz befindliche AFA) (…)

Druwe kam nicht weiter. Griffith war an den Schreibtisch herangetreten und hatte das Dossier zugeschlagen. »Jetzt zu Ihrer Aufgabe, Druwe«, sagte er. »Ich habe das schon mit einem Mitarbeiter besprochen. Fred wird Sie über alles unterrichten. Wie gesagt, Sie arbeiten in der Sache ihm untergeordnet. Obwohl ich es nicht muss, frage ich trotzdem, sind Sie einverstanden?«

»Fred?« Druwe sah den Engländer fragend an.

»Captain Fred Vaughn«, erläuterte Griffith. »Ihr künftiger Vorgesetzter.«

»Und meine Tätigkeit für die Dönitz-Regierung und den Innenminister?«, fragte Druwe.

»Machen Sie für diese Kasper ruhig weiter. Wenn Sie gute Arbeit leisten, können wir Ihre Truppe ja tatsächlich übernehmen. Sie tun sich und Ihren Kollegen einen Gefallen. Und helfen dabei noch, die wirklich üblen Figuren aus dem Spiel zu nehmen. Müsste Ihnen doch gefallen, oder?« Griffith grinste.

Druwe überlegte. An den Ausführungen war etwas dran. Er hinterging niemanden und konnte seine Arbeit als Polizist machen. Er witterte einen Fall, und das war für einen Kriminalisten zehn Mal besser als eine Droge. Und hundert Mal besser als Politik. Andererseits war er sich unschlüssig hinsichtlich der Namensliste. Griffith wirkte zwar integer, aber er war aalglatt und absolut auf seinen Vorteil bedacht. Nun mochte dies sein Recht sein, als Sieger unter Besiegten. Druwe hatte jedoch mit diesem Tanner von der *Field*

Security noch eine zweite Option. Und die würde er heute noch prüfen.

»Wissen Sie, warum Sie mir auch gefallen, Druwe?«, fuhr der Major fort. Druwe blickte ihn ratlos an. »Ich brauche Ihnen nicht die Hand zu geben. Das ist uns nämlich vom Oberkommando untersagt worden. Keine militärischen Ehrenbezeugungen, kein ziviler Händedruck und absolutes Fraternisierungsverbot. Bin mal gespannt, wie eure Frolleins das finden werden.«

Druwe spürte ein Kribbeln in seinem Stumpf. Er hatte schon Leute für weniger dumme Bemerkungen geschlagen. So war es also, sich als Mensch zweiter Klasse zu fühlen. Zwölf Jahre hatte man den Deutschen eingehämmert, sie wären die auserwählte Rasse. Überlegen und unbeugsam.

Jetzt sind wir diejenigen, die am Boden liegen, dachte er. Vielleicht bekommen wir den blauen Arierstern angeheftet, müssen die Straßenseite wechseln, wenn sich ein Engländer nähert. Und jeder darf auf uns spucken. *Look! A Kraut is coming!*

Captain Fred Vaughn war von anderem Kaliber als sein Vorgesetzter, wie Druwe sofort erkannte. Seine leicht untersetzte Statur und der nahezu kahle Schädel ließen ihn wie eine englische Ausgabe von Benito Mussolini wirken. Sein rechtes Auge zierte ein passables Veilchen. Er wirkte nicht so, als ginge er Streitereien aus dem Weg, und offenbar war er nicht begeistert davon, einen deutschen Kollegen an die Seite gestellt zu bekommen.

»Ich war vor dem Krieg bei Scotland Yard. Das ist etwas anderes als euer Drecksverein, die SS. Wir klären nämlich Morde auf. Und verüben sie nicht.« Vaughns Worte zur Begrüßung verhießen nichts Gutes. Druwe verzichtete darauf, dem Briten die kleinen, aber feinen Unterschiede zwischen SS, SD und Sicherheitspolizei, Kriminalpolizei und Gestapo zu erklären. Er musste sich eingestehen, dass er da auch nie ganz durchgeblickt hatte.

»Ich war nicht bei der SS«, erwiderte er ebenso abweisend.

»Nun soll ich also mit einem Kraut gemeinsame Sache machen, anstatt ihm in den arischen Arsch zu treten«, fuhr der Captain unbeirrt fort.

»Ja, ich kann Sie auch gut leiden, Captain Vaughn«, erwiderte Druwe gereizt. »Und nachdem das nun zwischen uns geklärt ist, wollen wir uns auf den Fall konzentrieren?« Er war nicht gewillt, sich alles gefallen zu lassen.

»Fall? Zwei tote Krauts sind kein Kriminalfall, höchstens ein Glücksfall.« Vaughn lachte über seinen schlechten Witz.

Druwe sah ihn nur an. Vaughn war etwa zehn Jahre jünger als er. Sein kräftiger Körperbau deutete auf sportliche Betätigung oder harte körperliche Arbeit in jungen Jahren hin. Seine Gesichtszüge verrieten häufigen Alkoholgenuss, seine Nase hatte offenbar mehrmals Kontakt zu fremden Fäusten gehabt.

Fred Vaughn hatte bemerkt, dass Druwe ihn eingehend musterte.

»Wenn mir einer dumm kommt, hat er zwei davon.« Er zeigte auf sein blaues Auge. »Dem Typen, der mir das verpasst hat, habe ich eins über den Schädel gezogen und ihm eine Lektion erteilt. Mit Fred Vaughn legt man sich besser nicht an.« Er vertiefte sich in einen Stapel Papiere und ließ Druwe einfach unbeachtet stehen.

Nach einer kleinen Ewigkeit hob er wieder den Kopf.

»Hal sagt, dass wir in dieser Dänensache zusammenarbeiten sollen. Gefällt mir zwar nicht, aber was soll es?«, seufzte er.

»Dänensache?«, fragte Druwe und tat unwissend. Es konnte nicht schaden, eine Angelegenheit aus mehreren Blickwinkeln zu betrachten. »Sie meinen den Vermittlungsversuch? Und diese Akten, Captain? Haben Sie da noch genauere Informationen?«

Vaughn wiederholte in groben Zügen die Geschichte, die Druwe schon kannte. Dann holte er die Akte *Günther Quandt* hervor, die ihm Griffith offensichtlich übergeben hatte. »Hal meinte, dass Sie sie schon kennen.« Er warf sie vor Druwe auf den Tisch.

Druwe nutzte in den folgenden Minuten die Gelegenheit, den Rest der Eintragungen zu überfliegen.

(…) sowie auf die deutliche Ausweitung der Produktion von Infanteriemunition (durch die DWM). Einwände hinsichtlich der Beschränkungen durch den Vertrag von Versailles wurden in mehreren geheimen Unterredungen beiseitegeschoben (…)
Laut Dokumenten des Reichskommissars und der Politischen Polizei gab es zu dieser Zeit seitens G.Q. auch Kontakte zu deutschnationalen Kreisen, zur NSDAP und zum Stahlhelm.
1934 dann Aufnahme der Munitionsherstellung bei DWM
Die Werke hatten bereits Jahre vorher begonnen, den alten Maschinenpark zurückzukaufen und Konstruktionspläne zu überarbeiten.

Politisch
Im Sommer 1931 erster Kontakt mit Adolf Hitler im Hotel *Kaiserhof*, Berlin. Seitens G.Q. belangloses Geschwafel über Vorschläge zur Überwindung der Wirtschaftskrise. Seitens A.H. Zusicherung der »Wiederaufrüstung« im Falle eines Wahlsieges der NSDAP.
Zwei Tage nach den Wahlen (5. März 1933) Spende durch G.Q. an die NSDAP
Eintritt von G.Q. in die Partei am 1. Mai 1933 (…)
Mai bis Juni 1933: Inhaftierung G.Q., Gründe unklar, Akte bei Gericht und Staatsanwaltschaft nicht auffindbar, Freilassung nach sechs Wochen gegen Sicherheitsleistung in Höhe von 4 Mill. RM
Offenbar kam es zu Verleumdungen und/oder einer direk-

ten Anzeige wegen Steuerhinterziehung, wohl auch betrieben durch höhere/leitende Angestellte, die auf diese Weise Firmenanteile übernehmen wollten.
Nach Haftentlassung keine Distanzierung, sondern vermehrte Teilnahme an Veranstaltungen, die Vertrauen bei Partei und Militär aufbauen sollten
1937 Ernennung H.Q. zum Wehrwirtschaftsführer

Wieder folgte eine seitlich mehrfach markierte Stelle im Text.

Auszug aus einem Bericht des SD: *»G.Q. ist ein typischer, materieller Nutznießer der Bewegung. In Hinblick auf die nationalsozialistische Idee kann er nicht als vollkommen zuverlässig und überzeugt gelten.«*

Erwerb arisierten Reichseigentums
1936 Erwerb der ***Maschinenbau-Fabrik Henry Pels*** vom Verwertungsamt des Deutschen Reichs (ehemals jüdisches Eigentum)
Seit 1939 diverse Geschäfte mit der ***Böhmischen Union-Bank*** (Tochter der ***Deutschen Bank***) zur Transferierung von Kapital über »Zwischenhändler«, dadurch Erwerb tschechischer (meist enteigneter) Maschinenbaubetriebe zu Spottpreisen
1941 Kauf der chemischen Fabrik ***Byk Gulden***, die bereits im Vorfeld arisiert worden war (für H.Q. sehr guter Kaufpreis)

Zusammenarbeit mit Partei und staatlichen Stellen
Geldgeschäfte mit der SS wurden meist über die ***Böhmische Union-Bank*** abgewickelt.

Infolge des Arbeitskräfte-Mangels kam es seitens der AFA und der DWM ab Kriegsbeginn zu mehrfachen Anfragen an das Ministerium Speer.
Im Jahre 1944 Einsatz von mehr als 50 000 Ostarbeitern, Fremdarbeitern und Zwangsarbeitern in den Betrieben der Gruppe H.Q.
Erwähnung verdient AFA-Werk Hannover-Stöcken: Mit dem Wirtschaftsamt war vereinbart, dass die SS für ein KL-Außenlager die Wachleute stellt. Die AFA war für Bau und Unterhalt zuständig. Zudem erhielt der Betrieb Häftlinge als Arbeitskräfte, für die an die SS Arbeitslohn zu entrichten war.
Mehrfach waren hochrangige Vertreter der AFA für Verhandlungen vor Ort. Die für das operative Geschäft zuständigen Vorstandsmitglieder, zu denen auch H.Q. und sein Sohn Herbert gehören, waren von dem Vorgehen unterrichtet.

Druwe hatte genug gelesen. Die Akte enthielt noch diverse Beiblätter, Fotos und Einschätzungen durch die beteiligten Canaris-Agenten. Zudem war der gesamte Text mit Fußnoten, Kürzeln und Querverweisen versehen. Darüber waren Belege, Gesprächsprotokolle, Abschriften von Verträgen und Zeugenaussagen zu finden. Druwe kannte diesen Unternehmer nicht, aber er war sicher, dass einige Informationen höchst prekär waren. Wenn es über andere, vielleicht wichtigere Personen ebenfalls solche Dossiers gab, dann mussten die sich in Zukunft warm anziehen.

Vauhgn nahm die Mappe wieder an sich.

»Es gibt sicherlich einige Leute, die solches Wissen gern verschwinden lassen würden«, sagte Druwe. »Und an die Einzelheiten in SS-Akten wage ich nicht zu denken.«

Immerhin passten die neuen Fakten, die er von Lunding erfahren hatte, zu den Indizien und Eindrücken, die er am Tatort gesammelt hatte. Wahrscheinlich waren vier Leute vor Ort gewesen, davon waren jetzt zwei tot. So wie Druwe die Sache sah, hatten zwei Gestapo-Männer versucht, sich die Akten unter den Nagel zu reißen. Und sie waren an denen gescheitert, die sie besaßen. Es musste sich um wirklich heikle Ware handeln, wenn sich die Reste von SD und Gestapo jetzt noch aus der Deckung wagten.

»Der Konsul meinte, dass von Informationen über mehr als fünfzig wichtigen Personen in Deutschland, aber auch im Ausland die Rede gewesen sei.« Vaughn rauchte, ohne Druwe eine Zigarette anzubieten. Er hatte die Beine auf den Schreibtisch gelegt und sah aus dem Fenster. »Vertrauliche und verfängliche Informationen. Vielleicht sind das ja endlich Beweise dafür, dass euer Führer eine Schwuchtel war? Oder dass Goebbels einen Ziegenfuß hatte? Wer weiß?« Er lachte rau.

Druwe war nicht bereit, sich provozieren zu lassen. Deshalb überging er die letzten Äußerungen. Er musste sich ins Spiel bringen. »Die Männer, die die Akten angeboten haben, können nicht wissen, dass das Konsulat noch von der Gestapo abgehört wurde. Ich denke, sie gehen davon aus, dass sie von den Dänen übers Ohr gehauen wurden. Wenn sie die Sache in der Hauptpost als missglückten Verhandlungsversuch sehen, dann werden diese Leute in Zukunft nur noch einem Deutschen vertrauen. Wenn sie sich überhaupt noch einmal melden.«

»Da ist leider etwas dran, Kraut.« Der Engländer kaute auf dem Stummel herum.

»Dann sitzen wir wohl in einem Boot, Limey.«

Vaughn sprang urplötzlich mit hochrotem Gesicht auf. Druwe wich keinen Zentimeter vom Fleck, zuckte nicht mit der Wimper. Nun waren *Kraut* und *Limey* sicherlich nicht die schwersten Beleidigungen, die sich Deutsche und Briten an den Kopf werfen konnten, aber offensichtlich war es Vaughn nicht gewohnt, dass man ihm krumm kam. Er blickte Druwe an, und kurz danach erklang sein heiseres Lachen.

»Du hast Mumm, Kraut. Das muss ich dir lassen.« Er setzte sich wieder. Diesmal wies er mit einer Handbewegung auf einen zweiten Stuhl. Druwe folgte der Aufforderung und nahm Platz. »Die beiden Leichen sind zu eurem Krankenhaus gebracht worden. Aber ich glaube, die haben Besseres zu tun, als zwei tote Krau ...« Vaughn unterbrach sich. »... Deutsche zu untersuchen. Griffith sagte, dass Sie gestern den Tatort kurz untersucht haben. Stimmt das, Druwe?«

Druwe nickte und gab eine Zusammenfassung seiner Eindrücke.

»Das waren Kerle vom Sicherheitsdienst, da gibt es keinen Zweifel«, sagte er. »Ich denke, Sie sollten ein paar Leute zum Kommissariat in Harrislee schicken. Da haben sich seit Mitte April einige üble Burschen aus Himmlers Truppe eingenistet.« Zur Erklärung wählte er eine Notlüge. »Ein Kollege hat mir davon erzählt. Ich fürchte zwar, dass die meisten Kerle schon über alle Berge sind, doch vielleicht findet ihr ja noch etwas.« Druwe hatte sich entschlossen, gegenüber dem britischen Offizier ein wenig in Vorleistung zu gehen. Er warf Vaughn zum Beweis den Spindschlüssel zu, den er bei einem der Toten gefunden hatte.

»Ihr Major sagte, dass das Konsulat auch vor drei Tagen immer noch von der Gestapo abgehört wurde«, fuhr er danach fort. »Dann hat man das Treffen arrangiert und die Dänen und Deutschen im Glauben gelassen, alles wäre in Ordnung. Der Tote an der Tür wurde mit seiner eigenen Waffe, diesem ekelhaften Drahtseil, erdrosselt. Und der andere ist sicherlich nicht von allein in den Brieföffner gestolpert.« Druwe kramte in seiner Manteltasche herum und fand die kleine Papiertüte. Er hatte vergessen, dass er das Beweisstück immer noch bei sich trug. Wie beiläufig ließ er den Finger, den er am Vortag gefunden hatte, auf den Tisch gleiten. Er musste dem Briten etwas bieten, sich Respekt verschaffen. Tatsächlich verfehlte die Szene ihre Wirkung nicht.

»Bloody ... Fuck! Was soll das, Druwe?« Schon einen kurzen Moment später fing sich Vaughn. »Ist das dein Frühstück? Oder gehört der Finger einem der Toten?«, witzelte er bereits wieder.

»Weder noch«, antwortete Druwe lächelnd. »Das Ding ist von einem unbekannten dritten Mann. Wahrscheinlich einer der beiden Männer mit den fraglichen Akten. Unser Fingermann hat den Drahtmann irgendwie beseitigt. Nachdem der versucht hatte, ihn zu töten. Und der vierte hat den Brieföffnermann erledigt. Nur so ergibt das Ganze einen Sinn. Wir suchen also mindestens zwei Männer, die etwas eintauschen wollen. Einem von ihnen fehlt der linke Zeigefinger. Es muss doch möglich sein, diesen Kerl zu finden. Lässt sich nicht leicht verbergen. Ich kenne mich mit so etwas aus.« Druwe hielt seine Handprothese in die Höhe.

»In eurem Land laufen doch so viele Krüppel herum, da kommt es auf einen Finger nicht an«, sagte Vaughn wenig beeindruckt. »Wir müssen hoffen, dass die Leute sich wieder melden. Sonst sehe ich keine Chance, sie zu kriegen.«

»Wir müssen uns in dieser Sache auch fragen, wer eigentlich was von wem will. Irgendwelche deutschen Offiziere wollen sich aus der Schusslinie bringen. Und wie steht die britische Militärpolizei dazu? Was sagen Ihre Vorgesetzten, Vaughn?«, fragte Druwe. »Akten gegen die Zusicherung von freiem Geleit oder sogar Straffreiheit. Wird das britische Oberkommando sich darauf einlassen?«

»Kommt darauf an.« Vaughn wirkte nachdenklich. »Uns ist zu Ohren gekommen, dass die Amis das schon seit Monaten so machen. Schon bevor sie überhaupt das Reichsgebiet erreicht hatten. Überläufer, Informanten, Wissenschaftler und sogar Wehrmachtsoffiziere werden überprüft. Wenn ihr Wissen es wert ist und sie nicht zu viel Dreck an den Füßen haben, dann können sie unter Uncle Sam's großen Rock kriechen. Unserem *MI-6* erschien das wohl anfangs als zu schmutziges Geschäft. Unter unserer Würde. Aber wir wollen auch nicht ins Hintertreffen geraten.«

Druwe horchte auf, sagte aber nichts. Eben gerade hatte Vaughn vom *MI-6*, einem Ableger des *Military Intelligence Service*, gesprochen. Britischer Geheimdienst, der deutschen Abwehr nicht unähnlich. Druwe wusste, dass sich gerade im Aufgabenbereich der Militärpolizei die Kompetenzen von Spionageabwehr, Informationsbeschaffung und polizeilicher Arbeit oft überschnitten. War es also Zufall und harmloses Geplauder eines Offiziers, der sich seine eigenen Gedanken machte? Vielleicht ein ungewollter Versprecher? Oder sogar eher eine stille Warnung? Der Mann war undurchschaubar. Er wirkte wie ein ruppiges Raubein, aber er verfügte offenbar über einen messerscharfen Verstand.

»Wir haben keine Wahl. Wir müssen warten«, schloss Druwe das Thema ab. Er schrieb eine kleine Notiz und reichte sie dem Briten. »Sie erreichen mich in meinem Dienstraum in der Mürwiker Sportschule. Beim Innenminister, in der Abteilung Streckwein, Apparat 12b. Ich glaube, die haben jetzt sogar eine Sekretärin. Hinterlassen Sie eine Nachricht, wenn ich nicht da bin. Ich halte Augen und Ohren offen.«

Vaughn sah nicht einmal auf, als Druwe den Raum verließ.

Druwe beschloss, seinen Kollegen Hans Oberbauer um Rat zu fragen. Die Toten in der Hauptpost, der Selbstmord von Dietrich Steller, dieses SS-Quartier in Harrislee und nun die Canaris-Akten. Für einen Ermittler war das schlicht zu viel. Eigentlich wurde in solchen Fällen eine Kommission eingerichtet, so dass sich die Fachleute untereinander austauschen konnten. Ein Mann allein drohte bei dieser Vernetzung von Möglichkeiten den Überblick zu verlieren.

Druwes ehemaliger Kripokollege lag immer noch im Krankenhaus und kurierte seine Schussverletzungen aus. Auf den Fluren der Flensburger Diako hatte die neue Zeit bereits Einzug gehalten. Druwe hörte Englisch und Deutsch, die Schwestern blickten verstohlen den britischen Soldaten hinterher. Griffith hatte Recht behalten, die Kontakte zu den Einheimischen wurden auf das Nötigste reduziert. Druwe musste seinen Dienstausweis vorzeigen und streifte die weiße Armbinde über seinen Mantelärmel. *Hilfstruppe*, deutsche Beamte zur Unterstützung der Militärpolizei. Griffith hatte ihm zugesichert, dass dieser entwürdigende Zustand nicht von langer Dauer sein würde. Auf der Straße trug Druwe das Ding nicht. Ob aus Trotz oder Scham, wusste er selbst nicht. Hier im Krankenhaus verschaffte ihm die Kennung wenigstens ein Minimum an Respekt. Verlierer konnten eben nicht wählerisch sein. Druwe klopfte an die Tür des Krankenzimmers und trat im nächsten Moment ein.

»Was fällt Ihnen ein?«, erklang die Stimme einer Krankenschwester. Die hochgewachsene Frau stand an Oberbauers Bett und zeigte dem Verletzten eindeutig größere Aufmerksamkeit, als es ihre Aufgabe vorschrieb. Resolut baute sie sich nun vor Druwe auf.

»Hier ist der Zutritt nur nach Anmeldung gestattet. Warten Sie gefälligst beim Schwesternzimmer.«

Druwe war verdutzt. Sein Freund und Kollege war erst vor zehn Tagen dem Tod von der Schippe gesprungen, und jetzt tauschte er bereits Intimitäten mit einer Schwester aus.

»Hallo, Jens«, rief Oberbauer hinter der Frau. Mit einem übertriebenen Stöhnen versuchte er, sich im Bett aufzurichten. »Was machst du so spät noch hier? Überstunden werden im Moment sicher nicht bezahlt.« Er lächelte gezwungen und schien nun wirklich Schmerzen zu haben.

»Sehen Sie, was Sie angerichtet haben«, sagte die Schwester und wandte sich besorgt um. Druwe sah, wie Oberbauer ihm zuzwinkerte.

»Vielleicht ist Besuch gar nicht schlecht, Ruth«, sagte Oberbauer mit leicht gequälter Stimme. »Es lenkt von den Schmerzen ab. Noch besser wäre es allerdings, wenn du …«

Die Schwester richtete sich auf. Sie war rot geworden. »Herr Oberbauer, Sie wissen genau, dass Ihnen Dr. Schmid Ruhe verordnet hat«, sagte sie förmlich und richtete ihre Haube. Sie blickte Druwe zornig an, der seinerseits verlegen zur Seite schaute.

»Fünf Minuten!«, rief sie und verließ ohne weitere Worte das Zimmer.

»Die Frau weiß, was sie will«, sagte Oberbauer. Er blickte der Frau hinterher wie ein verliebter Pennäler.

Druwe lächelte. »Vor einer Woche ist es mit dir fast zu Ende gewesen. Und jetzt fängst du etwas mit einer Krankenschwester an?«

»Wie ich deinen Schilderungen vom letzten Besuch entnehmen konnte, warst du ja in der Zwischenzeit auch nicht untätig. Also gönne mir ein bisschen weibliche Zuwendung«, entgegnete Oberbauer. »Diese Verwundungen bringen eben das Mütterliche in den Frauen hervor. Beschissen ist nur, dass es so verdammt weh tut, sonst könnte ich noch Spaß an der Masche finden.«

»Hör zu, Hans. Ich brauche deinen Rat. Und Schwester Schrecklich hat uns nicht viel Zeit zugestanden«, sagte Druwe. Er begann, von der Begegnung mit Griffith, Vaughn, von den beiden Toten und der Akte zu berichten.

»Mir scheint, dass die Canaris-Mitarbeiter da in ein Hemd gestiegen sind, das ihnen ein paar Nummern zu groß ist«, resümierte Oberbauer, nachdem Druwe seinen Bericht beendet hatte. Druwe sah ihn fragend an.

»Bevor ich aus Berlin heraus bin, habe ich einige Gerüchte mitbekommen«, fuhr Oberbauer fort. »Viele Leute haben da Akten vernichtet, und einige haben nach bestimmten Akten gesucht, um sie sicherzustellen. In den Dienststellen herrschte das absolute Chaos, aber immer wieder huschten Kommandos vom SD umher und haben Archivteile beschlagnahmt. Sogar von der Wehrmacht gab es eine Abteilung, die mit Weisung des Oberkommandos nach Dokumenten, Filmen und Dossiers suchte.«

»Und warum?«, fragte Druwe. Er hatte gesehen, dass im Flensburger Rathaus und auf dem Polizeipräsidium ganze Aktenberge vor dem Eintreffen der Briten verbrannt worden waren. »Es ist doch besser, die Spuren zu beseitigen.«

»Für die, die die Spuren hinterlassen haben, ist es gut, sie zu verwischen«, antwortete Oberbauer. »Aber dann gibt es noch diejenigen, die von ihrem eigenen Dreck ablenken wollen, indem sie noch größeren Dreck hervorkramen.« Er lächelte. »Mein Vater war Bauer, Jens. Er sagte immer: Jauche ist Gold wert. Und sie stinkt stärker als der eigene Mist.«

Druwe sah ihn fragend an. »Für die Leute vom Sicherheitsdienst und irgendwelche Kerle aus der Wehrmacht waren diese Akten also interessant?«

»Natürlich.« Oberbauer nickte. »Die Alliierten werden ganz wild auf Informationen sein. Nicht nur auf Patente, Baupläne und so ein Zeug. Sie wollen wissen, mit wem sie es zu tun haben. Die Russen lieben Fakten und Daten über die Briten und Amerikaner. Umgekehrt ist das genauso. Es ist, als würdest du Jauche ausbringen. Plötzlich stinkt alles. Und mancher, der Dreck am Stecken hat, fällt dann gar nicht auf. Mit den richtigen Informationen an der richtigen Stelle kannst du den Kopf aus der Schlinge ziehen, egal wie braun der Hals war. Dafür braucht man aber die richtigen Kontakte. Sonst sind die Informationen weg, und die Schlinge geht dennoch zu.«

»Hast du irgendeine Idee, wie wir da vorgehen können?«, fragte Druwe.

»Wenn nur ansatzweise stimmt, was dir Lunding und Vaughn erzählt haben, dann sollten die Canaris-Agenten die Akten so schnell wie möglich loswerden. Mit den Kerlen von der Gestapo ist nicht zu spaßen. Auch jetzt noch. Eine Menge Leute haben nichts mehr zu verlieren, aber viel zu gewinnen. Und die beiden Toten werden nicht die Einzigen gewesen sein, die von der Sache gewusst haben. Es wird manchen hohen Beamten nicht erfreuen, wenn er bei den Briten als Unschuldslamm anheuert und später eine Akte auftaucht, die seinen Schweinkram offenbart. Mein Vorschlag ist, einen Handel einzugehen, die Akten zu sichern und dann Captain Tanner auszuhändigen. Das ist mein Rat, Jens.«

»Klingt nach einem Plan«, murmelte Druwe. Er war bereits zu einem ähnlichen Entschluss gekommen.

Kurz darauf wurde er von der resoluten Schwester Ruth Hansen aus dem Zimmer geschoben. Auch Oberbauers Proteste halfen da nichts. Druwe konnte sie gerade noch fragen, wo die Soldaten der britischen Streitkräfte untergebracht waren.

»Den Gang runter«, sagte sie und zeigte nach rechts. »Ist nicht zu verfehlen, denn hinter dem Schild haben Sie keinen Zutritt.«

Druwe ging den Flur entlang und kam tatsächlich an eine provisorische Absperrung. Ein Soldat hielt dort Wache. Beide Männer verstanden sich offenbar kaum. Druwe hatte den Verdacht, dass der Kerl aus irgendeiner englischen Hafenstadt kam. Weder Schimpfworte noch die Erwähnung von Griffith oder Vaughn öffneten Druwe den Zugang zu diesem Teil der Station. Er wollte schon entnervt aufgeben, als ein junger Arzt an ihm vorbeiging. Der Soldat nickte nur und ließ den Mann passieren. Druwe versuchte einfach sein Glück.

»Dr. Fielding?«, rief er dem Mann hinterher.

»Ja?« Offenbar handelte es sich tatsächlich um den neuen, offiziellen Chefarzt der Chirurgie, von dem Druwes Schwager gesprochen hatte.

»Ich muss dringend zu Captain Tanner«, sagte Druwe.

Taktisches Geschick und eine zur Schau getragene Sorge um das Wohl des Britischen Königreichs vermochten es zunächst nicht, Fielding zu überzeugen. Erst als Druwe seine Verwandtschaft mit Berthold Schmid ins Spiel brachte, wendete sich das Blatt.

»Brother in law, right?« Fielding lächelte. »Ein ganz hervorragender

Mensch, Ihr Bruder, Mr Druwe. Ich werde den Captain fragen. Er kann übermorgen entlassen werden, so dass ich keinen Grund sehe, warum er nicht Besuch empfangen sollte. Aber natürlich bleibt es seine Entscheidung.«

Mehrere Minuten vergingen. Die Bank auf dem Gang war für *Members of the British Army, only!* ausgewiesen. Unangenehme Erinnerungen wurden in Druwe wach. Im Berlin nach der Reichskristallnacht hatte es auch überall *Zutritt für Juden verboten!* oder *Nur für Deutsche!* geheißen.

Jetzt sind wir die Ausgestoßenen, die Aussätzigen in dieser Welt, dachte er.

Kurz darauf winkte Dr. Fielding aus einiger Entfernung. Der Soldat, der Druwe weiterhin im Auge behalten hatte, wies ihn mit einem Nicken an zu passieren.

»Als ich ihm erzählte, dass es etwas mit Nazi-Jagd zu tun hat, wurde er hellwach«, sagte der Arzt.

Druwe bedankte sich und öffnete die Tür zum Krankenzimmer.

Auf dem Bett lag ein Mann, dessen Alter Druwe auf Mitte bis Ende dreißig schätzte. Er trug einen gestreiften Baumwollpyjama und rauchte. Seine Statur war feingliedrig, die Gesichtszüge wirkten beinahe aristokratisch. Zum Fenster hin saß ein weiterer Mann auf einem Stuhl. Sein Gesicht war entstellt, und er wirkte gebrechlich.

Druwe grüßte beide Männer auf die Entfernung und stellte sich kurz vor.

»Griffith hat Sie eingestellt?«, fragte der Brite, wartete die Antwort jedoch nicht ab. »Dann haben Sie ihn entweder gut hinters Licht geführt. Oder Sie sind tatsächlich weitgehend sauber.« Wieder kam Druwe, der etwas entgegnen wollte, nicht zu Wort. »Lassen Sie uns in Ihrer Sprache reden. Mein Freund René …« Tanner zeigte auf den Mann am Fenster. »… ist nicht so gut im Englischen. Aber ihr Deutschen habt ihm im KZ vier Jahre lang Sprachunterricht gegeben.«

Druwe nahm ein kleines, in Leder gebundenes Buch und ein Blatt Büttenpapier aus seiner Manteltasche. Er legte beides auf den Nachttisch neben Tanners Bett.

»Was ist das?«, fragte der Brite.

»In dem Buch finden Sie völlig unauffällige Namen. Zugeordnet sind ihnen Geld und Wertsachen in unterschiedlicher Höhe, versteckt in Schließfächern auf norddeutschen Bahnhöfen. Das Ganze ähnelt ein bisschen den Nummernkonten der Schweiz. Dazu sind hier noch Angaben zu Schneidern, Kennkartennummern und Soldbuch-Ausstellungen. Wenn ich es richtig verstanden habe, sind bei einigen Ämtern im Reich sogar gefälschte Geburtsurkunden und Lebensläufe hinterlegt worden. Andere Männer geben sich als Vertriebene aus, und in den Ostgebieten wurden bekanntlich viele offizielle Dokumente durch die Russen vernichtet. Also eine gute Tarnung«, erläuterte Druwe.

»Unglaublich. Perfekt eingefädelt«, sagte Tanner. Er blätterte durch das Notizbuch, das Druwe ihm übergeben hatte. Dann zeigte er auf ein einzelnes Blatt Papier. »Und was ist das?«

»Hier werden aus den unauffälligen Namen wieder die wahren Identitäten«, antwortete Druwe. »Man braucht ja eine Zuordnung, wer wer ist und wem was gehört. Schauen Sie hier, Captain.« Er zeigte auf eine Zeile. *Heinrich Hitzinger.*

Der Brite wurde blass, dann gab er seinem Gast am Fenster das Blatt Papier.

Mit starkem französischem Akzent, unter Auslassung des H las der Mann vor: »Heinrich Hitzinger ist Heinrich Himmler.« Zu anderen Zeiten und mit anderem Namen wäre die Szene witzig genug für eine Kabarettnummer gewesen, aber in der Stimme des Mannes mit den Pockennarben lagen Abscheu und Hass. Eiseskälte schien sich für einen Moment im Krankenzimmer auszubreiten.

Nach einer Minute hatte sich Tanner wieder gefangen. »Sie haben Nerven, Mann! Spazieren hier herein mit Informationen, die größere

Sprengkraft haben als eure beschissene V2-Rakete. Wie sind Sie da überhaupt herangekommen?«

»Ein Mordfall«, sagte Druwe. »Und ich habe etwas zu viel herumgeschnüffelt. Ist so meine Art.«

»Dass Sie überhaupt noch leben, Druwe, ist ein Wunder. Oder …« Er blickte zu dem Mann neben sich. »Vielleicht verarscht uns die ganze Saubande nur. Wer sagt denn, dass Sie nicht von Ihren SS-Kameraden kommen, die sich einen feinen Plan ausgedacht haben?«

»Ganz einfach«, entgegnete Druwe. »Prüfen Sie es. So schnell wie möglich.«

»Und Sie wollen über nichts verhandeln? Sie geben mir diese Aufzeichnungen einfach so? Kein Geld, kein Visum, keine Straffreiheit für irgendwas?«

Druwe schüttelte zunächst den Kopf, doch dann kam ihm eine Idee. »Sie könnten mir einen Gefallen tun, Captain Tanner. Meine Verlobte arbeitet auf einem Hof in der Nähe von Flensburg. Ich würde mich wohler fühlen, wenn Sie einen Mann abstellen könnten zu ihrem Schutz. Sie dürften ja jetzt nach der Kapitulation unserer Truppen ein paar Soldaten übrighaben.«

»Ich prüfe das hier.« Der Brite wedelte mit dem kleinen Buch. »Aber ich denke, das geht in Ordnung, Druwe. Lassen Sie mir eine Nummer da, unter der ich Sie erreichen kann.«

11. Mai 1945

Lasse Jørgensen hatte Eva versprochen, sich um ihren Bruder Ludwig zu kümmern. Jetzt hatte er den Mann endlich aufgespürt. Er blickte fassungslos auf die Baracken und Zelte eines Behelfslagers in der Nähe der Grenze zum Reich. Jørgensen war Schleswigdäne, wie sie ihn in seiner Heimat Dänemark nannten. Heimat? Südschleswig war sein

Zuhause. Aber diese Region gehörte zum Deutschen Reich. Aber war er deshalb ein Stück weniger Däne? Ein Stück weniger Deutscher? Die Kaufmannsfamilie Jørgensen lebte seit Generationen in Flensburg vom Handel mit Rum, Kaffee und Tee. Man hatte es zu bescheidenem Wohlstand gebracht. Lasses Frau Elsbeth war Deutsche. Nicht weiter ungewöhnlich, denn die Beziehungen zwischen Dänen und Deutschen waren im Norden Schleswig-Holsteins traditionell gut. Die Skandinavier mochten die norddeutsche Art, die manchen Leuten zwar unterkühlt vorkam, die aber vor allem eins war: grundehrlich. Hier galt ein Wort noch, und ein Freund war ein Freund fürs Leben. Die Deutschen wiederum liebten die dänische Langmut und Gemütlichkeit. Beide Tugenden nahmen dem preußischen Stechschritt die Schärfe, machten das Dasein sanfter. Natürlich hatte die Geschichte auch hier keine Rücksicht auf die Gefühle der einfachen Menschen genommen. Herzöge und Könige hatten sich um Eitelkeiten und Pfründe gestritten und ihre Untertanen immer wieder in den blutigen Hurra-Tod geschickt.

Jørgensen riss sich von seinen Gedanken los. Dieses Lager vor der Stadt Sønderborg lag auf solchem leidvoll historischen Grund. Ganz in der Nähe, bei den Düppeler Schanzen, hatten sich die Truppen beider Staaten vor gut achtzig Jahren die Köpfe eingeschlagen. Jetzt vegetierten Hunderte deutsche Flüchtlinge in Notunterkünften vor sich hin, harrten ihrer ungewissen Zukunft. Der dänische Kaufmann hatte erfahren, dass in den letzten Monaten eine Unmenge deutscher Vertriebener aus den Reichsgebieten im Osten in dänischen Häfen angekommen waren. Mit deutscher Gründlichkeit und Arroganz hatten die Militärs Unterkünfte und Krankenhäuser für sie beschlagnahmt. Die Dänen, die den deutschen Besatzern vorher in einer Art gleichgültiger Neutralität begegnet waren, befürchteten nun, förmlich überrannt zu werden. Die Stimmung kippte. Vor drei Tagen erst hatten die deutschen Soldaten endgültig die Waffen niedergelegt. Und gestern waren mehr als dreihundert Deutsche – Frauen, Kinder und Greise – aus Sønderborg auf Lastwagen hierhergebracht worden. Lasse sah die Menschen vor ihren Zelten und Holzbaracken sitzen. Alte starrten ins Leere, Kleinkinder weinten. Lasse hatte als Däne auch während des Kriegs immer wieder Reisen nach Esbjerg, Ålborg und Kopenhagen unternommen und dort einiges gehört. Gerüchte über riesige Lager im Osten, die von den deutschen Besatzern errichtet worden waren. Über Erschießungen und Ghettos. Vor gut zwei Jahren hatte die BBC von der Zerstörung Warschaus durch deutsche Truppen berichtet. Offenbar hatte es dort einen Aufstand eingepferchter Juden gegeben. Und nun schlug das Pendel des Schicksals zurück und traf dieses Volk mit voller Härte. Deutsch-Sein war plötzlich ein Makel, es war wie Aussatz und würde es – so vermutete Lasse Jørgensen – lange Zeit bleiben. Wenn nur ein Bruchteil dessen stimmte, was er gehört hatte, dann würde der Hass der Welt diese Menschen ewig verfolgen.

»Ich suche einen Deutschen. Sein Name ist Ludwig Steinfeld. Nach meinen Informationen wurde er hierhergebracht.« Lasse war vor dem Behelfstor des Lagers stehengeblieben. Er zeigte dem Wachposten, einem Polizisten in dänischer Uniform, seine Kennkarte. Als Süddäne in Schleswig besaß er einen dänischen Pass und eine deutsche Kennkarte.

»Flensborg.« Der Mann blickte ihn finster an, als er erkannte, dass Lasse aus dem Reich kam.

»Ich bin im Auftrag des dänischen Konsuls hier«, log Lasse. In den letzten Jahren hatte es immer geholfen, wenn man sich auf eine höhere Stelle berief. Befehl und Einschüchterung waren die Ruhekissen der eigenen Verantwortung. Nach diesem Prinzip hatte Hitler die halbe Welt erobert. Es wirkte jedoch auch bei anderen.

»Dieser Steinfeld wurde von der Gestapo verfolgt«, fuhr Lasse im Befehlston fort. Er hasste so etwas. »Er ist zu Unrecht hier.«

»Wenn er Deutscher ist, dann sitzt er hier genau richtig«, giftete der Wachmann ihn an. »Wir sollten sie alle zusammentreiben und …«

Lasse Jørgensen trat dicht an ihn heran. »Ist es nicht irgendwann genug? Reicht es noch nicht?« Er packte den Polizisten an der Schulter. »Nimm deine Waffe, geh rein und erschieß die Frau da drüben. Und den Säugling auf ihrem Arm auch, denn er brüllt sonst den ganzen Nachmittag. Na los! Geh! Wir brauchen noch mehr Hass. Noch mehr Blut. Und du kannst heute ein wahrer Held sein!« Er war laut geworden. »Aber dann bist du keinen Deut besser als sie. Heute Abend wirst du kotzen müssen, weil du dich im Spiegel nicht mehr ansehen kannst. Willst du das?«

Der Polizist riss sich mit einem Ruck von ihm los und knurrte etwas Unverständliches. »Wie hieß der Mann?«, fragte er schließlich unwirsch.

Wenig später durchstreifte Jørgensen mit einem Hilfspolizisten das Lager. Er fragte sich, ob der Knüppel, den der Mann am Gürtel trug, schon zum Einsatz gekommen war. Und wie viele Lager dieser Art es in Dänemark jetzt wohl geben mochte. Beide Männer riefen den Namen Steinfelds in die Zelte und Behelfshütten. Lasse wurde zunehmend übel. Er hatte in lethargische Gesichter geblickt. Geschundene Frauen, Greise mit notdürftig versorgten, eiternden Schusswunden und Kinder, die im Dreck gruben. Er sah nur wenige Männer in mittlerem Alter. Meistens waren sie Krüppel oder körperlich derart geschwächt, dass sie wohl die nächsten Tage nicht überstehen würden. Das Deutsche Reich hatte alles an die Front geworfen, was noch Bein und Arm hatte. Die Männer hatten den Blutzoll bezahlt, Frauen und Kinder ihre Unschuld verloren. Das Leben dieser Menschen war befleckt, gezeichnet, zerstört.

»Lasse?«, rief plötzlich eine Männerstimme aus einem Zelt. Ein abgemagerter Mann trat hinter einer Plane hervor. Er hielt sich etwas gebeugt, als könnte er den Rücken nicht durchdrücken. Sein Haar war grau-weiß und spärlich. Auf der Kopfhaut sah man Narben, das Gesicht hätte zu einem Straßenboxer in Hamburg-Altona oder Berlin-Wedding gepasst. Der verschlissene Anzug, den er trug, war ihm zu groß und hing an seinem hageren Körper wie ein leerer Jutesack über der Teppichstange. Jedoch waren die Augen hellwach. Sie wirkten jünger, fast als gehörten sie nicht zu diesem kaputten Menschen.

»Ludwig!«, antwortete der Däne, trat an den Deutschen heran und umarmte ihn. Er hatte Ludwig Steinfeld vor über einer Woche nach Sønderborg gebracht. Der Mann war Mitte April bei einem Gefangenentransport aus dem Konzentrationslager Hamburg-Fuhlsbüttel geflohen. Er hatte dort zwölf Jahre Haftzeit verbracht, ohne dass die Nazis ihm jemals den Prozess gemacht hatten. Steinfeld war deutscher Kommunist und Sozialdemokrat gewesen. Und er hatte dieser Überzeugung nie abgeschworen. Im Hitler-Deutschland reichte so etwas für zwölf Jahre Qualen.

»Wie geht es meiner Schwester? Hast du Neuigkeiten von ihr? Und deine Frau – ist alles in Ordnung bei euch in Flensburg?«, fragte Steinfeld. Jørgensen hatte diesen Mann sofort gemocht, als er ihn vor Kurzem kennengelernt hatte. Er gehörte zu jenen Menschen, die sich um andere sorgten, obwohl sie allen Grund hatten, an sich selbst zu denken.

Der Kerl sitzt hier in einem Dreckloch und hungert, dachte Lasse bewundernd. Aber er denkt an seine Schwester und an meine Elsbeth. Vielleicht gab es für dieses Volk doch noch Hoffnung in einer ungewissen Zukunft.

»Ich habe Schreiben von zwei Sozialdemokraten im Folketing, die sich für dich verbürgen«, sagte Jørgensen. »Ich muss jetzt noch herausfinden, wer hier das Sagen hat. Überall herrscht Chaos, keiner weiß, wie es weiter geht. Zur Not gehe ich zum dänischen Konsul in Flensburg, und er wird deine Entlassung verfügen.«

»Nach zwölf Jahren Fuhlsbüttel wird mich ein weiteres Lager nicht umbringen«, meinte Steinfeld. »Muss wohl meine Bestimmung sein.« Er lachte heiser und zeigte dabei wenige verbliebene Zahnstumpen im

Mund. Dann wurde er wieder ernst. »Lasse, die Frauen und Kinder. Das geht nicht. Kein sauberes Wasser und einmal am Tag eine dünne Suppe mit Brot. Gestern sind zwei Kinder an Schwäche gestorben. Bitte, Lasse, ihr …« Er unterbrach sich. »Wir müssen etwas tun. Das ist doch Wahnsinn, wenn alles so weitergeht. Neue Herren, alte Lager, andere Untermenschen. Macht nicht dieselben Fehler wie wir, Lasse.«

»Den Hass habt ihr heraufbeschworen, Ludwig«, sagte Jørgensen nachdenklich. »Ein Orkan wird über euer Volk hinwegfegen. Ihr seid die Parias, die Ausgestoßenen einer neuen Welt.«

»Die Kinder, Lasse.« In Steinfelds Augen traten jetzt Tränen.

»Ich weiß, Ludwig.« Der Däne umarmte den Deutschen noch einmal, als könnte er ihn trösten. »Aber hier kannst du gar nichts tun. Ich hole dich hier raus. Es heißt, die Briten verbieten jedem Deutschen die Ausreise, aber bei einem KL-Häftling und Sozi werden sie hoffentlich eine Ausnahme machen.«

»Wie sieht es drüben aus, Lasse?« Steinfeld hatte sich etwas beruhigt.

»Deiner Schwester geht es gut. Elsbeth und Magda auch«, antwortete Jørgensen. »Deine Eva hat sich mit diesem Polizisten eingelassen«, fuhr er vorsichtig fort.

»Das habe ich geahnt«, sagte Ludwig Steinfeld. »Ich habe dir ja vor einer Woche von dem Kerl erzählt. Seltsame Mischung aus Polizeibeamter und Eigenbrötler.«

»Traust du ihm?«, fragte Jørgensen.

Ludwig lachte wieder. »Wem kann man im Reich noch trauen? Spitzel und Denunzianten. Befehl und Unterordnung. Brüllen, Prügeln, Marschieren. Seit über zehn Jahren. Das deutsche Herz schlägt in einem ganz eigenen Takt, Lasse. Dieser Druwe scheint wenigstens das Denken nicht verlernt zu haben. Und sollte er meiner Eva wehtun, dann lernt er mal die Rechte eines linken Straßenkämpfers kennen.« Er hob die Fäuste und deutete eine Boxerhaltung in Max-Schmeling-Art an.

»Vielleicht solltest du vorher noch etwas Speck und Brot essen. Und trainieren«, sagte Lasse und betrachtete den hageren Mann, den eine steife norddeutsche Brise umwehen würde.

»Ich hole dich hier raus, Ludwig«, wiederholte Jørgensen nach einer kurzen Pause. »Schreib deiner Schwester ein paar Zeilen. Ich nehme den Brief dann mit. Ich will sehen, ob ich hier von den Wachkaspern etwas erfahre. Von irgendjemandem müssen sie doch ihre Anweisungen bekommen.«

»Ich möchte Sie bei dem Gespräch dabeihaben, Druwe«, sagte Major Griffith. Druwe hatte vor zwei Stunden einen Anruf erhalten, dass der britische Leiter der Militärpolizei ihn sehen wollte.

»Dreizehn zivile Straftaten in den letzten vierundzwanzig Stunden«, fuhr der Engländer fort. »Nur in der Stadt. Einbrüche, Plünderungen, Raub und eine Vergewaltigung. Wenn das so weitergeht, ist das hier bald der Wilde Westen, und jeder Outlaw wird glauben, er könne sich alles erlauben.«

»Ich habe drei weitere leitende Beamte gefunden, denen ich zutraue, in Ihrem Sinne Dienst zu tun, Major«, entgegnete Druwe. »Und die Kollegen haben vierzehn Männer aus dem einfachen Dienst, die unseren Kriterien genügen, für Streife und Kontrolltätigkeiten wiedereingestellt. Ich schlage vor, dass wir die alten Uniformen nutzen. Nur die Dienstgrade, keine Reichs- oder Parteiabzeichen. Dazu noch eine Armbinde, die uns als von der Besatzung legitimierte Polizisten erkennbar macht.«

Griffith nickte. »Gut, gut. Mein Problem ist jetzt, dass wir auch wieder Richter brauchen. Die Zeiten, in denen ihr Kerle von der Gestapo eure Urteile selbst geschrieben habt, sind vorbei«, sagte er zynisch.

»Polizisten zu finden, die einigermaßen unbelastet sind, ist schon nicht einfach. Ich befürchte, dass es noch weitaus schwieriger sein wird, Richter zu finden, Major Griffith.« Druwe dachte nach. Er wusste von seinem alten Vorgesetzten in Berlin, dass die Juristen bereits gleich zu Beginn von Hitlers Regime willig das braune Lied angestimmt hatten. Gleichschaltung und Parteiverbote, Zensur und Rassegesetze. Überall hatten sich willfährige Anwälte, Richter und Rechtsprofessoren gefunden, die die Texte nach NS-Duktus ausarbeiteten und deren Inhalte dann fleißig umsetzten. Der berüchtigte Volksgerichtshof in Berlin unter dem Vorsitz von Roland Freisler war eine Verhöhnung des Rechtsbegriffs gewesen. Die Angeklagten wurden dort niedergeschrien, ihnen wurde die Verteidigung vorenthalten, und in den meisten Fällen stand das Urteil schon vor dem ersten Verhandlungstag fest. Das ganze System der Beugung und Verdrehung hatte sich bis zum kleinsten Amtsgericht fortgesetzt. Hitler, die Partei und unerträgliche Vetternwirtschaft entschieden, was gut für das Volkswohl war. Recht war zu einem Nutzbegriff verkommen. Was den Bonzen und der Bewegung nutzte, war rechtens. Auf diese Weise wurde Unrecht für ein Jahrzehnt hoffähig.

»Ich habe den stellvertretenden Vorsitzenden am Landgericht, Dr. Hans-Joachim Löhr, hierher beordert. Irgendwo müssen wir anfangen.« Griffith rieb sich das Kinn. »Er wird hoffentlich jeden Moment kommen. Ich hörte, dass Sie gar nicht hier, sondern in Glücksburg gearbeitet haben?«, wechselte er plötzlich das Thema. »Und vorher in Berlin?«

Druwe nickte. »Bis vor drei Jahren war ich bei der Kripo Berlin.«

»Und danach?«, fragte der britische Offizier. Er deutete auf Druwes Handprothese. »Ein Andenken eures Führers vom Fronteinsatz?«

Wieder nickte Druwe. »Ja. Und nein. Eine lange Geschichte. Frontbewährung im Osten. Dann kam eine Auseinandersetzung mit einem Vorgesetzten. Strafversetzung in eine Sondereinheit.« Er unterbrach sich. »Aber Sie haben doch sicherlich meine Akte gelesen, Herr Major?«

»Ich habe sie angefordert bei eurer Regierung, doch bis jetzt nicht erhalten. Seltsam, nicht wahr? Da doch alle jetzt so emsig mit uns zusammenarbeiten wollen.« Griffith blickte Druwe aufmerksam an. »Aber sie wird wohl noch kommen.«

Der Engländer schwieg einen Moment, drehte sich zum Fenster und sah hinaus. Vor der Polizeidirektion herrschte das übliche Chaos auf den Straßen. Ein Fuhrwerk war unter der Eisenbahnbrücke über den Hafendamm umgekippt. Die beiden Kutscher versuchten, mit Peitsche und Knüppel ihre herabgefallene Ladung gegen die Begehrlichkeiten der Umstehenden zu schützen. Schon hatte sich der lange Zug der Karren und Wagen gestaut, der sich vom östlichen Hafenumschlag hierher ergoss. Tier und Mensch wurden unruhig, wütende Rufe und vereinzelt das röhrende Hupen eines Lasttransporters mischten sich zu einem misstönenden Grollen, das von Sekunde zu Sekunde anschwoll. Zwei Ordnungspolizisten liefen eben in Richtung Unfallort.

»Wie nahe der Mensch doch am Rand des Chaos steht«, sinnierte Griffith leise. »Ein Wagenrad, ein Sack, ein Wort. Und ein Inferno tut sich auf.« Er wandte sich wieder Druwe zu.

»Die Polizei braucht eine Überwachungsinstanz«, sagte er. »In London und Washington ist man sich einig, unser englisches Prinzip in Deutschland einzuführen. Es darf keine alleinige zentrale Führung mehr geben. Göring, Himmler und Heydrich hatten einfach zu viel Macht auf sich vereint. Und jeder Gestapo-Mann konnte machen, was er wollte. Sofern er sich an die Ideologie hielt.«

Druwe überlegte. Tatsächlich war der deutsche Polizeiapparat ein entscheidendes Mittel für die Nationalsozialisten gewesen, um ihre Macht zu erhalten und auszubauen. Die Wehrmacht hatte den Krieg nach Außen geführt, SS und Polizei dagegen jeden Widerstand im Inneren gebrochen.

»Sie werden mit Löhr einen Vorschlag ausarbeiten, wie wir das umsetzen können«, sagte der Militärpolizist. »Der unzerstörte Norden des Reichs soll nach dem Willen Montgomerys eine Art Versuchsprojekt werden. Wenn alles klappt, werden wir das System auf die ganze britische Besatzungszone ausdehnen.«

Britische Besatzungszone – es war das erste Mal, dass Jens Druwe dieses Wort in einem Gespräch hörte. Gerüchte gab es im Moment viele. In der BBC hatte Eva gehört, dass Deutschland komplett besetzt und in vier Zonen aufgeteilt werden würde. Aber was hatte Streckwein gesagt? Offenbar hoffte die neue Reichsregierung auf einen zügigen Friedensvertrag. Viele Angelegenheiten wollte man regeln, bevor es die Alliierten taten. Wie aber konnte eine Regierung fortbestehen, wenn das Land, das sie regieren wollte, aufgeteilt und besetzt wurde?

Druwe nippte an dem Tee, den ihm eine Sekretärin in Uniform gebracht hatte. Heiß und stark. Wie ihn Friesen lieben. In der Gegenwart des britischen Offiziers fühlte er sich nicht ganz wohl. Zwar behandelte ihn Griffith korrekt, seitdem er bei der Sache von einer gewissen Loyalität Druwes überzeugt war. Dennoch vermutete Druwe, dass der Major Pläne verfolgte, die er natürlich nicht mit dem ehemaligen Feind besprechen würde. Während Druwe seinen Gedanken nachhing, erschien Richter Löhr. Er traute seinen Augen nicht. Es war eben jener Mann, der sich erst gestern in Mürwik gegenüber Dönitz, Graf Krosigk und Justizminister Klemm für richterliche Härte in Fragen der Militärführung ausgesprochen hatte. Fahnenflucht, Desertion und Wehrzersetzung wollte er weiterhin über Standgerichte mit dem Tod bestrafen lassen. Offenbar hatten jedoch die Recherchen der Briten ergeben, dass er ein eher unbelasteter Jurist war. Interessant. Druwe fragte sich augenblicklich, was dann wohl die als belastet eingestuften Richter und Anwälte auf dem Kerbholz haben mussten.

»Herr Griffith, ich freue mich, Sie zu sehen.« Offenbar gab sich Löhr alle Mühe, unmilitärisch aufzutreten. Jeden anderen Deutschen hätte der Major sicherlich für die Begrüßung ohne Nennung seines

Dienstgrads gevierteilt. »Herr Druwe.« Der Richter deutete ein Nicken an.

In der folgenden Stunde gelang es Hans-Joachim Löhr, fast alle ehemaligen Richterkollegen in Flensburg durch Griffith im Amt bestätigen zu lassen. Dabei genügte es dem Offizier offenbar, dass sich Löhr für diese Personen verbürgte. Jens Druwe bemerkte, dass Griffith eine Art angeborenen Respekt vor den Vertretern der Jurisdiktion zu haben schien.

»Dann ist das erledigt. Sehr schön«, sagte Löhr und schloss sein Dossier, das er hin und wieder zur Untermauerung seiner Thesen geöffnet hatte. »Die Gerichte werden übermorgen ihre Arbeit wieder aufnehmen können. Ich schlage vor, alle zivilrechtlichen Gesetzestexte unverändert zu lassen. Parteigesetze setzen wir aus, ebenso Führererlasse.« Der Mann war gut vorbereitet.

»Die britische Krone und die amerikanische Regierung haben großes Interesse daran, dass schnell eine neue Gerichtsbarkeit aufgebaut wird. Den ersten Schritt haben wir heute getan«, sagte Griffith und ließ noch einmal Tee kommen. »Nun muss noch eine Kontrollinstanz für die Polizeiarbeit her. Druwe und Sie, Herr Löhr, werden dazu etwas ausarbeiten müssen.« Er holte einen Aktenordner aus dem Schreibtisch und tippte mit dem Finger darauf. »Hier drin finden Sie einen Überblick über das Rechtsprinzip innerhalb der britischen Polizeibehörden. Sehen Sie es durch, einigen Sie sich, und danach unterbreiten Sie mir die Vorschläge.«

Griffith grüßte knapp und verließ den Raum. Die beiden Deutschen wirkten betreten, jedoch fing sich Löhr schnell, der offenbar das glitschige Verhandlungsparkett eher gewohnt war als Druwe.

»Na bitte«, sagte er. »Mit den Leuten kann man reden. Ist doch glatt gelaufen. Die drei Kollegen, die zunächst außen vor bleiben müssen …« Er legte die Hand auf sein Dossier und zeigte eine zuversichtliche Miene. »Die bekommen wir auch noch wieder rein. Schließlich haben wir uns nichts vorzuwerfen. Wir müssen Recht und Gesetz vertreten. Nicht mehr, nicht weniger. Vielleicht haben einige wenige ganz oben falsch entschieden. Es steht mir nicht zu, das zu beurteilen. Wo kämen wir aber hin, wenn jede Instanz die Entscheidung der vorgesetzten Stellen hinterfragte?« Er deutete Druwes Schweigen auf seine Frage als Verunsicherung. »Keine Sorge, Herr Druwe. Wir Juristen werden unsere ausführende Hand …« Er schwieg kurz, blickte verlegen auf Druwes Stumpf und räusperte sich, bevor er fortfuhr. »Also, ich meine, wir werden unsere Männer der Tat nicht im Stich lassen. Natürlich könnte es unter Ihren Leuten den einen oder anderen geben, der im Dienst der Sache Dinge tun musste, die die Alliierten als Verfehlungen deuten. Aber wir arbeiten mit Hochdruck an einer Lösung.«

»Lösung?«, fragte Druwe mit zunehmendem Widerwillen.

»Vorsatz, mein Lieber«, entgegnete Löhr mit Feuereifer. »Direkter Vorsatz ist das Zauberwort, mit dem wir jeden Beschuldigten – Polizisten, Verwaltungsbeamte, SS-Männer und Soldaten – verteidigen werden. Die Leute haben doch alle ihre Befehle ausgeführt. Ihnen können Verfehlungen nur zur Last gelegt werden, wenn sie aus eigenen Motiven, also vorsätzlich, besonders grausam oder übereifrig gehandelt haben. Und das wiederum muss erst einmal nachgewiesen werden. Wir können die Briten mit ihren eigenen Waffen schlagen, ihrer Liebe zu Recht und Gesetz. Bringen Sie das Ihren Männern zur Kenntnis, Herr Druwe. Sie brauchen keine Befürchtungen zu haben. Hinter jedem angeklagten Polizisten steht ein treuer Jurist. Niemand wird im Stich gelassen.«

Druwe verspürte eine aufkommende Übelkeit. Wieder einmal war er fast schon froh darüber, dass das Schicksal es eingerichtet hatte, dass er nicht mehr jedem die Hand geben konnte. Er nickte nur kurz und verließ das Dienstzimmer.

Den Nachmittag verbrachte Druwe damit, weitere Personalakten zu sichten. Immer häufiger fiel ihm bei dieser Arbeit auf, dass darin Seiten fehlten. Das galt vor allem für Akten, die gerade erst bei ihm im Büro eintrafen. Er hatte sie vor zwei oder drei Tagen bei mehreren Revieren und bei der Direktion angefordert. Mehrmals bemerkte er, dass offenbar Blätter ausgetauscht worden waren. Das Papier war dann nicht vergilbt und zeigte die Textur jener minderen Kriegsqualität, die derzeit überall verwendet wurde. Natürlich war dann auch eine andere Schreibmaschine verwendet worden, um wahrscheinlich gänzlich neue Eintragungen vorzunehmen. Manchmal waren auch nur Zeilen geschwärzt worden. Er hatte kurz mit Streckwein darüber gesprochen.

»Was nirgendwo steht, ist nicht geschehen, Herr Druwe«, war Streckweins pragmatische Antwort gewesen. »Machen Sie sich nicht zu viele Gedanken. Richter Löhr war eben bei mir. Er hält Sie in dieser Sache für zu zimperlich. Und Innenminister Stuckart sitzt mir im Nacken. Er will Ergebnisse sehen. Bitte, Druwe, tun Sie sich einen Gefallen und geben Sie morgen grünes Licht für unsere neue Polizei. Machen Sie es wie Löhr. Lassen Sie erst einmal ein paar Beamte draußen. Mit denen reden wir noch. Und dann los! Sie, Druwe, lehnen sich zurück und werden Leiter dieser neuen Behörde, die unsere Polizei überwacht. Das ist ja Lieblingsthema bei den Tommys, sagt Löhr.«

Druwe saß am Schreibtisch und überlegte zum wiederholten Mal, ob er alles hinwerfen sollte. Zwar machte ihm die Suche nach integren Beamten zu schaffen, jedoch war er sicher, die Probleme mit etwas Zeit in den Griff zu bekommen. Nun jedoch verlangte Streckwein einfache und schnelle Ergebnisse. Mehr noch, Druwe sollte Augen und Nase schließen, um weder den Dreck zu sehen noch den Gestank zu riechen, der ihm aus den Dienstakten mancher Kollegen förmlich entgegendrang.

Es klopfte an der Tür. Druwe reagierte nicht sofort, da er nur erwartete, dass ihm ein Bote einen Stapel neuer Papiere brachte. Drei ungeöffnete Kartons standen schon im Raum.

»Jens?« Ein Gesicht erschien in der Tür. Der Mann musste sich erst orientieren.

Druwe überlegte nur kurz, dann erkannte er den ehemaligen Mitarbeiter aus dem Archiv des Berliner Präsidiums.

»Werner! Wie zum Teufel kommst du hierher? Rein mit dir.« Druwe war aufgesprungen und dem Besucher entgegengeeilt.

Werner Grell blickte verstohlen auf den Flur, trat dann in das Zimmer und schloss die Tür. Beide Männer umarmten sich herzlich.

»Wie lange ist das her, Werner?«, fragte Druwe schließlich. »Sechs Jahre? Sieben?«

Grell nickte. »Nach dem Münchner Abkommen bin ich zur *KdF* gewechselt. Wollte noch mal was von der Welt sehen, bevor es losgeht. Damals hatte ich schon starke Befürchtungen, dass es Krieg gibt. Und leider habe ich recht behalten.«

Er und Druwe gaben sich in den nächsten Minuten ihren Erinnerungen hin. Beide hatten im Berlin der Weimarer Zeit bei der Mordinspektion unter dem berühmten Ernst Gennat gearbeitet. Grell hatte dort erkannt, dass seine Liebe dem Sammeln und Ordnen von Informationen galt. Er hatte Täter-, Opfer- und Vermisstenprofile erstmals nach klaren Kriterien anlegen lassen. Von vielen war er belächelt worden, aber der Chef hatte ihn gefördert. Er hatte die berühmten Hollerith-Maschinen mit klaren Recherchekriterien bei der Archivarbeit eingeführt; ein Lochkartensystem, das das Auffinden und Abrufen bestimmter Informationen erleichterte. Vom Sitz des Polizeipräsidiums aus, der wuchtigen *Roten Burg* am Alexanderplatz, hatten die beiden Kripobeamten nach Feierabend manches Lokal unsicher gemacht. Druwe war dabei eigentlich nie außer Dienst gewesen, immer hatte er Augen und Ohren offengehalten, nach neuen Kontakten und Informanten gesucht.

»Was führt dich nach Flensburg, Werner?«, fragte Druwe, als sich die Männer an den Tisch gesetzt hatten. »Deine Familie lebt doch in Franken, soviel ich weiß.«

Grell schilderte ausführlich die Odyssee, die er und drei Kameraden seit dem Zusammenbruch im Osten durchgemacht hatten.

»Du weißt, ich war bei der Abwehrzentrale in Zossen tätig«, sagte er. »Seitdem sie Canaris verhaftet hatten, mussten alle Mitarbeiter ebenfalls mit einer Verfolgung rechnen. Offiziell wurde unsere Gruppe zwar dem Reichssicherheitshauptamt eingegliedert, aber die Leute dort haben uns nicht getraut. Wir sollten noch nicht einmal in die SS übernommen werden. Ein Umstand, der mir im Nachhinein ganz lieb ist«, führte er aus.

Druwe brachte zwei Tassen zu seinem Schreibtisch. Er nahm die Thermoskanne mit dem Kaffee, die auf einem Seitentisch stand, und reichte sie Grell.

»Könntest du bitte?«, fragte er seinen ehemaligen Kollegen und wies auf seine Handprothese. »Ich saue mich dabei immer ein, vor allem, wenn das Ding vollkommen dicht ist.«

Grell blickte etwas verlegen, dann zog er die Linke aus seiner Manteltasche. Die Hand war in einen dicken Verband gehüllt. Druwe ahnte sofort, dass Grell der Fingermann aus der Hauptpost war, aber er ließ sich zunächst nichts anmerken. Immerhin war Grell zu ihm gekommen, nicht umgekehrt. Und beide Männer waren früher recht gute Freunde gewesen.

»Ich brauche deine Hilfe, Jens«, fuhr Grell fort, nachdem er den Kaffee eingeschenkt hatte. »Wir sind aus Berlin nicht mit leeren Händen fortgefahren. Ich konnte ganz gut mit dem Admiral, verstehst du? Privat haben wir uns sogar geduzt. Er sprach oft davon, was aus Deutschland ohne Hitler geworden wäre. Er verabscheute die Kommunisten, aber zum Schluss meinte er, dass die braune, nicht die rote Bande – das waren seine Worte – unser Land zerstört hätte. Jens, Canaris hat mir

Dinge erzählt, da stehen dir die Haare zu Berge. Hitler hat den Krieg gegen Russland von Anfang an als Vernichtungskrieg gesehen, wusstest du das? Dabei ging es ihm nicht nur um die Zerschlagung des Bolschewismus, der Irre wollte die Menschen dort auslöschen, vernichten oder zumindest versklaven. Nicht nur einige, sondern alle, Jens!«

Druwe nickte ihm zu. »Ich habe es gesehen. Du hast davon gehört, aber ich war dabei. Bei diesem Feldzug gegen Frauen, Kinder, Alte.«

»Es kommt noch schlimmer. Canaris berichtete von Konferenzen, an denen Himmlers Leute, Politiker, Verwaltungsfachleute und Militärs teilnahmen. Da haben sie beschlossen, Menschen systematisch zu töten. In Lagern, Fabriken und Steinbrüchen.« Grells Stimme brach. Mit zitternder Hand nahm er die Kaffeetasse und trank.

»Wie gesagt, von den Kriegsaktionen wusste ich«, entgegnete Druwe. »Und von den KLs haben wir schließlich auch alle gewusst. Wir hätten uns ja fragen können, wo plötzlich die Berliner Juden geblieben waren. Oder die aus Hamburg, München, Stuttgart und Köln. Die Synagogen haben sich auch nicht von allein angesteckt. Geahnt haben wir es, Werner. Und Leute wie Canaris haben die Einzelheiten gekannt. Aber hat irgendjemand etwas dagegen unternommen? Ich sitze jetzt hier und treffe überall nur Männer, die sich verwundert die Augen reiben, mit den Schultern zucken und sagen: Ich war es nicht.«

»Nicht so laut, Jens!«, sagte Grell und hob beschwichtigend die Hände. »Ich traue den Kerlen hier nicht. Major Kauder hatte die Idee, dass wir uns jetzt an die Regierung wenden müssen, nachdem ...« Er sprach nicht weiter.

»Nachdem was?«, fragte Druwe. »Hat das mit deiner Verletzung zu tun?« Er hoffte, dass ihm der Mann von sich aus die volle Wahrheit erzählen würde.

Grell jedoch ignorierte die Frage. »Die Abwehr hatte wertvolle Informationen. Wir haben quasi jeden überwacht. Herkunft, Vermögen, Geschäftsbeziehungen, Verträge, Seilschaften, geheime Treffen und

Absprachen. Aber auch Angaben zum Privatleben. Bekanntschaften, Freunde, Liebhaber, sexuelle Vorlieben. Einfach alles.«

»Und jetzt? Habt ihr die ganzen Akten bei euch? Willst du die Sachen zu Geld machen?«, fragte Druwe.

»Canaris selbst sprach davon, dass die Informationen für den Feind wertvoll sein werden. Er wollte, dass ich einen Teil seiner Akten finde und verwende. Geld ist das eine, Jens. Sicherheit ist in diesen Zeiten aber noch viel mehr wert. Ich will für meine Leute nicht viel. Die Briten sollen garantieren, dass wir nicht in Kriegsgefangenschaft kommen. Dann noch Familienzusammenführung und ein kleines Startkapital für jeden. Dafür kriegen sie Akten, für die Stalin uns mit Gold aufwiegen lassen würde.«

»Sofern ihr die Befragungen durch das NKWD überlebt hättet«, entgegnete Druwe zynisch. Die Polizeiorgane des russischen Innenministeriums galten als ebenso rücksichtslos wie die Gestapo.

»Jens, ich habe ein paar Akten durchgesehen. Die meisten sind zwar auf Planfilm gesichert, dafür fehlen mir im Moment die Lesegeräte. Aber einige Dossiers sind im Original erhalten. Das ist brisante Ware. Beweise für die Befehle an die Einsatzgruppen. Befehle zum Massenmord, Jens. Protokolle über Konferenzen, auf denen über die Vernichtung unwerten Lebens referiert wurde. Irre und Behinderte. Und Juden. Beweise für die Lieferung von Giftgas durch die IG-Farben. Verträge über Errichtung und Unterhalt der Lager. Nutzung der Arbeitskraft von Häftlingen durch Krupp, Volkswagen, Degussa und andere Unternehmen. Da ist auch von geheimen Briefen Henry Fords an Göring die Rede. Da finden sich Abschriften von Verträgen, die IBM mit dem Sicherheitshauptamt geschlossen hat. Einige Verwandte des britischen Königs haben sich in Briefen begeistert über Hitler geäußert.«

»Ist das nicht eine Nummer zu groß für dich, Werner?«

»Meine Kollegen und ich wollen raus aus der Sache. Eben, weil sie zu groß ist für uns. Wir schwitzen jeden Tag Blut und Wasser, glaub mir. Aber wem sollen wir das Zeug geben? Dönitz? Dem Polizeidirektor? Oder sollen wir ein Einschreiben an Montgomery abschicken? Ein paar kleine Vorteile für mich und einige ehemalige Männer von Canaris, das ist alles. Und dafür können die Briten und Amerikaner mit den ganz großen Schweinen abrechnen. Ist das zu viel verlangt?«

Erst jetzt bemerkte Druwe, wie erschöpft sein ehemaliger Freund wirkte. Die Gesichtsfarbe war eher aschgrau, die Augen saßen tief in den Höhlen, dunkle Ränder rahmten die Unterlider. Grells Hände zitterten leicht, als würde er seine Leistungsfähigkeit mit Hilfe von Aufputschmitteln erhalten.

»Die zwei Toten in der Hauptpost. Wart ihr das?«, fragte er den alten Freund unvermittelt. Aufgrund seiner Erfahrung als Ermittler wusste Druwe instinktiv, dass dies der richtige Moment für eine sogenannte Geständnisfrage war. Gennat hatte ihm das beigebracht. In einem Moment der Erschöpfung, exakt zwischen wichtigen Sachverhalten und belanglosen Plaudereien konnte die richtige Frage für die Beschuldigten wie eine Entlastung wirken.

Tatsächlich seufzte Grell kurz und nickte dann.

»Ja, mein Kollege Lüder und ich«, antwortete er schließlich. »Wir hatten Kontakt mit dem dänischen Konsulat aufgenommen, weil wir dachten, die Dänen könnten unsere Mittelsmänner zu den Briten sein. Ich weiß nicht, was da passiert ist. Jedenfalls haben die beiden uns angegriffen.« Er zog ein Tuch herunter, das er sich um den Hals gebunden hatte. Druwe sah einen starken Bluterguss über dem Kehlkopf, Schwellungen der Haut und eine tiefe Schnittwunde, die beinahe um den gesamten Hals herum lief. »Es war Notwehr«, ergänzte Grell matt. »Das musst du mir glauben.«

Druwe nickte. »Die Kerle waren vom Sicherheitsdienst. Die Gestapo hatte damals immer noch das Konsulat abgehört. Die Dänen haben davon nichts gewusst. Ich denke, der SD hätte sich gern die Akten unter den Nagel gerissen. Entweder wollten sie selbst ein Geschäft damit machen oder Beweise verschwinden lassen.«

»Und? Wirst du mich jetzt festnehmen?«, fragte Grell. »Bist ja hier ein richtig hohes Tier geworden.«

Druwe schüttelte den Kopf. »Wahrscheinlich interne Streitigkeiten im Rahmen der Auflösungserscheinungen von SS, SD und Gestapo. Fall ungelöst. Ermittlungen mangels öffentlichen Interesses eingestellt. So wird es in meinem Bericht stehen. Den Briten ist die Sache ohnehin egal. Zwei Dreckskerle weniger. Ich werde langsam Realist, Werner.« Er nahm sich noch etwas Kaffee, blickte dann Grell an. »Wie bist du eigentlich auf mich gekommen?«

»Zufall, Jens. Wir wollten den verdammten Aktenkoffer schon in die Förde werfen, so verzweifelt waren wir. Ich bin einfach kopflos durch die Gegend gelaufen und habe nachgedacht. Dann habe ich mich auf dem Präsidium umgesehen, weil ich wissen wollte, wer da jetzt das Sagen hat. Da stand unter ›Kommissarische Leitung‹ dein Name. Dann habe ich mich bei den Wachhabenden ein bisschen umgehört, meinen Dienstausweis gezeigt und von deinem Büro hier in Mürwik erfahren. Der Rest ist dann souveränes Auftreten eines deutschen Offiziers in Uniform. Zieht immer noch gut in diesem Land.« Er sah Druwe an. Seine Augen flackerten vor Überanstrengung und Müdigkeit. »Wirst du uns helfen?«, fragte er schließlich matt.

»Mein erster Nachkriegsfall ist damit aufgeklärt. Zwar wird er es offiziell laut Akte nicht sein, aber mir reicht, was ich weiß.« Druwe brachte ein gequältes Lächeln zustande. Dann nickte er Grell zu. »Ich sehe, was ich tun kann, Werner.«

Druwe musste sich eingestehen, dass er in Hinblick auf das Versprechen, das er Grell gegeben hatte, nur wenig Optionen hatte. Weder traute er den noch bestehenden Strukturen des alten Reichs – etwa den Beamten der neuen Regierung –, noch kannte er verlässliche

Kollegen, wie es in Berlin der Fall gewesen wäre. Zudem befanden sich Stadtverwaltung und Polizeiwesen schon längst in Auflösung. Er erwog kurz, sich an den dänischen Kaufmann Jørgensen zu wenden, in dessen Kontorwohnung Eva und er für einige Tage untergekommen waren. Jedoch musste er sich eingestehen, dass er den Mann für so etwas gar nicht ausreichend kannte. Ebenso hatte er keine Kontakte zu politischen Kreisen, die sich vielleicht im Untergrund neu formierten. Zwar hatte er gestern erstmals seit über einem Jahrzehnt wieder ein Flugblatt der SPD an einem Laternenpfahl gesehen. Aber sollte er einfach in die nächste Kneipe gehen und nach einem Sozi fragen, dem er ein Geheimnis anvertrauen wollte? Selbst in seinem Glücksburger Revier war er immer ein Außenseiter geblieben. Er hatte jeden persönlichen Kontakt vermieden, teils aus Verbitterung, teils aus Scham.

In Ermangelung von Alternativen beschloss Druwe auf dem Weg zum Präsidium, Captain Vaughn reinen Wein einzuschenken. Immerhin hatte Griffith die beiden Männer – wenn auch unfreiwillig – zu einem Team gemacht. Er wollte sich anhören, was sein englischer Kollege dazu zu sagen hatte. Den Kontakt zu Griffith konnte er dann immer noch herstellen. Er war sich darüber im Klaren, dass der Major ihm den Fall wahrscheinlich wegnehmen würde. Die Sache war zu heiß für einen deutschen Kripomann. Insgeheim hoffte Druwe jedoch, dass er Vaughns Interesse wecken würde. In dieser Hinsicht hatte er den Eindruck, dass der Brite ähnlich tickte wie er selbst. War sein Jagdinstinkt erst geweckt, so würde der Mann nicht lockerlassen. Da war sich Druwe sicher. Tatsächlich hatte er Glück und traf den britischen Offizier trotz der späten Stunde noch in seinem Zimmer an.

Er vermied es im Gespräch mit Vaughn zwar, die Identität Grells preiszugeben. Jedoch berichtete er ihm alle Einzelheiten des Vorfalls in der Hauptpost, die er von seinem Freund erfahren hatte. Vor allem versuchte er, Vaughns Aufmerksamkeit auf die Akten zu lenken. Tatsächlich fiel die Maske gelangweilter Trägheit von dem britischen Offizier ab, als er die Namen hochrangiger NS-Politiker hörte.

»Wenn wir die Leute wegen des Tötungsdelikts in der Post verhaften, kommen wir vielleicht nie an diese Informationen heran«, sagte Druwe.

»Wen interessiert es, dass zwei Gestapo-Leute bei ihrer dreckigen Arbeit das bekommen haben, was sie verdienen?«, giftete Vaughn. »Wir brauchen diese Akten. Endlich ein großer Fang, den wir den Amerikanern voraus hätten.«

Er hat angebissen, dachte Druwe. Jetzt den Fisch vorsichtig an Land ziehen. »Wie wollen wir mit den Männern verfahren?«, fragte er unverfänglich. »Ich meine, können wir ihnen etwas anbieten, damit sie uns die Akten übergeben? Die Forderungen wirken nicht überzogen, wenn wir bedenken, was wir dafür bekommen.«

»Wir? Uns?« Vaughn funkelte seinen deutschen Kollegen an. Dann besann er sich und drehte sich mit einem Schnauben von ihm weg. Er sah aus dem Fenster seines Dienstzimmers in den Innenhof des Polizeipräsidiums.

»Wissen Sie, Druwe, warum ich euch Deutsche so hasse?«, fragte er plötzlich, ohne seinen Blick vom Fenster abzuwenden.

Druwe schwieg.

»Mein Vater ist vor fast dreißig Jahren vor den Bolschewiki nach England geflohen. Aber unsere Verwandten lebten immer noch östlich von Warschau«, fuhr Vaughn fort. »Bis ihr gekommen seid. Wir haben Briefe aus dem Ghetto erhalten. Die wurden illegal herausgeschmuggelt. Es sind sieben Briefe. Briefe, die von zerbrochener Hoffnung und Leiden sprechen. Vom langsamen Sterben. Aber das ist noch nicht einmal das Schlimmste …« Er trat vom Fenster weg und kam dicht an Druwe heran. »Es ist dieses Planen und Vorbereiten. Eure akribische Art, alles zu ordnen und zu erfassen. Ein Leben wird zu einem Vorgang, zu einer Nummer. Ihr tragt die Namen in Tabellen ein, dann kommt ein Haken hinter die Zahl. Auf diese Weise enthebt ihr euch der Pflicht, selbst zu denken. Durch Befehle und Erlasse macht ihr das Leben anonym. Ihr seht nicht Menschen, wenn ihr sie tötet. Ihr seht einen Akteneintrag. Die Moral dieses Volkes liegt unter Tonnen von Papier in euren Archiven begraben.«

Druwe schwieg weiterhin. Was konnte er auch sagen? Vaughn blickte ihm lange direkt in die Augen.

»Es ekelt mich an, dass genau diese Eigenschaften für einige von meinen eigenen Leuten jetzt von Interesse sind«, fuhr der Brite fort. »Die Amerikaner sind ganz wild auf eure Informationen. Sie haben es dabei vor allem auf Stalin abgesehen. Die alte Freundschaft wird offenbar brüchig angesichts der Befürchtung, die Rote Armee könnte erst am Ärmelkanal und der Biscaya halt machen. Und eure Erfindungen sind auch ganz begehrt. Motoren, Raketen, Chemikalien. Es heißt, dass guten deutschen Wissenschaftlern angeboten wird, gleich in die Staaten überzusiedeln.«

»Glauben Sie mir, Captain Vaughn, das kotzt mich ebenso an wie Sie«, versuchte Druwe, wieder ins Gespräch zu finden. »Aber die Leute, mit denen ich in Kontakt stehe, haben auch Informationen über die Schweine, die das Ganze geplant haben. Leute von ganz oben. SS, Sicherheitsdienst, Beamte aus dem Reichssicherheitshauptamt. Der Kreis um Hitler. Industrielle. Das sind handfeste Beweise, Vaughn. Diese Kerle können sich nicht herausreden. Ihnen kann der Prozess gemacht werden. Das muss doch ganz in Ihrem Sinn sein.«

Vaughn nickte. »Also gut, ich schlage vor, dass ich der Kontakt bin. Ich bekomme ein oder zwei Probeakten, die wir dann analysieren. Wenn das Ganze echt ist und tatsächlich so wertvoll, wie Sie sagen, Druwe, dann werde ich Griffith ein paar Zugeständnisse abringen.«

»Wir sind der Kontakt, Captain.« Druwe war nicht bereit, sich ausbooten zu lassen.

Vaughn blickte ihn eindringlich an. Dann nickte er. »Okay. Sie geben diesem Verbindungsmann Bescheid, und wir …« Er betonte das Wort. »… treffen uns mit ihm an einem unverfänglichen Ort. Irgendein Vorschlag dazu? Sie kennen sich hier besser aus.«

»Am Ostufer gibt es ein Außenlager der Marineschule, dicht am Hafen. Da drin lagern sie den ganzen Kram, der aktuell etwas aus der Mode gekommen ist. Unmengen Briefpapier, unliebsame Bücher, Firlefanz aus den Amtsstuben, Fahnen, Wandbilder vom Führer und auch die beliebten Gipsköpfe. Kein Schwein interessiert sich für das Zeug. Da wären wir spät abends ungestört.«

»In Ordnung. Dann soll euer Adolf zusehen, wie seine Ratten ihre kleinen Geheimnisse für ein Stück Brot verkaufen.« Vaughn zuckte mit den Schultern. »Treffen Sie die nötigen Vorbereitungen, Druwe, und informieren Sie mich dann.«

6

Wir haben so manches Lager gebaut
Und oft dem Tod ins Auge geschaut.
Stein in Sachsenhausen, Sand in Ravensbrück
Das Schicksal war hart, doch wir zwangen das Glück.
Wir haben die endlose Straße erlebt
Vor Hitze halb irr, vor Kälte gebebt.
(Lied aus einem unbekannten Lager; Text: unbekannt)

12. Mai 1945

Tausend Geschichten. Nie erzählt. Das Lebensbuch dieser Menschen bleibt leer für die Jahre und Jahrzehnte, die kommen. Druwe steht vor endlosen Reihen. Er nimmt die Bücher und schlägt sie auf. In einigen fehlen nur die letzten Seiten, in anderen sind nur wenige Blätter beschrieben. Kleine Leben, große Leben. Die Wege verschüttet, die Fäden durchtrennt. Er hört Kinderlachen, sieht die Steckenpferde, die Kreidestriche am Boden. Dort hüpft die Unschuld von Kasten zu Kasten, von Zahl zu Zahl. Doch dann greift ein schwarzer Schatten in das Lachen. Schreie ertönen. Feuer verschlingt die Seiten, frisst sich durch Leben, bis nur noch Knochen bleiben. Das Kind im Körbchen treibt auf dem Fluss, einem ungewissen Schicksal entgegen. Ist es die Königstochter, die es findet? Oder reißen es dunkle Schergen empor und werfen es in den gierigen Schlund? In das Lachen mischt sich Rufen. Der Tanz ist ein Laufen. Das arme Mädchen verliert den Schuh. Das Einzige von ihr, das bleibt. Nach dem Brennen. Druwe blickt in die Glut, sieht die krummen Glieder, geplatzte Münder offen in stummem Schrei. Dort stehen sie, die zweihundert. In Reih und Glied. Die

Schüsse fallen, die Grube frisst, der Kalk als letzter Schnee, auf den gebrochene Augen schauen.

Wir sind die Totmacher, die Auslöscher. Wir verbrennen Bücher, verbrennen Leben. Erkennen nicht, dass im Tod die Zukunft stirbt. Der Schlächter ist erbarmungslos. Mit Messer und Beil trennt er sein Herz heraus. Wirft es ins Feuer. Druwe steht, das Loch in der Brust. Dort schlägt sein letztes Leben in der Glut. Die Unschuld vergeht zu Asche, die Schuld brennt ewiglich. Tausend Geschichten, tausend Jahre Fegefeuer. Die leeren Gesichter, dazu verdammt, zu leben. In einer toten Welt.

Druwe erwachte schweißgebadet. Seine Träume hatten sich verändert. Im Halbschlaf waren es nun eher Mahnung und Dialog als Alpträume. Neben Klage – und Anklage – der nächtlichen Bilder waren Fragen getreten. Fragen, auf die er keine Antworten hatte. Unruhig sah er sich in seiner kleinen Kammer um. Es dämmerte. Sein Blick suchte die Flasche. Vergebens. Allzu oft hatte er in den letzten Monaten gierig nach dem Kornbrand gegriffen. Drei oder vier Schlucke, das Brennen in der Kehle, die Hitze im Magen versprachen ihm Erleichterung. Zitternd richtete er sich auf dem Feldbett auf. Kein Schnaps. Er hatte sich selbst einen Neuanfang versprochen, als er aus Glücksburg aufgebrochen war. Dann wenigstens eine Zigarette. Er stand auf und griff unsicher nach seiner Jackentasche. Kurz darauf stand er am kleinen Fenster und sog gierig den Rauch in seine Lungen. Im Hof war ein frühes, zaghaftes Rumoren zu hören. Die zweite Wache hatte offenbar dafür zu sorgen, dass eine erste Geschäftigkeit auf dem Marinegelände einsetzte.

Druwe dachte nach. Er hatte Grell gestern Abend noch informiert, und der ehemalige Abwehr-Offizier war einverstanden gewesen, sich mit ihm und Vaughn zu treffen. Sie hatten vereinbart, sich heute Nacht zu sehen, damit sich der Brite von der Seriosität des Handels überzeugen konnte. Bis dahin war allerdings noch jede Menge Zeit. An Schlaf war nicht mehr zu denken. In den Sanitärräumen der Schulgebäude war Druwe noch allein. Das eiskalte Wasser auf der Haut tat gut. Fast schien es, als suchte es nach einem Verbündeten, nach der Kälte in seinem Inneren. Vieles in ihm war eingefroren in den letzten Jahren. Er dachte an seinen Sohn. Wie alt war Heiner jetzt? Bald sechzehn. Vor etwa einem Jahr hatte Druwe ihn das letzte Mal gesehen. Er wusste, dass seine geschiedene Frau ihn verachtete. Aber der Hass, mit dem sein Sohn ihn abgewiesen hatte, war beinahe mehr gewesen, als er ertragen konnte.

»Du bist ein Versager! Ein schwacher Krüppel!«, hatte Heiner ihn angeschrien. »In der Schule muss ich mich für dich schämen. Andere Väter haben Auszeichnungen bekommen oder sind für Führer und Vaterland gefallen. Und du? Befehlsverweigerung! Kriegsgericht! Degradierung! Du bist ein asoziales Element. Ein Geschwür, das den gesunden Volkskörper schwächt. Ich wünschte, sie hätten dich an die Wand gestellt. Ich habe keinen Vater!«

Druwe war wie gelähmt gewesen. Jeden anderen Mann, der nur im Ansatz so mit ihm umgesprungen wäre, hätte er krankenhausreif geschlagen. Seine Wut war jedoch gleichzeitig Verzweiflung, seine Traurigkeit war Scham. So hatte er sich bereits sein ganzes Leben lang gefühlt. Er war ein Puzzleteil, das man zu einem falschen Bild gelegt hatte. Er passte nicht in die Zeit, in die er geboren war. Alles ging so schnell. Kaiserreich, Krieg, Unruhen, Republik, dann Hitler. Und dann wieder Krieg. Immer wenn er glaubte, er hätte sich gerade angepasst, war das Bild seiner Zeit bereits dabei zu verblassen. Sein Leben verpuffte in einer Abfolge von Notwendigkeiten, und er war Spielball von Interessen, die er nicht durchschaute.

Inge, seine ehemalige Frau, hatte damals nur ein hämisches Lächeln für ihn gehabt. Seine Tochter Lena hatte geweint. Sie war knapp zwei Jahre älter als ihr Bruder. Er hatte sie in den Arm genommen, nichts gesagt und war gegangen. An die zwei folgenden Tage konnte er sich bis heute nicht erinnern, so sehr hatte er sich betrunken und mit Luminal zugedröhnt.

Nachdem Druwe in sein Dienstzimmer zurückgekehrt war, kleidete er sich an. Dann nahm er die kleine Pappschachtel vom Wandbord, in der er seine wenigen persönlichen Habseligkeiten verwahrte. Er suchte den Brief seiner Tochter, der ihn vor knapp drei Monaten aus der Hauptstadt erreicht hatte.

Vati, die Lage wird hier immer schlimmer. Ständig Fliegeralarm, neulich hat es die Schule erwischt. Heiner hat uns geschrieben. Er steht mit seiner Flak-Einheit am Stadtrand. Offenbar wird demnächst eine große Offensive der Russen über die Oder erwartet. Du kennst ihn ja, er ist Feuer und Flamme und will die Roten bis Moskau jagen. Tante Hilde hat Mama angeboten, mich mit nach Hamburg zu nehmen. Ich würde gern mitgehen, denn ich schlafe schlecht. Und die Nachrichten von den Russen machen mir Angst. Mama ist sich noch nicht sicher. Da ich noch nicht achtzehn bin, muss sie eine solche Reise eigentlich nicht anmelden. Trotzdem sagt sie, dass es feige wäre, einfach zu verschwinden. Tante Hilde und sie haben sich laut angeschrien. Ich würde dich gern wiedersehen, Vati. Ich weiß, dass du und Mama nicht miteinander auskommt. Aber wenn ich volljährig bin, dann kann ich selbst entscheiden. Ich möchte, dass du mir die Geschichten erzählst, von denen ich hier immer nur Bruchstücke höre. Ich muss wissen, was passiert ist. Und ich hoffe, dass Heiner sich auch wieder beruhigt. Seine Töne in der Feldpost sind leiser geworden. Ich glaube sogar, auf einem Brief getrocknete Tränen gesehen zu haben. Es ist alles so verwirrend. Was wird kommen, Vati? Ich würde so gern mit dir darüber sprechen. Wenn ich mit Tante Hilde nach Hamburg gehe, dann können wir uns vielleicht dort sehen. Ich würde mich riesig freuen. Ich muss jetzt los, wir haben heute wieder Lumpendienst und müssen die Leute um Stoffreste für den Endsieg anbetteln. Bitte schreib mir, Vati.

Deine Magdalena.

Drei Monate. Dazwischen passten hunderttausend Leben. Und sein eigenes hatte er gerade erst wiedergefunden. Mit Eva. Wieder quälten ihn Fragen, auf die er keine Antworten wusste. War Lena nach Hamburg gekommen? Er hoffte es. Hatte Heiner die Sache überlebt? War er in Kriegsgefangenschaft geraten? Nach einer Tasse Kaffee wollte Druwe seine Aktenarbeit fortsetzen, aber er konnte sich nicht konzentrieren. Das gestrige Treffen mit Griffith und diesem Richter vom Landgericht ging ihm durch den Kopf. Druwe hatte sich später bei Streckwein über Löhr erkundigt. Der Staatssekretär hatte nur die Augen verdreht.

»Was glauben Sie denn, Druwe?«, hatte Streckwein polemisch gefragt. »Dass ein amtierender deutscher Richter, der in den letzten zehn Jahren seine Karriere gemacht hat, vollkommen unbefleckt Justitias Werte vertritt? Löhr war aktiv tätig im Rechtswahrerbund, er hat einen wohlwollenden Aufsatz zur Aktualität der Rassegesetze verfasst, quasi als Ergänzung zu Stuckarts Kommentaren. Und er ist Marinerichter. In der Funktion hat er übrigens gerade erst die Vollstreckung eines Todesurteils betrieben, wohlgemerkt nach Verkündung der Waffenruhe.«

Druwe war sicher, unter solchen Umständen keine Arbeit abliefern zu können, die er mit seinem Gewissen vereinbaren konnte. Die Sache mit Grell wollte er noch durchziehen, dann war Schluss in Mürwik. Vielleicht würde Griffith ihn als Polizisten behalten, schließlich hatten die Briten jetzt das Sagen. Aber für einen Innenminister zu arbeiten, der möglichst viele alte Kumpane wieder in den Dienst heben wollte, kam für Druwe nicht in Frage.

»Sie machen sich zu viele Gedanken, Herr Druwe«, hatte Streckwein ergänzt. »Die Zeit läuft für uns. Im Kabinett ist man sicher, dass Truman und Stalin schon längst keine dicken Freunde mehr sind. Und die Briten tanzen nach der Pfeife der Amis. In ein paar Monaten kräht kein Hahn mehr danach, wer diesen Krieg angefangen hat. Und ob ein paar unschuldige Zivilisten einigen übereifrigen Idealisten zum Opfer gefallen sind. Die Amerikaner brauchen uns, um gegen den Kommunismus zu bestehen. Und dafür müssen wir ihnen eine solide Basis im neuen Deutschland schaffen. Mit bewährten Beamten, die ihre Arbeit beherrschen.«

Nach diesem Gespräch beschloss Druwe, nach Kattrup zu fahren. Er musste sich ablenken. Grell wollte die Angelegenheit möglichst schnell hinter sich bringen, und Captain Vaughn war zwar ebenfalls bereit, den ersten Kontakt zügig herzustellen. Allerdings war er bis zum späten Nachmittag bei einer Stabsbesprechung seiner Brigade. Aus diesem Grund hatte sich Druwe mit ihm erst zu einer Besprechung um sechs Uhr abends verabreden können. Sie wollten ihr Vorgehen bei dem Treffen mit Grell abstimmen. Also blieb ihm genügend Zeit, um Eva zu besuchen.

Als er die Stadt verließ, wunderte er sich erneut über die ländliche Ruhe, die über der Szenerie lag. Dass noch vor einer Woche ein Weltkrieg getobt hatte, war dem Landkreis nicht anzumerken. Die Feldarbeiten waren in vollem Gange, an einigen Straßen nahmen junge Burschen Ausbesserungen vor, Scheunendächer wurden nach den Winterstürmen repariert. Auch das Vieh graste friedlich auf den Weiden. Druwe musste an ein altes Jugendbuch denken, das ihm sein Großvater geschenkt hatte. Darin waren Bilder von Wallensteins Heer und den Schlachten des Dreißigjährigen Krieges zu sehen gewesen. Reiter und Landsknechte hatten vor den Städten ihr Lager aufgeschlagen. Zelte und Banner, so weit das Auge reichte. Hier vor den Toren Flensburgs war allerdings von der britischen Armee nicht viel zu sehen. Kein Heerlager, keine zur Schlacht bereiten Truppen, lediglich Straßenposten an Kreuzungen und vereinzelt Wachkommandos an Brücken und wichtigen Gebäuden. In den größeren Gemeinden wehte bereits die britische Flagge über dem Rathaus.

Im kleinen Kattrup hatte sich Ortsleiter Rücker in seiner politischen

Verwirrung entschieden, gleich zwei Flaggen zu hissen. Unter dem Schwarz-Weiß-Rot der rechten Bewegung und des Kaiserreichs wehte auch wieder das Schwarz-Rot-Gold der Republik. Man konnte ja nie wissen. Druwe hielt vor der Gendarmerie des kleinen Ortes. Eigentlich handelte es sich dabei nur um ein umgebautes Privathaus, dessen Erdgeschoss nun den Anforderungen einer ländlichen Polizeidienststelle genügte. Ein bekanntes Gesicht blickte in Richtung seines Wagens, als er anhielt.

»Inspektor! Was treibt Sie denn hierher?«, fragte der Wachtmeister und kam strahlend auf Druwe zu.

»Moin, Karl. Ich wollte auf dem Hof der Lesslings nach dem Rechten schauen und dachte, ich lasse mich hier auch mal blicken.«

»So, so. Der Hof. Ich verstehe. Und das Fräulein Steinfeld ist ja zufällig auch wieder da.« Karl Paulsen lächelte wissend. »Kommen Sie rein, Herr Inspektor. Soll ich einen Köm holen?«

»Nee, lass mal, Karl. Vor zwölf trinke ich nicht mehr«, antwortete Druwe. Er trat aber in die Wachstube, die immer noch eher an einen gemütlichen Wohnbereich erinnerte.

Er und Paulsen sprachen in den folgenden Minuten über den Mordfall, der sich vor zwei Wochen am Dorfrand von Kattrup ereignet hatte. Der Dorfpolizist hatte ihn damals telefonisch alarmiert. Beide Männer kannten sich zudem aus dem Heimatlazarett Damp. Druwe hatte sich dort von seiner Armverletzung erholt, Paulsen war von einer Granate das halbe Gesäß weggerissen worden. Jens Druwe schien es, als wäre die Mordsache bereits eine halbe Ewigkeit her. Und die Kur an der Ostsee hatte nach seinem Empfinden in einem anderen Leben stattgefunden.

Wenig später kaute er an einer Stulle, die ihm Paulsens Frau gebracht hatte. Sie erinnerte sich, dass er Honig mochte. Echten Honig, keinen Ersatz aus Invertzucker. Der Gerstenkaffee jedoch war fürchterlich.

»Jens«, begann Paulsen nach einer Weile zögernd, »wie geht das jetzt weiter? Bin ich noch im Dienst? Und wie kriege ich mein Geld? Wir haben es nicht so dicke …«

»Mach dir keine Sorgen, Paul«, antwortete Druwe. Er bemühte sich, zuversichtlicher zu klingen, als er es selbst war. »Wenn ich wieder in Mürwik bin, werde ich ein Schreiben aufsetzen. Darin bestätige ich dir deine Zuverlässigkeit. Und du erhältst die Weisung, hier den Polizeidienst weiter aufrechtzuerhalten. Deine Frau soll dir eine weiße Armbinde machen. Darauf stickt sie die Worte *Deutsche Hilfspolizei.* Und halte immer deine Entlassungspapiere aus der Wehrmacht bereit, sonst internieren sie dich noch.« Druwe hielt inne. »Warst du in der Partei?«

Paulsen schüttelte den Kopf. »Rücker wollte das, aber ich hab es immer verbummelt.«

»Gut, Karl. Die Briten werden das nämlich fragen. Und die Parteilisten einsehen, wenn sie sie in die Finger bekommen. Da hast du also nichts zu befürchten.«

»Die Tommys bestimmen jetzt alles?«, fragte Paulsen zaghaft. »Was ist mit unserer Regierung?«

»Machen wir uns nichts vor, Karl. Die Alliierten haben uns besetzt. Das ist anders als nach dem Ersten Krieg. Es gibt keinen Bereich mehr, in dem wir wirklich noch das Sagen haben.«

Karl Paulsen sah Druwe ungläubig an. Dass Deutschland erobert und besiegt war, hatte er – wie viele andere auch – noch nicht verinnerlicht.

Eine halbe Stunde später fuhr Druwe zum Hof von Paul Lessling. Bereits von Weitem sah er die Bäuerin, Eva und eine weitere Frau, die offenbar ein Scheunentor reparierten.

Die deutsche Frau, das Rückgrat des Reichs, die Heldin von Heim und Herd, dachte Druwe. Die typischen Phrasen der Goebbels-Propaganda. Da wird sich mancher Mann wundern, wenn er zerschunden von der Front zurückkehrt und glaubt, er wäre unentbehrlich.

Als Eva Steinfeld ihn bemerkte, lief sie freudestrahlend auf Druwes Wagen zu. Stürmisch umarmte sie ihn, als er ausgestiegen war.

»Lupo ist zurück!«, rief sie.

»Dein Bruder?«, fragte Druwe ungläubig. »Jetzt schon? Er wollte doch einige Zeit in Dänemark bleiben.«

»Die Gastfreundschaft unserer Nachbarn hielt sich in Grenzen. Verständlicherweise.« Ludwig Steinfeld trat aus dem Hauptgebäude auf die Stufen der Treppe. Er wirkte immer noch gebrechlich und musste sich am gusseisernen Geländer abstützen, aber er lächelte Druwe an.

Beide Männer standen einen Moment nur schweigend da und blickten einander in die Augen. Unbeholfen reichte Druwe seinem Gegenüber schließlich die linke Hand. Ludwig Steinfeld hatte zwölf Jahre im Zuchthaus und Konzentrationslager Hamburg-Fuhlsbüttel eingesessen. Nur durch die Schutzhaft-Verordnung der Nazis begründet, ohne Gerichtsverfahren. Im April war ihm bei der Verlegung der Häftlinge dann die Flucht gelungen, und er hatte sich in den Norden Schleswig-Holsteins durchgeschlagen. Die Spuren der Haftzeit waren an seinem ganzen Körper sichtbar. Narben an der Kopfhaut zeugten von brutalen Schlägen. Das Nasenbein war mehrmals gebrochen und schlecht verheilt. Die meisten Zähne fehlten. Die Haut an den Händen wirkte wie verbrannt, die Nägel waren gelb und rissig. Druwe wusste, dass Steinfeld zeitweise Munition mit Schwefelsäure hatte beizen müssen, und auch in starken Laugen ließ man die Häftlinge ohne Schutz arbeiten.

»Immer noch im Dienst, Herr Druwe?«, fragte Steinfeld, um das Schweigen zu brechen.

»Im Prinzip ja. *German Military Police* nennen wir uns jetzt. Oder einfach nur *Hilfspolizei*. Auf Weisung der Briten. Hier bin ich allerdings aus privaten Gründen.« Druwe lächelte Eva sanft an.

»Lasse, der Mann von Elsbeth, hat Lupo gestern hierher bringen lassen, Jens«, sagte Eva. »Stell dir das vor, Jens. Lasse hat sich beim dänischen Konsul für ihn verbürgt, und die Briten haben ihn aus einem Lager bei Sønderborg abgeholt.«

»Fast hätten sie mit ihrer Fahrweise das fertig gebracht, was den Nazis im Lager Kolafu nicht gelungen ist«, witzelte Ludwig Steinfeld müde. »Ein Colonel hat mich dann im vorläufigen britischen Hauptquartier vernommen. Andrews hieß er, glaube ich. Er deutete an, dass die Amis und Briten die Verwaltung gern mit Leuten besetzen würden, die vor den Nazis ins Ausland geflohen sind oder die Haft und Verfolgung überlebt haben. Er hat sich meine Geschichte angehört und mich angewiesen, hier bei meiner Schwester erreichbar zu bleiben. Falls sie mich brauchen.«

»Na, das wird einigen Herren gar nicht schmecken«, entgegnete Druwe. Er berichtete kurz von den Aktivitäten und Zielen der neuen Regierung in Mürwik.

»Es war abzusehen, dass viele Nazis nur versuchen werden, einen helleren Anzug anzuziehen. Ich hoffe, dass die Alliierten nicht darauf hereinfallen«, sagte Steinfeld.

»Hört auf mit der unsäglichen Politik!«, ging Eva dazwischen. »Dafür ist auch später Zeit. Wie wäre es, wenn wir ein wenig feiern? Der Krieg ist aus! Hitler ist tot. Und wir leben und sind zusammen. Gibt es bessere Gründe?«

Tatsächlich gelang es Eva und Magda, in kurzer Zeit einen großen Tisch unter den Lindenbäumen zu decken. Brot, Butter, Grütze und Milch gab es im Überfluss. Dazu kamen ein paar eingemachte Leckereien aus der Speisekammer. Paul Lessling steuerte etwas Speck und Schinken bei. Ludwig Steinfeld wurde angewiesen, vier Flaschen Bier aus dem kühlen Kriechkeller zu holen. Dann nahmen alle Platz. Druwe musste sich von Luc und Alfonse den feinen – aber bedeutsamen – Unterschied zwischen Franzosen und Belgiern erklären lassen. Der Ukrainer Sergej versprach, noch mindestens einen Monat auf dem Hof zu bleiben. Nur der Pole Arkadiusz saß schweigsam da. Sergej war zum Arbeitsdienst verpflichtet worden, genoss aber einen gewissen Sonderstatus, da viele Ukrainer eher deutschfreundlich gesinnt waren. Arkadiusz hingegen war Kriegsgefangener und seit fast sechs Jahren Zwangsarbeiter im Dienste der NS-Maschinerie.

»Er weiß nicht, was er machen soll«, flüsterte Eva. »Natürlich will er weg hier. Aber er hat vor zwei Monaten einen Brief bekommen. Die Russen haben seine Eltern verhaftet und offenbar seinen Bruder verschleppt.«

Druwe nickte. Nicht nur die Reichsgebiete im Osten bekamen zu spüren, was es hieß, unterlegen zu sein. Die ehemals besetzten Länder litten nun oft zum zweiten Mal. Es war, als kämen nach der braunen Pest nun die roten Teufel. Politkommissare verhängten Todesurteile gegen Weißrussen, Polen, Ukrainer, Tschechen oder Ungarn nach Gutdünken. Durch Denunziation und falsche Anschuldigungen wurden nun alte Rechnungen beglichen, die in Dörfern, Gemeinden und Städten noch offen waren.

Zögernd traten schließlich auch die beiden russischen Familien an die große Tafel. Die Leute waren entweder bescheiden, oder sie waren immer noch derart eingeschüchtert durch die alten Machtverhältnisse, dass sie kaum wagten zu atmen. Die Burschen hatten ihre Mützen abgenommen, die sie mit den Händen verlegen kneteten. Magdas Herzlichkeit und Pauls Angebot, einen Korn zum Aufwärmen auszuschenken, lösten jedoch rasch den Knoten. Bald wurde in gebrochenem Deutsch und in der Heimatsprache ausgelassen geschwatzt, und die Kinder tobten um die Bäume herum. Einem bescheidenen Mahl und einem Schnaps gelangen, was den hohen Herren an den Verhandlungstischen so oft misslang. Hier, an diesem

Nachmittag in Kattrup herrschte für einen Moment lang Frieden. Ein gefüllter Bauch schuf Verständigung zwischen Völkern, die eben noch blutig um rassische Reinheit und ihr Lebensrecht gerungen hatten.

Plötzlich jedoch verstummten die Gespräche. Alle blickten zur Hofzufahrt. Johann, der Knecht der Familie Lessling, führte einen alten Holsteiner am Zügel. Der Kaltblüter zog einen Karren, auf dem fünf Menschen saßen. Druwe erkannte sie sofort wieder. Es war die Familie Isensteijn, die er vor zwei Wochen auf dem Dachboden einer Scheune entdeckt hatte. Diese Menschen waren Juden, die sich jahrelang auf dem Lessling-Hof versteckt hatten. Wieder beschlich Druwe dieses unklare Gefühl, das er auch damals bemerkt hatte. Juden. Was hatte in diesem Land bewirkt, dass dieser Begriff derartigen Hass, solche Abscheu und einen unbändigen Willen zur Erniedrigung, ja sogar Mordlust auslöste? Offenbar wären die Deutschen eher bereit gewesen, sich Pest oder Syphilis an den eigenen Hals zu wünschen, als auch nur einen jüdischen Großelternteil in der Familie zu wissen. Druwe hatte es nie verstanden, doch er musste sich eingestehen, dass er sich auch nie wirklich mit der sogenannten Rassenfrage beschäftigt hatte. Dabei musste jeder im Reich die Veränderungen im Umgang mit den jüdischen Bürgern bemerkt haben. Natürlich waren auch Druwe die frühen Diskriminierungen im Berlin vor den Olympischen Spielen nicht verborgen geblieben. Die Nürnberger Gesetze. Später dann die offene Verfolgung und die »Reichskristallnacht« mit den Zerstörungen und Enteignungen. Plötzlich dann war Berlin »judenfrei« gewesen. Wo waren sie geblieben? Hatten die Deutschen sich diese Frage überhaupt jemals gestellt? Druwe ahnte die Antwort darauf nicht nur, denn im Rahmen seiner Fronteinsätze im Osten als Polizist hatte er viel Schreckliches gesehen. Er kannte die Wahrheit. Wie so viele. Und er hatte geschwiegen. Wie die meisten.

»Paul hat sie nach der Sache mit seinem Bruder zur Moorkate geschickt, damit die SS sie hier nicht findet«, erklärte Magda Lessling und riss Druwe aus seinen Gedanken. »Ich dachte, dass es wichtig ist, sie wieder hier zu haben. Deshalb habe ich Johann nach ihnen geschickt.«

Die Familie stieg langsam vom Wagen. Isensteijns. Zwei Kinder und ihre Mutter Sarah. Dazu noch die alten Eltern, Rachel und Lewi. Die körperliche Verfassung dieser Menschen war nicht gut. Dabei war es nicht unbedingt Unterernährung, die sie krank aussehen ließ. Vielmehr hatten sie sich jahrelang ohne ausreichende Bewegung an der frischen Luft verstecken müssen. Ihre Haut wirkte teigig-weiß, die Muskeln waren schlaff, ebenso die Haltung. Lewi schnaufte von der kleinen Anstrengung des Kletterns. Die beiden Kinder drängten sich ängstlich an ihre Mutter, blickten aus großen dunklen Augen ins Rund. Ein Gefühl der Beklemmung legte sich über die kleine Feier. Es war, als rücke etwas ins Bewusstsein, das hätte vergessen bleiben können. Die wenigen Juden, die überlebt hatten, sahen sich plötzlich einer neuerlichen Belastung ausgesetzt. *Warum kehrt ihr zurück und erinnert uns an das Geschehene?*, würde vielleicht die vorwurfsvolle Haltung in den nächsten Jahren sein. *Schließlich haben wir alle Opfer gebracht und liebe Menschen in diesem Krieg verloren. Wir wollen vergessen, verschwindet aus unseren Gedanken! Wir blicken nach vorn.*

Es waren die Kinder, die schließlich das Eis brachen. Die Russenjungen liefen auf die Neuankömmlinge zu. Kurz darauf setzte ein Toben und Schreien ein, als acht Kinder über den Hof tollten. Pavels Vater nahm seine uralte, abgenutzte Fiedel hervor und stimmte das Lied *Dorogoi Dlinnoju* an. Die anderen Russen und sogar Arkadiusz sangen ab der zweiten Strophe mit. Ergriffen lauschten die anderen Gäste den Klängen. Druwes Russisch war nicht gut, aber es reichte, um die Bedeutung einiger Zeilen zu erfassen. *Dorogoi Dlinnoju – Die lange Straße entlang.*

Wenn ich dir jetzt nur folgen könnte,
Zerstreuen würde es den Kummer meiner Seele.
Vergebens brannten wir Nacht für Nacht.
Wenn wir das Vergangene hinter uns lassen,
So geben uns auch diese Nächte frei!

Druwe bemerkte, dass ihm Tränen in die Augen traten, und er erhob sich. Etwas abseits der Gruppe, die sich nun wieder angeregt unterhielt, stand er und trank seine Milch. Plötzlich hörte er hinter sich Schritte im Sand und Kies, er erwartete, dass Eva ihm gefolgt war. Als er sich umdrehte, erkannte er jedoch Sarah Isensteijn.

Sie blickte ihm in die Augen. »Ich weiß, dass ich mich eigentlich bei Ihnen bedanken müsste«, begann sie. »Vielleicht erwarten Sie das sogar. Weil Sie sich dann besser fühlen. Aber ich kann es nicht. Und wissen Sie, weshalb?«

Druwe schwieg. Er hatte die Familie während seiner Mordermittlungen in Kattrup auf dem Hof entdeckt. Er wusste, dass die Fanatiker es in den letzten Wochen ganz besonders übel getrieben hatten. Vermeintliche Deserteure wurden aufgehängt, manchmal waren sie erst sechzehn. Selbst harmlose Äußerungen oder Zweifel am Endsieg konnten den Tod bedeuten. Und wenn die Feldpolizei noch Zigeuner oder Juden fand, wurden diese Menschen sofort erschossen. Und was hatte er getan? Er, der Ordnungspolizist, der im Dienst dieses Systems stand? Als er Isensteijns fand, hatte er einfach weggesehen. Er hatte nicht geholfen, er war nicht aktiv geworden. Nein, er hatte nur weggesehen. Konnte er sich jetzt besser fühlen, weil er nichts getan hatte? Weil er sie nicht verraten, nicht verhaftet hatte?

»Ich werde mich nicht für ein Recht bedanken, das mir zusteht«, fuhr Sarah Isensteijn fort. »Dass uns zusteht. Meinen Eltern, meinen Kindern, mir. Wir haben nie etwas getan, was es rechtfertigen würde, dass man uns so behandelt. Wir haben ein Recht darauf zu leben. Das Recht darauf, ein friedliches Leben zu leben. Mit allen Ängsten, Sorgen und Nöten vielleicht. Aber ohne, dass man uns auslöschen will. Ohne die ständige Furcht, dass man uns findet, verfolgt, quält und erniedrigt. Meine Kinder haben eine Zukunft verdient.«

»Wissen Sie schon, was Sie jetzt tun werden, Frau Isensteijn?«, fragte Druwe etwas unbeholfen.

»Paul erzählte uns von einer politischen Bewegung in England, die Siedler für Palästina sucht«, antwortete die Frau. »Dabei sagte mein Mann Max immer, dass wir Deutsche sind. Und dass die Deutschen doch nicht ihre eigenen Bürger verfolgen würden. Später hat man uns dann alle Rechte genommen. Aber selbst mit dem gelben Stern auf der Brust und nach den Synagogenbränden glaubte er noch, dass alles wieder gut werden könne. Die Behörden haben ihn gezwungen, den Namen *Israel* anzunehmen. Und er …« Sarahs Stimme brach. »Nein, Herr Druwe, ich kann nicht in einem Land bleiben, das meinen Kindern ihren Vater genommen hat. Es gibt gute Menschen hier. Paul, Magda, Eva. Ich habe viele kennengelernt. Vielleicht gehören Sie auch dazu, Herr Druwe. Ich weiß es nicht. Vielleicht können solche Menschen dieses Land in eine lebenswerte Zukunft führen, aber es wird nicht mehr mein Land sein. Niemand kann von mir erwarten, dass ich die Kraft aufbringe, Menschen in die Augen zu sehen, die meinen Max …« Sie weinte.

*

Gegen halb sechs kehrte Druwe nach Flensburg zurück. Vor dem Polizeipräsidium an der Straße Norderhofenden standen nun viele britische Militärfahrzeuge. Über dem Gebäude wehte der Union Jack, die Flagge des Empire. Das Kräftemessen der Nationen war entschieden. Beide Seiten hatten dabei eine Menge verloren, die Briten vielleicht etwas weniger, deshalb waren sie jetzt die offiziellen Sieger. Druwe betrat das Gebäude, das in der großkotzigen Art des Wilhelminischen Gründerzeit-Stils errichtet worden war. Für die Deutschen galt es fortan, hier kleinere Brötchen zu backen. Alle Leitungsfunktionen hatten die Engländer sofort mit eigenem Personal besetzt. Oder den deutschen Beamten waren weisungsbefugte Militärpolizisten zur Seite gestellt worden.

Druwe begab sich in den zweiten Stock. Das von ihm angebrachte provisorische Schild mit seinem Namen an der Tür des ehemaligen Polizeidirektors Hinsch war entfernt worden. Dort hatte jetzt alleinig Major Griffith das Sagen. Ein paar Türen weiter befand sich der Raum von Captain Fred Vaughn, mit dem er verabredet war.

»Come in, Druwe«, maulte ihn Vaughn in dem vertrauten Tonfall an. Er deutete auf den Stuhl vor seinem Schreibtisch. »Ich habe Ihre Nachricht erhalten. Sie kennen also den Kerl, der diese Akten verkaufen will?«

»Er will sie nicht verkaufen«, entgegnete Druwe trocken. Es war schwer für ihn, in Vaughns Nähe die Beherrschung zu bewahren. »Es ist ein einfacher Tauschhandel. Und ja, ich kenne ihn von früher. Wir haben gemeinsam bei der Berliner Polizei …«

»Interessiert mich nicht«, unterbrach ihn der britische Offizier. »Hauptsache, er macht keinen Mist. Die Angelegenheit in der Post zeigt, dass mit dem Kerl nicht zu spaßen ist. Wenn er irgendeine Dummheit vorhat, nehme ich ihn hoch. Ist das klar, Druwe?«

»Die Informationen sind brisante Ware, Captain. Details über hochrangige Nazis. Nicht nur von Politikern und Militärs, auch von Unternehmern, Künstlern und Privatleuten. Mein Kontakt hat mir einige Einzelheiten verraten, die fast eine Nummer zu groß für uns beide sind.«

»Muss sich zeigen«, brummte Vaughn. »Was wird er liefern?«

»Er wird ein vollständiges Dossier als Probe mitbringen. Ihre Männer können das dann prüfen. Von drei weiteren Akten bringt er Abschriften und Auszüge mit. Und wir bekommen eine Liste mit den Namen aller Leute, über die er Informationen hat. Er sprach von über einhundert.«

Vaughn pfiff anerkennend. »Trauen Sie ihm, Druwe?«

»Hören Sie, Vaughn, der Mann hat im Archiv bei Canaris gearbeitet. Er ist kein Soldat, er war nicht in der Partei. Und er will jetzt nur seine Ruhe und ein normales Leben wieder haben. Ein Job und etwas Geld für einen Neuanfang. Mehr verlangen er und seine Männer nicht. Dafür kriegen Sie geheime Informationen über die wichtigsten Leute im Reich. Ja, ich vertraue ihm.«

»Was haben Sie mit ihm genau vereinbart?«, fragte Vaughn. Druwes Auftreten schien ihn zu verunsichern. »Wie läuft das Ganze heute Abend ab?«

»Am Ostufer gibt es eine Lagerhalle, die zwar zur Marineschule gehört, aber außerhalb des militärischen Sicherheitsbereichs liegt«, antwortete Druwe. »Bis vor Kurzem lief der Warenumschlag für die Marine über die Kaianlagen dort. Aber ihr habt ja nur diesen kleinen Sonderbereich für Dönitz und seine Marionetten genehmigt. Die Halle befindet sich außerhalb der Zone, und deshalb können sie die Sachen dort nicht mehr ordentlich bewachen. Um Plünderungen vorzubeugen, haben die Marinejungs alles abtransportiert, was wertvoll war. Jetzt lagern da Hunderte von Überbleibseln des Führers und seines tausendjährigen Traums. Bilder, Gipsbüsten, Bücher, alte Papierbestände, Flaggen und so weiter.« Druwe erläuterte seinem britischen Kollegen den genauen Plan für das Zusammentreffen.

»Sehen Sie, Druwe«, sagte Vaughn, nachdem Druwe geendet hatte. Er nahm sich eine Zigarette, bot seinem Gesprächspartner jedoch keine an. »Das ist der Unterschied. Sie trauen dem Kerl. Ich nicht. Und ich traue Ihnen nicht, Druwe. Ihr seid Krauts, und das Vertrauen müsst ihr euch erst wieder verdienen. Bis dahin …« Er stieß einen schrillen Pfiff aus.

Im nächsten Moment traten zwei stämmige britische Unteroffiziere ins Zimmer. Offenbar hatte sich Vaughn vorher mit ihnen abgesprochen, denn beide hielten sofort eine Pistole auf Druwe gerichtet. Er erkannte, dass jeder Widerstand zwecklos war.

»Sie verhaften mich, Vaughn?«, fragte er in schneidendem Tonfall. »Mit welcher Begründung?«

»Nennen wir es eine kurzzeitige Außerdienststellung«, antwortete der Engländer mit einem Lächeln.

»Weiß Griffith davon?«, hakte Druwe nach. »Ich will ihn sprechen, Vaughn!«

»Morgen früh sind Sie wieder im Dienst, Druwe. Bis dahin können Sie ausprobieren, wie bequem die Betten in den Kellern hier sind. Wissen Sie, wir haben die Zellen der Gestapo entdeckt. Vielleicht sollte jeder Deutsche in nächster Zeit dort ein paar Nächte buchen. Ich wäre dafür.« Er grinste höhnisch. Dann wandte er sich an die beiden Sergeants, die Druwe argwöhnisch beobachteten. »Abführen. Wenn er Ärger macht, dann stellt ihn ruhig, klar?«

Beide Unteroffiziere nickten. Einen kurzen Moment überlegte Druwe, ob er versuchen sollte, das Zimmer von Major Griffith zu erreichen, aber er fürchtete, dass er einen solchen Versuch bitter bereuen würde. Seine Bewacher waren kräftig und schienen nur darauf zu warten, dass er ihnen einen Anlass gab, ihn zu verprügeln. Und eine Kugel war das Letzte, was er sich jetzt einfangen wollte. Zudem war es fast sieben Uhr, Griffith war sicherlich nicht mehr im Präsidium.

Die Männer führten ihn im Erdgeschoss über einen Gang, den er nicht kannte, zu einem Zellentrakt neben dem Polizeigebäude. Wenig später stießen sie ihn dort unsanft in einen Raum, der bis zur Decke gefliest war. An der Wand stand ein Holzgestell mit einer ekelhaft anmutenden Strohmatratze darauf. In einer Ecke bemerkte Druwe zwei

Eimer. In einem befand sich Wasser, der andere diente offenbar für die Notdurft. Es roch nach feuchter Kalkfarbe, der Klinker zeigte an vielen Stellen gelbe Ausblühungen und einen schwarz-pelzigen Belag. In den noch intakten Putz waren Buchstaben, Zahlen und Zeichnungen geritzt. Manche Insassen hatten sich selbst in höchster Not nicht gescheut, Schweinereien und schlüpfrige Strichmalereien an die Wände zu bringen. Das *Kampflied der Nationalsozialisten* war hier ebenso verballhornt worden wie das *Horst-Wessel-Lied*. Druwe musste schmunzeln, als er die Zeile »Es pissen aufs Hakenkreuz voll Hoffnung schon Millionen« las. In Zellen wie dieser war Andersdenkenden das Hirn herausgeprügelt worden. In Zellen wie dieser war der Widerstand gegen das Regime gebrochen worden. Druwe erschauderte bei dem Gedanken, dass es auch Polizisten waren, die Deutschland gleichgeschaltet hatten. Die Politische Polizei war sofort nach der Machtergreifung zu einem Instrument der Nazis gegen linke Kräfte umgebaut worden. Sicherheitsdienst und Gestapo hatten später ihre Spitzelarbeit bis in die deutschen Ehebetten hinein betrieben. Knapp vor dessen Tod hatte ihm sein alter Lehrer Ernst Gennat, Gründer der Zentralen Mordinspektion in Berlin, vor der kommenden düsteren Rolle des Polizeiapparats gewarnt.

»Alle schauen aufs Heer, Druwe. Sie zählen Soldaten und Panzer. Unsinn! Denn die Schlacht wird im Inneren entschieden. Wer das Volk kontrolliert, der hat die Macht, alles zu erreichen. Herr Hitler und Herr Stalin haben das verstanden. Seien Sie vorsichtig, Jens. Lassen Sie sich nicht in diesen dreckigen Sumpf ziehen.«

Druwe saß auf dem saubersten Zipfel der Schlafmatte, lehnte sich an die Wand und dachte nach. Damals hatte er Gennats Rat nicht recht verstanden. Er hatte anfangs geglaubt, dass er sich als Kripomann von politischen Einflüssen freihalten könnte. Schließlich galten Kriminaldelikte doch in jedem System als verwerflich. Er wollte einfach seine Arbeit in der Hauptstadt machen, Kapitalverbrechen aufklären und sich aus dem Politikkram heraushalten. Nach und nach hatte er dann erkennen müssen, dass die Nazis alles verbogen, wofür ein Rechtssystem einstehen sollte. Plötzlich wog die Beleidigung einer Fahne der Bewegung schwerer als die Tötung eines linken Funktionärs. Die Beziehung zwischen zwei Menschen, die sich liebten, stand unter Strafe, weil ein Gesetz sie zur »Rassenschande« erklärte. Sogar Bücher und Bilder hatten sie verboten. Überall verschwanden Menschen. Die Linken kamen mit gebrochener Nase und ein paar Zähnen weniger zurück. Trugen die Leute jüdische Namen, dann blieben sie für immer fort. Niemand fragte. Alle schauten weg. Das System der Angst funktionierte.

Heute verstand Druwe seinen alten Lehrmeister nur zu gut. Der Frontsoldat war der Prügelknabe gewesen, den man als dummen August in den blutigen Abgrund geschickt hatte. Dem toten Helden errichtete man danach ein Denkmal. Im Reich selbst waren es jedoch Polizei und Juristerei, die der braunen Sache zu ihrem Sieg verholfen hatten. Feige Opportunisten, kleinkarierte Erbsenzähler und bedeutungslose Archivare. Sie konnten ihre Rollen spielen im System, ihrem Leben endlich etwas Glanz verleihen. Und sie würden auch die Zukunft eines neuen Deutschlands sein. Denn sie hatten den Krieg – im Gegensatz zum Front-August – überlebt. Bei diesen Gedanken fröstelte Druwe erneut. Aber wer war er, dass er über das Ganze richten durfte? Er war selbst einer der großen Schweiger gewesen. Er hatte geschwiegen, als seine Informanten von der Straße in den Zuchthäusern verschwanden, wegen minderer Delikte zu drakonischen Strafen verurteilt. Was hatte er gesagt, als sich der schwule Friedrich wegen der Demütigungen während der Untersuchungshaft in Spandau erhängt hatte? Was hatte er getan, als Koks-Ede laut Polizeibericht vier Mal die Treppe hinabfiel und dabei zu Tode kam? Und er hatte geschwiegen, als er bei seinen Ermittlungen immer wieder von deportierten Juden gehört hatte.

Nicht nur geschwiegen, dachte Druwe bitter und betrachtete seine Lederhand. Das eine Mal, wo ich die Schnauze aufgemacht habe, ist sie mir danach ordentlich gestopft worden. Die Sauereien hörten wohl niemals auf. Deutsche Intrigen. Englische Spielchen. Jeder behauptete, für eine gute Sache zu lügen. Immer versuchte einer den anderen übers Ohr zu hauen. Jetzt hatte ihn Vaughn mächtig hinters Licht geführt. Erst hatte er den rauen Kollegen gemimt, ihn bei der Einsatzbesprechung ausgehorcht. Und Druwe war treuherzig und dumm genug gewesen, ihm alle Einzelheiten über Grell, die geheimen Dokumente und das geplante Treffen zu berichten.

Die Lagerhalle am Ostufer des Hafens lag verlassen im Dunkel. Die wenigen Leute, die hier noch tätig waren, hielten sich im fahlen Lichtschein, den die Glühstrümpfe der Gaslaternen am Kai auf das Pflaster warfen. Niemand wollte ein Messer im Rücken, das plötzlich aus den tiefen Schatten abseits der Lampen hervorschnellen konnte. Zwei Fenster des großen Lagerhauses waren in den vergangenen Nächten aufgebrochen und am Folgetag vom Hilfspersonal der nahen Kaserne wieder vernagelt worden. Die Späher der Banden, die sich seit Anfang des Jahres im Dunstkreis des aufkommenden Chaos gebildet hatten, waren enttäuscht worden. Die Marine nutzte die Halle zur Entsorgung von allerlei unnützem Zeug. Hier waren Plünderungen zwecklos, außer man fand Gefallen an den Devotionalien arischen Größenwahns. Aber weder Führerköpfe noch das einschlägige Schrifttum der NS-Bewegung stießen derzeit auf großes Kaufinteresse.

Captain Fred Vaughn war allein gekommen. Er fragte sich, ob dieser Druwe tatsächlich geglaubt hatte, er würde in der Sache eine Rolle spielen. Gutgläubig hatte ihm der Deutsche alle Einzelheiten des Treffens verraten. Nicht nur Ort und Zeitpunkt, auch eine genaue Beschreibung dieses Hauptmanns hatte Vaughn erhalten. Er wusste, dass er die Sache jetzt allein durchziehen musste. Wäre er mit Kameraden hier aufgetaucht, dann bestünde die Gefahr, dass der Deutsche verschwinden würde. Druwe hatte ihm berichtet, dass dieser Werner Grell nach dem gescheiterten Handel mit den Dänen äußerst nervös und misstrauisch war. Natürlich. Wer wäre das nicht? Ganz dämlich konnte der Mann nicht sein, wenn er es mit zwei abgebrühten Gestapo-Leuten hatte aufnehmen können. Vaughn musste sich eingestehen, dass er den Angaben Druwes in dieser Sache Glauben schenkte. Der Kerl schien regelrecht beseelt von der Vorstellung, dass Sieger und Besiegte fortan zusammenarbeiten würden. Im Namen der Gerechtigkeit oder irgendeiner anderen tugendhaften Vorstellung. Vielleicht meinte er es sogar ehrlich, oder er hatte selbst etwas zu verbergen. Vielleicht war Druwe auch einfach nur naiv. Vaughn zuckte kaum merklich mit den Schultern, als befände er sich in einem Gespräch. Dass Druwe jetzt in einer Zelle saß, verdankte er jedenfalls einzig dem Umstand, dass er Deutscher war. Ungerecht zwar, aber andere hatten weitaus schlimmer leiden müssen. Vaughn nahm sich vor, bei seinen Vorgesetzten für Druwe ein gutes Wort einzulegen. Sofern die Sache hier klappte.

Der Brite war früh dran. Er hatte sich am Damm der Hafenbahn hinter einem Busch in Sichtposition zur Lagerhalle versteckt. Die Halle lag einige hundert Meter vom Gelände der Marineschule entfernt. Ganz in der Nähe erkannte Vaughn eine verwaiste Flak-Stellung. Um elf war das Treffen mit Grell geplant, aber er beobachtete das Gebäude bereits seit über einer halben Stunde. Er musste das Verlangen nach einer Zigarette unterdrücken. Manchen Soldaten hatte der kleine Glutpunkt in dunkler Nacht das Leben gekostet.

Die Minuten schlichen dahin. Verdammt! Zehn nach elf. Nichts. Hatte Druwe mit dem Kerl ein Zeichen vereinbart, von dem er nichts erzählt hatte? Oder war Grell noch früher hier gewesen und hatte beobachtet, dass Vaughn allein gekommen war? Viertel nach elf. Der englische Offizier wurde unruhig. Wenn Griffith davon Wind bekam, dass die Übergabe von wichtigen Informationen über Nazi-Bonzen an Vaughns Eifersüchteleien und Vorurteilen gescheitert war, würde er ihm die Hölle heißmachen. Gerade stieß er einen leisen Fluch aus, als er einen Schemen an der kleinen Seitentür neben dem Hallentor wahrnahm. Jemand hantierte leise an dem Schloss, dann war der Schatten verschwunden. Einen Moment später drang ein fahles Licht durch die schmutzigen Oberlichter, von denen zwei mit Brettern notdürftig verschlossen waren. Dann wurde es drei Mal kurz hintereinander ein- und ausgeschaltet. Das vereinbarte Zeichen.

Der Kerl ist sich seiner Sache ziemlich sicher. Offenbar hat er keinen Verdacht geschöpft, dachte Vaughn erleichtert und erhob sich. Er streckte sich ein paar Mal, da die Glieder durch das Kauern und Warten steif geworden waren. Dann schritt er zügig zur Tür, achtete jedoch weiterhin auf seine Deckung. Druwe hatte ihm versichert, dass Grell hier allein auftauchen würde. Zwei ehemalige Nazi-Bekannte hatten sich ein Versprechen gegeben. Warum sollte Vaughn daran zweifeln? Er war gekommen, um seinen Nutzen aus diesem Versprechen zu ziehen. Mit den Leuten in diesem Land gab es keine Verhandlungen, das hatte die Zeit vor dem Krieg gezeigt. Diese kleinen Hitlers verstanden nur eine Sprache. Jahrelang hatten die Deutschen der Welt in den Arsch getreten. Nun war die Zeit gekommen, dass sich das Blatt gewendet hatte. Wenn Grell ihm dumm kam, dann würde Vaughn ihm zeigen, wie weh diese Tritte taten.

Das Innere der Halle blendete den Briten kurz, obwohl nur zwei trübe, verschmutzte Glühbirnen in verbeulten Tellerschirmen ihr Licht in den Raum warfen. Instinktiv zog er seinen Enfield-Revolver und drängte sich gegen einen Wandschrank, der neben dem Eingang stand. Einen Moment später hatten sich seine Augen an die Helligkeit gewöhnt. Das Lager war groß und unübersichtlich. Überall standen Regale, die teils leer, teils mit kleinen Kisten und Kartons gefüllt waren. An den Seiten waren Gänge freigehalten, die es Männern mit Handkarren erlaubten, hier ihre Arbeit zu verrichten. In der Mitte befand sich eine weite offene Fläche, die Platz für einen kleinen Lastwagen bot, so dass das Beladen auch in der Halle möglich war. Nur wenige Dinge wiesen auf eine ehemalige Nutzung durch die Marine hin. Vaughn bemerkte mehrere verölte Tampen, die man liegengelassen hatte. Zudem fand er eine verbeulte Boje, deren Halteöse durchgerostet war, mehrere Fender und nautische Tafeln der Marineschule. Druwe hatte ihn nicht belogen. In den Regalen stapelten sich Hunderte Wimpel mit Hakenkreuz sowie unsauber zusammengelegte große Flaggen. Vaughn bemerkte mit Abscheu, dass ihn ein Dutzend Führerköpfe anstarrten, mal in glänzendem Schwarz, mal in Gipsweiß. Auf diverse Bücher warf er nur einen kurzen Blick, da er ahnte, welcher Art diese Literatur sein mochte. Hier hatte sich die Marineschule offenbar ihrer unliebsamen Erinnerungen entledigt.

»Wo ist Druwe?«, fragte eine Stimme aus dem Halbdunkel zwischen den Regalen. Fred Vaughn fuhr herum und spannte den Hahn seines Revolvers.

»Kommen Sie heraus, sonst werden Sie es bereuen«, rief er.

»Ganz ruhig, Mister«, vernahm der Engländer die Stimme erneut. »Ich habe ebenfalls eine Waffe. Wenn Sie mich verarschen wollen, werden Sie es bereuen. Also, wo ist Druwe?«

»Grell?« Vaughn bemühte sich um eine gute Aussprache. »Sind Sie das? Ich bin Druwes britischer Vorgesetzter. Captain Fred Vaughn. Druwe ist …« Vaughn zögerte. Er hätte sich besser schon vorher eine glaubwürdige Geschichte ausgedacht. »Er ist aufgehalten worden. Er hat mir aber alles erklärt, wir beide können den Deal auch allein durchziehen, Mr Grell.«

»Aufgehalten? Unsinn«, sagte Grell aus seiner Deckung heraus.

»Er hat mir versichert, dass er dabei sein wird. Das war auch der einzige Grund, dass ich einem Treffen mit einem von euch zugestimmt habe.«

»Wir brauchen Druwe nicht«, entgegnete der Engländer.

Schweigen. Vaughn merkte, wie Wut in ihm aufstieg. Reizbarkeit und Ungeduld waren seine größten Schwächen und hatten ihm manchen Verweis durch Vorgesetzte eingebracht. »Hör zu, Kraut«, knurrte er schließlich missmutig. »Sei froh, dass ich überhaupt mit dir rede und dich nicht gleich erschieße. Solltest du es noch nicht wissen, ihr habt den Krieg verloren! Und nicht nur das. Ihr habt kapituliert, wir haben euer Land besetzt. Alles hier gehört uns. Solange, bis ihr eure Schuld abbezahlt habt.«

»Welche Schuld?«, fragte Grell. »Krieg ist Krieg. Es gibt immer Sieger und Verlierer. Deutschland wird auch den zweiten Diktatfrieden nach Versailles überstehen. Unsere Sache hier hat damit nichts zu tun.«

»Dieser Krieg war anders. Euer Hitler hat es doch gesagt. Ein Krieg der Rassen. Ein Krieg um Lebensraum. Wer ihn verliert, hat kein Recht mehr auf Existenz.« Der Captain atmete tief durch und versuchte, sich zu beruhigen.

»Was soll dieses Geschwafel von Rasse und Lebensraum?«, fragte Grell aus seinem Versteck. »Ich bin hier, weil ich ein Geschäft anbieten will.«

»Du hast nach eurer Schuld gefragt, Kraut.« Vaughn erhob seine Stimme. »Ich sage dir, welche Schuld das ist. Mein Großvater hieß Simeon Kleinberg, und er war Rabbi in einer Gemeinde bei Minsk. Mein Vater ist mit unserer Familie vor den Bolschewiki geflohen und vor beinahe zwanzig Jahren nach Wales ausgewandert. Und ich bin noch als Friedrich Kleinberg geboren. Ahnst du etwas, du verlauster Nazi?« Stille. »Gut, dann sag ich es dir«, fuhr Vaughn fort. »Wir hatten viele Verwandte im Osten, und sie haben uns Briefe geschrieben. Zuerst noch aus der Heimat, später dann aus den Ghettos in Warschau, Minsk und Litzmannstadt. Mein Onkel hat seinen letzten Brief geschrieben, bevor ihr ihn auf einem Waggon weggefahren habt. Da hat er von den Gerüchten gesprochen. Dass alle Juden umgebracht werden sollen. Seit über einem Jahr haben wir von niemandem mehr etwas gehört. Und die Russen haben uns Bilder und Filme geschickt. Aus den befreiten Lagern im Osten. Wir selbst haben Bergen-Belsen gesehen. Und die Amis waren in Dachau.« Vaughns Stimme wurde schneidend. »Und du fragst nach eurer Schuld?«

»Ich habe mit diesem Irrsinn nichts zu tun.« Grell klang verunsichert. »Im Gegenteil, ich habe bei Admiral Canaris gearbeitet. Bei der Abwehr war man eher kritisch gegenüber diesem ganzen Nazi-Scheiß. Krieg ist Krieg, wie gesagt. Aber solche Sachen …« Der Deutsche suchte nach Worten. »Die Verantwortlichen dafür müssen gefunden und zur Rechenschaft gezogen werden. Das will ich auch, glauben Sie mir.«

»Weißt du was, Kraut? In meinem Land und in Frankreich gibt es Leute, die fordern, dass wir jeden deutschen Mann über fünfzehn erschießen. Und wenn ich die Briefe meiner Angehörigen in den Händen halte, bin ich geneigt, diesen Wunsch zu verstehen.«

»Das bringt doch nichts, Vaughn. Betrachten wir es doch ganz nüchtern. Ich habe Informationen über Leute, die uns diesen ganzen Kram eingebrockt haben. Auch das mit den Juden …« Grell schwieg und fragte sich, ob er zu weit gegangen war. »Die haben Geschäfte gemacht mit den Häftlingen. Wussten Sie das, Vaughn? Der ganze ideologische Dreck war nur ein Vorwand für die SS und die Industrie, aberwitzige Gewinne einzufahren. Sie haben sich Grundstücke und Betriebe unter den Nagel gerissen, Zwangsarbeiter beschäftigt. Ich habe einige Akten gelesen. AEG, Bosch, Krupp, IG-Farben. Alle haben da mitgemischt. Und ich kenne die Namen der verantwortlichen Mitarbeiter aus dem SS-Wirtschafts-Verwaltungshauptamt und dem Reichssicherheitshauptamt. Es muss doch in Ihrem Interesse sein, Vaughn, dass diese Leute nicht einfach weitermachen können, als wäre nichts geschehen.«

Der Brite schwieg eine Weile und überlegte. »Und was schlagen Sie vor, Grell?«, fragte er schließlich.

»Zunächst einmal, dass wir beide uns jetzt beruhigen«, antwortete Grell. »Und dass Sie mir sagen, was mit Druwe passiert ist. Ich wollte ihn dabeihaben.«

»Keine Sorge, der sitzt im Trockenen. Mein Vorgesetzter hat nur die Beteiligung von Deutschen an Aktionen, die die Sicherheit des Königreichs betreffen, untersagt«, log der britische Offizier. »Also musste ich ihn zu Hause lassen. Hat ihm auch nicht gefallen. Aber er hätte mir wohl kaum alles erzählt, wenn er mir nicht vertrauen würde.«

Nun war es der Deutsche, der eine Zeitlang schwieg. »Also gut«, sagte er kurz darauf. »Dann nur wir beide. Ich kenne Jens von früher. Wenn er Ihnen vertraut, Vaughn, dann werde ich …«

Im nächsten Moment trat Grell zwischen einigen Kisten und Regalen hervor, die sich am anderen Ende der Halle befanden. Er hatte beide Arme erhoben und kam in den Lichtschein, den die beiden Deckenlampen auf die freie Fläche warfen. Auch Vaughn machte einige Schritte in Richtung Hallenmitte, hielt sich jedoch noch im Zwielicht. Er musterte den Deutschen. Der Mann war ein Endvierziger, der ganz und gar nicht dem Typus des arischen Siegfrieds entsprach. Er trug einen grauen Wehrmachtsmantel, von dem alle Rangabzeichen entfernt worden waren. Sein runder Kopf wirkte zu klein für den massigen Körper, das dunkle Haar zeigte deutlich fortgeschrittene Geheimratsecken. Unter dem Mantel war ein ordentlicher Bauchansatz zu erkennen, seine gesamte Erscheinung passte zu einem Schreibtischhengst. Am Hals trug Werner Grell einen Verband, ebenso an der linken Hand.

Die Blessuren, die er sich beim Zusammentreffen mit den Gestapo-Kerlen zugezogen hat, dachte Vaughn. Wer so etwas überlebt, ist selbst nicht ganz ungefährlich.

»Kommen Sie, Vaughn«, rief Grell. »Spielen wir mit offenen Karten.«

»Also, was haben Sie zu bieten, Grell?«, fragte der Engländer in kaltem Tonfall und trat ebenfalls ins Licht. Beide Männer sahen sich in die Augen.

»Ich habe hier eine Akte zur Einsicht und zu Ihrem Verbleib«, entgegnete Grell. Der Deutsche hielt eine Mappe ins Licht. »Sie und Ihre Vorgesetzten können die Echtheit überprüfen und den Wert der darin enthaltenen Informationen abschätzen. Von drei weiteren Personendossiers gibt es Auszüge. Dann noch eine Liste aller Akten, die sich in unserem Besitz befinden.« Grell hantierte in der Mappe herum und zog ein Blatt Papier hervor. »Schließlich unsere Forderungen für die Herausgabe des gesamten Materials.«

»Forderungen?«, rief Vaughn voller Empörung.

Grell wich angesichts des unerwartet heftigen Gefühlsausbruchs zurück. »Selbstverständlich. Meine Kameraden und ich haben diese Informationen unter Lebensgefahr aus Berlin herausgebracht.«

»Um Geschäfte damit zu machen!« Blitzschnell zog der britische Captain seinen Revolver. Grell konnte nicht reagieren und hob die Arme mitsamt der Aktentasche.

»Hören Sie, Vaughn, das bringt doch nichts«, sagte er. »Wenn Sie mich töten, haben Sie nichts außer einer lausigen Akte. Die hundert anderen befinden sich fast alle auf Mikrofilm und sind gut versteckt. Also machen Sie jetzt keine Dummheiten.«

Der Charakter des Briten war auf Kontrolle ausgelegt, und er merkte, dass sie ihm in dieser Situation entglitt. Einerseits wurde er von schmerzhaften Gefühlen überwältigt. Andererseits ahnte er, dass Grell Recht hatte. Aber irgendeine Laune der Schöpfung hatte es so eingerichtet, dass Vaughn jeden Kompromiss als Schwäche, jedes Eingeständnis als Kontrollverlust erlebte.

»Du wirst mir das Versteck ganz sicher verraten«, zischte er mit einem boshaften Funkeln in den Augen und hob den *Enfield*.

Ein Rascheln war im hinteren Bereich des Lagers zu hören. Mehrere Ratten stoben auseinander, als der erste Schuss fiel.

7

Keiner mehr zählt Tag und Wochen
Mancher schon die Jahre nicht
Und gar viele sind zerbrochen
Und verloren ihr Gesicht
(Lied aus dem KZ Dachau; Text: J. Soyfer, 1938)

13. Mai 1945

Töten ist einfach. Einfacher, als er dachte. Natürlich hatten in der Rendsburger Kaserne alle Rekruten geprahlt. Junge Kerle, der Bart noch weich, sprachen vom Tod. Die Schneckenfresser wollten sie Mores und die Tommys das Fürchten lehren. Von der Maas bis an die Memel. Von der Etsch bis an den Belt. Mehr als vier Jahre lang schlugen sie sich dann die Köpfe ein. Manchmal im wahrsten Sinn des Wortes. Töten ist einfach, wenn du keinen Bezug zu deinem Opfer hast. Ein Helm, ein Gesicht in der Ferne. Der Schuss. Nicht Denken. Nicht Fühlen. Ach, Liebste in der Heimat, wie gern wäre ich bei dir zum Trost!

Der Zug ist vorgerückt. Leutnant Escher ist der Held der jungen Soldaten. Und der Schrecken der alten. Wenn du jung bist, hat der Tod keine Macht über dich. Fast scheint es, als gebe er dem Leben erst den richtigen Geschmack. Wenn sich dann das Blut schaumig im Munde sammelt, ist es schon zu spät, über das Verlorene nachzudenken. Wenn der geschundene Körper nach etwas Atem ringt, die Hände den heißen Darm berühren. Erst dann bemerkt so mancher, dass er doch viel zu verlieren hatte. Druwe ist selbst erst einundzwanzig. An der Somme. Und doch ist er einhundert. Er ist bereits ein »Alter«, und Eschers ungestümer Tatendrang beunruhigt ihn. Dutzende Schlachten hat er geschlagen, das Hurra erlebt, das in rotem Würgen und Gurgeln erstirbt. Nun ist es November, Nebel zieht durch die Hauts de France. Der Sommer ist nur noch Erinnerung, die Bäume sind zerborstene Stümpfe, die Erde gepflügt von Granaten und Abertausenden Stiefeln. Hin und her wogt das Schlachten. Zweihundert Meter haben die Franzosen gewonnen. In fünf Monaten. Leiber faulen im Schlamm, Maden kriechen in den Augenhöhlen, Würmer in den Eingeweiden. In den Gräben werden die Klamotten nicht mehr trocken, bleiben ewig klamm. Und in den Herzen ist der Soldat nicht mehr Mensch, bleibt ewig Schlächter.

Druwes Hand umschließt die Feldflasche. Was gäbe er jetzt für eine Tasse kräftigen Friesentee. Er befühlt die ovale Hülle, die aus Kokosnuss-Schalen gearbeitet ist. Den Namen Jakob *hatte jemand mit dem Messer in die Oberfläche geritzt. Der Vorbesitzer? Was mochte aus ihm geworden sein? War er nur versetzt worden? Oder war er gefallen für die Ehre? Verschollen? Verkrüppelt und nach Hause geschickt? Irgendjemand sagte, diese Flaschen kämen von den Bulgaren. Man sparte Metall. Wachsen Kokosnüsse in Bulgarien? Druwe denkt an einen Bildband, den er im Hamburger Museum für Völkerkunde erworben hatte. Fotografien aus der Südsee. Palmen. Meer. Tanzende Menschen. Hatte Gott gewollt, dass Kokosnüsse die Kriege in Europa ausfochten? Töten ist einfach, wenn man die Geschichte der niedergestreckten Kreatur nicht kennt. Einer Mutter Sohn rammt das Bajonett in ein Stück Fleisch. Einer anderen Mutter Sohn stirbt. Es ist nur Metzgerarbeit. Der Metzger schafft drei Schweine, der Soldat mäht schnell dreißig um. Der Franzose ist kein Mensch, sagt man hier. Der Deutsche ist kein Mensch, sagt man dort.*

Leutnant Escher schaut auf seine Taschenuhr. Druwe kennt das von unzähligen Malen vorher. Angriff nicht genau zur viertel, halben oder vollen Stunde. Damit rechnet der Feind. Angriff um acht Minuten nach neun. Dutzende Offiziere starren in diesem Moment auf ihre Uhren.

»Los, los, los!«, blöken plötzlich die Feldwebel auf ein Zeichen Eschers.

»Hoch mit euch!« Es geht in den Tod, auch am letzten Tag der Schlacht sterben über zehntausend Männer im Kugelhagel und Mörserfeuer. Dreißig Meter erobern die Deutschen zurück.

»Hoch mit dir!« Die drohende Stimme des Unteroffiziers hallt in Druwes Schädel nach. Der Schlaf war kurz und flach.

»Get up!«

Ein unsanfter Tritt gegen seine Flanke weckte Druwe. Er war irgendwann in der Nacht gegen die Wand gelehnt eingeschlafen. Offenbar musste er später zur Seite gesackt sein, denn er erwachte zusammengekauert und steifgelegen. Er blinzelte in den Schein einer Taschenlampe, die ihm ein älterer, britischer Staff Sergeant vor das Gesicht hielt. Der Mann sprach offenbar kein einziges Wort Deutsch.

»Ich will sofort zu Major Griffith«, forderte Druwe in dem besten Englisch, das ihm in dieser beschissenen Situation über die Lippen kommen wollte. Er fühlte sich, als hätte ein Mammut auf ihm gelegen. Vor allem jedoch war er wütend.

»Was du willst, ist mir vollkommen egal, Kraut«, entgegnete der Mann. »Fred hat befohlen, dich heute Morgen hier herauszuholen. In der Kantine wartet ein Becher Tee für dich. Danach kannst du meinetwegen mit eurem Führer tanzen gehen.«

In den Gang des Zellentrakts warf eine schwache Glühbirne ihr schummriges Licht. Es reichte gerade, um den Weg zu finden und nicht über die Unebenheiten des Bodens zu stolpern. Vielleicht waren dadurch die Spuren der Marter nicht zu sehen gewesen, die sicherlich die meisten Häftlinge der Gestapo nach ein paar Tagen hier am Körper getragen hatten. Vielleicht hatte das Zwielicht auch die letzte Dämmerung vorwegnehmen sollen, die vielen Leben bevorgestanden hatte, die sich in den Fängen der Staatspolizei oder des SD befunden hatten. Druwe schüttelte die beklemmenden Gedanken ab. Es war schwierig, die Hoffnung nicht aufzugeben, und Orte wie dieser machten es einem nicht leichter. Er musste sich jetzt konzentrieren. Mit Vaughn befand er sich in einer Art Machtkampf. Der Brite stand auf der richtigen Seite. Der Seite der Gewinner. Aber das hier war immer noch Deutschland, Druwes Heimat. Er wollte sich Vaughns Verhalten nicht einfach bieten lassen. Immerhin hatte er die Sache mit Grell eingefädelt. Ihn auszubooten war nicht gentlemanlike. Die Angelegenheit musste er mit Griffith klären, sonst würde ihn keiner mehr ernst nehmen.

Wenig später stand er im Waschraum des Präsidiums und blickte in den Spiegel. Mit Wohlwollen konnte man sein Aussehen als übernächtigt bezeichnen. Mit weniger Wohlwollen als fürchterlich. Die Nacht hatte ihre Spuren hinterlassen. Starke Falten gruben sich in sein Gesicht, dessen Farbe zwischen Aschgrau und fahlem Nikotingelb wechselte. Dunkle Ränder umrahmten Augen, die tief in ihren Höhlen saßen. War das Haar noch etwas grauer geworden? Und wirkte die Haut an den mit Bartstoppeln besetzten Wangen schlaffer? Fünfzig war ein grausames Alter. Der letzte Schein vergangener Jugend, an die man sich immer noch erinnerte, wich endgültig den Spuren des Verfalls. Am liebsten wäre Druwe jetzt ein Schluck Obstbrand oder Cognac gewesen. Aber was hatte Eva vor ein paar Tagen gesagt? Es wäre nur Ausdruck seines unreifen Selbstmitleids. Er wusste, dass sie recht hatte. Also verdrängte er diese Gedanken und riss sich stattdessen zusammen. In der Kantine waren die besten Plätze abgesperrt. *British Staff only* stand auf Pappschildern. An den verbliebenen Tischen saß ziviles deutsches Personal. Dort war keine einzige Uniform zu sehen. Druwe hatte bei den heißen Getränken die Wahl zwischen Zichorien-Kaffee und echtem Earl Grey. Offenbar hatte sich die Küche schnell an die Bedürfnisse der neuen Machthaber angepasst. Druwe sah einen Topf mit Porridge, in Pfannen brutzelten kleine Würste. Gerold, eine Aushilfe mit Holzbein, bot ihm den Tee an.

»Geht aufs Haus, Herr Druwe«, sagte er und winkte ab, als Druwe nach seinen Groschen kramte. »Anweisung von irgendeinem Sergeant. Frühstück können Sie auch bekommen.«

Der Haferbrei hatte Ähnlichkeit mit Fensterkitt, und beim Anblick der deftigen Alternativen rebellierte Druwes Magen. Jedes Volk hatte eben seine Eigenheiten. Also fragte er nach Brot und Margarine.

»Butter, Herr Druwe. Ganz plötzlich haben die Bauern wieder Butter«, sagte Gerold und reichte ihm einen Teller. »Seltsam, nicht wahr?«

Das kleine Frühstück weckte tatsächlich Druwes Lebensgeister. Er dachte kurz daran, in der Stadt ein paar Besorgungen zu machen. Seife, Handtuch, Rasierzeug. Mit den Sachen würde er sich in den Waschräumen des Präsidiums etwas herrichten. In seiner Verfassung wollte er Major Griffith nicht unter die Augen treten. Und sollte er Vaughn begegnen, dann konnte er für nichts garantieren. Dem Drecksack würde er wahrscheinlich eine verpassen. Die Briten sollten dann aber nicht glauben, er wäre ein versoffener Obdachloser vom Anhalter Bahnhof. Gerade wollte er sich erheben, da fiel ihm ein, dass Sonntag war. Er ließ sich zurück in den Stuhl sinken und seufzte. Also musste er entweder in diesem Aufzug zu Griffith, oder er konnte vorher in sein Büro zurückfahren. Dadurch würde er aber mindestens eine Stunde verlieren. Und er wollte möglichst schnell erfahren, wie das Treffen mit Grell verlaufen war. Hoffentlich hatte der englische Mistkerl die Sache nicht versaut. Er musste Griffith überzeugen, dass er noch weiter im Spiel war. Sonst konnte er seine Arbeit hier vergessen.

Die Sekretärin des neuen Chefs war bereits in ihrem Vorzimmer, als Druwe im zweiten Stock des Gebäudes ankam. Sie fand ein paar mitleidige Blicke für ihn.

»Ohne Ihnen nahe treten zu wollen, Herr Kommissar«, sagte sie. »Herr Griffith ist ziemlich eigen, was das Äußere angeht. Für den Streifen- und Nachtdienst liegt in den Waschräumen immer alles Nötige bereit. Vielleicht ...«

Weiter kam sie nicht. Druwe warf ihr einen Handkuss zu und eilte wieder ins Erdgeschoss. Tatsächlich fand er bei den Duschen kleine Holzkisten mit der Aufschrift *Reichseigentum – Gebrauch nur für berechtigte Dienstgruppen*. Im Nu hatte er die schlimmsten Spuren der vergangenen Nacht beseitigt. Als er wieder im Flur der zweiten Etage stand, sah er gerade noch, wie Major Griffith in seinem Zimmer verschwand.

»Er hat in zehn Minuten Zeit für Sie«, sagte die Sekretärin des britischen Offiziers. Als Druwe sie erstaunt und zugleich anerkennend anblickte, fuhr sie fort. »Ich denke ja, Herr Druwe, dass Sie nicht gekommen waren, um mir zu zeigen, wie anstrengend Ihre Nächte sind.« Dann nestelte sie unaufgefordert an seinem Anzug herum. Einen Augenblick später trat sie ein paar Schritte zurück, betrachtete ihn und nickte zufrieden. »Wenigstens wird er sie nicht sofort erschießen.« Sie lächelte ihn keck an.

Druwe fühlte sich beinahe hilflos. Eigentlich mochte er selbstbewusste Frauen. Im Berlin vor Hitler hatte es sie hunderttausendfach gegeben. Dann waren sie plötzlich im neuen System zu dummen Weibchen degradiert worden. Die Entwicklung der letzten Kriegsjahre hatte jedoch dazu geführt, dass Frauen ihre Selbstsicherheit wiederfanden. Ohne Männer blieb einfach alles an ihnen hängen.

»Ich werde nachfragen, ob es jetzt passt«, erlöste ihn die Sekretärin von seinen Gedanken. Er nahm sich vor, mit Eva unbedingt über das Alter zu sprechen. Dieser fünfzigste Geburtstag beschäftigte ihn doch offenbar mehr, als er sich anfangs eingestehen wollte.

Im Flur war plötzlich der Lärm von Militärstiefeln zu hören, die über das Linoleum rannten. Dann hörte Druwe ein weibliches empörtes »Na, hören Sie mal!«. Eine Tür, wahrscheinlich zu dem Dienstzimmer des Majors, schlug zu. Stille. Die Sekretärin kam mit hochrotem Kopf wieder hinein.

»Es wird wohl noch etwas dauern, Herr Kommissar.« Sie zuckte mit den Schultern.

Druwe konnte hören, dass im Nebenzimmer laut erregt gesprochen wurde. Er hoffte, dass das nicht Vaughn war, der ihm in der Sache die Wurst vom Teller nahm. Er konnte jetzt nur warten. Ein paar Minuten später trat Griffith ins Vorzimmer und forderte Druwe barsch auf, ihm zu folgen.

»Seien Sie froh, Druwe, dass Sie das beste Alibi haben, das es gibt«, sagte er, kaum dass er die Tür geschlossen hatte.

»Darf ich erfahren, was passiert ist, Major?«, fragte Druwe.

Griffith schlug mit der Faust auf den Tisch. »Wir haben seit vier Tagen Waffenruhe und schon den ersten Mord an einem Militärangehörigen des Königreichs. Das ist unglaublich!«

Druwe schwieg. Er kannte das Phänomen aus Verhören. Wenn die Leute zu erregt waren, bekam man gar nichts aus ihnen heraus. Eine Zigarette half meistens, aber seine grauenhaften Sargnägel wollte er dem Briten nicht anbieten. Also abwarten. Nach einem kurzen Augenblick kam Griffith dann selbst auf die Idee, zog eine Packung *Craven A* hervor und steckte sich eine Zigarette an. Dann warf er die Schachtel zu Druwe hinüber.

»Nehmen Sie sich eine. Ist aber sehr mild. Gegen Sodbrennen. Dieses Land macht mich jetzt schon krank.« Er sah aus dem Fenster und inhalierte tief, als wollte er die Milde des Rauchs durch die aufgenommene Menge kompensieren. »Captain Vaughn ist tot. Wahrscheinlich erschossen von Ihrem Nazi-Freund.«

Druwe schien es, als wäre er vor eine Wand gelaufen. »Vaughn? Tot?«, wiederholte er unbeholfen.

»Haben Sie was auf den Ohren?«, herrschte Griffith ihn an. »Ja, er ist tot. Liegt drüben in der Nähe der Marinekaserne. In einem Lagerhaus. Man darf euch nicht trauen. Fred hat es immer wieder gepredigt.«

Druwe zog es vor, über die Spitze hinwegzusehen. Grell sollte Vaughn erschossen haben? Dann hatte der Brite ein falsches Spiel gespielt. Oder etwas anderes war dazwischengekommen.

»Haben Sie Hauptmann Grell festgenommen?«, fragte Druwe.

»Ihre Trauer für Fred hält sich ja in Grenzen.« Griffith inhalierte wieder so tief, dass Druwe fürchtete, er würde den Stummel einsaugen. »Aber was soll es. Freunde wärt ihr wohl nicht mehr geworden. Und diesen Grell haben wir dort auch gleich aufgesammelt. Lag auf der anderen Seite der Halle. Ebenfalls mausetot. Ich denke, Vaughn hat ihm noch ein paar Kugeln verpasst, bevor er den Abgang gemacht hat.«

»Und die Papiere?«, fragte Druwe entsetzt. Grell war also ebenfalls tot. Er hatte den Mann viele Jahre nicht gesehen. Dennoch war er ihm immer noch sympathisch gewesen.

»Davon weiß ich nichts. Am Tatort werden noch Fotos gemacht. Und danach ...« Griffith hielt inne. »Wer war für die Polizei hier in Flensburg als Pathologe zuständig?«, fragte er schließlich.

»Eigentlich gab es eine Forensische Abteilung in Kiel«, antwortete Druwe. »Ich weiß aber nicht, ob die im Moment arbeitet. Und am hiesigen Diakonissen-Krankenhaus machte die Pathologie kleinere Arbeiten für uns.« Er bezog sich ganz bewusst in die Flensburger Polizei mit ein, obwohl er bis vor zwei Wochen als Ordnungspolizist in Glücksburg kaltgestellt gewesen war. Jens Druwe ahnte, dass in diesem Moment jedes Wort darüber entscheiden konnte, ob ihn die Briten in dieser Angelegenheit ernst nahmen. Er wollte bei den Ermittlungen unbedingt dabei sein.

»Vertrauen Sie dem Pathologen?«, fragte Griffith. »Versteht er etwas von seiner Arbeit? Und vor allem, ist er ein Strammer gewesen?«

»Ja. Ja. Nein.« Druwe blickte dem Offizier in die Augen. »Er ist mein Schwager.«

Griffith nickte. »In Ordnung. Kümmern Sie sich um die Überstellung der Leichen. Vaughn hat Priorität und wird nur in Anwesenheit eines englischen Arztes angefasst. Verstanden?«

Der erste Bluff hat gesessen, dachte Druwe, ohne sich etwas anmerken zu lassen. Er war in Berlin ein begeisterter Pokerspieler gewesen. Selbst dann noch, als auch dieses Spiel verboten worden war. Nun galt es, das zweite Blatt zu spielen. Mehr als ein Pärchen hatte er auch diesmal nicht auf der Hand.

»Major Griffith, ich würde mich gern um alles kümmern, was in diesem Fall deutsche Belange betrifft. Die Leiche von Hauptmann Grell, Zeugenbefragungen, Nachforschungen. Verstehen Sie mich nicht falsch, aber es könnte Ihre Zusammenarbeit mit der Regierung, den Behörden und auch den militärischen Stellen erleichtern. Es schafft Vertrauen, wenn grundlegende Arbeiten in unserer Hand bleiben.« Druwe blickte den Briten an und befürchtete einen Moment lang, es übertrieben zu haben. »Sofern es Deutsche betrifft«, fügte er nochmals hinzu.

Griffith hatte sich bereits die zweite Zigarette genommen. Er überlegte. »In Ordnung. Aber nur zu meinen Bedingungen. Sie bleiben einem britischen Offizier unterstellt, dem Sie alle Ergebnisse melden werden. Bis ich Ersatz für Vaughn gefunden habe, bin ich das. Und Sie sind nur befugt, Ermittlungen anzustellen, die deutsche Staatsbürger betreffen. Haben wir uns verstanden?«

»Ja, Major.« Druwe hatte erreicht, was er wollte. Er wusste, dass er entlassen war, denn Griffith hatte sich wieder zum Fenster umgedreht. »Eine Sache ist da noch.« Leider war das so eine Sache mit dem Spielen. Er konnte nur schlecht aufhören.

»Was noch?« Griffith klang gereizt.

»Ich wollte Ihnen schon gestern eine Liste mit den Namen vertrauenswürdiger Polizeibeamter geben. Aber Captain Vaughn hat mir ja diesen nächtlichen Sonderurlaub genehmigt.« Druwe legte ein faltiges und leicht fleckiges Blatt Papier auf den Schreibtisch. »Ich habe die Leute überprüft. Alle ohne Vorbelastung. Sozialdemokraten, Frühpensionierte, Parteilose und solche Männer, die im Dienst gezeigt haben, dass sie keine Nazis sind. Über zwanzig.«

»Okay. Und was wollen Sie von mir?« Der Major blickte fragend auf das Papier.

»Wir brauchen Diensträume«, sagte Druwe. »Im Präsidium. Die Leute sind es gewohnt, dass ihre Polizei hier ist.«

Griffith stöhnte. »Gibt es noch mehr wie Sie in diesem Land, Druwe?«, fragte er.

Druwe blickte verwirrt.

»Ich hoffe nicht. Sonst könnte es sein, dass ihr uns einredet, wir hätten den Krieg verloren.« Der Engländer seufzte. »Also gut, Druwe. Ich spreche mit meinem Quartiermeister. Er soll Ihnen acht Räume zuweisen. Kein Hilfspersonal. Und für jede Ermittlung sind Sie persönlich verantwortlich. Sprechen Sie morgen mit Warrant Officer Cameron. Und jetzt raus hier.«

Im Vorzimmer des Majors bat Druwe darum, ein Telefongespräch führen zu dürfen. Nach einiger Wartezeit wurde er mit dem Flensburger Krankenhaus verbunden. Offenbar war die Chirurgie stark überlastet, die Vermittlung bekam dort niemanden an den Apparat. Einer Eingebung folgend ließ sich Druwe mit der Pathologie verbinden. Tatsächlich nahm jemand ab. Druwe erkannte die Stimme eines Assistenten, den sein Schwager Berthold nur Igor nannte. Offenbar fühlte sich der Kerl in den Kellergewölben bei den Toten so wohl, dass er zwei Räume weiter seine Unterkunft bezogen hatte.

»Kommissar Druwe, Polizei Flensburg hier. Auf Anordnung der Britischen Militärverwaltung müssen sofort zwei Leichname untersucht werden.«

»Da Sie von Leichnamen sprechen, gehe ich davon aus, dass es sich um Tote handelt?«, fragte Igor.

Druwe war vollkommen überrascht. Einerseits hatte er Igor niemals zugetraut, sich mit mehr als drei zusammenhängenden Worten zu äußern. Anderseits war dessen Frage entweder im höchsten Maß dämlich oder aber zynisch. Vielleicht nahm ihn der Kerl auch nur auf den Arm.

Gerade wollte er zu einer passenden Antwort ansetzen, als der Assistent in phlegmatischem Tonfall fortfuhr: »Unsere Toten müssen sich etwas gedulden. Auf Weisung von Dr. Schmid können am Tag nur drei Sektionen durchgeführt werden.«

Nach einer gefühlten Ewigkeit gelang es Druwe zu erfahren, dass sein Schwager eben mit einer Leichenöffnung fertig geworden war.

Endlich kam Berthold Schmid an den Apparat. »Moin, Jens«, sagte der Pathologe, der auch Leiter der Chirurgie war. »Was hast du mit Igor gemacht? Der hüpft gerade vergnügt zu den Nieren und Gehirnen, als hättest du ihm eine Liebeserklärung gemacht.«

»Hör zu, Becher«, sagte Druwe. »In etwa drei Stunden bringen sie euch zwei Leichen. Die haben Vorrang. Einer ist Engländer. Ich habe alles mit dem zuständigen Major besprochen.«

»Kannst du dich nicht um Suffköppe und Klemmbrüder kümmern? In letzter Zeit schleppst du mir ständig die Kalten an«, maulte Schmid.

»Es ist wirklich wichtig«, sagte Druwe. »Außerdem müssen wir mal wieder Ordnung in solche Sachen bekommen. Beweisen, dass wir es draufhaben, Fälle zu lösen ohne irgendeinen Parteisenf. Ich will wissen, was da passiert ist. Sonst booten uns die Tommys aus. Dann sind wir bald deren neue Inder und Neger. Nur noch eine Kolonie. Menschen mit weniger Rechten in ihren Augen. Verstehst du, Becher?«

»Bis vier kann ich die Obduktionen gemacht haben. Sofern es nichts Außergewöhnliches ist. Ein zertrümmerter Schädel wie neulich dauert länger.« Schmid verabschiedete sich und legte auf.

Druwe kannte das Lagerhaus. Er hatte es bereits mehrere Male im Augenwinkel wahrgenommen, wenn er mit dem Wagen die Anhöhe von Mürwik hinauf- oder hinabfuhr. In den Hügelbereich rechts der Straße Kielseng eingelassen lag eine riesige Bunkeranlage, deren Sinn sich ihm zunächst nicht erschlossen hatte. Das Schulungsmaterial der Marineschule war sicherlich nicht derart wichtig. Vor einigen Tagen jedoch waren nacheinander mehrere U-Boote in den kleinen Hafenbereich auf der gegenüberliegenden Straßenseite eingelaufen. Sofort waren Gerüchte in der Stadt entbrannt. Der Führer ist entkommen, sagten die einen. Druwe hielt jedoch eine U-Boot-Fahrt von Berlin durch die Havel und die Mecklenburgische Seenplatte zur Ostsee für eher unwahrscheinlich. Das ist die neue Wunderwaffe, sagten die anderen. Allerdings waren die Würfel zu diesem Zeitpunkt längst gefallen, und kein Wunder hätte daran etwas ändern können. Dennoch hatte Druwe noch nie einen derartigen U-Boottyp gesehen. Jedenfalls erschien es ihm denkbar, dass in den Bunkern Ersatzteile oder Brennstoff lagerten. Und dass wahrscheinlich in den vergangenen Jahren immer wieder U-Boote in Nacht- und Nebelaktionen nach Flensburg gekommen waren.

Druwe ließ die Zufahrt zum Lagerschuppen hinter sich und fuhr zunächst weiter in Richtung Sportschule. Er wollte unbedingt seine kleine Tatort-Ausrüstung holen. Noch immer wurden die Schauplätze von Verbrechen stümperhaft untersucht. In den Berichten lag die Leiche mal auf der Seite, mal auf dem Rücken. Da verschwanden Tatwaffen, und auf allen Gegenständen des Raums waren Fingerabdrücke der Kripobeamten verteilt. Druwe hingegen war stolz darauf, dass er seinen Mordkoffer, wie die Ausrüstung in der Abteilung für Schwerkriminalität jovial genannt wurde, trotz aller Turbulenzen behalten hatte. Mittlerweile war auf dem Marinegelände fast Normalität eingekehrt. Lediglich einige große Mercedes-Benz vor dem Hauptgebäude zeugten von der Regierungsarbeit. Schriftsätze wurden von Wehrmachtshelferinnen von A nach B getragen, um später kopiert und abgeheftet zu werden. Druwe nahm die Aktivitäten kaum wahr. Er eilte zu seinem Dienstraum und griff nach seiner Ausrüstung.

Kurze Zeit später ging es dann mit deutlich überhöhter Geschwindigkeit die Ziegeleistraße hinab. Vom Kielseng bog Druwe in den winzigen Hafenzubringer und forderte dem Wanderer über das grobe

Katzenkopfpflaster alles ab. Mehrere Army-Fahrzeuge standen vor der Lagerhalle der Marine. Zähneknirschend legte er wieder die weiße Armbinde an, als er seinen Wagen vor den britischen Soldaten zum Halten gebracht hatte. Unmissverständlich hielt ein Corporal sein Gewehr im Anschlag. Unruhige Zeiten. Druwe hatte jetzt zwei Ausweise. Sein eigener, deutscher interessierte die Wache herzlich wenig. Erst der zweite, der ihn als Hilfspolizisten im Dienst der British Army legitimierte, führte dazu, dass sich der Lance Corporal etwas entspannte.

Druwe trat durch eine Seitentür in die Halle. Es war ein seltsames Gefühl, das ihn überkam. Hier hatte er sich gestern Nacht mit seinem Bekannten treffen wollen. Hätte ihn Vaughn nicht daran gehindert, wäre Grell wahrscheinlich noch am Leben. Was mochte passiert sein? Hatte der Deutsche die Nerven verloren, als er merkte, dass der Freund nicht dabei war? War Captain Vaughn zu forsch aufgetreten? Seinen Andeutungen konnte Druwe entnehmen, dass den Engländer einige Dämonen verfolgt hatten.

Es roch muffig. Nach Papier, das bei zu hoher Luftfeuchte gelagert wurde. Und nach feuchtem Kalk. Von einem Regal waren mehrere Hitler herabgefallen, die hohlen Gipsköpfe auf dem Boden zerschlagen. Eine Note von Diesel lag in der Luft. Vermischt mit dem Unterton von Schlachthaus. Druwe hatte bei seiner Arbeit in Berlin gelernt, dem Geruchssinn eine besondere Bedeutung beizumessen. Sein Vorgesetzter und Mentor bei der Mordinspektion hatte darauf bestanden, dass alle Ermittler diesen Sinn schulten.

»Lüften Sie am Tatort nicht, mein lieber Druwe«, hatte Gennat gesagt. »Nehmen Sie wahr. Sie müssen lernen, den Angstschweiß des Opfers vom Schweiß der Erregung des Täters zu unterscheiden. Sie dürfen es nicht versäumen, den flüchtigen Duft eines Parfüms oder eines Rasierwassers in ihrem Gehirn abzuspeichern. Was wurde gegessen, was getrunken? Es hängt alles in der Luft.« Er hatte dabei sicherlich an seinen geliebten Kuchen gedacht. Druwe hatte es nie zu einer Perfektion bei diesen Schnüffelübungen gebracht, aber eine Überlegung des großen Berliner Kriminalisten war ihm in Erinnerung geblieben.

»Wussten Sie, Druwe, dass das Riechen eine uralte Funktion des Gehirns ist? Da laufen im Oberstübchen Sachen ab, die wir gar nicht bewusst wahrnehmen. Sie riechen etwas, und später laufen Sie irgendwo vorbei. Vielleicht sind Sie plötzlich aufgekratzt oder müde. Oder Ihnen wird schlecht. Sie begreifen es nicht, dabei ist es eine Erinnerung. Wie aufregend wäre es, wenn wir das bewusst machen könnten. Kein Täter wäre vor uns sicher.«

Druwe nahm sich seither an Tatorten immer zwei oder drei Minuten Zeit, um die Eindrücke unverfälscht auf sich wirken zu lassen. Es schützte ihn davor, voreilige Schlüsse zu ziehen. In einer Art Rückschau konnte er immer wieder zu diesem ersten Punkt der Arbeit zurückkehren.

Er atmete noch ein paar Mal ein. Ja, hier lag der Geruch nach Schlachthaus in der Luft. Als Mordermittler wusste Druwe, was das bedeutete. Sich zersetzendes Eiweiß roch so. Blutmengen von über zwei Liter enthielten derart viel Eiweiß, dass der typische Metallgeruch des Blutes überlagert wurde.

»Kommissar Druwe?« Die junge Stimme schien aus einer anderen Welt zu kommen. Ein Second Lieutenant wedelte mit den Händen vor Druwes Gesicht herum. »Ist alles in Ordnung mit Ihnen oder soll ich einen Arzt …«

Druwe lächelte und schüttelte den Kopf. Wie sollte er das erklären? Er entschied sich, es erst gar nicht zu versuchen. Stattdessen wollte er gleich zur Sache kommen. »Ich bin hier, weil …«

»Major Griffith hat mich über Funk informiert. Er ist leider verhindert, da Colonel Andrews eine Besprechung des Stabes angeordnet hat. Ich soll Sie davon in Kenntnis setzen, dass ich hier den Oberbefehl habe.« Der Mann war Anfang zwanzig, und ihm schien sichtlich unangenehm, dass er einem fast dreißig Jahre älteren Kommissar sagen sollte, wo es langging. Andererseits war es diese Verlegenheit, die ihn Druwe auf Anhieb sympathisch erscheinen ließ.

»Mein Name ist Reece Taylor, Second Lieutenant«, sagte der Brite dann.

Druwe wollte ihm die linke Hand reichen, als er merkte, wie der junge Offizier zögerte.

»Befehl vom Oberkommando. Non-Fraternization-Order. Keine Ehrenbezeugung vor deutschen Zivilpersonen oder Militärangehörigen«, druckste der Mann herum. Dann hob er den Kopf, sah Druwe an und reichte ihm die Linke. »Scheiß Krieg. Aber kein Grund unhöflich zu sein, würde meine Mutter sagen.«

Beide Männer gingen vorsichtig in die Halle hinein. Druwe war erstaunt, dass offenbar noch nichts angerührt worden war. Er hatte das Schlimmste befürchtet. Immerhin standen um die Halle etwa ein Dutzend Soldaten. Er hatte in Berlin Tatorte erlebt, die von Passanten, Schaulustigen, Nachbarn, aber auch unbedarften Streifenkollegen regelrecht verwüstet worden waren.

»Sagen Sie, Taylor, sind Sie bei der Kriminalpolizei?«, fragte er anerkennend. Er deutete mit dem Kinn in Richtung der Blutlache. »Nichts angerührt oder verändert. Hervorragend.«

»Nein, ich will Schriftsteller werden«, sagte der Lieutenant und lachte. »Und das hier war gesunder Menschenverstand. Übrigens die Sache mit dem Oberbefehl. Keiner von uns hat Erfahrung mit Mordermittlungen. Viele unserer Jungs nennen sich zwar Militärpolizisten, aber deren Arbeit hat mit zivilen Ermittlungen nichts zu tun. Mir wäre es am liebsten, wenn Sie die Sache machen. Ich bleibe im Hintergrund und lerne. Offiziell habe ich zwar die Befehlsgewalt, wenn jemand fragt. Aber ansonsten machen Sie, was Sie für richtig halten. Können Sie damit leben, Kommissar Druwe?«

Druwe konnte es kaum glauben. Sofern er es geschickt anstellte, hatte er seinen ersten echten Nachkriegsfall, ohne dass ihm jemand hineinpfuschte. Vielleicht konnte er Grell noch einen letzten Gefallen tun und diese Angelegenheit aufklären. Wenn er dabei noch ein paar Pluspunkte bei den Briten sammelte, umso besser.

»Ganz sicher kann ich das, Lieutenant Taylor«, sagte er und nickte dankbar.

Druwe näherte sich vorsichtig der riesigen Blutlache, die fast die Hälfte der Bodenfläche in der Mitte des Lagerhauses bedeckte. Offenbar war es in der Vergangenheit öfter zum Verschütten von Flüssigkeit gekommen, denn der Beton war mit einem hellgrauen Lack versiegelt worden. Auf diese Weise hatte sich das noch nicht geronnene Blut weit ausdehnen können. Auf der rechten Seite, etwas entfernt, lag ein Körper. Wehrmachtsmantel. Halsverband. Grell. Anhand der Blutschlieren war zu erkennen, dass der Mann offenbar nicht sofort tot gewesen war. Druwe trat dichter an den Toten heran. Grell hatte sich aus eigener Kraft zu einem Regalbereich geschleppt. Es gab keine Spuren, die darauf hindeuteten, dass der Körper geschleift worden war. Er lag etwas seitlich auf einem mit irgendetwas gefüllten Jutesack. Hinter ihm stützte eine Kiste den Leichnam ab. Deutlich erkennbar war ein Einschussloch im Brustbereich. Die tödliche Wunde, vermutete Druwe. Zusätzlich waren Schussverletzungen am rechten Oberarm und Oberschenkel auszumachen. In der Hand hielt der Tote seine Walther PPK. Druwe sah sich in der Nähe der Leiche um. Grell hatte Akten mitbringen wollen. Also musste er eine Mappe oder eine Aktentasche bei sich gehabt haben. Aber es war nichts zu finden.

Lieutenant Taylor bewegte sich mit ebensolcher Vorsicht im Raum wie Druwe. Da es jetzt zu dem britischen Opfer ging, musste Druwe ihn einbeziehen.

»Wichtig ist, niemals etwas zu verändern, bevor man es nicht registriert hat. Besser ist es sogar, alles zu fotografieren und Skizzen anzufertigen.«

»Major Griffith hat einen War Correspondent angefordert. Im Deutschen sagt man, glaube ich, Kriegsberichter. Da sollte sowieso jemand zu unserer Brigade kommen. Wenn er auf keine Mine fährt, kann er in einer Stunde hier sein.«

»Jetzt zu Ihrem Kameraden, Taylor«, sagte Druwe.

Er folgte der Blutlache, die erst kleiner, dann aber wieder deutlich größer wurde. Links vom Eingang, hinter einem Stapel Kisten, waren zwei Militärstiefel zu erkennen. Als beide Männer näher kamen, erkannten sie den Leichnam von Fred Vaughn. Er schien nach hinten gekippt zu sein, denn der rechte Arm war zum Kopf hin abgewinkelt. Einen Meter weiter lag sein Enfield-Revolver, als hätte er ihn im Fallen verloren. Auch bei Vaughn war die Todesursache klar zu erkennen, denn wieder fand sich ein Einschuss in der Herzgegend.

Druwe suchte sich eine sichere Unterlage und öffnete seinen Tatort-Koffer. Zunächst machte er sich daran, eine Skizze anzufertigen. Danach maß er Abstände zwischen den wichtigsten Gegenständen sowie den Leichnamen. Schließlich stellte er Pappschilder mit Nummern an Blutspuren, Vaughns Waffe und weiteren Stellen auf, deren Wichtigkeit sich dem britischen Offizier nicht erschloss. Immer wieder genoss Druwe das Entsetzen der Umstehenden, wenn er daran ging, die Temperatur eines Leichnams zu bestimmen. Viele Menschen dachten wohl immer noch, ein Leichengift könnte dadurch auf sie überspringen. Oder ein Dämon könnte geweckt werden. In kalter Umgebung musste ein Thermometer rektal eingeführt werden. Hier im Lagerhaus war allerdings eine Messung im Mund ausreichend, zumal die Nächte zurzeit mild waren. Selbst unter Kollegen war dieses Vorgehen noch nicht Routine. Dabei konnte man durch diese einfache Untersuchung den Todeszeitpunkt recht gut abschätzen.

»Na, mein lieber Watson, was denken Sie?«, fragte Druwe, der eine seltsam morbide Form der Hochstimmung empfand.

Lieutenant Reece blickte ihn zunächst fragend an, dann hellte sich seine Miene auf. »Es ist doch offensichtlich, Holmes. Der Deutsche und Captain Vaughn trafen sich. Der Deutsche hatte etwas, was Vaughn haben wollte. Vielleicht war dann die Forderung zu vermessen, der Preis zu hoch, vielleicht hat der Deutsche auch bemerkt, dass Vaughn Jude war. Es kam zum Streit, der Deutsche schoss auf Vaughn. Der konnte ebenfalls noch drei Mal auf den Deutschen schießen, bevor er selbst starb. Was sagen Sie, Holmes?«

»Wieder einmal scheint Ihr Verstand nicht annähernd so scharf wie das Messer, mit dem Sie gerade Mrs Hudsons Gurken-Sandwiches schneiden. Und Ihre Schlussfolgerungen könnten aufgrund Ihrer fehlerhaften Vorannahmen und Ihrer vorgefassten Meinung kaum ferner der Wahrheit liegen, mein lieber Freund.« Druwe lachte herzlich.

»Holmes! Ich darf doch sehr bitten!« Nun lachte auch der Lieutenant. »Mr Druwe, ich bin erfreut, dass Sie Arthur Conan Doyle kennen. Wissen Sie, ich bin fest davon überzeugt, dass die Literatur alle Menschen miteinander verbindet. Im geschriebenen Wort drücken sich unsere Ängste und Nöte aus, aber auch die Hoffnungen und Erwartungen. Und zwar unabhängig von Stand, Rasse oder Nationalität.«

»Da mögen Sie recht haben«, sagte Druwe. »Aber gerade für ihre größten Ängste suchen die Leute auch immer einen Sündenbock. Ihr habt gerade ein Volk besiegt, das andere für seine Komplexe geschunden hat. Und hier am Tatort gilt das auch im Kleinen.«

Reece sah den Deutschen fragend an.

»Eurem Oberkommando geht hier im Norden der Arsch mächtig auf Grundeis«, fuhr Druwe fort. »Unweit von Kiel kampieren hunderttausend Mann der Wehrmacht. In Mürwik treffen sich immer noch die alten Bonzen und überlegen, wie sie ihre Macht und ihr Geld retten können. Und ihr seid bei der Bevölkerung die Dummen. Es drohen Hunger, Seuchen und Wohnungsmangel. Euch werden sie dafür die Schuld geben. Jetzt sterben zwei Menschen. Was macht Ihr? Natürlich ist der Deutsche schuld, und euer Captain wollte nur Blumen pflücken.«

»Ich habe bei der Schilderung des möglichen Tathergangs etwas einseitig …«, setzte der Brite an, wurde jedoch von Druwe unterbrochen.

»Wer hat die Leichen gefunden?«, fragte er.

»Zwei Marineleute. Die Flak-Stellung wird demontiert, und sie sollten Werkzeug holen. Müssten draußen bei ihrem Fahrzeug sein«, antwortete Reece Taylor.

Druwe entschuldigte sich und verschwand durch das Hallentor. Einige Minuten später kehrte er sichtlich zufrieden zurück.

»Sie sollten sich bei einer Tat niemals fragen, wie sie abgelaufen sein könnte«, begann er zu dozieren. »Dann fließen vor allem Vermutungen und Meinungen in ihr Bild ein. Später ist es dann ungemein schwer, davon wieder loszukommen. Haben wir erst eine Räuberpistole erdichtet, dann tut unser Verstand alles, um dabei zu bleiben. Das Offensichtliche wird überbewertet, nach Verborgenem wird gar nicht erst gesucht. Notfalls werden Fakten umgebogen oder übersehen.«

»Und wie kommt ein Kriminalist dann zu einem Ergebnis?«, fragte der Lieutenant.

»Ausschlussverfahren, mein lieber Kollege«, sagte Druwe. »Man nennt es das Ausschlussverfahren. Fragen Sie sich also nicht, wie eine Tat abgelaufen sein könnte. Fragen Sie sich, wie sie nicht abgelaufen sein kann. Und das immer wieder. Solange bis nur eine einzige Variante übrigbleibt. Das ist dann die Wahrheit.«

»Und was bedeutet das konkret in unserem Fall?«

»Wir haben zwei erschossene Männer. Ihre Körper liegen etwa zwanzig Meter voneinander entfernt. Beide halten eine Waffe in der Hand. Es gibt keinen direkten Sichtkontakt, da zwei große Regale zwischen den Fundorten der Leichen stehen. Somit gibt es von dort kein direktes Schussfeld. Beide Männer haben eine vermutlich tödliche Schusswunde in der Brust. Der Deutsche hat zwei weitere Schussverletzungen, die bereits vor dem Tod zu einem hohen Blutverlust führten. Die Menge und Verteilung des Bluts in der Hallenmitte deuten darauf hin, dass es von dem Deutschen stammt. Die Spur führt bis zu der Ecke, in der er starb.« Druwe hielt inne und bat Reece um eine Zigarette.

»Bei der ersten Variante wird der Deutsche bei einem Feuergefecht zweimal verwundet, spürt den Briten auf und erschießt ihn«, fuhr Druwe fort. »Problem: Wie hat er das gemacht, ohne sein Blut auch in der anderen Ecke der Halle zu verteilen? Und noch gravierender: Wie hat er sich dann selbst den tödlichen Schuss eingefangen? Und weiter: Es gibt im Lagerhaus keine Hinweise für eine Schießerei.«

»Umgekehrt hätte das natürlich ebenso gegolten«, meldete sich Taylor zu Wort. »Hätte Vaughn den Deutschen erschossen, wer hat ihn dann auf dem Gewissen?«

»Exakt.« Druwe blies den Rauch über ihre Köpfe. »Eine zweite Variante ist, dass der Captain Hauptmann Grell absichtlich verletzt hat. Grell verwundet daraufhin seinen Widersacher tödlich, der sich noch in die Ecke schleppen kann, in der wir ihn gefunden haben.«

»Warum hat er sich dann selbst getötet? Da hinten?« Taylor deutete zu dem Bereich hinter den Regalen, in dem Grells Leichnam lag.

»Eben«, sagte Druwe knapp. »Es ergibt keinen Sinn. Andersherum auch nicht. Vaughn folgt Grell, der sich wegschleppen will, und erschießt ihn. Danach sind wir wieder bei Variante eins.«

»Dann wäre da noch Variante drei«, sagte der Engländer triumphierend. »Grell hatte einen Helfer dabei. Es kommt zwischen den Männern zu einem Schusswechsel.« Er unterbrach sich. »Nein. Dafür gibt es hier keine Hinweise. Also, der Captain verwundet den Deutschen, der sich noch wegschleppen kann. Der Captain folgt ihm und erschießt ihn. Da greift der zweite Deutsche ein, bedroht Vaughn, der dorthin flieht.« Der Lieutenant deutete auf die andere Seite. »Der unbekannte Dritte landet einen Zufallstreffer und verwundet den Captain tödlich.«

»Erstens könnte ebenso gut Captain Vaughn eine Begleitung gehabt haben«, entgegnete Druwe nachdenklich. »Und zweitens wäre doch in dieser Situation eher eine Schießerei die Folge gewesen. Aber ich konnte hier nirgendwo eine Hülse finden.« Druwe dachte kurz nach und wandte sich in den folgenden Minuten nochmals den Toten zu. Er wirkte etwas abwesend, als er zur Hallenmitte zurückkehrte und Taylor wieder das Wort ergriff.

»Dann kann es nur *The Black Dog* gewesen sein«, sagte der Engländer resignierend.

»Nicht schlecht, Lieutenant. Genau das ist es«, sagte Druwe. »Die Ermittlungen müssen uns zur Verzweiflung bringen. Selbst Geister und Fabelwesen müssen wir als Täter in Betracht ziehen. Wenn man an diesem Punkt ist, kann man beginnen, das Logische vom Irrationalen zu trennen. Dabei dürfen wir nie die Spuren und Indizien außer Acht lassen. Weder der Kohlenmann noch der Schwarze Hund hinterlassen nämlich Stiefelabdrücke im Blut. Schussverletzungen entstehen nicht durch das Bohren mit dem Finger. Und Geisterwesen löschen wohl nicht brav das Licht, wenn sie gehen.«

Als ihn der junge Soldat wieder nur ratlos anblickte, fuhr Druwe fort: »An zwei Stellen konnte ich Teilabdrücke von Sohlen sichern. Ich hoffe, dass der Fotograf gute Arbeit leistet. Vorhin habe ich bei Ihren Leuten und den beiden Marinesoldaten die Stiefel inspiziert. Von denen stammen die Abdrücke nicht. Und unsere Jungs konnten noch ein wichtiges Indiz beitragen. Als sie das Lagerhaus heute früh betraten, war die Seitentür zwar unverschlossen, aber das Licht brannte nicht. Mir sind noch keine Toten untergekommen, die Schalter betätigen.«

Eine Stunde später saß Druwe in seinem Dienstraum und beobachtete eine Gruppe junger Männer beim Exerzieren. Das Singen der Lieder hatten die Besatzer kurzerhand verboten, da sie nicht abschätzen konnten, welches Liedgut nationalsozialistisch belastet war. Der Kommandeur der Marienschule hatte daraufhin entschieden, dass fortan die Melodie gepfiffen werden sollte. Auf einer Kabinettssitzung war dies von Dönitz persönlich abgesegnet worden.

Hühnerkacke, dachte Druwe. An allen Ecken brennt es, und die Herren spielen Pimmel-Vergleichen mit den Engländern. Wieder einmal war er nicht sicher, ob das hier die richtige Aufgabe für ihn war. Andererseits erschien ihm die Leitung der deutschen Hilfspolizei im Polizeipräsidium auch nicht unbedingt als verlockend. Während er noch weiteren Gedanken nachhing und über den Fall in der Lagerhalle grübelte, klopfte es. Er öffnete die Tür und wurde im nächsten Moment fast umgeworfen.

»Überraschung gelungen!«, rief Eva Steinfeld. Sie fiel Druwe um den Hals, und beide küssten sich lang und leidenschaftlich.

»Könntet ihr euch bitte etwas zurückhalten? Hier sind geschwächte Personen zugegen, die solch anzügliches Verhalten doch noch ins Grab bringen könnte«, rief Ludwig Steinfeld mit gespielter Empörung. Er stand seitlich neben dem Türrahmen hinter seiner Schwester.

»Wie kommt ihr hierher?«, fragte Druwe, nachdem er den Mann begrüßt hatte. »Mit dem Fuhrwerk? Oder fahren die Busse schon wieder?«

»Ach was«, entgegnete Eva mit gespielter Grandezza. »Wichtige Leute werden von den Briten gefahren.« Druwe blickte sie ungläubig an, und sie fuhr fort: »Es soll eine neue Stadtverwaltung aufgebaut werden. Mit einem Dänen als Bürgermeister. Und der Mann von Elsbeth hat Lupo für die Mitarbeit vorgeschlagen.«

»Fangen sie schon an, das Reich aufzuteilen?«, fragte Druwe. Ein Däne als Bürgermeister von Flensburg konnte nur bedeuten, dass die

Region Südschleswig abgetrennt werden sollte. Es gab hier viele Dänen, die entsprechende Interessen hatten.

»Wir werden sehen«, sagte Ludwig Steinfeld. »Wichtig ist, dass schnell eine funktionierende Verwaltung aufgebaut wird. Und dass dabei Nazis keine Rolle spielen. Ähnlich wie bei deiner Sache hier, Jens.«

Druwe tat sich immer noch schwer mit der vertraulichen Anrede. Noch vor zwei Wochen hatten beide Männer in Welten gelebt, die gegensätzlicher kaum sein konnten. Er als Querkopf, der sich aber dennoch immer irgendwie mit dem System arrangiert hatte. Und Steinfeld als Häftling und Opfer der Willkür eben jenes Systems.

»Sofern es keine Staatsgeheimnisse sind, würde ich gern ein paar Neuigkeiten über die jetzige Reichsregierung erfahren.« Ludwig Steinfelds Stimme klang etwas verächtlich. »Immerhin wird hier in Mürwik Weltpolitik gemacht.« Er lächelte. »Im Ernst, Jens, ich habe kaum Erfahrung mit politischen Ämtern. Aber da wir beide uns kennen, könnte ich mich dem Bürgermeister vielleicht als Verbindungsmann zu der neuen Polizei und Regierung anbieten. Was meinst du?«

»Wir können ja mit der Nachricht anfangen, dass der Reichspräsident Großadmiral Dönitz und sein Stab gestern einen gehörigen Tritt in den Hintern bekommen haben.« Druwe lächelte. »Etwas Klatsch und Tratsch lockern die Arbeit doch enorm auf, Ludwig.«

»Was ist passiert?«, fragte Steinfeld, und auch seine Schwester blickte interessiert.

»Eine Organisation, die die Briten Kontrollkommission nennen, hat gestern auf der *Patria* Quartier bezogen. Und sie haben Dönitz einfach an die Luft gesetzt. Ihm mussten die Köfferchen zur Kommandeursvilla auf dem Gelände getragen werden. Es muss ein Bild für die Götter gewesen sein. Vorneweg der wütende Dönitz. Und hinterher seine Adjutanten. Das schöne Mobiliar durfte er natürlich nicht mitnehmen. Das Ganze hat sicherlich eine pikante Note, die dem Admiral und uns Deutschen zeigen soll, wo wir hingehören.« Druwe grinste. »Jetzt ist es vorbei mit den lauen Abenden auf dem Sonnendeck des *KdF*-Dampfers.«

In der nächsten halben Stunde tauschten Druwe und Steinfeld einige Neuigkeiten aus. Eva Steinfeld hatte Kaffee zubereitet und trat etwas gelangweilt an die beiden Männer heran.

»Ehrlich gesagt fühle ich mich wie das fünfte Rad am Wagen«, sagte sie. »Ich möchte auch etwas tun. Nicht nur Magda Lessling die Hand halten, wenn sie wieder ihre Weinkrämpfe hat.«

Druwe sah sie an. »Vielleicht solltest du wieder studieren.«

»Ach ja?« Ihre Stimme klang bitter. »Trümmerkunde oder Totenlehre?«

»Du …«, hob Ludwig Steinfeld an, wurde aber durch Lärm auf dem Platz vor dem Gebäude der Sportschule unterbrochen.

Die drei traten ans Fenster.

»Das ist unerhört. I protest! Jawohl, I protest in the strongest terms!« Der Wehrmachtsoffizier wurde von zwei britischen Unteroffizieren an den Oberarmen gehalten. Nebenher lief ein Amerikaner, wie Druwe verwundert feststellte. Weitere Unteroffiziere hielten ihre Gewehre bereit, der Corporal hinter dem Deutschen hatte eine Pistole gezogen und auf den Rücken des Abgeführten gerichtet. Der Gefangene selbst war um die sechzig, hatte ein strenges, fast klassisch geschnittenes Gesicht. Sein Linksscheitel war, offenbar durch eher unsanfte Behandlung, in Mitleidenschaft gezogen. Auch schien er seine Uniform in aller Eile angelegt zu haben, das Hemd ragte seitlich aus der Hose, die Jacke war falsch geknöpft, das Ritterkreuz am Kragen hing schief.

»Keitel«, sagte Druwe ungläubig.

»Ja!«, rief Ludwig Steinfeld und hob die Faust. »Jetzt machen sie Ernst. Jetzt geht es diesen elenden Dreckschweinen an den Kragen.«

Die Tragweite dessen, was Druwe und die Geschwister Steinfeld hier beobachteten, war kaum zu ermessen. Keitel, der ranghöchste deutsche Militär, abgeführt wie ein Sträfling zur Hinrichtung.

»Jetzt müssen wir nur aufpassen, dass uns die Kommunisten nicht die Wurst vom Teller nehmen. Es wird ein Vakuum entstehen, wenn sie alle Nazis aus den Ämtern jagen.« Ludwig Steinfeld war voller Enthusiasmus. Zwölf Jahre Konzentrationslager hatten zwar Narben hinterlassen, aber sie hatten ihn nicht brechen können. »Ich muss los. Ich habe den Fahrer auch schon viel zu lange warten lassen.« Er umarmte seine Schwester und nickte Druwe zum Abschied zu.

»Er ist schon fast wieder der Alte«, sagte Eva Steinfeld.

»Wir alle werden nie wieder die Alten sein, Eva«, erwiderte Druwe.

Er erzählte ihr von den beiden Toten im Lagerhaus der Marine.

»Warum hat dich dieser Vaughn kaltgestellt?«, fragte Eva entrüstet. »Was hatte er davon?«

»Ich verstehe es auch nicht ganz. Ich habe jetzt erst erfahren, dass er jüdischer Abstammung war. Vielleicht misstraute er uns einfach. Vielleicht wollte er auch nur sein eigenes Süppchen kochen. Manche Leute brauchen den Alleingang.«

»Tatsächlich?« Sie sah ihn vielsagend an.

»Dass Grell Mist gebaut hat, kann ich nicht glauben. Vom Charakter her war er eher ein typischer Archivar, ruhig und besonnen. Und am Tatort deutet nichts darauf hin, dass er dort den Cowboy gespielt hat«, fuhr Druwe fort.

»Du reitest dich …« Eva Steinfeld unterbrach sich. »… uns aber nicht wieder in so eine Sache rein? Ich meine Grells Akten, von denen du gesprochen hast.«

»Keine Ahnung, wo die sind.« Druwe fragte sich, ob das eine halbe Lüge oder eher eine halbe Wahrheit war. Er ging davon aus, dass Werner Grell nur ein paar Akten bei sich getragen hatte. Wahrscheinlich war der Großteil noch bei seinen drei Kameraden. Dass jetzt mehrere Parteien versuchen würden, an die brisante Ware zu kommen, verschwieg Druwe.

»Meintest du das vorhin ernst, mit dem Studieren?«, wechselte Eva das Thema.

»Selbstverständlich. Oder willst du jetzt ewig Landarbeiterin bleiben?«, fragte Druwe. »Unser großer Führer ist tot. Und die Amis und Briten oder Leute wie dein Bruder werden dafür sorgen, dass man wieder tun und sagen kann, was einem gefällt. Weitgehend jedenfalls.«

»Denkst du, dass Frauen wieder studieren dürfen?«

»Es wird sich einiges ändern in Deutschland«, sagte Druwe. »In der BBC sprachen sie davon, dass wir in Zukunft keine eigenen Streitkräfte mehr haben sollen. Dann hört dieser Irrsinn von Befehl und Gehorsam vielleicht auf. Und du hast ja gesehen, wie sie mit Keitel umgesprungen sind. Ehrlich gesagt, wenn man ein Land mit einem anderen Denken will, dann kommt man um die Frauen nicht herum. Studium, Beruf, alles wird auch euch möglich sein. Außerdem dürften ein paar Lücken zu füllen sein. Gefallene, Vermisste, Kriegsgefangene. Im Reich fehlen mehrere Millionen Männer. Und deren Arbeit muss getan werden.«

Eva blickte ihn nachdenklich an. »Es wird vor allem Zeit, dass die Leute selbst anfangen zu denken«, sagte sie nach einer Weile. »Anstatt immer nach oben zu schauen, was dort gewollt wird. Und die, die oben sind, müssen sich daran gewöhnen, dass auch die Leute unten einen eigenen Willen haben.«

Druwe sah aus dem Fenster, als erwartete er jeden Moment weitere Verhaftungen.

»Studieren könnte ich nur in Hamburg oder Berlin. Das ist dir schon klar, Jens?«, sagte Eva schließlich.

»Bestens«, entgegnete er. »Oder meinst du, ich will hier oben verschimmeln? In Berlin könnte ich an alte Zeiten anknüpfen. In Hamburg könnte ich vielleicht selbst eine Mordinspektion nach Gennats Vorbild aufbauen. Egal, Hauptsache Kripo-Arbeit. Auf der Straße. Für diesen politischen Mist hier …« Druwe umfuhr mit der Hand einen Halbbogen in der Luft. »… bin ich doch nichts.«

»Also abgemacht, Berlin oder Hamburg«, sagte Eva Steinfeld. »Was ist jetzt mit dem Verhör?«

Er blickte sie verdutzt an. Dann hellte sich sein Gesicht plötzlich auf. »Ja, Fräulein Steinfeld. Natürlich, das Verhör.« Er ging zum Schreibtisch, nahm ein Blatt Papier und schrieb *Verhör. Nicht stören!* darauf. Dann befestigte er das provisorische Schild mit einer Heftzwecke außen an seiner Tür. Manche Dinge waren bei der Polizeiarbeit ungemein wichtig. Verhöre gehörten dazu. Nun war diese Dame zwar nicht verdächtig, aber was nicht war, konnte ja noch werden. Jens Druwe musste in der folgenden Stunde allerdings lernen, dass nicht er hier das Sagen hatte. Leibesvisitation und vorsorgliches Entkleiden liefen noch ganz nach seinen Vorgaben. Dann übernahm jedoch die Nichtverdächtige die Regie, und schon nach kurzer Zeit war er bereit, alles zu gestehen, was man ihm jemals zur Last legen konnte. Die Bereitschaft zur Kapitulation schien zu einer neuen Wesensart deutscher Männer geworden zu sein.

Druwe sah zum wiederholten Mal auf die Uhr. Er wollte sich bei seinem Schwager nach den Ergebnissen der Autopsien erkundigen, die ihm dieser für den frühen Nachmittag versprochen hatte. Die beiden Leichen aus der Lagerhalle waren gegen elf in der Pathologie des Krankenhauses eingetroffen. Schmid hatte ihm zugesichert, nach der Mittagspause mit den Untersuchungen zu beginnen.

»Willst du die Zeiger durch deinen Blick zwingen, sich schneller zu bewegen?«, fragte Eva, der nicht entgangen war, dass ihr Gefährte mit den Gedanken woanders war. Beide hatten die freie Zeit genutzt, um sich auf dem Gelände des »Sonderbereichs«, wie das Militärgelände der Marineschule nun hieß, die Beine zu vertreten. Nach Norden hin kamen sie an die Landspitze Fahrensodde, die freie Sicht auf die Flensburger Förde und Süddänemark bot. Zu anderen Zeiten wäre dies ein idyllischer Platz für Verliebte gewesen.

»Hier ist also der letzte, nicht besetzte Teil des Deutschen Reichs«, sinnierte Eva. In ihrer Stimme klang deutlich Ironie durch.

»Hm«, murmelte Druwe.

»Wird schwierig werden, siebzig Millionen Menschen auf zehn Quadratkilometern unterzubringen«, fügte sie hinzu. Sie war stehengeblieben und beobachtete Jens Druwe, wie er auf die Uhr starrte.

»Hm«, gab er zur Antwort.

»Und der Kaiser von China soll neuer Reichskanzler werden.« Eva Steinfeld veränderte ihre Tonlage nicht.

»Hm.« Die Bemerkung schien jedoch in ihm nachzuhallen. »Was? Entschuldige, Eva, ich war kurz abgelenkt.«

»Kurz?« Sie lachte. »Du bist seit zwei Stunden schon woanders, Jens. Vielleicht sollten wir jetzt zum Krankenhaus fahren. Wenn dein Schwager früher fertig geworden ist, dann wirst du von deiner Qual erlöst. Wenn nicht, dann warten wir eben dort.«

Plötzlich war Jens Druwe völlig verändert. Als wäre das lang ersehnte Spielzeug nun endlich in greifbarer Nähe, wechselte seine Stimmung von verschwiegenem Moll zu einem beschwingten Allegro.

»Wir schauen, ob du in der Kantine der Diako etwas zu essen bekommst. Ich hoffe, dass ich mit Becher nicht so lange brauche«, sagte er, als sie gemeinsam auf dem Weg zum ehemaligen NS-Fahrzeugkorps waren. Er hatte den Fehler begangen, seinen Dienstwagen dort wieder abzugeben. Offenbar waren viele Leute unterwegs; es standen jetzt nur ein paar Kleinwagen herum.

»Bist du noch bei Trost, Jens?«, fragte Eva Steinfeld entrüstet. »Ich lasse mich doch nicht einfach irgendwo abstellen. Schon gar nicht in einer Kantine. Erstens will ich deinen Schwager endlich kennenlernen. Zweitens wollte ich schon immer mal wissen, wie die Pathologen arbeiten.« Sie grinste ihn an. »Und drittens denken Frauengehirne anders. Könnte in diesem Fall von Nutzen sein. Wenn sich gleich nach dem Ende des Krieges zwei Männer schon wieder den Schädel einhauen, scheint mir ein wenig weibliche Logik ganz angebracht zu sein.«

Sie stritten sich über das Thema, bis Druwe den Wagen bereits auf die Zufahrt der Diako steuerte.

»Na schön.« Er seufzte. »Dann komm eben mit. Aber du musst wissen, dass Becher und Igor recht konsequent sind, wenn jemand kotzen muss. Dann darfst du nämlich selbst wischen.«

»Wer ist Igor?«, fragte sie.

Statt zu antworten, lächelte er nur vielsagend. Beide betraten die pathologische Abteilung über den Zentraltrakt. Die Außenrampe an der Rückseite des Krankenhauses war den Leichnamen vorbehalten, die von außerhalb kamen. Die Nutzung des Lastenaufzugs, der ins Kellergeschoss führte, wirkte auf Eva jedoch nicht minder makaber. Im mitfühlenden Duktus deutscher Amtsstuben wies ein Schild auf die Formalia hin, die die Gäste zu beachten hatten. *Totenschein bereithalten! Zutritt nur mit Zehenkarte. Verwechslungsgefahr!*

»Zutritt nur mit Zehenkarte?«, las sie empört. »Wer denkt sich so etwas aus? Wer hier eine Zehenkarte hat, wird wohl kaum noch zutreten.«

Als die Türen des Aufzugs sich nach kurzer Fahrt wieder öffneten, mussten sich beider Augen erst an das Dämmerlicht gewöhnen. Der Kontrast zum Frühsommer, der oben herrschte, war gewaltig. Die Hallen des Hades trugen ihren Spitznamen wahrlich nicht zu unrecht. Es war kühl, und Eva fröstelte. Aus einiger Entfernung erklangen Stimmen und immer wieder ein Klopfen, als prallte eine Faust auf einen Holztisch.

Der Teufel und sein Fährmann schienen um die Seelen der Toten zu spielen. Eva war nicht abergläubisch, aber diese Szenerie hatte etwas Gespenstisches. Gerade hatte sie sich innerlich wieder in eine gewisse Stabilität gebracht, als von hinten eine Hand nach ihr griff. Im Blickfeld vor sich nahm sie Druwes Umrisse wahr, dessen Hand es also nicht sein konnte. Es bedurfte des Rests ihrer Selbstbeherrschung, um nicht laut aufzuschreien, sondern sich umzudrehen. Und dort stand Igor. Er musste es sein, Eva wusste es instinktiv. Der arme Kerl konnte für seinen körperlichen Zustand nichts, denn ein Geburtsfehler hatte zu einer Verkrümmung der Wirbelsäule mit der Ausbildung eines ordentlichen Buckels geführt. Zudem war sein Gebiss nicht das Beste, so dass sein Grinsen im faden Licht der Glühbirne recht monströs wirkte.

»Herr Druwe, nicht wahr?« Igor stellte eher fest, als dass er fragte. »Wir haben telefoniert. Sie hatten uns ja mit zwei Besuchern außerhalb der herkömmlichen Buchungen beehrt. Doktor Schmid und sein Assistent sind bereits fertig.«

Eva Steinfeld hatte sich wieder gefasst und folgte mit Druwe dem Pathologiegehilfen. Er führte sie durch einen Flur, an dessen Ende das Licht gleißender wurde. Druwe wusste von seinem letzten Fall, dass sich dort der Sektionssaal befand. Alle Wände waren gefliest, die Tische waren aus Edelstahl. Im Boden die Abflüsse. Das Schrecklichste waren für ihn die Eimer gewesen, in die sein Schwager allerlei Überbleibsel der Sektion hatte gleiten lassen. Am Ende der Prozedur hatte das Ding dann, bis zum Rand gefüllt, neben dem Tisch gestanden. Er hatte nicht umhin gekonnt, an die landläufig bekannten Schweineeimer zu denken. Nach Evas Schreckattacke nahm sich Druwe vor, sie unbedingt vom Betreten dieses Schlachthauses abzuhalten.

»Hier finden sie die Doktoren. Ich werde die beiden Herren nicht stören, da ich an meinem Leben hänge.« Igor verbeugte sich und zeigte wieder seinen desolaten Zahnstatus. »Das letzte Mal hat Dr. Schmid ein Skalpell nach mir geworfen.«

Das Geräusch, das Eva und Jens in der Nähe des Aufzugs gehört hatten, kam eindeutig aus dem Raum hinter der Tür. Druwe trat heran, klopfte und öffnete sie einen Spalt.

»Becher? Ich bin es, Jens!«, rief er. Die Warnung des Gehilfen nahm er durchaus ernst, denn schließlich kannte er das Gemüt seines Schwagers. Das aufbrausende Temperament des Chirurgen hatte bisher nicht nur Igor ertragen müssen. Auch bei Operationen konnte Schmid recht unleidlich werden, wenn dickfällige Hilfsschwestern oder unfähige Assistenten Mist bauten. Also war Druwe auf alles gefasst. Dann wagte er es schließlich doch, die Tür aufzustoßen.

Es war der Pausenraum. Schmid hatte ihm erklärt, dass es derzeit nur zwei Pathologen an der Diako gab. Ihn selbst und einen Kollegen, der bereits lange an den Folgen von Scharlach laborierte und kaum einsatzfähig war. Gerade in der Chirurgie wurden die jungen Ärzte nur so lange ausgebildet, bis sie in Feldlazaretten und Hospitälern im Hinterland der Front eingesetzt werden konnten.

»Herein, herein«, sagte Schmid in munterem Tonfall. »Darf ich dir vorstellen, Jens, das ist Dr. Aaron Fielding, ein begabter junger Kollege.« Er kicherte. »Und mein Vorgesetzter.«

Der Brite erhob sich. Leicht schwankend stand er da, offenbar unschlüssig, ob eher der Höflichkeit oder dem Befehl der Non-Fraternization genüge zu tun wäre. Schließlich entschied er sich dafür, mit zwei Fingern an die Stirn zu tippen. Dann nickte er und suchte zügig wieder die Sicherheit der sitzenden Position.

Auf dem Tisch lagen Karten, und in einer breiten Glasschale schwammen allerlei Früchte. Zwei Apothekerflaschen standen daneben.

»Du glaubst nicht, Jens, wie schnell Mr Fielding Kutscherskat begriffen hat. Die Bowle ersetzt uns den dritten Mann.« Berthold Schmid zeigte auf die Schale. »Geschenk von einem dankbaren Blinddarm. Nur etwas süß und zu schwach. Da haben wir aus Reichsbeständen nachgeholfen.« Schmid nahm eine Apothekerflasche mit der Aufschrift *Äthanol absolut 99,5 %*. »Das bläst die Socken durch.« Die Flasche war leer.

»Du wolltest ihn unbedingt kennenlernen«, flüsterte Druwe Eva zu, die noch zögerlich hinter ihm stand. »Nun keine Scheu.« Er schob sie in den Raum.

Kurze Zeit später saßen alle an dem Tisch, und Schmid bot die Bowle an. Druwe wusste, was in den metallenen Halbbechern, aus denen nun zugeprostet wurde, normalerweise eingelagert wurde, aber er behielt sein Wissen aus Rücksicht auf Eva für sich. Er wollte das Getränk ablehnen, aber Eva, die immer noch erstaunlich blass war, forderte Schmid auf einzuschenken. Also stand er der allgemeinen Geselligkeit nicht nach.

»Du Schlawiner«, sagte Berthold Schmid und zeigte mit dem Finger auf ihn. »Verkriechst dich hier oben im Norden und mimst den Mann mit Weltschmerz. Und dann fängst du dir was Bildhübsches.« Er zwinkerte Eva zu. »Aber Vorsicht, meine Liebe, jetzt spielt er plötzlich den Lebemann. Mit Wagen und Regierungsposten. In Wahrheit aber neigt mein verehrter Schwager zur Schwermütigkeit, musst du wissen.«

»Das ist mir nicht entgangen«, entgegnete Eva. »Aber ist das nicht die ehrlichere Haltung in einer Welt, der Antworten auf die wichtigsten Fragen fehlen? Wie schnell stellt sich heraus, dass alle Versprechungen leer und die Lebensinhalte hohl sind? Dass wir verlogenen Idealen folgen? Als ich noch studierte, dachte ich, wir könnten die Welt durch unser Handeln gestalten und verändern. Mittlerweile bin ich mir da nicht mehr so sicher. Zu sehr wird der Einzelne in den Strudel von Notwendigkeiten gezogen, die dann auf ihn als eine Art Vorbestimmung wirken. Damit bewirkt sein Handeln gar nichts, und alle Freiheit ist dahin.«

»Jens«, wandte sich der Arzt an seinen Schwager, »diese Frau ist viel zu scharfsinnig für dich. Sie hat eher einen gebildeten, gereiften Mann von Welt verdient.« Schmid schob seine Brust vor und zog den Bauch ein.

»In dessen Gegenwart dauerhaft kein offenes Feuer erlaubt ist. Explosionsgefahr.« Druwe grinste. »Mit deiner Fahne würdest du jede Frau beim Küssen betrunken machen.«

Der britische Chirurg lachte. »Ihr Deutschen seid ein seltsames

Volk. Eben lauft ihr im Stechschritt ernst und unbeirrbar in den Abgrund. Dabei reißt ihr auch noch halb Europa mit euch. Und dann seid ihr fröhlich und ausgelassen.«

»Was Sie hier sehen, Mr Fielding, ist nur Ausdruck derselben Sache«, versuchte sich Eva Steinfeld in ihrem besten Englisch. »Im Großen und im Kleinen. Seit langer Zeit ringen die Deutschen darum, angenommen und akzeptiert zu werden. In diesem Wunsch sind sie verführbar. Und bei diesen beiden Herren …« Eva zeigte auf Druwe und Schmid. »… ist es nicht anders. Jeder will irgendwo hingehören. Ankommen. Jeder will so sein dürfen, wie er ist. Und dennoch geliebt werden. Das ist das Grundproblem, die Furcht vor dem Schmerz, allein gelassen zu werden.«

Der Engländer nickte. Verlegenes Schweigen lag eine Zeitlang im Raum. Nach einem Räuspern setzte Schmid schließlich an, endlich seine Befunde zu schildern. Den Vorschlag, dafür an die beiden Seziertische zu treten, lehnte Druwe jedoch vehement ab. Schmid blickte zufrieden auf seine Hände, die ruhig das Klemmbrett mit den Notizen hielten. Drei Gläser Hochprozentiges beseitigten das Zittern für etwa drei Stunden. Die beiden Operationen, die in einer halben Stunde angesetzt waren, würde er folglich problemlos schaffen. Er schritt im Raum auf und ab, als er die Befunde zusammenfasste.

»Kommen wir erst zu Herbert Grell. Die Totenstarre war komplett ausgebildet, als der Körper hier eintraf. Wir haben die rektale Temperatur mit deinen Angaben vom Tatort abgeglichen. Der Tod dürfte demnach gegen Mitternacht eingetreten sein. Der Blutverlust war erheblich, was dafürspricht, dass die Kreislauffunktion nach Zufügen von ein oder zwei Schusswunden noch längere Zeit intakt war. Die Milz war fast blutleer, der Körper hat also versucht, den Blutbedarf aus diesem Reservoir auszugleichen. Die Wunden am Oberarm und Oberschenkel wären nicht tödlich gewesen, wenn man sie innerhalb einer Viertelstunde abgebunden hätte. Sie lagen an schmerzhaften, das Opfer stark behindernden Stellen, ohne dass wichtige Nerven oder Gefäße getroffen wurden. Die Blutungen wurden durch langsamen Venenfluss verursacht. Hingegen war die dritte Schusswunde mit Sicherheit tödlich. Durchschuss der Herzkammer mit einem großen Kaliber.«

»Verstehe ich es richtig, dass Grell zunächst zwei Wunden zugefügt wurden, aus denen er stark blutete, an denen er aber nicht unbedingt hätte versterben müssen?«, fragte Druwe.

»So ist es«, antwortete Schmid.

»Hätte er sich mit den beiden ersten Wunden etwa zehn Meter durch den Raum bewegen können?«

»Langsam zwar, aber ich denke, er hätte es geschafft.« Der Arzt nickte.

»Hältst du es für denkbar, dass er mit der rechten Hand eine Waffe halten und abfeuern konnte?«, fragte Druwe.

»Nein«, sagte der Chirurg. »Ausgeschlossen. Mit einer solchen Verletzung würde man instinktiv die unversehrte Seite nehmen. Wenn Grell jemals mit einer Waffe zu tun hatte, dann hat er gewusst, dass sie ihm rechts nichts nutzt. Der Schmerz beim Abdrücken hätte jeden Schuss in die Walachei geschickt.«

»Die linke Hand kam ebenfalls nicht in Frage«, meinte Druwe. »Da hatte er eine Auseinandersetzung mit einem Kerl vom Sicherheitsdienst.«

Schmid nickte. »Der Zeigefinger wurde halb durchtrennt, halb abgerissen. Die Naht war laienhaft ausgeführt und die Hand bereits entzündet.«

Der Arzt verließ den Raum und kam kurz darauf mit zwei Schalen aus Edelstahl zurück. »Du hast Glück, Jens. Wir haben alle Projektile. Nun sind wir zwar nicht in der Forensik Kiel, aber wir konnten die Dinger zuordnen. Vor allem dank meines Kollegen Dr. Fielding, der sich in der Materie recht gut auskennt. Die beiden Geschosse aus den Extremitäten sind Kaliber .38, *Smith & Wesson*, passend zu den *Enfield*

Revolvern der British Army.« Er nickte dem Briten zu. »Danke für diese Erkenntnisse, Herr Kollege.«

»You're welcome.« Fielding lächelte geschmeichelt.

»Das dritte Projektil aus dem Herzen ist ebenfalls ein Kaliber .38«, fuhr Schmid fort.

Druwe blickte in die Schalen und betrachtete die deformierten Geschosse. Der Schaden, den die Teile im Körper anrichteten, beruhte nur zum Teil auf der Zerstörung im Einschusskanal. Hinzu kam noch die Energie, die auf das umliegende Gewebe abgelenkt wurde, bis die verbogene und platt gedrückte Kugel endlich zum Stillstand kam. Druwe wusste, dass er auf ein paar Gramm Metall schaute, die seinem Bekannten Leid und Tod gebracht hatten.

»Es ist kleiner als die anderen beiden«, sagte er.

Schmid nickte. »*Smith & Wesson* wiegen etwa zehn Gramm. Dieses Projektil hat sechs Gramm. Es wird *Parabellum kurz* genannt. Da stimmt auch Dr. Fielding zu.«

»Gibt es überhaupt britische Waffen, die Parabellum-Munition verwenden?«, fragte Druwe den Briten.

»No«, war die knappe Antwort.

»Er könnte eine erbeutete Waffe benutzt haben«, gab Schmid zu bedenken.

Druwe nickte in Gedanken versunken. Ausgeschlossen war es nicht, dass Captain Vaughn den Todesschuss auf Grell jemand anderem in die Schuhe hatte schieben wollen, indem er eine deutsche Waffe benutzte.

»Was gibt es zu unserem anderen Opfer zu berichten, Becher?«, fragte er.

»Deutlich weniger. Der ungefähre Todeszeitpunkt liegt ebenfalls bei Mitternacht. Natürlich gibt es hier immer einen gewissen Spielraum, der bei plus minus einer halben Stunde liegen dürfte. Captain Vaughn hat nur eine Schussverletzung. Die Kugel ist nahe am Herzen in den

Herzbeutel eingedrungen und hat mehrere Gefäße verletzt. Bei so etwas füllt sich das um das Organ liegende Gewebe mit Blut. Es entsteht eine Herzbeuteltamponade, die die Aktion des Herzens nach kurzer Zeit unmöglich macht.«

»War er sofort tot?«, fragte Druwe.

»Ein oder zwei Minuten dürfte er nach dem Schuss noch gehabt haben«, antwortete Schmid.

»Konnte er noch irgendwo hingehen?«

»Gehen? Keinesfalls. Ich denke, er könnte sich ein paar Meter geschleift haben«, entgegnete der Arzt.

»Und das Projektil?«

»Ebenfalls *Parabellum .38 kurz*. Wie beim tödlichen Schuss auf Grell.«

»Das Ganze ergibt einfach keinen Sinn.« Druwe dachte laut nach. »Vaughn erschießt Grell, der ihn schon vorher tödlich getroffen hat? Oder andersherum? Und dann schleichen beide in ihre Ecken?«

»Grell hat gar nicht geschossen«, sagte der Arzt.

»Danke, dass du damit noch rausrückst.« Druwe war zunehmend frustriert. Irgendetwas stimmte hier nicht. »Und woraus schließt du das?«

»An den Händen hatte er keine Pulverrückstände«, erwiderte Schmid. »An den Handschuhen, die er in der Innentasche seines Mantels trug, war ebenfalls nichts nachweisbar.«

Druwe war aufgestanden und lief in dem kleinen Raum auf und ab. Geduld war nicht seine stärkste Tugend.

»Wenn wir gerade bei den Händen sind. Grell ist Rechtshänder?«, fragte Schmid.

Druwe überlegte und versuchte, sich sein kurzes Zusammentreffen mit Grell in Erinnerung zu rufen. »Ja«, sagte er. »Ich bin mir ziemlich sicher.«

»Und er hielt die Waffe rechts, als du ihn gefunden hast?«

»Ja. Er lag in seiner Ecke, die Waffe in der rechten Hand«, antwortete Druwe.

»Mit dieser Verletzung am Oberarm würde niemand einen Gegenstand mit der Hand derselben Seite greifen. Der Schmerz wäre derart groß, dass man lieber mit links greifen würde«, sagte Schmid.

»Und dort hatte er den abgerissenen Finger« ging Druwe dazwischen. Sein Schwager nickte nur. »Werner hätte also ab diesem Zeitpunkt gar keine Waffe mehr abfeuern können.«

Wiederum nickte Schmid. »Wer, wann, warum. Das ist deine Arbeit, Jens.« Er füllte sich Bowle nach.

»Also erste Möglichkeit«, entgegnete Druwe. »Grell verletzt Vaughn schwer und wird dann in dessen verbleibender Lebensminute drei Mal getroffen. Und Vaughn entscheidet sich rasch, am anderen Ende der Halle zu sterben.« Er stöhnte auf. »Die Schusswunden wurden jedoch allesamt mit großer Präzision gesetzt. Habe ich da richtig verstanden, Becher?«

»Bei den Herztreffern muss man schon wissen, was man macht. Und auch Grells Wunden an Arm und Bein wurden mit fast chirurgischer Präzision gesetzt«, antwortete Schmid.

»Demnach ist die erste Überlegung totaler Blödsinn!« Druwes Abschreiten des Raums machte mittlerweile alle nervös. »Zweite Möglichkeit«, sagte er mit hinter dem Rücken verschränkten Armen. »Vaughn fügt Grell zwei nicht tödliche Wunden zu. Grell schleppt sich in eine Ecke des Lagerhauses. Der Brite folgt ihm, wird von Grell getroffen, der mit links schießt, danach aber die Waffe lieber in die rechte Hand legt. Kurz darauf trifft ihn Vaughns tödliche Kugel, der seinerseits wieder lieber am anderen Ende der Lagerhalle stirbt.« Wieder Stöhnen. »Der Blödsinn wird immer größer.«

»Nicht zu vergessen, dass bei beiden Varianten Grell immer noch Zeit und Muße fand, die Schmauchspuren an seinen Händen zu beseitigen«, witzelte Schmid.

Eva kam plötzlich ein Gedanke. »Berthold, kannst du sagen, aus welchem Winkel die Schüsse kamen, die für Grell und Vaughn tödlich waren?«

»Bei dieser Munition lassen sich die Schusskanäle recht gut rekonstruieren. Bei Grell verläuft er leicht schräg von vorn oben nach hinten unten. Nicht viel, aber erkennbar. Bei Vaughn ist es ein gerader Verlauf.«

»Also ist es recht wahrscheinlich, dass Grell gelegen oder gesessen hat, als der tödliche Schuss auf ihn abgegeben wurde.« Eva zeigte in einer spielerischen Bewegung, wie der Täter über dem Deutschen gestanden haben könnte. Schmid nickte. »Andererseits stand Vaughn aufrecht, als ihn die Kugel traf«, fuhr sie fort. »Hätte Grell jedoch im Sitzen geschossen, dann müsste der Winkel des Projektileintritts von unten nach oben sein.«

»Dann bleibt nur ein logischer Schluss«, sagte Druwe. »Es war ein unbekannter Dritter, der die beiden tödlichen Schüsse abgegeben hat.«

»Genau.« Eva strahlte über das ganze Gesicht.

»Jens, du solltest ihr die Hälfte deines Gehalts geben. Sie macht schließlich deine ganze Arbeit.« Schmid warf Eva einen Handkuss zu. »Ich muss noch beichten, dass wir improvisieren mussten. Dies hier waren keine sauberen und umfassenden gerichtsmedizinischen Untersuchungen. Aaron und ich haben uns auf die wesentlichen Aspekte beschränkt. Die inneren Organe haben wir bei den Opfern ausgespart. Vor Gericht wirst du mit der Sache nicht weit kommen, fürchte ich. Aber es musste eben schnell gehen.« Er sah auf die Uhr. »Ich soll dir übrigens von Tanner ausrichten, dass du jederzeit in seiner Truppe anfangen kannst.«

Druwe war derart in Gedanken bei diesem Fall, dass er einen Moment überlegen musste. »Du hast mit Captain Tanner gesprochen? Ich dachte, der wurde aus eurer Obhut entlassen.«

»Wurde er auch«, sagte Schmid. »Er war zur Nachuntersuchung hier. Und er bat mich, dir von einer Sache zu erzählen. Sagt dir der Name Sonnemann etwas?«

»Sollte er?«, fragte Druwe. Ihm war nicht nach den üblichen Spielchen seines Schwagers. »Mach es nicht so spannend, Becher. Ich habe Tanner alle Unterlagen des getöteten Kreisleiters gegeben. Und ich dachte, jetzt habe ich Ruhe.«

»Sonnemann war Glücks – Richard Glücks«, meinte der Chirurg. »Oder umgekehrt, wie man es nimmt. Tanner sagte, dass Richard Glücks für alle Lager der SS verantwortlich war. Und für das, was dort geschah.« Schmid sah Eva an.

»Wieso Sonnemann?«, fragte sie.

»Er wollte offenbar als Unteroffizier Emil Sonnemann nach Dänemark türmen«, antwortete Schmid. »Jedenfalls fand man Soldbuch und Geburtsurkunde bei ihm. Ohne deine Liste wären ihm die Briten nie auf die Schliche gekommen. Alle Papiere waren in Ordnung. Tanner war ihm aber auf den Fersen, und Glücks fühlte sich zunehmend in die Enge getrieben. Er hat im Marinelazarett Selbstmord begangen.«

»Wie krank muss eine Welt sein, wenn man sich über den Tod eines Menschen freuen will«, sagte Druwe. »Aber wie würde dein Bruder sagen, Eva? Ein Dreckschwein weniger. Captain Tanner und seine Truppe verstehen offenbar etwas von ihrer Arbeit.«

»Du willst es nicht verstehen, oder?«, fragte Schmid und sah seinen Schwager an. »Du hast einen Stein im Brett bei einem wichtigen Tommy. Muss man erst einmal schaffen in der ersten Woche nach dem Krieg. Vielleicht gefällt es dir bei denen besser als drüben bei Dönitz.«

Stille trat ein. Aaron Fielding machte sich Notizen. Eva schien bestürzt von der Erinnerung an die Lager, denn schließlich wäre ihr Bruder beinahe im KL Hamburg-Fuhlsbüttel umgekommen. Und Druwe spielte im Geist mehrere Abläufe des tödlichen Zusammentreffens durch. Schmid summte vergnügt und rührte in der großen Glasschale. Schließlich war er zu dem Schluss gekommen, dass das Getränk nicht verkommen dürfe. Immerhin wäre es gefährdet, den allgegenwärtigen Formaldehyd-Geruch anzunehmen und mithin vielleicht morgen ungenießbar zu sein.

»Ich muss zur OP, also Beeilung, bitte«, sagte er nach einigen Minuten und goss die Becher voll. Dann schlug er sich mit der flachen Hand gegen die Stirn. »Hätte ich fast vergessen, Jens. Ein Lieutenant hat mit dem Leichentransport ein paar Sachen geschickt, die ich dir geben sollte.«

Schmid überreichte seinem Schwager eine kleine Kiste. Dann griff er seinem englischen Kollegen, der eingenickt war, an die Schulter. »Wir müssen los. Kommen Sie, Aaron. Wir wollen noch ein paar Leben retten.« An Druwe und Eva Steinfeld gewandt, sagte er: »Igor bringt euch zum Aufzug. Verlauft euch bloß nicht. Immer wieder werden hier unten Leute vermisst. Wer weiß, welche Dämonen in den Gängen lauern.« Pfeifend eilte er davon.

Auf dem Weg zurück in die Welt der Lebenden öffnete Druwe die kleine Blechkiste. Eigentlich war sie für Ladestreifen von Maschinengewehren vorgesehen, jedoch fand er im Inneren zwei Pistolen, die in leicht ölige Lappen eingeschlagen waren. Es handelte sich um die Walther PPK von Hauptmann Grell und Vaughns Enfield-Revolver. Unten lagen mehrere Blätter Papier, die blutverschmiert waren. Dazu fand sich eine Nachricht von Taylor.

Holmes! Prüfen Sie bitte die Waffen, denn ich kenne mich damit nicht aus. Nachdem alle Fotos gemacht wurden, haben wir die Leichen angehoben. Unter Vaughns Körper fanden sich die beiliegenden Blätter. Sie scheinen aus einem Ordner herausgenommen oder herausgefallen zu sein. Denken Sie in Ihrem Interesse daran, dass alles bei Major Griffith abgeliefert werden muss. Ich habe es auf der Beweisliste angegeben. Watson.

Humor hat der Kerl tatsächlich, dachte Druwe. Aber die Sachen mussten warten. Jetzt hieß es zunächst, eine tragfähige Hypothese auszuarbeiten. Er wandte sich an Eva. »Das war der aufregende Teil meiner Arbeit. Meistens kommen dann Nachforschungen, Aktendurchsicht, Befragungen, Vergleiche der Aussagen, Besprechungen und sehr viele Enttäuschungen.«

»Sind alle in deiner Familie so?«, frotzelte Eva, als sie wieder vor dem DKW standen.

»Na ja. Dein Bruder ist auch eine ziemlich seltsame Marke«, antwortete er trocken. Sie knuffte ihn in die Seite. Druwe stand vor dem Wagen und betrachtete die Kiste, die ihm Reece Taylor geschickt hatte.

»Alles in Ordnung, Jens?«, fragte sie. »Bist du sauer, weil ich da unten meinen Senf zu dem Fall gegeben habe? Oder weil ich deine und Bertholds Situation analysiert habe?«

Er nahm sie in den Arm. »Nein, Eva, der Senf, wie du ihn nennst, war äußerst gut durchdacht. Einer Kriminalistin würdig, wirklich. Und du hast mein Lebensmuster gut auf den Punkt gebracht. Nein, das ist es nicht.« Jens Druwe seufzte. »Ich mache mir Sorgen um Berthold. Ich komme nicht mehr an ihn heran. Er arbeitet nur noch, säuft wie ein Loch und wird immer zynischer. Dabei ist er der liebste Kerl, den man sich vorstellen kann. Sonst hätte ihn meine Schwester auch nicht geheiratet.«

»Wir laden ihn für ein Wochenende auf den Lessling-Hof ein«, sagte Eva. »Und dann spreche ich mal mit ihm. Du musst aber zugeben, dass ihr beide euch wirklich ähnlich seid. Du warst auch auf dem besten Weg, so zu werden wie er.«

Druwe schüttelte den Kopf. »Ich war noch weiter unten als Berthold.«

Eva streichelte seine linke Hand. »Wie war sie so, deine Schwester?«

Es war mehr als ein Vierteljahrhundert her, dass Margot Schmid, geborene Druwe, beim Matrosenaufstand in Kiel gestorben war. Als Krankenschwester war sie dort eingesetzt gewesen, um Leben zu retten und Leiden zu lindern. Die verirrte Kugel, von der sie getroffen worden war, hatte jedoch ihr Leben genommen, und ihr Mann und ihr Bruder litten bis heute. Druwe hatte es immer vermieden, darüber zu sprechen, er konnte es nicht. Der Schmerz und die Wut saßen derart tief, dass sie zu einem Teil von ihm geworden war. Oft hatte er das Bild seiner Schwester vor Augen, wenn er trank. Dann kamen ihm die Tränen, und mehr als einmal hatte er Leute, die sich darüber amüsierten, kräftig verdroschen.

»Ich habe sie geliebt und gehasst«, sagte Druwe und blickte Eva an. »Wir haben zusammen gelacht und geweint. Mal waren wir ein Herz und eine Seele. Und oft haben wir uns gestritten und angeschrien, bis wir heiser waren. Immer alles mit Leidenschaft. Seit sie fort ist, weiß ich, dass ein Teil von mir fehlt. Und ein anderer Teil will ihr folgen, weg aus dieser Welt. Ich weiß nicht, ob du das verstehen kannst, Eva.«

Sie nickte. »Zwölf Jahre lang habe ich befürchtet, dass sie mir Lupo ganz wegnehmen. Dass er nie mehr zurückkehrt. Dieser Gedanke hat mich fast zerstört. Aber dann habe ich mir gesagt, dass meine Stärke auch seine Stärke ist. Wäre ich schwach gewesen, hätte er es nicht geschafft. Ja, Jens, ich verstehe dich.«

Während der Fahrt nach Kattrup waren beide schweigsam. Anfangs versuchte Eva, ein Gespräch über Berthold Schmids Besuch in Gang zu bringen. Druwe jedoch hing seinen Gedanken nach, so dass kurze Zeit später nur noch das Klingeln des 600-Kubik-Motörchens im Innenraum zu hören war. Diesmal hatte es für Druwe bei der Fahrbereitschaft nur einen DKW F1 gegeben, der schon etwas in die Jahre gekommen und wenig vorteilhaft in Nussbraun lackiert war. Für die Stadtfahrten völlig in Ordnung, war der schmale Wagen für Fahrten über Land absolut ungeeignet. Druwe gab unbarmherzig Gas, als hoffte er, die Schlaglöcher und Bodenwellen auf diese Weise überspringen zu können. Als er den Dreiseithof der Familie Lessling erblickte, drosselte er das überhöhte Tempo.

»Ich hatte schon Sorge, du würdest mitten durch fahren, Jens«, sagte Eva.

»Erwarten die Lesslings Besuch von außerhalb?«, fragte Druwe, ohne auf die Beschwerde einzugehen. Im Schatten der Lindenbäume stand ein kleines Fuhrwerk, und ein Knecht vertrieb sich die Zeit, indem er Kieselsteine auf eine Blechdose warf.

»Woher soll ich das wissen?«, entgegnete Eva. »Ich denke, es muss allerlei neu verhandelt werden. Paul meinte, dass die braunen Diebe kaum weg waren, als schon die nächsten vor der Tür standen. Abgaben an die Besatzungstruppen und Notversorgung der städtischen Bevölkerung.«

»Mein Vater sagte immer, ein Bauer, der nicht klagt, ist tot.« Druwe stellte den Wagen neben der Treppe zum Wohnhaus ab. »Geh schon vor, ich komme gleich nach«, wies er Eva an. Er wollte unbedingt mit dem Knecht sprechen. Die Grell-Vaughn-Sache hatte sein Jagdfieber entfacht. Jede kleine Information konnte wichtig sein. Seine Exfrau Inge hatte es einfach krankhafte Neugier genannt, sein ewiges Fragen – selbst bei Kinobesuchen oder Tanzabenden – hatte sie fast verrückt gemacht.

»Moin.« Er grüßte und tippte sich an die Stirn. »Heute noch eine Fuhre? Ist doch noch nicht Erntezeit.« Es war eine bewährte Taktik, die Leute auf eine Sache hin anzusprechen, von der sie etwas verstanden. Meistens wurden sie redselig, wenn sie meinten, Druwe etwas beibringen zu können.

»Op'n Hoff is alltiet wat to doon«, antwortete der Mann. »Ne, ick föhr de Sozi bi de Bahn. Glieks soll he kamen, seggt Paul.«

Obwohl Jens Druwe aus Nordfriesland stammte, hatte er in seinen Hamburger und Berliner Zeiten fast jeden Bezug zum heimischen Friesisch und zum Plattdeutsch verloren. »Wann seid ihr denn gekommen?«, fragte er, nachdem sein Geist den gehörten Worten einen Sinn gegeben hatte.

»Weet ick nech. He is to Foot kamen. Af de Bahnhoff. All de lang Weg«, sagte der Knecht. Dann nahm er einen Holzspan in den Mund und begann, darauf herumzukauen. Ein sicheres Zeichen, dass für ihn das Gespräch beendet war.

Acht Kilometer zu Fuß vom Bahnhof, dachte Druwe. Ein Sozi. Ziemlich unwahrscheinlich, dass es da drinnen bei Lessling um Abgabeverhandlungen geht.

Als er in die Diele trat, wurde er von Magda Lessling begrüßt, die ihm warme Milch und Brot mit Käse anbot. Er wollte gerade in die Küche gehen, als aus der Stube ein älterer Mann mit ergrautem Haar und Bart trat. Ihm folgte Paul Lessling.

»Herr Druwe, ich möchte Ihnen Fiete Möller vorstellen«, sagte der Bauer. »Fiete und ich kennen uns schon aus der Zeit vor Hitler. Meine Bauernpartei und seine SPD waren zwar nicht immer einer Meinung, aber den Adolf wollten wir alle nicht. Wir haben auf die alten Erinnerungen einen Klaren getrunken.«

Möller grüßte durch ein Nicken. »Sie sind Polizist, Herr Druwe?«, fragte er mit unverhohlener Abscheu.

Druwe wollte antworten, aber Paul Lessling kam ihm zuvor. »Ich sagte doch, Fiet, du kannst ihm vertrauen. Ludwig und Eva würden sich wohl kaum mit einem Nazi abgeben.«

»Und Sie sind den Weg von Flensburg gekommen, um sich mit Paul an die alten Zeiten zu erinnern, Herr Möller?«, fragte Druwe.

Wieder ergriff Lessling das Wort. »Herr Möller wird im neuen Stadtrat vielleicht eine beratende Funktion übernehmen. Da haben wir gedacht, wir plaudern ein wenig über die Möglichkeiten und Nöte der Landbetriebe. Er hat sich sozusagen ein Bild vor Ort gemacht.«

Druwe nickte nur. Die drei Männer gingen in die Küche und nahmen an dem riesigen Tisch Platz.

»Die Leute haben Angst, Herr Druwe«, sagte Möller nach einer Weile. »Dass die Verhältnisse jetzt anders sind, können viele noch nicht glauben. Die braunen Schweine hausen in Mürwik und warten doch nur darauf, die Macht wieder an sich zu reißen.«

»Von dort geht keine Gefahr aus, Herr Möller, glauben Sie mir«, entgegnete Druwe. »Alles zweitklassige Figuren, die sich über Liedtexte und Grußformeln streiten. Mich ängstigt vielmehr, dass es plötzlich kaum noch Nazis gibt. Oder gegeben hat. Wen Sie auch fragen, niemand will es gewesen sein. Und die Briten stehen hilflos da, weil sie unsere Strukturen nicht kennen.«

Möller nickte und schien nachzudenken. Das Ehepaar Lessling rätselte über das Wetter und über die zu erwartende Ernte. Eva war aufgekratzt und hätte wohl am liebsten über die Leichenschauen berichtet. Mehrmals sah sie Jens eindringlich an, als wollte sie weiter über den Fall sprechen. Der hatte jedoch nur Augen für Möller.

»Kann Jens heute auf dem Hof bleiben?«, fragte Eva plötzlich Magda Lessling.

Die Bäuerin sah ihren Mann kurz an und schüttelte dann den Kopf.

»Morgen kommen Handwerker wegen der abgebrannten Scheune«, sagte Paul Lessling. »Und wir erwarten Kurt Schulze aus Friedrichstadt. Du weißt, der Kaufmann, der für uns in Flensburg ein Kontor eröffnen will. Mit den Dänen wird man sich gut stellen müssen in Zukunft. Außerdem ist viel Unruhe auf dem Hof und …«

Druwe winkte ab und musste sich fast ein Lachen verkneifen. Er war offenbar nicht erwünscht. »Es ist gut, Herr Lessling. Sie müssen nichts erklären, es ist Ihr Hof.«

»Und vielleicht können Sie Fiete mitnehmen, wenn Sie zurückfahren«, schlug Lessling vor, sichtlich erleichtert, das Thema abschließen zu können.

Eva war enttäuscht und stocherte in ihrem Griesbrei mit Zimt. Druwe jedoch war nicht undankbar über diese Wendung. Er kannte sich nur zu gut. Seine Grübelei und seine Unaufmerksamkeit würden Eva nicht verborgen bleiben. Ob die Nacht dann so romantisch werden würde, wie sie vielleicht erhoffte, war fraglich. Zudem konnte er sich des Gedankens nicht erwehren, dass Möller etwas zu verbergen hatte. Vielleicht war eine halbe Stunde Autofahrt die richtige Methode, um dessen Zunge etwas zu lösen. Nach kurzer Zeit hob der Hausherr die Tafel auf.

»Versprich mir, dass ich dich nicht erst wiedersehe, wenn der Fall erledigt ist«, sagte Eva, als sie sich aus der Umarmung gelöst hatte.

Druwe lächelte. »Weil du gern Polizistin spielen würdest wie vorhin bei Becher? Oder bin wirklich ich der Grund?« Für die dummen Fragen musste er einen Boxhieb einstecken.

»Wer könnte dieser Dritte sein? Ein Komplize von Vaughn oder Grell?«, fragte Eva.

»Eher von Grell, denk an die Waffe«, antwortete Druwe. »Beide wurden vom gleichen Projektil getötet. Parabellum. Eine typisch deutsche Munition, wie uns Dr. Fielding bestätigte. Aber warum erschießt der Unbekannte dann Grell?«

»Es könnte doch eine Beutewaffe sein«, sagte Eva. »Für ein halbes Brot bekommt man derzeit überall Waffen. Und dann käme auch ein Gehilfe von Vaughn in Frage.«

»Somit sind wir so schlau wie vorher.« Druwe klang frustriert. »Beide Männer starben durch eine Parabellum-Kugel, wahrscheinlich aus derselben Waffe abgefeuert. Vaughn verletzte Grell, jedoch nicht tödlich. Beide Leichname liegen zehn Meter auseinander. Wie ergibt das einen Sinn?«

»Und wenn der Dritte wirklich ein Dritter ist?«, warf Eva plötzlich ein. Druwe blickte sie erstaunt an, sagte aber nichts. »Ein Mann, den weder Grell noch Vaughn kannten und mit dessen Erscheinen niemand rechnete. Der auf keiner der beiden Seiten stand, sondern sein eigenes Süppchen kochte.«

»Er müsste erst Vaughn erschossen haben, denn der war ja unverletzt«, überlegte Druwe laut. »Und dann hat er sich den wehrlosen Grell vorgeknüpft. Sehr schön, Eva. Jetzt habe ich eine Hypothese, die nicht beim ersten Hustenanfall zusammenbricht.«

»Wir – wir haben eine Hypothese«, sagte Eva triumphierend.

»Vielleicht solltest du in Hamburg oder Berlin zur weiblichen Kriminalpolizei gehen«, meinte Druwe und wandte sich nun endgültig zu seinem DKW. Im Hintergrund stand Fiete Möller und hatte sich mehrmals geräuspert. Druwe winkte ihn heran und bedeutete ihm mit einer Armbewegung, in den Wagen zu steigen. Eva und er verabschiedeten sich ein letztes Mal. Wenig später rumpelte der kleine Wagen über den Feldweg nach Kattrup.

»Hier in der Nähe haben Sie Pauls Bruder gefunden?«, fragte Möller.

»Hm.«

»Und Sie waren bei der OrPo? Jetzt sind Sie aber wieder ein Kriminaler?«

»Hm.«

»Sie arbeiten für die Nazis in Mürwik?« Möller beharrte auf einem Gespräch.

»Hören Sie, Möller. Wenn Sie schon alles wissen, dann brauchen Sie nicht zu fragen«, sagte Druwe, der es nicht mochte, wenn das Frage-Antwort-Spiel zu seinem Nachteil umgedreht wurde. »Außerdem wundert es mich, dass Sie in Kattrup einen alten Freund besuchen, acht Kilometer vom Bahnhof zu Fuß gehen, nur um dann über mich zu plaudern. Ist doch merkwürdig, oder finden Sie nicht?«

»Mit Leuten wie euch hatte ich die letzten Jahre genug zu tun«, sagte Fiete Möller in barschem Tonfall. »Haben mich abgeholt, und ich bin für mehrere Tage in den Bau eingefahren. Zuerst haben sie immer auf nett gemacht, Zigarette oder Kaffee. *Na, dann erzählen Sie mal, Möl-*

ler haben sie dann angefangen. Später haben sie die Kippen auf meinem Rücken ausgedrückt. Wollen Sie sehen, Herr Kommissar? Rechts ist die *Juno*-Reihe, links die *R6*-Reihe. Das Gesicht ist übrigens schief, weil ich gegen die Tür gelaufen bin. Immer wieder, weil es so schön war. Musste ich unterschreiben, dass es so war. Prügel gab es auch, aber die sind verheilt.«

»Soll ich Sie jetzt bedauern?«, fragte Druwe härter als beabsichtigt. »Wir haben alle bei dieser Scheiße ordentlich eingesteckt.« Zur Bestätigung schlug er mit der Rechten auf das schmale Armaturenbrett.

»Ich hab nicht für diese Kerle gearbeitet«, meinte Möller. »Sie schon.«

»Ich war nicht bei der Gestapo.« Druwes Entgegnung wirkte lahm, seine Rechtfertigung schmeckte schal. Ludwig Steinfeld war zwölf Jahre ohne Verhandlung im KL eingesperrt gewesen. Und diesen alten Mann hatten Polizisten misshandelt. Kollegen. Druwe musste es sich eingestehen. Ein Schwein wurde nicht zum Engel, nur weil es sich zwei Federn hinter die Ohren klemmte. Und machten es nicht im Moment alle so? Druwe hatte es in seinen Gesprächen mit ehemaligen Kripobeamten erlebt. Niemand war es gewesen. Ja, die ganz schlimmen Sachen, das waren andere. Überall schienen Engel mit zwei Federn hinter den Ohren zu fliegen.

»Ihre Hand«, sagte Möller und unterbrach Druwes Gedanken. »Was ist passiert?«

»Lange Geschichte«, fasste es Druwe auf seine übliche Weise zusammen.

»Ein Mann ab fünfzig hat immer eine lange Geschichte.«Möller lachte. »Sonst hat er sein Leben nicht gelebt.«

Der Kerl ist stur und schlau, dachte Druwe. Aus dem bekomme ich nichts heraus.

»Steinfeld wird wahrscheinlich für den neuen Bürgermeister arbeiten«, sagte Möller nach einiger Zeit. Die ersten Häuser am Flensburger Stadtrand tauchten auf. »Guter Mann.«

»Und Sie?«, fragte Druwe eher gelangweilt. »Was machen Sie?«

»Weiter bei der Schiffbau-Gesellschaft, bis es in die Kiste geht«, antwortete Möller.

»Sie arbeiten noch?« Druwe war überrascht. Er schätzte den Mann auf Ende sechzig, eher Anfang siebzig. Werftarbeit war nicht gerade das, was man als Gnadenbrot bezeichnen konnte.

Möller nickte. »Meine beiden Söhne hat es übel erwischt. Beinamputation der eine und zerschossene rechte Schulter der andere. Meine Frau hat seit drei Jahren Weinkrämpfe und isst kaum etwas. Und meiner Tochter hat dieser Krieg den Mann genommen. Ich muss drei Mäuler stopfen, und drei weitere brauchen meine Unterstützung. Dieser Scheißkrieg hat sich in jede Ecke unseres Lebens geschlichen. Ferdi, unser Wirt, sagt immer, dass alle Kriege Seelenfresser sind. Da hat er wohl recht.«

Druwe fuhr den alten Mann in den Stadtteil Neustadt am nördlichen Rand des alten Flensburgs. Das Wetter war gut, und im nachlassenden Abendlicht bolzten ein paar Jungs auf der Straße. Die wenigen Gestalten, die Druwe sah, beeilten sich offenbar, nach Hause zu kommen. Auch eine Woche, nachdem die Waffen ruhten, schien der Frieden noch nicht in den Herzen der Menschen angekommen zu sein. Die Stille hatte nichts Ruhiges, das Warten nichts Vertrauensvolles. Wie zur Bestätigung seiner trüben Gedanken kam ein Mann aus dem Haus gegenüber geeilt. Er trug das Haar kurz zur Seite gekämmt und dazu die Rotzbremse in der Art des toten Führers. Der klassische Blockwart, die unterste Stufe des Überwachungssystems. Wohnung im Hochparterre mit Blick nach mindestens zwei Seiten, vor allem aber auf die Straße. Er mochte in Möllers Alter sein und packte zwei Jungs, die nicht rechtzeitig weggekommen waren, an den Ohren.

»Es reicht, Burkhard.« Möller war erstaunlich behände aus dem

Wagen gesprungen. »Deine Zeit ist vorbei. Wenn ich dich noch einmal erwische, dass du jemanden anschnauzt oder einem Bengel Prügel androhst, dann bist du selbst dran. Bisher habe ich die Genossen davon abhalten können. Die wollen euch Dreckspack schon lange eine Abreibung verpassen.«

Als Antwort des Blockwarts meinte Druwe das Wort *Kommunistensau* gehört zu haben. Möller jedoch hatte es offenbar nicht mitbekommen oder wollte es bewusst überhören. Die beiden Männer gaben sich unbeholfen die linke Hand.

»Wenn Sie mal Rat von einem Linken brauchen, dann wissen Sie, wo Sie mich finden, Kommissar«, sagte Möller zum Abschied und verschwand im Hauseingang.

8

Soll der Schornstein Angst uns machen?
Nein! Wir werden ihn verlachen!
Adolf, du verdammter Strolch
In dein Herz stoß ich den Dolch!
Steh'n am Morgen, steh'n am Abend
Und am Mittag, steh'n und steh'n!
(Lied aus dem KZ Sachsenhausen; Text: unbekannt, 1938)

14. Mai 1945

Für neun Uhr hatte Major Griffith eine Stabsbesprechung angesetzt. Allgemein war die Lage in der Stadt chaotisch. Handgemenge und Diebstähle konnten schon gar nicht mehr bearbeitet werden. Die Aufgabe der Polizei sollte jetzt die Aufrechterhaltung der öffentlichen Ordnung sein. So jedenfalls hatten es der Befehlshaber der Infanteriebrigade, Colonel Andrews, und der Leiter der Kontrollkommission, der amerikanische Generalmajor Rooks, vereinbart.

Jens Druwe hatte sich eine halbe Stunde früher mit Reece Taylor getroffen. Die Untersuchung der beiden Waffen hatte bestätigt, was er bereits vermutet hatte. Aus dem Enfield-Revolver des Briten waren zwei Patronen abgefeuert worden, die Hülsen steckten noch in der Trommel. In Grells Waffe fehlte hingegen keine Kugel. Nicht einmal der Lauf zeigte Pulverrückstände. Offenbar war die Walther vor langer Zeit gereinigt und seitdem nicht mehr benutzt worden. Lieutenant Taylor hatte den Deutschen darüber informiert, dass trotz einer intensiven Suche im Lagerhaus keine Parabellum-Hülsen gefunden werden konnten.

Einen Moment später rauschte ein missmutiger Griffith an den beiden Männern vorbei, ohne zu grüßen. Druwe und Taylor betraten nach ihrem Chef den Besprechungsraum der Polizeidirektion. Griffith war bereits dabei, sich von einigen Offizieren die Lage bei der Nachschubsicherung und der Versorgungslage schildern zu lassen.

»Wenn die Leute Hunger haben, werden sie unberechenbar«, ereiferte er sich. »Den Krieg gewinnt man auf dem Schlachtfeld, den Frieden über den Magen.« Mancher im Raum mochte sich fragen, woher der Major diese Weisheit hatte. Major Griffith schritt an einer Tafel auf und ab. Verschiedene Besprechungspunkte waren darauf notiert, und er hieb mit dem Stock immer wieder darauf ein.

»God damn! Was für ein verfluchter Sauhaufen ist das hier?«, blaffte er nach einer Weile. Es war nicht sein erster Kraftausdruck und würde gewiss nicht sein letzter bleiben. Druwe kannte diese Art Vorgesetzter. Seine Lautstärke sollte die eigene Verunsicherung überspielen. Die Schuldzuweisungen und Abwertungen sollten über seine Inkompetenz hinwegtäuschen. Offenbar trugen einige Anwesende die verbalen Ausfälle ihres Chefs ebenfalls mit Fassung. Die jüngeren Kameraden waren jedoch sichtlich eingeschüchtert. Druwe war der einzige Deutsche im Raum. Er verfügte immerhin über einige Erfahrung mit diesem Führungsstil, war er doch über ein Jahrzehnt in diesem Land tonangebend gewesen.

»Drüben in Mürwik gab es schon wieder einen Toten«, sagte Griffith und sah Druwe an, als wollte er ihm die Schuld dafür geben. »Wenn ihr so weitermacht, habt ihr bald keine Regierung mehr.« Pflichtbewusstes Gelächter erklang im Raum.

Druwe glaubte zunächst, dass der Brite diesen Leiter der Konzentrationslager meinte, vom dem ihm sein Schwager erzählt hatte. Aber da irrte er sich.

»Der Kommandeur der Marineschule wurde heute Nacht erschossen. Er heißt Lüth, Kapitän Wolfgang Lüth. Prüfen Sie nach, was da passiert ist, Druwe.«

Druwe überlegte. Der Name kam ihm bekannt vor. Aus Zeitungen und Wochenschauen. Lüth war ein hoch dekorierter U-Boot-Kommandant. Die Goebbels-Propaganda hatte ihn keinesfalls verlieren wollen, und so war er hier auf einen sicheren Landposten abkommandiert worden.

Der Major gab noch einige Anweisungen an seine MP-Mitarbeiter und verlas eine Direktive der Kontrollkommission. Druwe war erstaunt, dass sich die Tätigkeiten hier kaum von den Maßnahmen der deutschen Regierung in der Marinesportschule unterschieden. Das Aussehen von Armbinden, das Verbot von Symbolen, Büchern und Liedern. Sicherung von Straßen und Grenzübergängen nach Dänemark. Wieder einmal hatte er das Gefühl, im falschen Boot zu sitzen. Politik war absolut nicht sein Fall.

»So, jetzt kommen wir zu der Sache mit Vaughn«, sagte Griffith plötzlich. Zu seinem Erstaunen bemerkte Druwe, dass das Besprechungszimmer sich geleert hatte. Der Brite hatte alle Leute an ihre Arbeit geschickt. Nur Griffith, Reece Taylor und Druwe waren geblieben.

»Eine blutige und verworrene Angelegenheit, Sir«, sagte Taylor. Er beschrieb den Tatort und reichte Bilder herum. »Diese Fotografien wurden von John Phelps, unserem War Correspondent, gemacht.« Griffith blickte eher gelangweilt auf die Fotos. »Zu den Leichen weiß allerdings Mr Druwe mehr zu sagen, da die Pathologie in deutscher Hand ist«, fuhr Taylor fort.

Geschickter Kerl, dachte Druwe. Von den Befunden aus der Gerichtsmedizin konnte Taylor gar nichts wissen, da er ihn davon nicht unterrichtet hatte. »Dr. Fielding und Dr. Schmid konnten herausfinden, dass beide Männer mit der gleichen Projektil-Art getötet wurden«, begann Druwe. »Und die wird nicht in britischen Waffen verwendet.«

»Also doch ...«, hob Griffith triumphierend an.

»Grell kann Vaughn nicht getötet haben«, unterbrach ihn Druwe. »Er wurde bereits vorher durch den Captain so schwer verletzt, dass er das unmöglich geschafft haben kann. Außerdem wurde aus seiner Waffe kein einziger Schuss abgefeuert.«

»Wir suchen also einen Dritten«, sagte Lieutenant Taylor wie beiläufig.

Nicht nur geschickt, sondern auch schlau, dachte Druwe. »Richtig. Wir haben zwei halbe Sohlenabdrücke im Blut gesichert, die vielleicht vom Täter stammen.« Druwe wühlte in den Fotos und fand endlich die Nahaufnahmen. »Und wir haben zwei kurze Parabellum-Projektile, wahrscheinlich aus der Tatwaffe.«

»Die Hülsen waren allerdings am Tatort nicht aufzufinden. Wir nehmen an, der Täter hat sie aufgehoben«, ergänzte Taylor die Ausführungen. »Und dabei hat er vielleicht die Spuren im Blut hinterlassen.«

»Vaughn hatte keine Akten bei sich?«, fragte Griffith. »Immerhin ging es bei dem ganzen Mist nur um einen Haufen Papier. Also, wo zum Teufel ist der Kram geblieben?«

»Nein, Sir. Keine Akten«, antwortete Taylor. »Wir können davon ausgehen, dass dieser Grell erst sichergehen wollte, was Captain Vaughn als Gegenleistung anzubieten hatte. Vielleicht wären Sie dann zu einem Versteck ...«

»Davon ausgehen. Vielleicht. Wahrscheinlich. Da können wir gleich auf dem Mond nach Kartoffeln graben. Elender Dreckstall!«, schnauzte Griffith. »Sehen Sie zu, dass Sie da was Brauchbares finden, Taylor. Ich kann der Familie nicht schreiben, dass Fred beim Händchenhalten mit einem Kraut versehentlich erschossen wurde. Andrews will ihn sogar für die *Military Medal* vorschlagen. Also finden Sie heraus, was passiert ist.« Ohne Gruß verließ er das Zimmer.

»Erstaunlich, dass er so wenig Interesse an den Canaris-Akten zeigt«, sagte Druwe mehr zu sich selbst. Er dachte an die Probeakte, die Grell bei den Dänen gelassen hatte. Ein Dossier über Günther Quandt. Ein Wehrwirtschaftsführer. Hohes Tier. Zwar nicht der bedeutendste Nazi, aber immerhin ein Profiteur, der sich mit dem System gut arrangiert hatte. Der Major hatte das Dossier an sich genommen und seither kein Wort mehr darüber verloren. Er musste doch erkennen, dass weitere fünfzig oder sogar hundert Akten dieser Art die eine oder andere brisante Information enthalten konnten. Einigen, kaum belasteten Offizieren dafür Geld oder Beschäftigung anzubieten erschien Druwe kein so schlechtes Geschäft zu sein.

»Was ist eigentlich mit den anderen drei Canaris-Mitarbeitern?«, fragte Lieutenant Taylor, als hätte er Druwes Gedanken gelesen. »Werden wir vielleicht dort die Akten finden? Grell war doch sicher nicht so dämlich, alle mit zu dem Treffen zu nehmen.«

»Ich denke, Vaughn wollte genau diese Information aus Grell herausbekommen. Und deshalb hat er ihn verletzt. Grell hätte die zwei Wunden überleben können, wenn er Vaughn alles gesagt hätte. Und dann muss noch irgendetwas anderes geschehen sein.« Druwe zuckte mit den Schultern. »Trotzdem eine gute Idee, Taylor. Wir sollten versuchen, Grells Kameraden zu finden. Er hat angedeutet, dass sie zu viert aus Berlin abgehauen sind. Und die Dänen hatten sogar einen Namen für uns. Rudolf Lüder. Obwohl ich fürchte, dass er bei keiner Meldestelle registriert ist.«

»Vielleicht ist er drüben bei der Marineschule?«, fragte Taylor.

»Zu gefährlich«, antwortete Druwe. »Da schwirren viele kleine und größere Nazis herum. Dazu kommen noch die ganzen Abgetauchten mit neuen Papieren. Ich habe haufenweise abgelegte SS-Uniformen gesehen.«

»Vielleicht findet Griffith dort endlich seinen Saustall, von dem er so gerne spricht.« Taylor grinste.

»Dennoch müssen wir zur Marineschule. Lüth war mit Dönitz befreundet. Und er war ein Held, zumindest für Goebbels und seine Propaganda. Wenn ihn die neue Regierung zum Märtyrer machen kann, dann wird eure Arbeit nicht leichter«, sagte Druwe.

»Ich soll mit nach Mürwik?« Taylor blickte Druwe entgeistert an. »Der Sonderbereich ist quasi euer Staat. Zumindest der Rest davon. Sie sagten doch selbst, dass es da nur so von Nazis wimmelt. Die Sache ist mir wirklich zu heikel.«

»Es ist wichtig, Taylor«, sagte Druwe. »Wir müssen dort mit der Autorität beider Seiten auftreten.«

Die nächsten Minuten redete Druwe auf seinen jungen Kollegen ein. Schließlich gelang es ihm, den Briten zu überzeugen. Allerdings weigerte sich Taylor, als Angehöriger der britischen Streitkräfte in irgendeinem deutschen Auto mitzufahren. Er verschwand, um wenig später mit einem Fahrer zu erscheinen. Druwe und er bestiegen einen *Standard Twelve* in Feldgrau, der aussah, als wäre er seit der Landung in der Normandie im Dauereinsatz. Der Fahrer ließ den Motor über Handkurbel an und fragte nach dem Ziel der Fahrt. Offenbar war er von Taylor nicht vorbereitet worden, denn Druwe konnte das bleiche Gesicht des Sergeants von der Seite sehen, als er erfuhr, wohin es gehen sollte.

Bereits an der Torwache zur Offiziersschule kam es zu Schwierigkeiten. Als gelte es, die letzten Reste deutscher Ehre zu verteidigen, bildete sich aus der kleinen Schar eben noch träger Wachsoldaten plötzlich ein Kampftrupp. Ein gutes Dutzend Gewehrläufe richtete sich auf Druwe und seine Begleiter. Erst nach den üblichen Spielereien um Rang, Dringlichkeit und der Androhung schwerster Konsequenzen wurde den drei Männern die Durchfahrt gewährt. Die Kelmstraße führte in einem sanften Bogen zu den Schulungsgebäuden und der Roten Burg, dem Hauptgebäude, das mit dem eckigen Backsteinturm über die Innenförde wachte.

Druwe ließ den Fahrer die Kommandeursvilla ansteuern. Das Gebiet war an einigen Stellen dicht bewaldet, so dass sich für den britischen Wagen und die verbleibenden zwei Insassen eine kleine Deckung fand. Druwe selbst begab sich direkt zu dem imposanten Bau. Seines Wissens hatte hier Großadmiral Dönitz Quartier genommen, seitdem ihn Briten und Amerikaner von der *Patria* vertrieben hatten. Er hielt es für unklug, jetzt mit einem Briten im Schlepptau in der Villa zu erscheinen. Nach zwei Kontrollen, die keine Probleme machten, ließ man ihn zum persönlichen Adjutanten des Reichspräsidenten vor. Der Kapitänleutnant war kurz angebunden.

»Es geht um den Tod von Kapitän Lüth in der vergangenen Nacht«, setzte Druwe an.

»Sache der Marinefeldpolizei. Interne Klärung. Da haben Sie keine Befugnisse«, entgegnete der Mann trocken.

»Ich bin im Auftrag der Militärverwaltung hier.« Es war Zeit, wieder einen Bluff zu spielen. Zwar war seine Rolle bei den Briten nicht für einen Straight Flush gut, aber Druwe konnte immerhin mitgehen.

»Und? Wir befinden uns hier auf dem Boden des Deutschen Reichs. Da interessieren uns britische Belange einen feuchten Dreck.« Der Kaleu war eine harte Nuss.

»Ach, ist das so, Herr Kapitänleutnant? Ihre Wortwahl dürfte Colonel Andrews, mit dem ich in direktem Kontakt stehe, brennend interessieren.« Druwe leistete es sich, den Einsatz zu erhöhen.

»Haben Sie denn als Deutscher keine Ehre im Leib, Mann?«, ereiferte sich der Adjutant.

»Mir wird das zu dumm. Ich gebe jetzt Nachricht an Rooks und Andrews, dass mir hier die Arbeit unmöglich gemacht wird. Dabei geht es nur um eine Bestätigung der offiziellen Version. Dann wären die Briten schon zufrieden. Aber wenn Sie das so wollen, Herr Kapitänleutnant. Ich fürchte, dass der Großadmiral dann vor Generalmajor Rooks erscheinen muss, um ihm Rede und Antwort zu stehen. Ob er das so gut findet?« Druwe tat, als würde er sich abwenden. Er hatte das nervöse Zucken der Augenlider bei seinem Gegenüber bemerkt, als er von Dönitz und Rooks sprach. Jetzt hieß es also Showdown.

»Ich bin da nicht zuständig«, sagte der Kaleu. »Adjutant von Lüth ist Leutnant Gallweber. Sagen Sie ihm, ich hätte einem Gespräch zugestimmt. Sie finden ihn im Trampedach-Lager, Baracke 7.«

Ohne ein weiteres Wort drehte sich der Offizier um und ließ Druwe stehen. Ihm war es egal, denn der Pott war an ihn gegangen. Draußen angekommen, sah er, dass der britische Wagen von einigen Marinesoldaten entdeckt worden war. Druwe fühlte sich an die Mädchenschule erinnert, vor der er und andere Jungs immer in respektvollem Abstand gestanden hatten. Nun trugen die beiden Briten allerdings weder Kleider noch Zöpfe. Und sie würden wohl auch kein blankes Bein zeigen. Druwe entschied, die Tarnung vollends aufzugeben, und wies den Sergeant an, sie zu den Unterkünften zu fahren, die nicht weit entfernt lagen.

»Kommen Sie besser beide mit rein«, sagte er, als sie vor dem Barackenbereich standen. »So vermeiden wir weitere Missverständnisse.« Beide Soldaten nickten erleichtert.

Druwe erkundigte sich nach Gallweber, und einige Minuten später stand ein blutjunger Offizier vor ihnen. Druwe hatte sich darauf eingestellt, erneut darum ringen zu müssen, wer in dieser Angelegenheit welche Befugnis hatte. Doch der Adjutant war sichtlich mitgenommen. Blass und mit zitternder Stimme schilderte er die Ereignisse.

»Der Kapitän war in letzter Zeit stark belastet. Heute Nacht war er mit Kameraden unterwegs und kam erst gegen halb eins zurück.«

»Zu Fuß?«

Gallweber nickte. »Der Herr Großadmiral ist ein überaus korrekter Vorgesetzter, Herr Kommissar. Er hat die Dienststellen angewiesen, alle Marinebestände zu inventarisieren. Der Verbleib jeder Fischkonserve und jedes Schnürsenkels soll von jetzt an genau nachvollziehbar sein. Natürlich gilt das auch für den Fuhrpark und das Benzin. Also sind die Herren seit zwei Wochen meistens zu Fuß unterwegs.«

»Was heißt das? Jeden Abend? Und immer dieselben Leute?«, fragte Druwe.

»Nun. Die Arbeit war für Kapitän Lüth ziemlich langweilig hier. Sie wissen bestimmt, dass er auf den U-Booten ein aufregenderes Leben geführt hat. Er hat das vermisst. Und ich glaube, dass er diesen Schmerz im Alkohol ertränkt hat. Seit der Niederlage wurde es noch schlimmer. Er ist ein … er war ein …« Der Adjutant unterbrach sich.

»Ja?«

»Ein treuer Nationalsozialist. Er hat das immer von sich selbst gesagt«, erklärte Gallweber.

»Was ist heute Nacht geschehen?«, fragte Druwe.

»Er kam betrunken ans untere Wachtor. Und er kannte das Losungswort nicht. Er wurde von einem Gefreiten drei Mal aufgefordert, es zu nennen. Da er nur herumlallte und sich weiter dem Gelände näherte, hat die Wache auf ihn geschossen. So lauteten die Befehle. Von ihm selbst ausgegeben. Tragisch.« Der Leutnant war den Tränen nah.

»Ist es möglich, die Sachen zu sehen, die Kapitän Lüth bei sich trug, als er erschossen wurde? Vielleicht auch seine Kleidung?«, fragte Druwe.

Leutnant Gallweber zuckte mit den Schultern. »Warum nicht? Ich musste ihn heute Morgen entkleiden. Die Uniform ist vom Blut ruiniert. Hose und Stiefel hat er auf dem Waldboden total verdreckt. Ich habe ihm die zweite Garnitur angezogen, denn auf Weisung des Großadmirals soll er noch heute ein Staatsbegräbnis bekommen.«

»Heute noch?« Druwe glaubte, sich verhört zu haben. »Es gibt keine weitere Untersuchung?«

»Ich dachte, Sie wären für eine Art Abschluss zuständig.« Gallweber wirkte irritiert. »Ansonsten sind die Ermittlungen für die Marine offiziell abgeschlossen. Tragischer Unfall.«

Er führte Druwe und die beiden Briten zum Waschhaus. »Hier geben die Mannschaften auch unsere Wäschesäcke ab. Offiziere kümmern sich nicht um so etwas. Ich war aber ratlos, was ich mit Lüths Sachen machen soll. Ich habe alles in die Kiste dort getan.« Gallweber zeigte auf eine Seekiste, die mit einem Schloss gesichert war. Druwe wusste selbst nicht, wonach er hier suchte. Beinahe lustlos fingerte er in den Taschen von Lüths Jacke herum, fand jedoch nichts. Dann fiel sein Blick auf die Stiefel des toten Kapitäns. Und er erkannte es sofort. Das Profil ähnelte den Abdrücken, die er in der Blutlache bei Grells Leichnam gefunden hatte. Er blickte auf Gallwebers Stiefel. Der junge Leutnant trug die typischen Marinestiefel. In der Ausführung für Offiziere. Sie unterschieden sich deutlich von denen des Toten.

»Herr Leutnant, wären Sie so freundlich, mir die Sohle ihres Stiefels zu zeigen?«, fragte Druwe. Noch bevor der Adjutant antworten konnte, war Druwe seitlich hinter ihn getreten und zog an dessen Stiefelschaft, als wollte er ein Hufeisen kontrollieren. Das Profil war eindeutig anders.

»Sie wundern sich über die Stiefel des Kapitäns, Herr Kommissar?«, fragte Gallweber. »Das war so eine Angewohnheit von ihm. Er war U-Boot-Mann, und seine Bootsstiefel hat er auch an Land getragen. Und bei den Buna-Werken haben sie letztes Jahr einen ganz neuen Stoff entwickelt. Aus Leder, Kautschuk und Petroleum. Daraus haben sie dann Stiefel gemacht. Leicht, wasserfest, rutschhemmend. Die Dinger wurden später an verdiente U-Boot-Veteranen verteilt, damit sie die testen konnten. Lüth war ziemlich versessen darauf. Sie erinnerten ihn wohl an alte Zeiten. Er trug sie fast bei jeder Gelegenheit.«

Druwe versuchte, mit Hilfe von Bleistift und Papier eine Art Abdruck vom Stiefel des Toten anzufertigen. Breite, Länge und den Abstand der wichtigsten Profilstege bestimmte er durch ein Maßband und übertrug die Zahlen in die Zeichnung. Das Ganze gelang ihm nur teilweise. Noch bevor er fertig war, stand für Druwe allerdings fest, dass der Abdruck im Lagerhaus nicht von Lüth stammen konnte. Der Tote hatte viel zu große Füße.

Verdammt, dachte er, es wäre auch zu einfach gewesen. »Können Sie uns etwas zu Lüths Waffe sagen?«, fragte er.

»Seine Ordonnanzwaffe? Auch da war er eigen. Er trug eine Pistole 08«, antwortete Gallweber.

Eine Luger, grübelte Druwe. Die Pistole konnte zwar zu den Projektilen passen, die Grell und Vaughn getötet hatten, aber sofern sich Lüths Schuhgröße nicht seither deutlich verändert hatte, schien es eher unwahrscheinlich, dass er der Täter war.

»Der Kapitän war doch mit Kameraden unterwegs, sagte der Mann«, wandte sich Lieutenant Taylor auf Englisch an Druwe. Offenbar hatte er die wesentlichen Fakten aufgeschnappt, obwohl er vorgab, kaum Deutsch zu verstehen.

Druwe gab den Hinweis als Frage an Gallweber weiter.

»Kapitän Lüth ist immer mit drei oder vier Männern losgezogen«, bestätigte der Adjutant.

»Wissen Sie, wen er an diesem Abend bei sich hatte? Oder waren es sogar immer dieselben Leute?«, fragte Druwe.

»Der Kapitän nutzte diese …« Gallweber suchte nach einem Wort. »Diese abendlichen Besprechungen waren auch Ausdruck seiner persönlichen Gunst. Es hat mich schon lange nicht mehr interessiert, wen er mitnahm. Mal waren es wochenlang dieselben Männer, dann wieder waren es täglich andere.« Er hielt inne, als überlegte er, ob ihm die folgende Information Ärger einbringen könnte. »Nur ein Mann war fast immer dabei«, sagte er dann. »Der kurze Hans.«

»Wer?« Druwe meinte, sich verhört zu haben.

»Kapitänleutnant Hans-Otto Dähler. Er war früher U-Boot-Kommandant wie Lüth. Und er ist ziemlich klein.« Gallweber hob die

Handfläche auf etwas mehr als seine Schulterhöhe. »Deshalb nennt man ihn hinter vorgehaltener Hand den kurzen Hans. Ich rate Ihnen jedoch, das nie in seiner Nähe zu sagen. Leute, die ihn beim Boxen gesehen haben, nennen ihn nämlich den Eisenhans.«

»War er auch gestern Nacht dabei?«, fragte Druwe.

»Nein, da bin ich mir sicher«, erwiderte der Leutnant. »In der letzten Woche gab es wegen Dähler wohl zwei Mal Ärger. Eine Schlägerei in einer Kneipe. Und noch eine andere Sache, von der ich jedoch nichts Näheres weiß. Jedenfalls war Kapitän Lüth beide Male stocksauer und hat angeordnet, dass der Kaleu erst einmal auslüftet, wie er es nannte. Dähler sollte zwei Wochen auf dem Gelände bleiben.«

»Eine Schlägerei?«

Der junge Offizier nickte. »Dähler hatte oft Streit mit anderen Leuten. Und an dem Abend ist er offenbar auch niedergeschlagen worden. Mehr weiß ich aber nicht.«

»Sie müssen mir einen Gefallen tun, Gallweber.« Der Mann blickte Druwe misstrauisch an. »Es geht um die Sicherheit der Reichsregierung. Wo kommen wir hin, dass jetzt bereits hohe Offiziere erschossen werden? Unter welchen Umständen auch immer. Zudem können Sie persönlich ein paar Pluspunkte bei unseren neuen Freunden sammeln.« Druwe blickte vielsagend zu Taylor. »Besorgen Sie mir einen Abdruck von Dählers Stiefeln.«

Gallweber war blass geworden. »Schwierig bis unmöglich. Er ist sehr misstrauisch. Ich kann es versuchen, aber ich verspreche nichts.«

»Sie finden mein Zimmer im Nebengebäude der Sporthalle. *Inneres 5/Polizei*. Geben Sie die Skizze ohne Ihren Namen ab. Ich weiß, worum es geht.« Druwe verabschiedete sich, und auch Taylor tippte sich kurz an die Mütze.

Der Menschenauflauf vor dem britischen Militärwagen hatte sich mittlerweile vergrößert. Das Geschwätz verstummte, als die drei Männer zu ihrem Fahrzeug zurückkehrten. Druwe hielt seinen Dienstausweis ausgestreckt vor sich und proklamierte lauthals etwas im Sinne von »Machen Sie Platz, Kameraden. Sonderermittlung im Auftrag der Reichsregierung. Gefahr in Verzug!« Nur träge glitt die Menge auseinander und ließ ihn und die Briten passieren. Einige Gesichter wirkten lediglich interessiert, andere zeigten unverhohlene Feindschaft.

»Ich würde es vorziehen, hier zu verschwinden«, sagte Taylor, der stark schwitzte.

Druwe nickte. »Sie beide fahren zum Haupttor und warten an der Straße auf mich. Ich habe noch eine Kleinigkeit beim Lazarett zu erledigen.«

Der *Standard Twelve* sprang zügig an, als wäre er selbst froh, hier wegzukommen. Die Soldaten zerstreuten sich, und Druwe marschierte den bekannten Weg zur Krankenbaracke. Er hatte Glück, die ebenso resolute wie breite Oberschwester Hilde war offenbar nicht im Dienst, so dass es zu keinen Auseinandersetzungen kam. Der Stationsschwester reichte sein Dienstausweis und der Hinweis auf eine Mordermittlung, damit sie eine Helferin nach Dr. Paltinger schickte. Bereits nach wenigen Minuten stand der Arzt vor Druwe.

»Ich dachte immer, ich wäre in Mürwik auf einem sicheren Posten. Aber hier versterben plötzlich mehr Menschen als an der Ostfront«, witzelte der Arzt nach einer knappen Begrüßung. »Sie kommen doch sicher wegen der Sache Lüth, Herr Kommissar?«

Druwe nickte. »Ist doch seltsam. Der Kommandeur kennt sein Losungswort nicht und wird mitten in der Nacht erschossen. Was halten Sie von der Sache, Herr Doktor?««

Paltinger blickte sich verstohlen um. »Mein Chef hat die Sache gleich an sich gerissen«, flüsterte er dann. »Eigentlich nicht verwunderlich, aber auch die Obduktion hat er selbst gemacht. Um vier Uhr morgens! Alle Befunde sind Geheime Reichssache. Und dann kam die Weisung von Großadmiral Dönitz, dass schon heute das Begräbnis stattfindet. Da kann man schon ins Grübeln kommen.«

»Wissen Sie etwas über die Todesursache?«, fragte Druwe.

»Die nächste seltsame Sache. Lüth ist an einem Kopfschuss gestorben, der ihm die halbe Schädeldecke weggerissen hat. Und es wurde wohl keine Kugel gefunden.« Paltinger sah sich nochmals um. »Kopfschuss. Da hat die Wachhabende entweder sehr beschissen gezielt.« Er atmete mehrere Mal durch. »Oder besonders gut.«

»Sie meinen, Lüth könnte …«, begann Druwe, aber Paltinger legte einen Finger auf die Lippen.

Druwe wusste, wovon der Arzt sprach. Wachleute sollten abschrecken und abwehren. Also wurden in der Regel Warnschüsse abgegeben. Oder die Schützen versuchten, nur Arm oder Bein zu treffen. Ein tödlicher Schuss war dagegen einer unmittelbaren Bedrohung vorbehalten. Lüth hätte also eine Verletzung am Rumpf oder an den Extremitäten haben müssen. Aber natürlich konnte der Kopftreffer auch ebenso gut ein unglücklicher Zufall sein.

Entweder hatte der Wachsoldat sehr beschissen gezielt oder besonders gut, wiederholte Jens Druwe die Worte des Arztes im Stillen.

»Und dass Lüth das von ihm selbst herausgegebene Losungswort vergessen haben soll, wirft noch mehr Fragen auf. Und natürlich, dass er nach dem Anrufen durch die Wache nicht kehrtgemacht hat. Alles ungewöhnlich«, sagte Paltinger. »Aber von mir haben Sie das nicht.«

Nachdem er sich von dem Arzt verabschiedet hatte, verließ Druwe das Lazarett und ging noch einmal zur Kommandantur zurück. Er hoffte, dort Auskünfte über den Verbleib von Grells Kameraden zu bekommen. Immerhin waren sie Wehrmachtsangehörige und mussten sich am jeweiligen Standort melden. Druwe hatte in dieser Hinsicht jedoch kein Glück. Niemand kannte einen Offizier namens Lüder. Und weder hatten die drei Männer auf dem Marinegelände Quartier bezogen, noch waren sie mit einer Adresse in der Umgebung gemeldet. Angesichts des schon überall herrschenden Chaos bei ihrer Ankunft erschien Druwe dieser Umstand allerdings nicht weiter verwunderlich. Jetzt, da Herbert Grell nicht wieder bei ihnen aufgetaucht war, hatten die drei sicherlich das Weite gesucht. Druwe ging davon aus, dass sie zu den Amerikanern fliehen würden. Und sofern sie die Akten dabeihatten, waren diese für ihn und die Briten verloren.

Enttäuscht begab sich Druwe zur Torwache an der Kelmstraße zurück. Gleich dahinter begann das neue Deutschland. Mehrere leichte Panzerfahrzeuge der Briten hatten sich in Stellung gebracht, um notfalls auf das Gelände des Sonderbereichs vorrücken zu können. Taylor und sein Sergeant fühlten sich hier draußen offenbar deutlich wohler und waren in Gespräche mit Kameraden vertieft.

»Das nächste Mal sollten wir meinen Wagen nehmen«, rief Druwe zur Begrüßung. »Der *Standard* war da drinnen etwa so auffällig wie ein Möwenschiss im Haar des Führers.«

»Es wird kein nächstes Mal geben, Druwe.« Reece Taylor lächelte gequält. »Da gehe ich nicht noch einmal rein. Oder nur mit Montgomerys Truppen.«

Druwe kehrte mit den beiden Briten zum Polizeipräsidium zurück. Er verfasste in der Sache Lüth einen kurzen Bericht für Griffith. Letztlich war ihm ziemlich egal, was in der Nacht vorgefallen war. Sofern es nichts mit der Schießerei im Lagerhaus zu tun hatte. Doch da gab es einige offene Fragen. Der Kommandeur der Schule war oft nächtlich zu Saufgelagen unterwegs gewesen. War er in der Tatnacht in der Nähe des Lagerhauses aufgetaucht? Dass die Abdrücke nicht zu Lüths Stiefeln passten, sagte nichts über dessen Anwesenheit am Tatort aus. Er konnte dort gewesen sein, ohne dass er in das Blut getreten war. Und seine Dienstwaffe, eine Luger, konnte mit Parabellum-Munition geladen werden. Druwe waren die Hände gebunden. Es war reines Glück gewesen, dass er auf dem Militärgelände überhaupt einige Informationen erhalten hatte. Echte Ermittlungen in Form systematischer Befragungen und Durchsuchungen waren ihm dort als Zivilbeamten nicht gestattet. Natürlich konnte er versuchen, sich von den Briten die

Befugnis einzuholen. Jedoch würde angesichts des Arrangements, das man mit Dönitz offenbar getroffen hatte, sicherlich niemand die zerbrechliche Ruhe gefährden wollen. Er musste im Stillen und auf eigene Faust weitermachen. Immerhin hatte er noch sein offizielles Dienstzimmer bei der Marinesportschule, und viele Soldaten auf dem Gelände kannten ihn bereits persönlich. Er konnte nur hoffen, durch kleinere Informationen weiterzukommen.

Die Arbeit des Nachmittags war für Druwe frustrierend verlaufen. Er hatte versucht, nähere Fakten über Hans-Otto Dähler zu erhalten, aber der ehemalige U-Boot-Kommandant leitete seit den frühen Morgenstunden eine Bergungsaktion auf der Förde. Alle Mannschaften und Unteroffiziere, die ihn kannten, gehörten offenbar zu seiner Besatzung. Druwe hatte auch hier den Rat seines Berliner Lehrmeisters befolgen wollen. Die Befragung von Unterstellten und Bediensteten brachte oftmals Erstaunliches zu Tage. Aber auch mit Leutnant Gallweber konnte Druwe kein zweites Mal sprechen, da der Adjutant zur Beisetzung seines Vorgesetzten gefahren war. Druwe hatte kurz überlegt, ob er ebenfalls dort vorbeischauen konnte, sich dann jedoch dagegen entschieden. Offenbar hatte man an höherer Stelle etwas zu verbergen, wenn bei Obduktion und Bestattung alles derart schnell gehen musste. Da würde die Marineführung von der Anwesenheit eines Polizisten kaum begeistert sein.

Druwe fühlte sich ein wenig wie Falschgeld, als er planlos und seinen Gedanken nachhängend über das Gelände der Marineschule lief. Immer wieder zeigte er seinen Ausweis und sprach Wachleute, Unteroffiziere und Offiziere an. Beinarbeit nannte man das bei der Polizei. Von Tür zu Tür gehen, klingeln, warten, fragen. Manchmal musste man laut werden oder drohen. Die letzten beiden Möglichkeiten hatte er hier nicht. Mehr als einmal drehte sich ein Maat einfach um, spuckte verächtlich aus und ließ ihn stehen. Er konnte nichts dagegen tun. Er musste herausfinden, wer Lüth am Abend vor dessen Tod auf der Kneipenrunde begleitet hatte. Ob die Gruppe am Lagerhaus vorbeigekommen war. Vielleicht war den Männern von der Marine etwas aufgefallen. Vielleicht waren sogar andere Offiziere in die Sache verstrickt. Druwe bemerkte, dass Wut in ihm aufstieg. Dieser ganze Mist war eine Folge von Misstrauen, Doppeldeutigkeit und Niedertracht. Grell hatte versucht, für sich und seine Leute Kapital aus geheimen Informationen zu schlagen. Vaughn war zerfressen gewesen von Argwohn gegen alles Deutsche. Und ein Dritter kochte seine eigene Suppe mit unklaren Motiven. Gab es unter Dönitz vielleicht schon wieder eine neue Geheimpolizei? Waren die Leute von Gestapo und SD einfach hier unter die Decke der Marine gekrochen?

Druwe erfuhr bis zum Abend nur belanglose Details zur Person von Kapitänleutnant Dähler. Offenbar war er im selben Alter wie sein Freund Lüth. Er galt als aufbrausend, trinkfest und nachtragend. Er scheute offenbar vor Schlägereien nicht zurück. Er hatte einmal gegen Max Schmeling in einem Sparringskampf geboxt, ein Umstand, mit dem er bei jeder Gelegenheit prahlte. Auf Betreiben Lüths war Dähler vor fast zwei Jahren aus dem aktiven U-Boot-Dienst, der immer verlustreicher wurde, abgezogen worden. Seither hatte der Kapitänleutnant auf die Fertigstellung eines neuen U-Boot-Typs gewartet, der über die Flüsterpropaganda als neue Wunderwaffe neben der der V2-Rakete gepriesen wurde. Alles nur Gerüchte und Märchen.

Unzufrieden kehrte Druwe in sein Dienstzimmer und seine Stube zurück. Er hatte noch die blutverschmierten Papiere, die der junge britische Leutnant bei Vaughns Leichnam gefunden hatte. Bei der ersten Überprüfung des Tatorts waren sie weder Druwe noch Taylor aufgefallen. Sie waren offenbar vollständig vom Körper verdeckt gewesen. Druwe nahm an, dass es sich um den Teil einer Akte handelte, ähnlich jener Quandt-Akte, die die Dänen erhalten hatten. Es musste darüber zu einer Auseinandersetzung gekommen sein, denn die Blätter waren geknickt, als hätte jemand gewaltsam danach gegriffen. Zudem war die Lochung zerrissen. Viele Worte und Sätze waren nicht lesbar, da das Blut verschmiert und eingetrocknet war. Nur mit Mühe konnte Druwe den Namen des Mannes entziffern. Plötzlich aber war er hellwach. Er arbeitete für diesen Mann.

WILHELM STUCKART

(…)

Mitarbeit an den Entwürfen zu sog. Rassegesetzen und zu einem sog. Judengesetz (1935)

Leitung eines Treffens von Ministerialbeamten zum Thema antijüdischer Maßnahmen (1936)

Verfasser eines Kommentars zum Reichsbürgergesetz (1936): Vorschlag einer Kennzeichnung aller Juden in Deutschland und Europa

(…)

Teilnehmer der Konferenz am Großen Wannsee (1942) als Vertreter des Innenministeriums: Vorschlag einer Zwangssterilisierung (…) Aufhebung deutsch-jüdischer Mischehen

Protokoll von W.S. unterzeichnet

Textauszüge: »… Zurückdrängung der Juden aus dem Lebensraum des deutschen Volkes.«

»… die im Hinblick auf die kommende Endlösung der Judenfrage …«

»… sollen im Zuge der Endlösung die Juden in geeigneter Weise im Osten zum Arbeitseinsatz kommen (…) wobei zweifellos ein Großteil durch natürliche Verminderung ausfallen wird.«

»… Restbestand wird entsprechend behandelt werden müssen …«

»… schlug Staatssekretär Stuckart vor, zur Zwangssterilisierung zu schreiten.«

(…)

Belegte eigene Äußerungen vom W. S. (siehe Anhänge) zur jüdischen »Minderwertigkeit« sowie Forderung, dass »die Juden aus dem deutsch-europäischen Machtbereich restlos entfernt« werden

Mehrfache persönliche Unterrichtung durch Innenminister und RF-SS Himmler über »Behandlung und Vernichtung« von Juden in den Sonderlagern der Ostgebiete (siehe Anhänge)

(…)

Letzter Dienstrang innerhalb der Schutzstaffel: Obergruppenführer

Vorsitz der »Kommission zum Schutze des deutschen Blutes«

Ehrenvorsitz der »Gesellschaft für Rassenhygiene«

Druwe hatte es nun Schwarz auf Weiß. Bisher waren es Gerüchte und Witzeleien gewesen. Dönitz und sein Kabinett der kleinen Nazis. Das kleindeutsche Puppentheater mit NS-Prominenz aus der dritten Reihe. Brauner Mummenschanz. So oder ähnlich lauteten die vielen Äußerungen über die Regierung hinter vorgehaltener Hand, aber diese Informationen reichten aus, um Gewissheit zu erhalten. Die alten Drahtzieher und Bürokraten hatten sich in Mürwik eingenistet. Nicht die Unbefleckten und Unwissenden. Der neue Innenminister Stuckart hatte von den Todeslagern gewusst. Er hatte an den Gesetzen mitgearbeitet, die aus Juden Unrat machten, den man einfach wegkehrte oder anzündete. Druwe selbst wusste von »Säuberungen«, die die Einsatzgruppen an der Ostfront durchgeführt hatten. Er kannte die Gerüchte von »Fabriken«, in denen Juden bis zum Tod arbeiten mussten. Und der britische War Correspondent, der die Fotos im Lagerhaus angefertigt hatte, war in einer Rauchpause an ihn herangetreten. Er hatte ihm vom Lager Bergen-Belsen berichtet, in dem Tausende Leichen und bis auf die Knochen abgemagerte Häftlinge aufgefunden worden waren. Wären den Alliierten diese Informationen über Stuckart bekannt, käme er wahrscheinlich sofort in die Zelle neben Keitel. Da war sich Druwe sicher. Die Akten der Canaris-Leute waren in der Tat hochgefährlich. Für die Betroffenen konnten sie den Tod bedeuten. Entsprechend weit würden sie gehen, um da ranzukommen.

An Druwe nagte jedoch auch die Frage, ob er seine Mitarbeit wirklich hinschmeißen sollte. Vor gut einer Woche hatte er gedacht, mit dem Aufbau einer neuen Polizei auch einen persönlichen Neuanfang machen zu können. Die Aufgabe hatte ihn anfangs sogar gereizt. Nun arbeitete er offenbar für einen Mann, der sich im braunen Sumpf kompromittiert hatte. Konnte er darüber einfach hinwegsehen? Sollte er einfach versuchen, seine eigenen Ziele zu erreichen? War er dann in der Lage, seinen eigenen Makel, seine eigene Schuld zu überwinden? Oder würde er sich ganz langsam und unmerklich verändern und so werden wie diese Bande?

Er hörte in sich die Stimmen derer, die er in letzter Zeit befragt hatte, um ihre Eignung für eine Arbeit bei der Polizei abzuschätzen. Bei vielen Männern hatte es keine Einsicht gegeben, sie beriefen sich auf Befehl und Gehorsam. *Ich habe davon nichts gewusst. Was hätte ich denn tun sollen? Das waren die da oben, ich habe nur meine Arbeit gemacht. Ich habe versucht, Schlimmeres zu verhindern. Hätte ich etwas gesagt, wäre ich doch selbst dran gewesen.* Druwe fühlte sich durch sein Wissen über Stuckart beschmutzt. Hatte er sich die ganzen Tage eingeredet, er stünde endlich auf der richtigen Seite, so musste er sich jetzt eingestehen, dass sich richtig und falsch an ganz anderer Stelle entschieden. Es waren nicht Einfluss, Geld oder Ämter. Es waren die innere Haltung und die sich daraus ableitende Entscheidung, die die Grenzen zwischen Recht und Unrecht absteckten. Jeder musste Verantwortung dafür übernehmen, wann er sagte: Halt! Bis hierhin und nicht weiter! Hinter dieser Haltelinie stand dann das Gewissen. Und die Verantwortung. Jeder musste sich eben dafür verantworten, wie weit er seine Linie verschoben hatte.

15. Mai 1945

Hundert Hände greifen nach ihm. Alte Hände, kleine Hände, Mutterhände. Der Duft von frisch geschlagener Kiefer erfüllt die Luft. Die Diesel hämmern rhythmisch. Schwarze Abgase mischen sich zum Harz. Stumme Zeugen stehen am Wald, die dürren Stämme ragen zum Licht. Werkzeug liegt an der Lichtung, Beil und Säge, Seil und Spaltaxt. Die Bäume sind erleichtert, denn sie sind noch verschont vom Einschlag. Sie dürfen sehen, was kommt, doch den Menschen ist Gnade verweigert.

Fleisch drückt an Fleisch. Angst drückt aus den Poren und hebt sich empor, als wäre sie ein Moloch aller Seelen. Was mag aus der Vereinigung von Leid und Furcht geboren werden? Druwe wird gehoben, dann getragen auf vielen Händen. Am Rücken halten sie ihn, an Armen, Beinen und Kopf. Er schaut zum Himmel. Warum ist oben ein Trost, wenn es doch für alle nach unten geht? Die Haut ist mal rau, mal ist sie weich, der Griff kräftig oder zart. Alle Hände greifen nach ihm. In ihnen sieht er Augen voller Zorn.

»Wandern in Gruben, wandern in Öfen. Werden zu Erde und Staub. Es bleibt Erinnerung, die blass im kalten Nichts verweht.«

Druwe erwachte zitternd. Nur ein Traum. Die Atmosphäre auf dem Gelände der Marineschule und die Ermittlungen verunsicherten ihn. Er atmete schnell und schwitzte. Dazu kamen Wellen einer unklaren Furcht, die sich wie eine Decke über ihn legte. Sein Herz raste, und er wünschte sich zum wiederholten Mal, diese Unruhe mit etwas Schnaps betäuben zu können.

Langsam beruhigte sich seine Atmung, und er trat ans Fenster, sog die kühle Luft des Morgens ein. Er versuchte, sich zu sammeln, indem er an seine heutige Arbeit dachte. Schon oft hatte die äußere Ordnung zu einer Strukturierung seines Innenlebens geführt. Allerdings war dieser Fall das reinste Chaos. Überall Fäden mit losen Enden und Nadeln im Heuhaufen. Mit Erleichterung nahm er jedoch zur Kenntnis, dass das Zittern seiner Hände nachließ, als er einen Tagesplan entworfen hatte.

Es ist doch noch nicht so schlimm wie bei Becher, dachte er. Sein Schwager hatte sich derart an das Zeug gewöhnt, dass er ohne zwei Klare nicht operieren konnte.

Nach einem Frühstück im Offizierskasino machte sich Druwe auf den Weg zum Lagerhaus. Er wollte die Umgebung nochmals absuchen, vielleicht auch den Tatort selbst. In der unmittelbaren Nähe befand sich zudem eine Flak-Stellung. Sicherlich war diese nicht mehr besetzt, aber auch dort würde er sich umsehen. Der südlichste Abschnitt des Mürwiker Marinegeländes war der Nachrichtenschule vorbehalten. Hier wurden die Nachwuchskräfte für das Abhören, Verhören und jede weitere Form des Spionierens ausgebildet. Wieder einmal war Druwe erstaunt, wie idyllisch die militärischen Anlagen in die sanfte, bewaldete Hanglage eingebettet waren. Hier hatte das Ausbildungspersonal den totalen Krieg in relativer Ruhe überstehen können.

Das U-Boot lag im Festmachbereich wie zwei Tage zuvor. Obwohl es erst sieben war, liefen einige britische Soldaten auf dem Außendeck herum. Offenbar versuchte man, mit Hilfe einer Winde und eines kleinen Krans etwas aus dem Turmluk zu hieven. Druwe kümmerte sich nicht weiter darum und ging zur Lagerhalle. Er verbrachte fast eine Stunde damit, das Gebüsch abzusuchen. Tatsächlich konnte er nach einiger Zeit zwei Patronenhülsen im Erdbereich eines größeren Strauchs sichern. Zwar war er kein Waffenexperte, aber er war sicher, dass die Hülsen zu den beiden Projektilen gehörten, die Vaughn und Grell getötet hatten. Der Täter musste sie drinnen aufgehoben haben, um sie vor der Halle achtlos wegzuwerfen. Viele Leute begingen den Fehler, verdächtige Dinge zu behalten. Druwe hatte das bei seinen Ermittlungen in Hamburg und Berlin oft erlebt. Da fand man bei einer Hausdurchsuchung das blutige Messer oder das Apothekerglas mit Gift. Eine Brosche des Opfers oder ein verschmiertes Kleidungsstück. Allerdings schien es Druwe nicht allzu klug, die Hülsen einfach in den Dreck zu werfen, da dreißig Meter weiter die Förde plätscherte.

Er war zufrieden. Eine Patronenhülse wies zudem eine kleine Blutspur auf, so dass die Hypothese der Beteiligung eines unbekannten Dritten endgültig bestätigt schien. In der Halle nutzte Druwe die Zeit, um sich den möglichen Ablauf des Zusammentreffens vorzustellen. Grell hatte dem Briten eine Probeakte übergeben. Waren sie darüber bereits in Streit geraten? Hatte Vaughn bei einem Handgemenge mit dem Deutschen eine Seite herausgerissen? Vielleicht hatte Vaughn aufs Ganze gehen wollen und Grell aufgefordert, die Dossiers ohne weitere Gegenleistung herauszugeben. Grell hatte sich geweigert und war von dem Captain so verletzt worden, dass ihn die Schmerzen zur Preisgabe seines Wissens veranlasst hätten. Dann war der seltsame Dritte ins Spiel gekommen. Ein Komplize des britischen Offiziers hätte wohl kaum seinen Landsmann getötet. Umgekehrt galt das für Grell und seine Kameraden aus der Canaris-Abteilung ebenso. Ein Täter, eine Waffe, zwei Schüsse. Zwei Opfer, ein Engländer und ein Deutscher, die vor den tödlichen Schüssen in Streit geraten waren. Für das ganze Schauspiel war nur dann ein Motiv zu finden, wenn man annahm, dass jener Dritte seine ganz eigenen Interessen vertreten hatte. Druwe sah sich ein letztes Mal um und verließ die Halle.

Nun wollte er noch die Flak-Stellung in Augenschein nehmen. Die Engländer hatten bereits vor einigen Tagen angeordnet, dass alle schweren Geschütze abzuliefern oder unbrauchbar zu machen wären. Insofern glaubte Druwe nicht, etwas wirklich Interessantes dort zu finden. Die Flugabwehr an dieser Stelle hatte durchaus Sinn gehabt, wie er jetzt erkannte. Der in dicken Beton gefasste kleine Hafenbereich konnte im Falle eines Beschusses aus der Luft zwei oder drei U-Booten recht guten Schutz bieten. Bordkanonen und Wasserbomben waren in derart steilem Abschusswinkel wirkungslos. Nur vom Einfahrtsbereich her bestand Gefahr durch Tiefflieger. Da diese über die Förde anfliegen mussten, hatte die Flak freies Schussfeld. Noch immer herrschte reges Treiben am Pier und an Deck des U-Bootes. Teile der U-Boot-Technik wurden auf britische Lorries verladen. Ein amerikanischer Offizier gab von einem Jeep Anweisungen.

Druwe stieg den kleinen Hohlweg hinab, der zum Eingang der deutschen Geschützstellung führte. Im Gegensatz zu den vollkommen offenen Flak-Stellungen bot hier eine Art Betonring den Soldaten einen Mindestschutz vor Granatsplittern und den Bordkanonen der Flugzeuge.

»Halt! Wer da? Keinen Schritt weiter!«, erklang eine unsichere Stimme aus dem Inneren.

Druwe war derart überrascht, dass er instinktiv die Arme hob. Zwei bleichgesichtige Jugendliche kamen auf ihn zu. In der Hand hielt jeder ein Infanteriemesser. Der deutsche Soldat war wachsam. Auch wenn ihm nur Hilfsmittel zur Verfügung standen, selbst nach Kriegsende.

»Nehmt die Messer runter, Jungs«, wies Druwe die beiden Jungmatrosen zurecht. »Ich bin Polizeikommissar und dienstlich hier.« Erleichtert nahm er zur Kenntnis, dass die Messer in ihren Scheiden verschwanden. Er war nicht erpicht darauf, durch ein Missverständnis achtzehn Zentimeter Stahl zwischen den Rippen zu haben. »Was macht ihr hier?«

»Befehl vom Standortkommandeur, Herr Kommissar. Die Flak-Stellungen außerhalb des Sonderbereichs sind besetzt zu halten. Für den Fall einer Wiederbewaffnung.« Der Ältere nahm sogar Haltung vor Druwe an. Er trug eine viel zu große Uniform und war etwa siebzehn Jahre alt. Der andere Bengel konnte kaum sechzehn sein, hatte lediglich eine Armbinde mit der Aufschrift *Kombattant*. Druwe verspürte den Drang, beiden die Ohren langzuziehen. Andererseits wusste er, dass sie selbst nichts für ihre Verblendung konnten. Seit sie denken konnten, hatte es für diese jungen Menschen nur Führer und Volk, Pflicht und Gehorsam, Ehre und Krieg gegeben. Druwe wollte Zigaretten anbieten, entschied sich jedoch im letzten Moment dagegen. Stattdessen fummelte er mühsam eine Dose aus der Manteltasche, in der sich ein halbes Rund Fliegerschokolade befand. Es hatte eben Vorteile, direkt für die Regierung zu arbeiten. Zigaretten, Schokolade und Obstbrand mussten vor dem Feind gesichert werden. Druwe sah den Jungkriegern an, dass sie sich am liebsten sofort darauf gestürzt hätten. Er fragte eher beiläufig nach den bisherigen Arbeiten.

»Schöne Plackerei, Herr Kommissar«, sagte Johann, der ältere Flakhelfer. »Vor drei Tagen musste alles ganz schnell abgebaut werden. Sonst hätten uns die Tommys alles geklaut.« Er zeigte zur Fördeseite. »Wie bei dem U-Boot. Also sollten wir alles bis auf die Waffen in die Halle bringen. Lafette und Kanone wurden dann gestern Morgen zur Nachrichtenschule abgefahren. Das war schon zu dritt eine Riesenarbeit, aber zu zweit haben Udo und ich das kaum geschafft.«

Druwe war hellhörig geworden. Vor drei Tagen? »Wann war das? Am Samstag?« Johann nickte. »Bis wann habt ihr hier gearbeitet?«

»Wird Mitternacht gewesen sein, dann haben wir uns hingehauen. Nur Willi nicht. Der musste Liste führen und wollte dann das Lagerhaus abschließen. Ist aber nicht wiedergekommen«, sagte Johann.

»Ihr müsst doch Schüsse gehört haben«, sagte Druwe.

Johann sah den jüngeren Udo betreten an. »Ja, haben wir. Aber wir mussten hier die Stellung …«

Druwe ahnte, dass die beiden Marinehelfer die Hose gestrichen voll gehabt hatten. Vielleicht war das auch besser so für sie gewesen. »Habt ihr bei den Schüssen nicht gedacht, dass Willi etwas passiert sein könnte?«, fragte Druwe.

»Wir wurden gegen sechs abgeholt. Später haben sie uns erzählt, dass es nur einen Tommy und einen desertierten deutschen Offizier erwischt hat. Beide haben sich wohl gestritten.« Johann zuckte übertrieben mit den Schultern. »Von Willi haben sie nichts erwähnt. Also ist der wohl abgehauen, der Feigling.«

Nur einen Tommy und einen desertierten deutschen Offizier, dachte Druwe. So einfach wischt man zwei Leben weg. »Wie heißt dieser Willi mit vollem Namen?«, fragte er. Wenn der dritte Bengel im Lagerhaus gewesen war, dann musste er etwas gesehen haben.

Johann überlegte. »Wilhelm Hansen«, sagte er dann.

»Gut gemacht, Jungs. Stellung weiter halten.« Druwe sah sich nicht in der Lage, jetzt und hier die ideologischen Bande zu durchtrennen, an denen sich die beiden Flakhelfer immer noch festhielten. Einen Gefallen konnte er ihnen jedoch tun. »Anweisung vom Innenminister. Die Provokation des Feindes muss unbedingt vermieden werden. Also in Zukunft keine Messer mehr ziehen. Klar soweit?«

Johann und Udo standen stramm und nickten beflissen.

Druwe ging nach draußen. Auf einen Schemel neben der mit Stahl verstärkten Tür legte er die Reste der *Scho-Ka-Kola*.

Es war für ihn nicht schwierig, sich zur provisorischen Musterungsstelle der Marineschule durchzufragen. Hatte er geglaubt, der Schreibtisch dort wäre verwaist, so sah er sich getäuscht. Tatsächlich versah ein gelangweilter Obermaat in dem spartanisch eingerichteten Dienstzimmer weiterhin seinen Dienst. Derzeit mangelte es offenbar an Bewerbern, die den Dienst fürs Vaterland antreten wollten. Nachdem

Druwe sich als Kripobeamter vorgestellt hatte, wurde der nörgelige Unteroffizier nur wenig freundlicher.

»Ich darf in Marineangelegenheiten keine Auskünfte an zivile Stellen erteilen«, sagte der Mann gedehnt. Druwe war sicher, dass der Kerl lange gebraucht hatte, um den Satz auswendig zu lernen.

»Hören Sie zu«, entgegnete Druwe. »Es ist völkerrechtlich sehr fragwürdig, ob Minderjährige zum Militärdienst herangezogen werden dürfen. Wir können das den Innenminister und den Stellvertreter des Kommandeurs klären lassen. Die sind sicherlich erfreut, Ihren Namen zu lesen, Obermaat Koch.« Druwe wusste, dass die meisten Leute nachgaben, wenn es persönlich wurde. Jetzt musste er dem Marinemann nur einen Ausweg anbieten, der es ihm erlaubte, das Gesicht zu wahren. »Oder wir machen die Sache auf dem kurzen Dienstweg. Es geht um Wilhelm Hansen. Flakhelfer. Ich brauche nur die Anschrift.«

»Sagen Sie das doch gleich. Ich dachte, es geht um Dienstgeheimnisse.« Offenbar kannte Koch seinen neuen Vorgesetzten. Plötzlich wurde er umtriebig, griff sich eine Akte, notierte eine Adresse und übergab Druwe das Papierstück. So einfach konnten Ermittlungen sein.

Kapitänleutnant Dähler legte keinen Wert darauf, beliebt zu sein. Sein Augenmerk lag auf der Furcht, die er um sich herum verbreitete. Auf dem Gelände der Marineschule war er offenbar ein Phantom, denn Druwe fragte an mindestens fünf Stellen vergeblich nach dem ehemaligen U-Boot-Kommandanten. Seine Taktik der sanften Einschüchterung funktionierte nicht. Die Männer zuckten mit den Schultern und gaben an, nichts über Dähler zu wissen. Niemand verriet ihm, wo der Kerl Quartier bezogen hatte. Druwe hatte insgeheim gehofft, sich dort während Dählers Abwesenheit mit einem Dietrich Zutritt verschaffen zu können. Nun nahm er an, dass der U-Boot-

Mann vielleicht auf Vermittlung seines toten Freundes Lüth eine bequemere, private Unterkunft erhalten hatte, die sich möglicherweise sogar außerhalb des Schulgeländes befand. Jedoch schienen eine Menge Gerüchte über diese Spukgestalt im Umlauf zu sein. Da hieß es, Dähler sei der Mann, der sein U-Boot bei Windstärke acht auf dem Atlantik hatte betanken lassen. Der ein Jagdflugzeug eigenhändig mit der Flak abgeschossen hatte, als sein Boot tauchunfähig war. Der persönlich fünf englische Schiffbrüchige exekutiert hatte. Wenn nur die Hälfte der Gerüchte stimmte, dann war der Mann ein auferstandener Siegfried, wenn auch brutaler, unbeliebter und von kleinerer Statur.

Es war Zufall, dass sich Druwe nach fast zwei Stunden vergeblichen Fragens zu den Piers unterhalb der Roten Burg begab. Insgesamt waren die meisten Aktivitäten der Schule zum Erliegen gekommen. Schulungen fanden nicht mehr statt, denn der Offiziersnachwuchs würde in nächster Zeit kaum Verwendung finden. Entsprechend unmotiviert verhielten sich die höheren Dienstränge und die Angehörigen des Lehrkörpers. Druwe hatte Gerüchte gehört, nach denen einige Besatzungen aus Flensburg zur Minenräumung abkommandiert worden waren. Er befürchtete, dass Kaleu Dähler gar nicht mehr vor Ort war.

»Wahrschau, du Kistenmaat!«, donnerte plötzlich eine sonore Stimme von rechts. »Kerl, mach deine Ladung fest, bevor du mit dem Kahn rüberholst.« Eine Gruppe von Matrosen mühte sich, einige Fässer und Holzkisten aus einem kleinen Frachter auf ein Boot zu verladen. Der Tender hatte in dreißig Meter Entfernung festgemacht, da alle Anleger und Piers belegt waren. Der Wind hatte aufgefrischt, und so war das Wasser auch unter Land kabbelig. Ein großes Fass drohte sich durch die Bootsbewegungen loszureißen und vielleicht das ganze Boot zum Kentern zu bringen.

Druwe wandte sich zu dem Rufer um. Die tiefe Stimmlage passte zwar zu der runden Figur mit dem kräftig ausgeprägten Brustkorb, jedoch keinesfalls zur Körpergröße. Der Mann hätte einen perfekten Schleifer im Unteroffiziersrang abgegeben, jedoch wiesen ihn die zwei Sterne auf den Schulterklappen als Kapitänleutnant aus. Die Stiefel, die der Offizier trug, beseitigten bei Druwe jeden Zweifel, wen er da vor sich hatte. Offenbar war sich Hans-Otto Dähler nicht zu schade, das triviale Entladen eines Versorgungsboots zu überwachen.

»Kapitänleutnant Dähler?«, sprach Druwe den Mann an, als er sich dem Betonpier genähert hatte.

»Wer will das wissen?«, kam die Gegenfrage, ohne dass sich Dähler überhaupt umdrehte.

Druwe war sicher, dass ihn der ehemalige U-Boot-Kommandant bereits aus der Ferne bemerkt hatte. Der Mann ist gefährlich, dachte er und stellte sich vor.

»Was kann ich für Sie tun, Herr Kommissar?«

»Sie waren häufiger mit dem verstorbenen Kapitän Wolfgang Lüth zusammen?«, begann Druwe.

»Er war mein Vorgesetzter. Da kommt das schon vor.« Dähler lächelte.

»Waren Sie freundschaftlich mit ihm verbunden?«

»Kameraden und Männerfreunde. Ja, das trifft es«, sagte Dähler.

»Aber Sie waren nicht bei der Bestattung Ihres Kameraden und Männerfreundes?« Druwes Tonfall klang etwas zu hart. Dähler spielte ein Spiel mit ihm.

»Wir sind U-Boot-Fahrer. Krieger. Mehr als jeder Zweite von uns bleibt auf See. Ein Tod an Land ist eines Kommandanten unwürdig. Dieses Verscharren in der Erde. Das Jammern zu den Göttern. Beides ist meine Sache nicht«, sagte Dähler.

»Haben Sie auch an diesen nächtlichen Freigängen und Feiern teilgenommen?«, fragte Druwe.

»Was gab es schon zu feiern?«, erwiderte der Offizier. »Aber ja, ich war hin und wieder mit ihm unterwegs.«

»Wo waren Sie vorgestern Nacht? Und wann sind Sie auf das Marinegelände zurückgekehrt?«

»Gibt es etwas, das ich wissen muss, Herr Kommissar? Ihre Fragen hören sich an, als ob Sie mich vernehmen. Verdächtigen Sie mich etwa? Und wenn ja, was soll ich getan haben?« Aus Dählers Stimme war jede Freundlichkeit gewichen.

»In dem Lagerhaus nahe des südlichen Flakturms wurden zwei Personen erschossen. Wir haben dort Spuren gefunden, die zu Ihren Stiefeln passen könnten.« Druwe deutete auf Dählers Sonderanfertigungen für U-Boot-Besatzungen.

»Könnten?« Dähler gab sich amüsiert. »Passen Sie nun oder nicht? War ich dort oder nicht? Oder waren es nur meine Stiefel? Was wollen Sie, Herr Druwe?«

»Geben Sie mir Ihre Stiefel, auch Ihr zweites Paar. Dann kann ich die Abdrücke vergleichen«, sagte Druwe.

»Ganz sicher nicht. Sie haben keine Ermittlungsbefugnis gegenüber Marineangehörigen.« Dähler grinste unverschämt.

»Und wenn doch, Herr Dähler?« Druwe war mittlerweile stinksauer. Überheblichkeit und Intelligenz machten den U-Boot-Mann zu einer harten Nuss. »Erstens haben sich ein paar Dinge geändert seit Anfang Mai«, fuhr er fort. »Und zweitens unterschreibt der Innenminister gerade ein paar Verordnungen. Mit der Selbstherrlichkeit der Marine ist es vorbei. Dann kann ich mir auch Ihre Unterwäsche nehmen, wenn ich es denn wollte.« Verordnungen gab es im Moment zwar keine, aber das konnte Dähler schließlich nicht wissen.

Der Offizier wurde bleich vor Zorn. »Sie wollen einen U-Boot-Kommandanten vernehmen und durchsuchen? Entweder sind Sie noch dümmer, als Sie aussehen, oder Sie haben ein As im Ärmel, von dem ich nichts weiß. Dann sollten Sie es jetzt spielen, bevor ich Ihnen einen Tritt verpasse.«

Druwe reagierte nicht auf die Beleidigung und zeigte auf die Waffe des Mannes. »Welche Munition benutzen Sie?«

»Sind Sie irgendwie schwachsinnig, Druwe? Das ist eine Luger. Und die wird fast nur noch mit Parabellum geschossen.«

Einige Matrosen und Maate verfolgten mittlerweile das Gespräch.

»Beide Opfer wurden von Parabellum-Projektilen getroffen. Herr Lüth hatte auch eine Luger«, sagte Druwe.

»O Mann, Druwe«, entgegnete Dähler und hob theatralisch die Hände. Er blickte amüsiert in die Runde, und vereinzelt lachten die Männer leise. »Sie haben mich überführt. Es gibt nur knapp eine Million Pistolen mit Parabellum-Munition. Und gut zweihunderttausend Luger sind im Einsatz. Sie haben mich. Ich gestehe, ich war es.« Dähler grinste provozierend.

»Geben Sie mir Ihre Stiefel.« Druwe ärgerte sich. Er hatte sich dazu hinreißen lassen, von der Munition zu sprechen, obwohl er in dieser Hinsicht tatsächlich keinerlei Beweise hatte, die Dähler überführen konnten. In der Gerichtsmedizin Kiel hätten sie vielleicht die Projektile einer bestimmten Waffe zuordnen können. Aber erstens musste er dafür die entsprechende Pistole auch haben. Und zweitens hatte Schmid erfahren, dass Kiel drei Monate lang nur noch Fälle aus der eigenen Region übernahm. Druwe musste sich eingestehen, dass der Abdruck im Blut im Moment das einzig Verlässliche war.

»Natürlich, Herr Kommissar.« Der Offizier schien sich zu bücken, aber im nächsten Augenblick verspürte Druwe ein Höllenfeuer in seinem Schädel explodieren. Ein brennender Schmerz schoss am Kiefer hinauf. Ihm war, als drehe jemand den Knochen mit einem Schraubstock hinter das Ohr. Dähler hatte aus der gebeugten Haltung heraus einen linken Aufwärtshaken geschlagen, der in den meisten Fällen für einen Knockout gut gewesen wäre. Der Hieb war jedoch etwas ungenau gesetzt, ein Umstand, der Druwe letztlich rettete, jedoch das folgende Leiden nur verlängerte. Die nächste Sekunde dehnte sich für

Druwe zu einer Ewigkeit. Es gelang ihm, den Arm schützend vor den Kopf zu heben, da trafen ihn bereits zwei weitere erbarmungslose Schläge in die Flanken. Zu den Farben vor den Augen gesellte sich nun noch das Gefühl, nie wieder Luft holen zu können. Benommen registrierte Druwe das Johlen der Männer, die sich um die Kontrahenten geschart hatten. Mit einem Treffer in die Nabelgegend zwang Dähler ihn, sich zu krümmen. Dann folgten der nächste Haken ans Kinn sowie eine rechte Gerade direkt auf Stirn und Augenbraue. Mehrmals hatte Druwe das Gefühl, wegzutreten. Er wünschte es sich fast. Das Gröhlen der Männer verstummte langsam. Ihnen war klar, dass Dähler mit seinem Gegner – oder eher Opfer – spielte. Die Schläge sollten schmerzen und demütigen, aber er wollte den Tanz möglichst lange auskosten.

Nach einigen Minuten spürte Druwe seine lockeren Zähne, seine Platzwunden, die Prellungen nicht mehr. Seine Augen waren halb zugeschwollen, sein Verstand hatte ausgesetzt.

»Bleib unten«, riefen die Männer, wenn er sich aus dem Dreck hochrappelte.

»Es reicht, Herr Kaleu«, versuchten die Maate, ihren Vorgesetzten zu beschwichtigen. »Der hat genug.«

Druwe war jedoch schon nicht mehr hier in Flensburg. Sein Geist hatte sich in andere Ebenen zurückgezogen. Er durchstreifte Berlin. Seine Kripojahre. Er roch das Blut an der Ostfront. Er sah die Augen der Todgeweihten vor Witebsk. Das Zuchthaus in Krakau. Er spürte Stalingrad. Treffer. War es wieder der Kiefer gewesen? Die Schläfe? Oder hatte ihm eine Granate nur die Hand zerfetzt? Der Schmerz ließ nach, der unbändige Zorn bebte in ihm. Erneut zwei Schläge.

Dähler grinste. Er stand etwas zu dicht an Druwe. Und den Schlag, der kam, erwartete er nicht. Druwes Prothese war als Dreiviertel-Faust geformt. Und mit ihr schlug er nun einen rechten kurzen Aufwärtshaken auf Dählers Solarplexus. Seine ganze Wut und der Schmerz aus vier Jahren lagen in diesem Hieb. Der Impuls übertrug sich ungedämpft auf die Weichteile seines Gegners.

Plötzlich wurde es still. Die Matrosen starrten gebannt auf die Kämpfer. Ein blutendes Wrack und ein kerniger Kapitänleutnant in makellosem Weiß-Blau standen im Nachmittagslicht, dessen Reflexe auf dem Wasser das Schauspiel untermalten.

Druwe sah sein Gegenüber durch einen Vorhang aus Tränen, Blut und Schweiß an. Dählers Gesicht wirkte eingefroren, fast maskenhaft. Der Schlag in sein Sonnengeflecht hatte offenbar jede Luft aus seinen Lungen getrieben. Mit einem Zischen war sie entwichen, als würde man ein Ventil öffnen. Der kleine kräftige Mann stand da, offenbar unfähig, irgendetwas zu tun. Er schien Druwe anzublicken, aber es war ein Blick in die Ferne. Als schaute er in einen langen Tunnel. Die eben noch vor dem Körper angewinkelten Arme fielen herab. Und es schien, als suchten die Beine Halt auf unebenem Gelände. Selbst die Augenmuskeln versagten ihren Dienst, der linke Augapfel blickte noch ungläubig in eine sich entfernende Welt. Der rechte wanderte erst nach außen, dann nach oben. Schließlich gaben die Beine des Marineoffiziers nach, und sein verzweifeltes Ringen darum, bei Bewusstsein zu bleiben, endete in gnädiger Dunkelheit. Sein schlaffer Körper fiel rücklings auf die Grünfläche.

Die Matrosen traten ungläubig an ihren Vorgesetzten heran. Ein Mann versetzte Dähler sogar einen vorsichtigen Stoß in die Seite, aber der hingestreckte Offizier reagierte nicht. Als seine Untergebenen sicher waren, dass er nichts mehr wahrnahm, brach sogar ein verhaltener Jubel unter ihnen aus. Sie klopften Druwe auf die Schulter, ohne zu ahnen, wie dünn auch bei ihm das Band war, das ihn in dieser Welt hielt. Die Erkenntnis, dass der Kampf vorbei war, drang gar nicht an sein Bewusstsein. Er sah zwischen seinen beinahe zugeschwollenen Lidern nur Dählers Stiefel. Er drängte sich durch den Pulk Matrosen zu seinem Gegner, der verrenkt im Gras lag. Nur der Kopf war bei dem

Sturz auf Beton geschlagen. Aus Nase und Ohr lief Blut. Darum aber kümmerte sich Druwe nicht. Er öffnete das Pistolenhalfter und nahm die Luger an sich. Dann zerrte er halbblind an den Beinen des Offiziers und hatte nach kurzer Zeit dessen Stiefel unter seinen linken Arm geklemmt. Die Szenerie hatte etwas Vorzeitliches, als ob der unterlegene Häuptling Rüstung, Schuhe und Waffen abgeben musste.

Schwankend richtete sich Druwe auf und ging zum Pier. Auf den Wink eines Unteroffiziers flankierten ihn zwei Matrosen, die ihn sanft in Richtung Lazarett lenkten.

9

Wir bleiben guten Mutes
Wir halten die Köpfe hoch
Sie kriegen uns nicht kaputt
Sind sie noch so verschlagen!
Ahoi, ahoi, gestreifte Frauen Ahoi, ahoi
(Lied aus dem KZ Ravensbrück; Text: G. Söhnlein, H. Voute, 1944)

17. Mai 1945

Druwe hatte nach Dr. Paltingers Spritze fast einen Tag durchgehend geschlafen. Drei Platzwunden hatte der Arzt genäht, die massiven Schwellungen im Gesicht waren gekühlt worden.

Als Druwe erwachte, erinnerte er sich an nichts und wollte sich zügig im Bett aufsetzen. Massiver Schwindel und eine starke Übelkeit ließen ihn in die Kissen zurücksinken. Sofort jedoch bereute er das unsanfte Auftreffen des Kopfes auf dem Kissen, denn eine Dampframme schien ihm das Innere des Schädels nach außen pressen zu wollen.

»Langsam, Druwe, langsam. Da drinnen dürfte jetzt eine Menge Wackelpudding sein.« Paltinger war zufällig im Raum. Bei seinen Worten tippte er sich an die Schläfe.

»Hatte ich einen Unfall?«, krächzte Druwe. Er klang, als spräche er mit einer heißen Kartoffel im Mund.

»Wenn Sie es als Unfall bezeichnen, dass Sie unter die Fäuste des ehemaligen Deutschen Jugendmeisters im Boxen geraten sind. Ja, dann hatten Sie einen Unfall, Druwe«, antwortete der Arzt.

»Dähler?« fragte Druwe, und Paltinger nickte. »Dieser verdammte Dreckskerl! Ich wollte ihn nur befragen. Hat er das Schauspiel ordentlich genossen, mich fertig zu machen?«

»Sie erinnern sich tatsächlich an nichts?« Der Arzt sah seinen Patienten an. »Dähler genießt im Moment höchstens seinen traumlosen Tiefschlaf. Sie haben ihn k. o. geschlagen, Druwe. Und seitdem ist er bewusstlos. Ich beginne mir sogar langsam Sorgen um ihn zu machen.«

Als hätte man in ihm eine Tür geöffnet, kamen in Druwe langsam die Erinnerungen an das Zusammentreffen mit dem ehemaligen U-Boot-Mann zurück.

»Ich glaube, dass es Dähler schwerer erwischt hat als Sie, Druwe«, sagte Paltinger mit einer Spur von ärztlicher Besorgnis im Gesicht. »Er atmet unregelmäßig, und sein Herz tanzt Polka mit dem Führer. Zudem sind seine Pupillen nicht seitengleich.«

»Und was bedeutet das?«

»Die Männer sagen, Sie hätten den Kaleu schwer in der Brustbeingegend getroffen« erwiderte der Arzt. »Sicherlich ist er durch den Schlag k. o. gegangen. Die Amis nennen so etwas einen *Lucky Punch*, einen Glückstreffer. Aber seine lange Bewusstlosigkeit wird dadurch nicht erklärt. Er könnte unglücklich gefallen sein. Die Zeugen geben jedoch an, dass er nur auf Rasen gestürzt ist. Am Hinterkopf hat er eine große Schwellung. Vielleicht war da ein Stein, aber ich glaube eher, dass der Bluterguss schon einige Tage alt ist.«

»Er war vor kurzem in eine Schlägerei verwickelt …«, murmelte Druwe. Er empfand kein Mitleid mit Dähler. Er ahnte jedoch, dass ein Ableben des Offiziers Ärger bedeuten würde. »Könnte er sterben?«

»Die Symptome sprechen für einen erhöhten Druck im Schädel, etwa durch Blutungen«, antwortete Paltinger. »Ich habe hier weder die Möglichkeiten, das zu klären, noch kann ich es adäquat behandeln.

Ich habe den Oberarzt informiert und um eine Verlegung in die Diakonissenanstalt gebeten.«

Druwe versuchte erneut, sich zu erheben. Wieder tanzten jedoch Sterne vor seinen Augen.

»Bleiben Sie liegen. Sie haben eine Gehirnerschütterung. Zwei Tage Bettruhe«, sagte Paltinger.

»Ich muss Zeugen befragen«, murmelte Druwe undeutlich und saß unsicher an der Bettkante.

»Sie können doch links von rechts nicht unterscheiden. Die Kopfschmerzen werden Sie wahnsinnig machen, Druwe. Und Ihnen fliegen vielleicht noch zwei Zähne raus.« Paltinger schüttelte den Kopf und wühlte in einer Schublade. »Nehmen Sie wenigstens das hier.«

Druwe war zur Bestätigung seiner vollen Einsatzfähigkeit falsch herum in die Hose gestiegen. Er stöhnte auf, fluchte und nahm dann das Röhrchen *Eukodal* und die kleine Glasflasche *Bayer Aspirin* entgegen.

»Sie müssen mir einen Gefallen tun, Dr. Paltinger«, brachte er mühsam hervor.

»Muss ich?« Paltinger half seinem Patienten in Hemd und Mantel, schüttelte dabei jedoch fortwährend den Kopf.

»In Dählers Stube muss es eine Akte geben. *Wilhelm Stuckart* steht drauf. Die ersten Blätter fehlen. Hinten sind wahrscheinlich Fächer für Fotos, Quittungen oder andere Sachen. Vielleicht klebt sogar Blut am Deckel oder den Papieren. Versuchen Sie, das Ding für mich zu finden«, sagte Druwe.

»Haben die Schläge doch zu Schäden geführt, von denen ich noch nichts weiß?«, fragte der Marinestabsarzt. »Das ist ein Dienstvergehen, und Dähler wird mich Kielholen lassen, wenn er davon erfährt.«

»Sie sind sein Arzt«, erwiderte Druwe. »Sie können einfach sagen, dass Sie nach Gründen für seine lange Bewusstlosigkeit gesucht haben. Medikamente, Drogen oder etwas in der Art. Und sollten Sie die Akte finden, dann landet er bei den Briten für lange Zeit im Gefängnis. Oder sogar am Galgen. Fragen Sie in der Kommandantur, wo er sein Quartier bezogen hat. Ihnen gibt man auf jeden Fall Auskunft.«

Druwe blickte den Arzt an. Sein zerschundenes Gesicht mit dem fast zugeschwollenen Auge musste bei jedem Betrachter entweder Mitleid oder Ekel erregen.

Nach ein paar Sekunden nickte Paltinger schließlich.

»Ich werde es versuchen«, sagte er. »Der Kerl ist nicht beliebt hier. Aber selbst wenn er jetzt außer Gefecht gesetzt ist, das Offizierskorps wird zusammenhalten. Wenn es für mich brenzlig wird, steige ich aus. Verstanden?«

Jetzt war es Druwe, der nicken wollte, aber sofort einen Schmerz im Nacken verspürte. »Danke«, krächzte er.

»Eins noch, Druwe«, sagte Paltinger, als er das Krankenzimmer verließ. »Essen Sie zwei Wochen lang nichts Hartes, sonst fallen Ihnen die Zähne wirklich noch aus.«

In der Fahrbereitschaft des ehemaligen NSKK traf Druwe auf ungläubige Gesichter, als er einen Wagen für sich anforderte. Der wachhabende Leutnant wagte zwar nicht, den Wunsch abzulehnen, bot aber von sich aus einen Fahrer an. Dabei war Druwe sicher, dass die Sorge mehr dem Fahrzeug galt als ihm. Er schüttete vier Kopfschmerztabletten aus dem Glas und kaute dann auf dem staubig-bitteren Zeug herum. Er traute sich nicht, die *Eukodal*-Tabletten zu nehmen, da er dessen benebelnde Wirkung fürchtete.

»Wohin soll es gehen, Herr Kommissar?« Sein Fahrer, ein Hauptgefreiter, schien erfreut, aus der täglichen Routine der Bestandspflege und Wartung herauszukommen. »Ins Gelände?«, fragte er. Druwe hatte einen Kübelwagen *BMW 325* zugeteilt bekommen, vollkommen sinnlos für die Wege in Flensburg.

»Schiffbrückstraße«, murmelte er und konnte die Enttäuschung des

Fahrers fast spüren. »Nein«, korrigierte er sich. »Fahren Sie zuerst zum Polizeipräsidium.«

Ein paar Dinge hatten sich in den vergangenen knapp zwei Tagen verändert. Mittlerweile war die Beflaggung überall nur noch britisch. Die letzten Symbole des untergegangenen Tausendjährigen Reichs an Schiffsrümpfen und Gebäuden waren übermalt worden. Auch schien es Druwe, als wäre etwas Ordnung in das Treiben auf dem Hafengelände gekommen. Tatsächlich wurde am Osthafen sogar die Ladung von zwei Schiffen gelöscht, bewacht von englischen Soldaten. Die provisorischen Unterkünfte für die Vertriebenen waren bereits an einigen wichtigen Stellen abgebaut worden. Irgendeine Art von Verwaltung hatte wieder ihre Arbeit aufgenommen, denn vor massiven Amtstischen unter Halbzelten hatten sich lange Warteschlangen gebildet. Das Chaos begann, sich halbwegs zu ordnen. Rationieren, Zählen und Zuteilen waren in den letzten Jahren ebenso vertraute wie unliebsame Begleiter aller Lebensbereiche der Deutschen geworden. Nun konnten sie diese Fertigkeiten wieder in einen friedlichen Dienst stellen.

Druwe hatte einen guten Vorwand, auf das Präsidium zurückzukehren. Er wollte die beiden Waffen, die ihm Taylor überlassen hatte, zurückbringen. Die Aktenblätter über Stuckart würde er jedoch solange behalten, bis er wusste, ob Paltinger das gesamte Dossier hatte auftreiben können. Er war sicher, mit Dähler den Täter gefasst zu haben, aber er brauchte handfeste Beweise. Mehrere Soldaten traten am Eingang zur Wache beinahe respektvoll zur Seite, als er in das Hochparterre des Gebäudes kam. Er hatte es vermieden, in einen Spiegel zu blicken, konnte sich jedoch denken, dass er ungekämmt, unrasiert und völlig zerschlagen ein wirklich gutes Bild abgeben musste. Jedenfalls war niemand gewillt, ihm dumm zu kommen. Er reichte den Metallkasten bei Hinschs ehemaliger Sekretärin herein und hoffte, dass er Major Griffith nicht begegnete. Die attraktive Brünette vereitelte jedoch seine Pläne, da sie vor Schreck laut aufschrie, als sie ihn sah. Einen Moment später stürzte bereits Hal Griffith in das Vorzimmer.

»Sind Sie das, Druwe?«, fragte er und schien ihn von mehreren Seiten zu betrachten. »Haben Sie etwas Schlechtes gegessen?«

Druwe ignorierte die Stichelei und schilderte kurz die Ereignisse von vorgestern. »Wir sollten den Kerl verhaften, wenn er wieder aufwacht. Entweder hat Dähler die Tat begangen, oder er steckt da mit drin.«

»Sie haben sich also nicht nur geprügelt«, stellte Griffith fest. »Sondern es war ein richtiger Boxkampf. Schade, das hätte ich gern gesehen. Und sie haben ihn umgehauen? Respekt, Druwe.« Er lachte und schlug seinem Gegenüber auf die Schulter.

Druwe stöhnte auf. »Das Schwein muss in Haft, sonst verschwindet er noch«, sagte er gepresst.

»Der Schaden bei Ihnen ist doch größer, als ich befürchtete«, sagte der Major bissig und tippte an seine Stirn. »Andererseits waren Sie ja schon vorher so. Sollen wir einfach in den Sonderbereich fahren, kurz aussteigen und einen U-Boot-Helden verhaften?« Griffith trat ans Fenster und schaute auf das Treiben vor der Direktion. »Ich vertraue Ihnen etwas an, Druwe. Im Moment ist die Lage in einigen Landstrichen instabil. Truman und Churchill sind mit Stalin unzufrieden. Der rote Zar lässt immer mehr Truppen nachrücken, und einige Leute befürchten, er könne sich ganz Deutschland einverleiben. Deshalb haben wir und die Amerikaner viele Einheiten nach Osten verlegt. Wenn jetzt hier ein unzufriedener Funke überspringt, dann fliegen uns vielleicht die Internierungslager mit einer Million eurer Soldaten um die Ohren.«

»Dähler ist wahrscheinlich der Mörder von Grell und Vaughn. Wollen Sie da einfach wegsehen, Griffith?« Druwes Stimme zeigte eine Mischung aus Wut und Schmerz.

»Schreiben Sie den Bericht, Druwe. Wenn alles ruhiger ist, werden wir sehen. Im Moment verhalten wir uns still. Verstanden?« Griffith wandte sich zum Gehen. An der Tür blieb er stehen. »Was ist mit den Akten, Druwe?«, fragte er. »Haben Sie sie gefunden?«

»Ich kann Grells Kameraden nicht auftreiben. Die drei sind wie vom Erdboden verschluckt. Ich schätze, die sind in dem ganzen Chaos abgetaucht. Wenn die Akten bei denen sind, dann wird es schwierig. Zumindest, bis sie die Papiere wieder jemandem anbieten«, antwortete Druwe. »Eine Spur habe ich in der Sache noch. Eventuell ein Zeuge. Ich war auf dem Weg zu einer Befragung.«

»In Ihrem Zustand?« Griffith sah den Deutschen ungläubig an. »Der Zeuge ertränkt sich vor Schreck in der Ostsee. Nehmen Sie Taylor mit. Schließlich steht auch der Ruf der *British Army* auf dem Spiel.«

Druwe musste nicht lange nach dem jungen Mann suchen. Der Lieutenant hatte im Hochparterre mit einigen anderen Offizieren ein größeres Zimmer. Offenbar sichtete und ordnete man dort Funksprüche, las Meldungen und schrieb Zusammenfassungen für Vorgesetzte. Mit Polizeiarbeit schien dies nichts zu tun zu haben. Es wirkte jedoch auch nicht so, als könnte man die Verwaltung ziviler Stellen damit unterstützen. Ein Corporal wies Druwe an, im Türbereich zu warten, und kam nach kurzer Zeit mit Reece Taylor zurück. Auch ihm musste Druwe zunächst langatmig seinen verbeulten Zustand erklären. Offenbar stieß der Boxsport bei den Engländern auf noch größeres Interesse als bei den Deutschen.

»Griffith meinte, dass Sie mich bei einer Befragung begleiten sollten«, sagte Druwe schließlich, nachdem er die Schilderung seiner Leibesertüchtigung mit Hans-Otto Dähler beendet hatte. Mittlerweile hielt er den Vorschlag durchaus für sinnvoll.

»Wenn es nicht in den Sonderbereich geht«, erwiderte Taylor.

Druwe schüttelte den Kopf. »Es ist hier in der Innenstadt, und es handelt sich um Privatpersonen.«

Nach wenigen Minuten hatte der britische Offizier seine Papiere geordnet und wichtige Aufgaben an einen Kameraden abgegeben. Er und Druwe gingen zügig in Richtung Hafenspitze, nachdem sie das Präsidium verlassen hatten. Die Schiffbrückstraße lief vom Nordermarkt zur Förde hinab. Die Backsteinhäuser zur Linken gaben der ansonsten tristen Szenerie etwas Farbe. Die Sockelbereiche waren in Dunkelrot, die Häuser selbst in einem Gelbrot geklinkert. Dazu kamen dunkel gestrichene Fensterrahmen und das patinierte Eisen der Balkongeländer. Die breite Straße wurde gerade von Notzelten, Bretterbuden sowie allerlei Unrat geräumt. Die deutschen Soldaten kämpften nun als Kriegsgefangene im eigenen Land gegen das allgegenwärtige Chaos. Druwe schien es, als würden sich ihre grauen, müden Gesichter kaum von denen der Sieger unterscheiden.

Die gesuchte Adresse befand sich im dritten Stock des Hauses, das bereits an der Ecke zu dem kleinen Platz lag, von dem aus man auf das Wasser blickte. Druwe quälte sich die Treppe nach oben, das Atmen fiel ihm schwer, denn Dählers Flankentreffer hatten sich zu Blutergüssen entwickelt.

»Hier ist es. Hansen«, tönte es aus dem obersten Stockwerk, als Druwe gerade über den zweiten Flur schlich.

»Geht es noch lauter, Taylor?«, nörgelte Druwe, als er endlich neben dem Briten stand. »Wir können ja gleich eine Anzeige im *Völkischen Beobachter* schalten, dass wir jemanden verhören möchten.«

»Sie sagten, es sei nur eine Befragung«, entgegnete der Brite beleidigt.

Ohne darauf einzugehen, läutete Druwe an der Wohnungstür. Nach zwei weiteren vergeblichen Versuchen wollten sich die beiden Männer bereits abwenden, als durch die Tür eine weibliche Stimme erklang. Druwe hielt seinen Dienstausweis vor den Türspion, blieb aber mit seinem Gesicht tunlichst außerhalb des Blickradius. Stattdessen grinste Taylor ins Guckloch.

»Frau Hansen? Kripo Flensburg. Wir haben ein paar Fragen an Sie. Bitte öffnen Sie die Tür«, sagte Druwe.

Der Schlüssel wurde bewegt, dann öffnete sich die Tür. Eine junge Frau stand im Flur.

»Ist etwas mit Willi? Meine Mutter ist …« Sie verstummte und unterdrückte einen Schrei, als sie Druwe erblickte. In der Tat wirkte er eher wie ein Gestapo-Schläger, der selbst kräftig hatte einstecken müssen. Vertrauen fußte eben doch auch auf Äußerlichkeiten. Reece Taylor versuchte, die Lage zu entspannen.

»Fraulein, wir sind Polizei.« Sein Deutsch war noch etwas holprig. »Mr Druwe deutsch, ich Lieutenant Taylor aus British Military Polizei. Er Schlag von U-Boot.«

Druwe war zunächst nicht sicher, ob Taylors Erklärung beruhigend wirkte. Aber die Frau trat dann doch im Wohnungsflur zur Seite und bat die Männer in die große Küche.

»Sie sind?«, fragte Druwe und mühte sich am Küchentisch mit seinem Notizbuch ab.

»Grete Hansen. Meine Mutter arbeitet im Krankenhaus. Als Krankenschwester. Aber …« Grete Hansen stockte, Tränen waren in ihre Augen getreten. »Ist etwas mit meinem Bruder?«

Druwe wurde wieder einmal klar, wie einfach normale Menschen zu verhören, zu manipulieren und einzuschüchtern waren. Sie waren bestimmt von der Sorge um sich selbst oder um andere. Dadurch wurden sie angreifbar für die erbarmungslosen Methoden der Gestapo und des Sicherheitsdienstes. Immer noch sah ihn Grete erwartungsvoll an. Taylor verstand nichts, hatte sich aber offenbar in das hübsche Mädchen verguckt.

»Wir wissen nichts Genaues, Fräulein Hansen«, sagte Druwe. »Ihr Bruder Wilhelm hat als Flakhelfer an der Marineschule gedient und ist während seines Dienstes vielleicht Zeuge eines Verbrechens geworden. Er ist seitdem verschwunden.«

»Ach so.« Grete Hansen schien erleichtert. Für Druwes Instinkt sogar zu erleichtert. Schließlich konnte das, was er ihr berichtet hatte, ebenfalls Anlass zur Sorge sein.

»Wissen Sie, wo sich Ihr Bruder aufhalten könnte, Fräulein Hansen?«, fragte er. »Ist er in den letzten vier Tagen hier aufgetaucht?«

»Nein.« Wieder kam die Reaktion nach Druwes Empfinden einen Moment zu schnell.

»Ist Ihr Vater noch an der Front?«, fragte er.

»Er ist gefallen«, antwortete Grete Hansen. »Mein größerer Bruder ebenfalls. Nur wir drei sind noch übrig.«

Die Familie hat es hart erwischt, dachte Druwe. Er ahnte, dass ihm solche Schilderungen in den nächsten Jahren noch hundertfach begegnen würden. »Tut mir leid.« Er räusperte sich etwas verlegen. »Kann ich einen Blick in Wilhelms Zimmer werfen?«

Grete Hansen nickte. »Es war vorher das Zimmer von Karlfried, unserem älteren Bruder. Es sind also auch seine Sache drin. Mutti hatte nicht die Kraft, sie wegzugeben.«

Der kleine Raum neben der Küche schien die Eindrücke, die zwischen Leben und Tod lagen, zu verdichten. Druwe blickte auf die Postkarten an den Wänden, aus denen die Glitzerwelt der Ufa-Stars hindurch schien. Heinz Rühmann, Marika Rökk, Marianne Hoppe. Das kleine Porträt der jungen Leni Riefenstahl hatte Willi Hansen offenbar besonders oft in den Händen gehalten. Druwe erkannte die Europa-Karte, die das Propaganda-Ministerium gegen zwei Reichsmark verschickt hatte. Sie zeigte ein Großdeutschland, das seither beträchtlich geschrumpft war. Willi Hansen besaß natürlich auch die Sammelkarten der Fliegerasse Hans-Ulrich Rudel und Adolf Galant. Unter den U-Boot-Helden erkannte Druwe den toten Wolfgang Lüth. Auf der Kommode stand das Bild eines jungen Mannes, dessen Gesichtszüge denen von Grete ähnelten. Karlfried Hansen nach einem Bad in der Förde. Fröhlich, ausgelassen. Wer hatte eigentlich entschieden, dass das Leben für die einfachen Leute nicht so weitergehen konnte? Warum musste jetzt an Hunderttausenden solcher Bilder ein Trauerrand angebracht sein? Druwe kam sich schäbig vor, als er den Schrank und die Schubladen der Kommode öffnete. Er wusste selbst nicht, was er suchte. Und die Tatsache, dass er die Kleidung eines Toten neben der eines Jünglings vor sich liegen sah, verstärkte sein ungutes Gefühl. Zwischen der Wäsche fand er einen Aufruf an den Jahrgang 1929, sich freiwillig für Hilfsdienste zu melden. Der Flakdienst war – offenbar von Willi Hansen – eingekreist worden.

»Er ist erst fünfzehn«, sagte Grete, als hätte sie Druwes nächste Frage erraten. »Er war sauer, dass er sich deswegen nicht melden konnte. Anfang Mai hieß es dann in der Schule, dass sie auch Fünfzehnjährige nehmen, wenn die Eltern unterschreiben. Aber Mutti hat sich geweigert. Da ist Willi einfach abgehauen.«

»Ihre Mutter arbeitet an der Diako? Hat Sie jetzt noch Dienst?«, fragte Druwe. Er hatte genug gesehen. Er ahnte zwar, dass Grete Hansen noch mehr wusste. Jedoch verspürte er keinerlei Lust, sich an diesem Ort als harter Polizist aufzuspielen.

Die junge Frau nickte. »Ruth Hansen. Sie arbeitet auf der Chirurgie.«

Druwe konnte sich ein Lächeln nicht verkneifen. Schwester Ruth. Er hatte die ganze Zeit überlegt, wo er den Namen Hansen schon gehört hatte. Chirurgische Abteilung am Diakonissen-Krankenhaus. Er würde also Hans Oberbauer wiedersehen. Sein ehemaliger Kollege hatte tatsächlich mit einer dreifachen Mutter angebandelt. Das Leben schrieb in diesen Tagen wirklich seltsame Geschichten. Er gab Taylor ein Zeichen und verabschiedete sich von Grete Hansen.

Für den Weg zum Krankenhaus nahmen die Männer dann doch Druwes Wagen. Erstens war der Weg bergan recht beschwerlich. Und zweitens musste der Fahrer beschäftigt werden. Die Anzahl der britischen Fahrzeuge vor der Diako war beträchtlich. Druwe fragte den jungen Taylor nach dem Grund, da es im Norden Schleswig-Holsteins keine größeren Kampfhandlungen gegeben hatte.

»Viele eurer Zwangsarbeiter und Kriegsgefangenen sind in einem schlechten Zustand«, erläuterte Reece Taylor. »Dazu kommen noch die Leute aus den Lagern. Ich weiß nicht, welches Nazischwein auf die Idee kam, diese halbtoten Gestalten aus Niedersachsen und Hamburg auch noch nach Norden marschieren zu lassen. Unsere Jungs fahren hin und her und sammeln sie auf. Manchmal liegen sie einfach auf der Straße. Deshalb ist hier der Teufel los.« Taylor fand einen Moment später wieder zurück zu seinem Schalk. »Dann gibt es noch den Fußpilz der höheren Offiziere. Und bei manchem Soldaten krabbelt was im Schritt. Es gibt also jede Menge Arbeit für eure Quacksalber.«

Druwe eilte mit dem Briten zur chirurgischen Abteilung. Zweimal musste er Hilfsangebote abwehren, da er aufgrund seines bemitleidenswerten Zustands für einen Notfall gehalten wurde. Auf der Station, auf der Ruth Hansen arbeitete, begegnete ihnen Dr. Fielding. Der englische Arzt unterhielt sich kurz mit seinem Landsmann Taylor, der ihm offenbar alles Wichtige erklärte.

»Schwester Ruth ist bei dem angeschossenen Polizisten, diesem Oberbauer. Er klagt oft über Schmerzen, wenn sie im Dienst ist«, stellte Fielding trocken fest. »Zimmer 14.«

Taylor verabschiedete sich auf einen Tee, und Druwe steuerte ohne Zögern in den linken Flur.

Ein schwerer Fall, mein Kollege, dachte er. Da kann eine kleine Überraschung belebend und ausgesprochen heilsam wirken. Ohne anzuklopfen, öffnete er die Tür.

Sein Kollege wirkte für einen ehemals Schwerverletzten durchaus beweglich. Auch schien er mehr als zwei Hände zu haben, mit denen er auf, am und unter Ruth Hansens Schwesternkleid herumfummelte. So offenbarte sich Druwe ein Blick auf attraktive Beine in gepflegten Strümpfen. Die Betreuerin des Pflegebedürftigen war jedoch nicht minder aktiv und prüfte pflichtgemäß jedes Körperteil ihres Schützlings. Jetzt allerdings fuhr sie augenblicklich herum, streifte das Kleid über die Beine und richtete notdürftig ihre Haube.

»Haben Sie den Verstand verloren? Unverschämtheit, hier einfach hereinzuplatzen, ohne zu klopfen. Hans, sag was!« Ruth Hansen war vor Wut rot angelaufen.

Druwe versuchte, ein Kichern zu unterdrücken. Als Oberbauer jedoch losprustete, konnte er auch nicht mehr an sich halten. Beide Männer lachten lauthals, was Schwester Ruth allerdings nur noch mehr in Rage brachte. Ihre schief sitzende Haube untergrub ihre Autorität zusätzlich. Nach einer Weile jedoch besann sich Druwe und entschuldigte sich höflich.

»Wissen Sie, Frau Hansen, ich glaube, dass meine Manieren unter den Prügeln gelitten haben, die ich vor zwei Tagen einstecken musste«, sagte er. »Ich hätte hier nicht einfach hereinstürmen sollen.«

Tatsächlich schien die Krankenschwester etwas besänftigt und trat näher an Druwe heran, um seine Blessuren in Augenschein zu nehmen.

»Sie wollen sicherlich zu Hans«, sagte sie. Er nickte. »Bitte nicht länger als zehn Minuten. Und bevor Sie gehen, kommen Sie im Verbandsraum vorbei. Ich sehe mir Ihre Verletzungen noch mal an. Nicht, dass sich etwas entzündet. Sie sehen jetzt schon aus wie der Glöckner von Paris.«

»Danke«, murmelte Druwe, einmal mehr begeistert davon, auf sein momentanes Äußeres angesprochen zu werden.

»Hat Sie nicht wunderbare Beine, Jens?«, schwärmte Hans Oberbauer wenig später, als Ruth Hansen das Zimmer verlassen hatte.

»Du weißt, dass sie drei Kinder hat?« Druwe ärgerte sich darüber, dass er sich wie sein eigener Großvater anhörte.

»Ja und?« Oberbauer zuckte mit den Achseln.

»Sie hat ihren Mann verloren und ihren Ältesten. Das Leben hat ihr schon übel genug mitgespielt, Hans. Tu ihr nicht weh«, erwiderte Druwe.

»Bist du jetzt Pastor? Oder gibt es eine neue Abteilung bei der Sitte? Tugendwächter für einsame Herzen?« Oberbauer wusste offenbar nicht, was er von der Moralpredigt seines Kollegen halten sollte.

»Vergiss es, Hans.« Druwe war wieder einmal seine Unbeholfenheit bewusst geworden. Er mochte Ruth Hansen und ihre Tochter, ohne dafür einen genauen Grund nennen zu können, aber er wollte nicht, das Oberbauer durch eine schnelllebige Affäre auf den Gefühlen dieser Frau herumtrampelte.

»Wenn es dich beruhigt, Jens«, sagte sein Kollege plötzlich. »Mir ist es mit Ruth ernst. Ja, mir war es nie ernster.« Er zog eine Packung Zigaretten aus dem Nachtschrank. »Öffne mal das Fenster und hilf mir mit der Medizin.« Wenig später bliesen beide Polizisten Rauchwolken ins Zimmer. Die Atmosphäre zwischen ihnen entspannte sich. Druwe musste erneut von seiner Prügelrunde mit Dähler berichten.

»Du solltest in Berlin wieder auf Streife gehen«, sagte Oberbauer lächelnd. »Der Bulle mit der erbarmungslosen Rechten. Der Mann mit der Stahlfaust.« Nach einer zweiten Zigarette wurde er plötzlich ernster. »Die werden mich bald entlassen. Wie sieht es da draußen aus, Jens? Kann ich bei euch anfangen? Bisschen Schreibtischarbeit am Anfang und ab Juni bin ich wieder voll da.« Er sah Druwe erwartungsvoll an.

Sein ehemaliger Kollege schüttelte den Kopf. »Ich befürchte, mein Stern ist im Sinken begriffen. Die Sache mit Dähler wird von der Marine sicherlich anders dargestellt werden. Aber ich werde sehen, dass ich dich bei Streckwein unterbringe. Vielleicht kannst du mich dann gleich beerben, Hans.« Druwe drückte die Zigarette aus.

»Warum bist du eigentlich hier?«, fragte Oberbauer.

»Ich muss mit Ruth Hansen reden«, antwortete Druwe. »Ihr Sohn war offenbar kurze Zeit Flakhelfer drüben bei der Marineschule. Er könnte ein wichtiger Zeuge bei einem Tötungsdelikt sein. Seit vier Tagen ist er verschwunden. Ich muss ihn finden, Hans.«

»Du bringst mich da in einen Konflikt, Jens«, entgegnete Oberbauer.

»Weshalb? Hat sie dir etwas erzählt? Weißt du, wo der Junge steckt?«, drängte Druwe.

»Hol Ruth wieder ins Zimmer. Ich kann nicht hinter ihrem Rücken …« Oberbauer nestelte an einem Bettzipfel.

Druwe verschwand, und kurze Zeit später stand er mit der Krankenschwester wieder vor dem Verletzten. »Frau Hansen, ich war vorhin in Ihrer Wohnung. Ihre Tochter Grete hat mir fast alles erzählt über Willi«, log er. »Der Streit wegen des Flakdienstes. Er ist bei der Marineschule abgehauen, weil er etwas beobachtet hat. Dazu möchte ich ihn befragen. Mehr nicht. Juristisch gesehen ist er nicht desertiert, da er mit fünfzehn gar nicht wehrfähig war. Er und Sie, Frau Hansen, haben also nichts zu befürchten.« Druwe entschied sich wieder einmal für einen Bluff. »Und wie gesagt, Ihre Tochter hat schon fast alles erzählt. Ich muss nur wissen, wo Willi genau steckt.«

»Grete hat …?« Ruth Hansen unterbrach sich. Dann fuhr sie gefasster fort. »Willi ist verschwunden, Herr Kommissar. Ja, er wollte zum Flakdienst. Seither habe ich nichts mehr von ihm gehört.« Sie sah Druwe trotzig an.

»Frau Hansen, Sie erwarten nicht wirklich, dass ich Ihnen dieses Ammenmärchen glaube«, polterte Druwe los. Oberbauer wollte dazwischen gehen, doch Druwe brachte ihn mit einer unwirschen Handbewegung zum Schweigen. »Sie gehen hier seelenruhig Ihrer Arbeit nach. Und machen meinem Kollegen schöne Augen …«

»Jens!«, rief Oberbauer.

»Und in der Zwischenzeit wissen Sie nicht, wo Ihr Sohn ist?«, fuhr Druwe fort. »Ich lasse mich ungern für dumm verkaufen, Frau Hansen. Und Sie sind zu intelligent, um es zu versuchen. Also?«

Die Krankenschwester war an Oberbauers Bett getreten und hatte seine Hand genommen. Druwes Kollege nickte der Frau aufmunternd zu und streichelte ihr übers Haar. »Du kannst ihm vertrauen, Ruth«, flüsterte er.

»Sein Großvater hat Willi zu einem alten Bekannten gebracht«, sagte sie schließlich. »Er kennt einen Bauern von früher. Paul heißt er, mehr weiß ich nicht. Und der Hof liegt in Kattrup. Lütt-Willi soll dort bleiben, bis sich alles beruhigt hat.«

Druwe war wie benommen. Fast schien es, als hätten ihn Dählers Fausthiebe noch einmal getroffen. Fiete Möller. Willi Hansen bei den Lesslings. Und er war der einzige Idiot, der nichts davon wusste.

Die Begrüßung fiel frostig aus. Jens Druwe war aus dem BMW gesprungen, kaum dass der Fahrer den Wagen auf dem Hof der Lesslings zum Stehen gebracht hatte. Eine russische Arbeiterin hatte ihn erkannt und nach Eva gerufen.

»Oh, Gott!« Eva Steinfeld hielt entsetzt die Hand vor den Mund, als sie Druwes Gesicht sah. »Wie siehst du denn aus? Haben sie dich …? Bist du …?«

»Hast du davon gewusst?«, fragte Druwe nur und erwiderte die Umarmung kaum. Er war stinksauer und hatte sich während der Fahrt hierher immer mehr in seine Wut hineingesteigert.

Eva löste sich von ihm. »Was gewusst?«, fragte sie. Dann trat sie noch einen Schritt zurück. »Was soll das Ganze überhaupt? Du kommst hierher mit verbeultem Kopf, erklärst mir nichts und maulst stattdessen herum.«

»Dieser Hansen-Junge, der sich bei euch versteckt. Hast du davon gewusst, Eva?«, fragte Druwe, ohne auf ihren Einwand einzugehen.

»Ja, aber …« Weiter kam sie nicht, da Jens Druwe sich abrupt umdrehte und wütend einige Schritte entfernte, als brauchte er Abstand von ihr. »Paul hat mich gebeten …«

»Unglaublich!« Seine Stimme war jetzt laut. »Ich muss mich als Vaterlandsverräter beleidigen lassen. Und diese Bande von Marinekerlen hält dicht. Die Briten behandeln mich, als hätte ich Aussatz. Und ein ehemaliger U-Boot-Kommandant und strammer Nazi poliert mir die Fresse. Aber mein wichtigster Zeuge sitzt hier und trinkt seelenruhig ein Glas Milch! Und zur Krönung verschweigst du mir alles.«

»Würdest du dich bitte nicht so aufführen, Jens«, versuchte Eva, ihn zu beruhigen. »Ich habe ja selbst erst davon erfahren, als du schon weg warst. Dieser alte Möller hatte seinen Enkel zu Paul und Magda gebracht. »

»Da habt ihr fein gelacht, was?« Druwe steigerte sich immer mehr in seinen Zorn hinein. »Nimmt der Krüppel auch noch den Möller wieder mit nach Flensburg. Haha.«

»Jens! Es reicht!«, rief Eva.

»Hättest du mir nicht eine Nachricht über Karl Paulsen schicken können? Der hat schließlich ein Telefon«, beharrte Druwe.

»Woher sollte ich denn wissen, dass der Junge für dich wichtig ist?« Eva Steinfeld schüttelte genervt den Kopf und ging zum Haupthaus. »Beruhige dich erst mal, dann können wir weiterreden.«

Druwe trat an eine der Linden heran, die in der Mitte der Hofzufahrt standen. Plötzlich hieb er mit seiner Handprothese auf den Stamm ein, als stünde Hans-Otto Dähler nochmals vor ihm. Ein Stück Rinde platzte von dem Baum ab. Er atmete durch und marschierte Eva hinterher.

Paul Lessling saß in der Wohnstube und rauchte. Dabei blätterte er in einem Fotoalbum, in dem sich offenbar alte Aufnahmen aus der Zeit vor Hitler befanden. Druwe hatte sich auf Widerstand seitens des Hausherrn eingestellt und trat entsprechend ungehalten auf. Lessling winkte jedoch ab.

»Er ist auf dem Scheunenboden«, sagte er. »Dort, wo Sie Ludwig und Familie Isensteijn gefunden haben. Sie kennen sich ja aus, Herr Druwe. Seien Sie nicht zu streng mit ihm. Er ist ein Junge, verängstigt und großmäulig zugleich. Aber so waren wir doch alle in dem Alter.«

Ein paar Minuten später stand Druwe in der Scheune, die sich rechts neben dem Hauptgebäude befand. Vor etwa drei Wochen war er die Leiter zum Dachboden schon einmal hinaufgestiegen. Man konnte sagen, dass damit alles angefangen hatte. Steinfeld und seine Schwester. Die Jagd nach dem Mörder von Lesslings Bruder. Oberbauers schwere Verwundung. Irgendwie hatte alles hier begonnen. Als Druwe mühsam die Leiter hinaufstieg und oben an die Tür aus Eichenbohlen klopfte, wurde er ruhiger. Sein eigener Sohn war etwa im gleichen Alter wie Willi Hansen. Hitzköpfig, fanatisch, unbelehrbar. Söhne wollten anders sein als ihre Väter. Das hatte Druwe in seinen vielen durchwachten Nächten erkannt.

Druwe wurde aus seinen Gedanken gerissen, als sich die Tür öffnete und ein junges Gesicht erst erwartungsvoll, dann erschreckt hindurchschaute. Blitzschnell hatte er seinen Fuß nach vorn geschoben, so dass der junge Hansen die Tür nicht mehr schließen konnte.

»Junge, du brauchst keine Angst zu haben«, sagte er. »Ich arbeite für die Briten. Und ich weiß, dass du nichts getan hast.«

»Ich habe keine Angst vor Ihnen. Gehen Sie weg!«, rief Willi Hansen mit zitternder Stimme und stemmte sich mit aller Kraft gegen das Türblatt. »Mein Opa sagt, dass der Krieg aus ist. Ich gehe nicht mehr zur Flak zurück. Verschwinden Sie!«

»Dein Dienst interessiert mich nicht, Willi«, entgegnete Druwe. »Außerdem bist du zu jung gewesen, um dich zu verpflichten. Da passiert dir gar nichts.«

»Ehrlich?«, fragte die Stimme hinter den Bohlen unsicher.

»Ja. Ich arbeite auch nicht für die Feldpolizei, sondern für die Briten. Und jetzt lass mich rein, bevor ich sauer werde.« Druwe schob die

Tür gegen den letzten, schwachen Widerstand auf. Vor ihm stand ein junger Mann, der einen halben Kopf kleiner war als er selbst. Offenbar war er gerade in die Höhe geschossen, denn die Jackenärmel und Hosenbeine waren zu kurz. Die ganze Kleidung schlackerte an dem hageren Körper.

Druwe ging zu dem Tisch und nahm Platz. Er schenkte zwei Becher Wasser ein und winkte Willi Hansen zu sich herüber.

»Es geht um die Nacht, in der du abgehauen bist, Willi«, begann er. »Ich muss wissen, was du gesehen hast.«

»Wir sollten die Stellung am Nebenhafen weiter demontieren«, sagte Willi Hansen. »Der Abbau der Kanone hatte länger gedauert, so dass wir bis in die Nacht bleiben mussten. Die Engländer klauen genauso wie die Russen, hat der Gefreite gesagt, der den Befehl hatte. Also haben wir Stühle, Schränke und Kisten in die Lagerhalle gebracht, die hundert Meter entfernt war.«

»Hast du da jemanden gesehen?«, fragte Druwe.

»Gegen elf Uhr waren wir fertig. Ein paar Sachen mussten noch rüber, und wir haben Münzen geworfen, wer geht. Ich habe verloren. Also bin ich los. In der Halle musste ich auf den Regalen Platz schaffen, deshalb dauerte es länger. Plötzlich wurde die zweite Lampenreihe hell. Ich wollte schon nach vorn, um einen Kameraden zusammenzustauchen. Laut der Vorschrift für die Verdunklung darf nämlich nur halbes Licht brennen. Dann hörte ich Stimmen. Ein Mann sprach Deutsch mit diesem typischen Akzent. Er war ganz sicher Engländer. Der andere Mann war offenbar Deutscher, aber einige Sätze waren auch bei ihm auf Englisch. Sie gingen nicht sonderlich freundlich miteinander um.«

Typisch Vaughn, dachte Druwe. Dieser Idiot, warum hatte er die Sache allein durchgezogen?

»Ich hatte mich hinter einem Schrank versteckt. Da waren noch zwei Regalreihen bis zu beiden Männern, so dass ich nicht alles sehen konnte. Sie haben sich gestritten. Es ging um Akten, und der Engländer wollte, dass der Deutsche sie herausrückte. Der aber verlangte wohl etwas dafür. Dann fiel ein Schuss, und ich hörte den Deutschen fluchen und schreien. Er muss wohl gestürzt sein. Ich sah, dass er sich in meine Richtung bewegte. Er schleifte sich über den Boden. Der Engländer lachte und forderte die Akten. Der Deutsche brüllte etwas auf Englisch, und da fiel noch ein Schuss. Ich hatte eine Höllenangst, weil er immer mehr auf mich zu kam. Er schien bereits sehr schwach zu sein, denn er sagte nichts mehr. Ich hätte ihm helfen müssen, aber wir Flakhelfer bekommen keine Waffen.«

»Mach dir keine Vorwürfe, Wilhelm«, sagte Druwe. »Du konntest nichts tun. Du hättest dich nur selbst in Gefahr gebracht.« Er war froh, dass Vaughn den Jungen nicht entdeckt hatte.

»Der Deutsche hat mich gesehen, aber sich nichts anmerken lassen«, fuhr Willi fort. »Der andere Kerl ist in der Halle hin und her gegangen und hat wohl irgendetwas gelesen. Ich habe Papier rascheln hören, als ob jemand Zeitung liest.«

Das muss die Akte von Stuckart gewesen sein, von der Taylor einige Blätter unter Vaughns Leichnam gefunden hatte, überlegte Druwe.

»Was ist dann geschehen?«, fragte er.

»Die Tür zum Lagerhaus wurde plötzlich geöffnet«, erwiderte Willi Hansen. »Und zwei Offiziere standen im Lichtschein. Einen der beiden Männer habe ich erkannt.«

»Wen?«, fragte Druwe ungeduldig.

»Es war Kapitän Lüth. Sie wissen, der U-Boot-Held. Ich hatte alle Sammelkarten. Da war sein Bild drauf.«

»Bist du sicher?«

Der junge Hansen nickte. »Ritterkreuzträger mit Schwertern und Brillanten. Das weiß man doch.«

»Und der andere?«

»War kleiner als der Kapitän. Er hatte eine tiefe Stimme und ist fast sofort auf den Tommy losgegangen. Er hat ihn übel beschimpft. Ich habe einige Sätze verstanden, weil er so laut war.«

»Was hat er gesagt? Na los, Willi, lass dir nicht alles aus der Nase ziehen!«

»Warten Sie.« Willi Hansen überlegte. »Fühlst du dich auch allein stark, du feiges Schwein? Hinterrücks zuschlagen, das passt zu euch. Ich werde dich lehren, was es heißt, einen deutschen U-Boot-Mann anzupissen.« Der junge Mann nickte. »Ja, das waren die Sätze, die ich verstanden habe.«

»Was war mit dem verletzten Deutschen, Willi?«

»Der ist in eine Ecke gekrochen und hat mich zu sich gewinkt. Ich bin zu ihm geschlichen. Er sah fürchterlich aus und war schwach. Er hat mir einen Schlüssel gegeben. Er sagte, er sei für einen Spind in einer Baracke beim Lazarett. Er flehte mich an, den Inhalt noch in der Nacht abzuholen. Ich musste es ihm versprechen.«

»Was geschah dann?« Druwe ahnte den Fortgang der Geschichte.

»Aus der anderen Richtung hörte ich plötzlich einen Schuss. Ich habe mich in die hinterste Ecke verkrochen. Dann haben sich Lüth und dieser andere Mann gestritten. Es kamen Schritte in meine Richtung. Sie haben mit dem Deutschen geredet, und ein zweiter Schuss fiel. Lüth hat getobt. Der andere hat nur gepfiffen. Dann war Stille. Ich habe über eine Stunde nur dagesessen und gezittert. Ich hatte Angst, dass sie noch einmal zurückkommen. Ich musste an dem Deutschen vorbei, als ich zum Hallentor ging. Beinahe hätte ich mich übergeben. Dann bin ich zur Flakstellung zurück. Noch bevor es hell wurde, ging ich dann zur Sportschule. Und habe den Schrank geöffnet.«

»Was war in dem Spind?«, fragte Druwe.

Anstatt eine Antwort zu geben, ging Willi Hansen zu seinem Bettgestell und hob die Strohmatratze an. Darunter holte er eine leicht abgegriffene Ledertasche hervor, die prall gefüllt zu sein schien. Er gab sie Druwe.

»Du kannst ihn nicht mitnehmen, Jens.« Eva Steinfeld stand am BMW und redete auf Druwe ein. Der Fahrer blickte demonstrativ zu den Feldern hinüber, als wollte er die grünen Halme zählen. Das Ehepaar Lessling stand an der Treppe zum Haupthaus und hielt sich weise aus der Diskussion heraus. Allein Willi Hansen wirkte mit seinem kleinen Koffer verloren und unschlüssig, auf wessen Seite er sich schlagen sollte.

»Er ist der Hauptzeuge in einer Doppelmordsache, Eva. Ich muss ihn in Flensburg haben, falls die Briten ihn verhören wollen«, sagte Druwe.

»Dort ist er in Gefahr. Willst du das nicht begreifen?« Eva Steinfeld trommelte auf das Wagendach. »Er ist noch ein Kind. Wenn die Leute aus Mürwik ihn in die Finger bekommen. Das sind doch alles Nazis, Jens. Das hast du selbst gesagt.«

»Ich bin kein Kind mehr«, erklang die aufgeregte dünne Stimme des Fünfzehnjährigen.

»Sei still!« Unisono wiesen ihn Eva Steinfeld und Jens Druwe zurecht. Einen Moment lang schien es, als könnte sich hierüber die Situation entspannen. Dann jedoch entschieden sie sich für eine Fortsetzung ihres Streits. So ging es noch eine ganze Weile hin und her. Schließlich drehte sich Eva wutentbrannt und mit Tränen in den Augen um.

»Du alter Dickschädel«, rief sie, bevor sie in Richtung der Häuser für die Fremdarbeiter verschwand. »Wenn es nicht nach deinem Willen geht, dann schaltest du auf stur. Wie es anderen dabei geht, ist dir völlig egal. Hauptsache, du hast deine Pflicht als Polizist erfüllt.« Noch einmal drehte sie sich um. »Und sieh dich doch an, wohin dich dieses verdammte Pflichtbewusstsein gebracht hat.«

»Und die meckernde Ziege geht immer sofort in Opposition. Man kann auch mal einer Sache zustimmen, wenn die Argumente stimmen. Aber davon will die feine Dame ja nichts wissen. Außerdem ...« Druwes Stimme wurde immer lauter, da sich Eva bereits weiter entfernt hatte. »Wer hat mich denn im Unklaren gelassen über den Jungen?«

»Ich bin kein Junge mehr«, versuchte Willi Hansen nochmals, sich einzumischen.

»Halt den Mund!«, herrschte ihn Druwe an. »Und setz dich endlich ins Auto. Wir fahren.«

10

Wir sind die lebenden Steine
Im Schatten der Teufelsfahne.
Aus der Tiefe der Hölle.
Wir Sklaven müssen doch glauben
An Menschen,
Menschen und Liebe.
(Lied aus den KZs Mauthausen und Sachsenhausen;
Text: W. Wnuk & R. Windisch, 1941)

18. Mai 1945

Jens Druwe hatte den jungen Hansen noch am Nachmittag zu seinen Großeltern in die Nordstadt gefahren. Die Wohnung der Mutter oder der Sonderbereich der Kaserne waren ihm zu gefährlich erschienen, und auf dem Polizeipräsidium wäre er vielleicht in eine Zelle gesteckt worden. Im Hausflur war ihnen der ehemalige Blockwart begegnet, dessen Nase und Augenbraue dick verpflastert waren. Offenbar hatte er mittlerweile seine Abreibung von den Genossen bekommen. Fiete Möller war zwar überrascht, aber sofort bereit gewesen, seinen Enkel aufzunehmen.

»Hat er was zu befürchten, Herr Kommissar?«, fragte der alte Sozialdemokrat.

»Außer einer Tracht Prügel nichts.« Druwe lächelte. »Ich gebe Ihnen mein Wort, Herr Möller.«

Danach war Druwe zur Marineschule zurückgekehrt. In seinem Postfach hatte ein großer neutraler Umschlag gelegen, auf dem nur sein Name, jedoch kein Absender stand. Darin hatte sich die Akte von Wilhelm Stuckart befunden. Wie erwartet ohne das erste Blatt. Druwe hatte es aus einer Schublade in seinem Dienstzimmer genommen und zurück in die Mappe gelegt. Paltinger hatte also tatsächlich Dählers Unterkunft durchsucht. Zusammen mit Wilhelm Hansens Aussage und den Stiefeln war die Beweislage gegen den Offizier erdrückend. Selbst die Marine würde diesen Umstand anerkennen müssen.

Dunkle Träume belasteten Druwe auch in dieser Nacht. Er hatte Kopfschmerzen, wollte aber nicht noch mehr Aspirin nehmen. Er war froh, dass er keinen Schnaps in seiner kleinen Dienstwohnung hatte. Wahrscheinlich hätte er sich sonst hemmungslos betrunken. Der Streit mit Eva belastete ihn. Liebend gern hätte er den Schmerz, der gleich an mehreren Fronten von Körper und Geist zum Angriff blies, in Hochprozentigem betäubt. Mehrmals griff er zur Zigarette, wenn der Alptraum ihn kurz an die Ufer des Wachseins entließ. Seine linke Hand zitterte, sein Unterhemd war schweißnass. Glitt er dann wieder in einen unruhigen Schlaf, dann packten ihn die Schergen und stießen seinen Körper zum Rand der Grube. Unter ihm reckten sich hundert Arme wie Schlangen, die ihre Beute witterten. Die Köpfe von Kalk bedeckt. Weiße, tote Engel, deren Gewand sich rot färbte. Druwe stand vor sich selbst. Er war Jens Druwe, der Hauptmann. Druwe, der Polizist. Und er zielte auf sein Ebenbild. Zielte auf seine Unschuld. Zuerst noch unschlüssig, ob er zu solch teuflischer Tat fähig wäre. Die Schüsse fielen und drangen ein in sein Fleisch. In seine Seele. Sie zerfetzten den Menschen in ihm. Hinterließen eine taube Hülle, bar jeden Empfindens.

Er fuhr ein letztes Mal hoch, keuchte. Auf dem Hof waren bereits Aktivitäten in Gange, vereinzelt drangen Befehle an Druwes Ohren. Marschiert, marschiert. Er nahm wieder einige Aspirin und spülte die Tabletten mit den schalen Resten eines Biers hinunter, dass er am Vorabend noch im Offizierskasino organisiert hatte. Er war sicher, dass der morgendliche Mundgeschmack mit jedem Lebensjahr bitterer wurde. Als käme der Dreck eines ganzen Lebens mit dem neuen Tag nach oben. Nach einer ausgiebigen Wäsche waren die Lebensgeister bei Druwe zumindest so weit geweckt worden, dass er im Kasino nach einem Frühstück fragen wollte. Danach musste er Paltinger aufsuchen und sich bedanken. Vielleicht war ja auch sein Boxgegner schon wieder auf den Beinen. Er musste Dählers Verhaftung vorbereiten. Dabei durften ihm keine Fehler unterlaufen. Der stellvertretende Standortkommandant war trotz der Beweislage gegen Dähler sicherlich nicht bereit, einen Kameraden festnehmen zu lassen. Also musste Druwe die Angelegenheit mit Griffith auf dem Präsidium klären.

Druwe trat auf den Vorplatz vor dem Schulungsgebäude. Er blinzelte gerade gegen die Morgensonne, als ihn eine Stimme aufhorchen ließ.

»Du verdammtes Sch … wein! Fei-i-i-ger Ver … räter!«, drang eine verwaschene Stimme an sein Ohr. Auf dem Grün in der Mitte des Platzes stand eine leicht gebeugte Gestalt und hielt sich am Fahnenmast fest. Der Kerl schien betrunken zu sein. Fast schon glaubte Druwe an weitere Offiziere, die sich wie Lüth ihren Weltschmerz im Suff betäubten. Bei diesem Gedanken war ihm schlagartig klar, wer da vor ihm stand. Gleichzeitig mit der Erkenntnis drang ein brennender Schmerz an sein Bewusstsein, sofort gefolgt von einem Knall. Druwe taumelte zur Seite, wollte sich instinktiv mit der rechten Hand an die fürchterlich schmerzende Stirn fassen. Zu spät bemerkte er, dass er mit der Prothese kein Gefühl hatte. Grob und ungeschickt fuhr er sich mit dem Leder über die neue Wunde und hatte dabei auch sein lädiertes Auge gestreift. Er stöhnte auf. Im selben Moment fiel neuerlich ein Schuss, der dieses Mal seine linke Flanke traf.

Druwe fiel auf die Seite und versuchte, an seine Mauser C96 zu kommen. Er trug keinen Schulterriemen mit Holster wie viele andere Polizisten, da er dessen Sicherung mit links nur schlecht öffnen konnte. Überhaupt war er mit der linken Hand ein lausiger Schütze und musste froh sein, dass er sich bei den Versuchen am Schießstand in Glücksburg nicht selbst verletzt hatte. Endlich zog er die veraltete Waffe aus seiner Manteltasche. Es gab Zeiten, da war er stolz auf das Ding gewesen. Sein Chef Ernst Gennat hatte ihm die Mauser mit poliertem Walnussgriff zum fünfzehnten Dienstjubiläum geschenkt. Noch stolzer war Druwe, dass er damit bis vor vier Jahren nie auf Menschen geschossen hatte.

Seltsam, dachte er, als er am Boden lag. Ich habe gute Chancen, hier zu krepieren, und denke an Gennat und mein Dienstjubiläum.

Zwei weitere Schüsse ließen Steine und Dreck neben Druwe aufspritzen. Er selbst entsicherte seine Waffe, wischte sich mit dem Ärmel das Blut aus dem rechten Auge und feuerte drei Mal. Seine linke Seite schmerzte höllisch, ihm wurde übel und schwarz vor Augen. Er hatte es schon oft erlebt, dass er sich einer gnädigen Bewusstlosigkeit ergab. Bisher hatte er es jedes Mal auch überlebt. Er war nicht sicher, ob er heute wieder Glück haben würde. Er kippte nach hinten und bekam nicht mit, dass ihn drei uniformierte Feldpolizisten umringten und ihre Gewehre auf ihn richteten. Auch die Rufe nach einem Sanitäter blieben von ihm ungehört.

Marinestabsarzt Paltinger eilte zunächst zu dem Mann, der beinahe friedlich am Fahnenmast lehnte. Er erkannte ihn sofort. Dort saß Kapitänleutnant Dähler. Der Offizier war am frühen Morgen aus Paltingers Lazarett verschwunden. Dabei war der Arzt sicher gewesen, dass der Mann noch lange Zeit im Koma liegen würde. Nun jedoch hatte es ihn endgültig erwischt. Er war tot. Am weiß lackierten Holz zog sich eine rote Spur nach unten. In Mannshöhe klebte eine graurote Masse am Mast, und am Hinterkopf des Toten klaffte ein faustgroßes Loch. An der Stirn, dort wo Druwes Kugel eingedrungen war, fand der Arzt über der Nasenwurzel das Einschussloch.

Nachdem er bei dem toten Marineangehörigen seine Pflicht getan hatte, eilte Paltinger zu dem bewusstlosen Druwe. Schnell erkannte er, dass der Polizist glimpflicher davongekommen war. Streifschuss an der Schläfe und Durchschuss an der Flanke. Wenn sich nichts entzündete, konnte der Mann diese Verletzungen überleben.

Am späten Nachmittag lag Druwe immer noch im Marinelazarett. Der leitende Stabsarzt hatte entschieden, dass es für den Verletzten besser war, in den ersten Stunden nicht transportiert zu werden. Eine Verlegung in das Diakonissen-Krankenhaus konnte eine innere Blutung oder eine winzige Fraktur des Schädels erst richtig gefährlich machen. Druwes Wunden waren schnell versorgt. Paltinger musste sich mehrerer Fragen vom Wachbataillon und der Kommandantur erwehren, die den Verletzten gern vernehmen wollten. Er übertrieb die vorliegenden Befunde und sprach von Lebensgefahr. Wer den Kripomann so daliegen sah, musste tatsächlich annehmen, es stünde schlecht um ihn. Der Arzt war sicher, dass der Streifschuss am Kopf bei seinem Patienten eine zweite Gehirnerschütterung verursacht hatte. Tödlich war so etwas nicht, aber auch nicht ungefährlich.

Bisher hatte Jens Druwe Glück gehabt. Jedenfalls in Hinblick auf Schussverletzungen. Im ersten Krieg hatte das Gas seine Schleimhäute und die Lunge malträtiert. Im zweiten flogen ihm Minen um die Ohren, die in seinem Schädel seither nachts gern ein Konzert zusammen mit den Klängen der Panzergranaten gaben. In über zwanzig Jahren Kripodienst war er zwar öfters Ziel einer Gaunerknarre gewesen, aber nie getroffen worden. Und die Kugel von diesem isländischen SS-Kerl, die er sich vor gut drei Wochen eingefangen hatte, war in seiner Handprothese steckengeblieben. Ach ja, die Hand. Bei näherer Betrachtung hatte er in diesem Krieg vielleicht doch nicht ganz so viel Glück gehabt.

»Der Krieg zerreibt Leute wie uns«, hatte sein Großvater gesagt. Er war Bäcker. Und Pfeifenraucher. Und Philosoph. Von den ersten beiden Berufungen wusste er, die letzte fiel ihm im Laufe eines langen Lebens zu. »Zuerst sind wir Korn, haben unsere Spitzen, unsere Schale, unseren Keim. Zwischen den Mühlsteinen ihrer großen Ideen mahlen sie uns dann, die Herren Politiker und Generäle. Wir vermischen uns zu Mehl und sind dann alle eins. So haben sie uns im Sack. Dann kommt etwas Wasser, Hefe, Salz dazu, und sie kneten uns zu dem, was sie haben wollen.«

Druwe erwachte aus seinem Dösen und wusste wieder nicht, wo oben und unten waren. Zur Orientierung nutzte er den Eimer, der neben seinem Bett stand. Wenn das Erbrochene seinen Weg hinein fand, musste dort unten sein. Wenn nicht, dann hatte er sich geirrt.

»Herr Kommissar Druwe?«, fragte eine Stimme aus einem Zwischenreich von Bewusstsein und Schlaf. »Schauen Sie auf das Licht und folgen Sie ihm mit den Augen.«

Ein stumm brüllendes Ungeheuer aus greller Helligkeit fraß sich durch Druwes Augen direkt in seinen Kopfschmerz. Paltinger musste einen Flakscheinwerfer benutzt haben. Oder zwei, denn manchmal waren da mehrere Lichtquellen.

»Tähler … Waffel … schossen«, lallte Druwe.

»Der Kerl hätte gar nicht mehr aufstehen können, wenn es nach den Regeln der Medizin gegangen wäre«, entgegnete Paltinger. »Ich habe ihn untersucht, nachdem Sie ihn … Also nach seinem Ableben. Ihr Schlag in die Magengrube bei der Prügelei hatte ihm die Hauptschlagader aufgerissen. Und sein Sturz auf den Hinterkopf hatte eine Gehirnblutung verursacht. Er hätte tot sein müssen. Stattdessen hat ihm irgendein Schwein die Pistole besorgt. Üble Sache, Druwe. Mein Sanitätshelfer hat Gerüchte gehört, nach denen der neue Kommandeur Ihnen das anhängen will.«

»Tähler … erste … schossen. Notkehr.« Druwe drohte, wieder wegzudriften.

»Verdammt! Nicht jetzt! Schlafen können Sie später, Druwe. Sie müssen hier weg«, schimpfte Paltinger. Er ging zu dem kleinen Edelstahltablett, auf dem der Kasten mit den sterilisierten Spritzen und Kanülen stand. Er hob den Deckel an und nahm zwei Glasspritzen heraus. Es war Zeit für die berüchtigte Morell-Kombination. Theo Morell war der Leibarzt des Führers gewesen und hatte auf die diversen Beschwerden des größten Deutschen immer Antworten finden müssen. Neben seinen verrufenen – und wirkungslosen – Vitamininfusionen hatte er oft einfach zwei starke Medikamente gleichzeitig gespritzt; Eukodal und Pervitin. Ein Mittel beruhigte, machte müde und wirkte gegen Schmerzen. Das andere putschte auf, löste Ängste und gab das Gefühl, unbesiegbar zu sein. Jahrelang hatte Adolf Hitler also den Wagen des Deutschen Reichs gefahren und dabei gleichzeitig auf Gas und Bremse gestanden.

Nun zog der Marinearzt die beiden Stoffe aus den braunen Ampullen in zwei Spritzen auf. Sein Helfer legte Druwe den ockerfarbenen Gummischlauch an den linken Oberarm, und wenige Sekunden später schossen die Substanzen in seinen Körper. Es dauerte einige Minuten, bis die erhoffte Reaktion eintrat. Druwe atmete plötzlich einmal tief ein, als wäre er gerade knapp dem Ertrinkungstod entgangen. Dann richtete er sich im Krankenbett halb auf. Er schien erstaunt, dass er weder Schwindel noch Übelkeit verspürte. Eher fragte er sich, was er hier sollte. Seine Hand ging zum Kopfverband, aber Paltinger hielt ihn zurück.

»Vorsicht. Es war zwar nur ein Streifschuss, aber ein knöcherner. Die Kugel hat eine tiefe Spur in Ihren Schädelknochen gegraben. Ein Millimeter mehr und die Eierschale wäre wahrscheinlich geplatzt«, erläuterte der Arzt und machte dazu eine Handbewegung wie ein Zauberer, der einen Vogel aus der Hand holt. Dann hielt er Druwe nochmals zurück, als dieser an dem Verband in Hüfthöhe herumfummelte. »Ja, das ist eine Fleischwunde. Glatter Durchschuss ohne Beteiligung der Organe. Schmerzhaft, aber harmlos.«

»Bericht für Griffith. Scheißhaufen Ordnung reinbringen.« Druwe erhob sich unsicher.

Paltinger war erstaunt, dass die Morell-Kombination immer wieder gut wirkte. Allerdings war der Preis für eine kurzzeitige Steigerung der Leistungsfähigkeit hoch. Schnelle Suchtentwicklung, Selbstüberschätzung, Wahnvorstellungen, Entzugserscheinungen.

»Sie müssen hier so schnell wie möglich weg, Druwe«, wiederholte er.

»Ja, mein Dienstzimmer wartet.« Druwe grinste, als hätte er Koks geschnupft.

»Nein. Sie müssen raus aus dem Sonderbereich.« Paltinger befürchtete, dass der Schaden bei seinem Patienten doch größer sein könnte als erhofft. »Seit Dönitz hier ist, sind bereits fünf Todesurteile verhängt und vollstreckt worden. Vier davon nach der Waffenruhe. Die Marinerichter sind allesamt scharfe Hunde, die am liebsten Himmler als neuen Präsidenten gesehen hätten. Die drehen Ihnen das Wort im Mund herum, und schon sind Sie ein verurteilter Mörder!«

Druwe schwankte und blickte den Arzt aus glasigen Augen an. Dann schien jedoch die Vernunft zu siegen. Er nickte. »Wahrscheinlich haben Sie recht. Was auch immer mit diesem Lüth passiert ist, dafür konnten die Kerle keinen Schuldigen anbieten. Vielleicht haben sie ihn sogar selbst auf dem Gewissen. Aber Dählers Tod können sie mir in die Schuhe schieben. Dann haben sie ihren Märtyrer und den bösen Überläufer, der den Briten nach dem Mund redet. Das beruhigt die erhitzten Gemüter.« Er atmete tief durch. »Ich hole meine Sachen und tauche erst mal ab.«

Paltinger hielt ihn sanft zurück. »Sagen Sie Johann, was Sie aus Ihrem Dienstraum brauchen.« Er deutete mit dem Kopf auf seinen Sanitätsmaat. »Er holt die Sachen für Sie. Wenn Sie hier rausgehen, werden Sie sofort verhaftet. Da gehe ich jede Wette ein.«

Druwe überlegte. Schließlich nickte er. Er gab dem Unteroffizier einige Anweisungen und schrieb eine kleine Liste. »Bringen Sie mir das, bitte! Auf dem Spind liegt ein Lederkoffer. Nehmen Sie den, um alles zu verstauen. Ganz wichtig ist eine schwarze Aktentasche. In der Schlafkammer ist eine Bodendiele locker. Am hinteren Bettpfosten. Bringen Sie unbedingt die Tasche mit.«

Jetzt ist es nur noch ein Lederkoffer, überlegte er. Mein Leben benötigt immer weniger Raum.

»Wissen Sie, wohin Sie gehen?«, fragte der Arzt. »Obwohl, sagen Sie nichts, dann brauche ich nicht zu lügen.« Er lächelte. »Ich habe gern mit Ihnen gearbeitet. Es war die spannendste Zeit in den ganzen fünf Jahren, die ich hier verbracht habe.«

»Etwas weniger Spannung und Schmerzen wären mir auch recht gewesen.« Druwe reichte Paltinger die linke Hand. »Danke für alles.«

Sie saßen eine Weile im Arztzimmer und rauchten. Druwe genoss den leichten Rausch, den die Eukodal-Pervitin-Mischung auslöste. Er wusste, dass er anfällig war für diesen Mist. Der ekelhaft hämmernde Kopfschmerz hatte nachgelassen, ebenso das Beißen in der Flanke. Und die innere Leichtigkeit war ebenfalls ganz angenehm. Es würde ihm schwerfallen, nicht zu den Tabletten zu greifen, die ihm Paltinger mitgegeben hatte. Nach zwanzig Minuten kehrte Johann zurück. Er stellte einen kleinen Koffer neben Druwe ab.

»Zwei Wachen stehen vor Ihrem Arbeitszimmer, Herr Kommissar«, sagte er. »Ich habe ihnen erzählt, dass wir hier einige Privatklamotten von Ihnen brauchen. Ich kannte die Jungs, so dass sie mich beim Gehen nicht gefilzt haben.«

»Ich habe Johann angewiesen, ein Fahrzeug beim NSKK für mich abzuholen«, fügte der Arzt nach einem kurzen Zögern hinzu.

»Wunderbar«, erwiderte Druwe und streckte seine Hand aus. »Geben Sie mir den Schlüssel.«

»Auf keinen Fall«, rief der Arzt entrüstet. »In Ihrem Zustand fahren

Sie wahrscheinlich über eine Fördebrücke, die gar nicht existiert, und glauben dabei noch, dass Sie fliegen können.« Er wandte sich an seinen Sanitätshelfer. »Johann, du fährst Herrn Druwe. Danach kommst du sofort zurück.«

Der Mann nickte nur stumm.

Druwe wusste, dass er sich Paltingers Vorschlag nicht widersetzen konnte. Plötzlich aber wurde er unruhig. »Und die Aktentasche?«

»Ist drin. Wie Sie es wollten, Herr Kommissar«, antwortete der Sanitätsmaat und deutete auf den Koffer.

Nachdem sich er und Paltinger verabschiedet hatten, kamen Druwe und der Fahrer problemlos an den Torposten vorbei. Alle Wachen waren angehalten, eine Gefahr von außen zu erkennen. Das Verlassen des Militärgeländes gelang ohne weitere Kontrollen.

»Wo soll es hingehen, Herr Kommissar?«, fragte der Maat.

Druwe überlegte bereits seit einigen Minuten. Seine alte Dienststelle Glücksburg wäre eine Option, allerdings weit ab vom Schuss. Zumal ohne Dienstwagen. Für den Hof in Kattrup galt Ähnliches. Und er war sich nicht sicher, ob er nach dem Streit mit Eva dort willkommen war. Naheliegend war das Präsidium. Erstens lag es zentral in Flensburg, und zur Not konnte er in einer Kellerzelle schlafen. Zweitens musste er dringend Major Griffith Meldung machen. Die Briten mussten dieses Drecknest in Mürwik ausheben. Das Problem war jedoch, dass er noch nicht alle Beweise gesichtet hatte. Er wollte sich zunächst selbst ein Bild machen, damit er auf alle Fragen des Engländers eine Antwort hatte. Ein paar Sachen konnte er vielleicht auch in der Hinterhand behalten, damit sie ihn nicht gleich wieder ausbooteten. Es blieb also nur eine Pension. Johann kannte ein paar Adressen, aber überall war es zu Einquartierungen oder Belegung durch wohlhabende Vertriebene gekommen.

»Lassen Sie mich am *Kayser's Hof* raus, Johann«, sagte Druwe frustriert und zählte sein Bargeld. Die Nobelherberge war teuer, aber das war nicht zu ändern. Sein Fahrer verabschiedete sich und gab Gas in Richtung Hafenspitze. Auch in dem edlen Hotel an der Schiffbrücke war seine Zimmersuche eine Fehlanzeige. Offenbar gab es immer noch ausreichend betuchte Leute, die sich die Preise leisten konnten und ein gepflegtes Hotelzimmer einer verwanzten, klammen Dreckbude vorzogen. Druwes Aussehen war zudem für die Motivation des Mitarbeiters am Empfang, nach einer Notlösung zu suchen, nicht gerade förderlich.

Druwe verließ das Foyer und stand am Straßenrand. Er blickte auf die Förde. Die meisten provisorischen Bauten waren verschwunden. Der Hafenkai lag streckenweise fast ruhig da. Die Präzision, mit der dieses Volk Europa in den Abgrund geführt hatte, wirkte nun in der Organisation der Folgen des Untergangs weiter.

Plötzlich kam ihm eine Idee. Die Kühnheit seiner Entscheidung war der Pervitin-Dosis geschuldet, doch dieser Umstand war Druwe nicht bewusst, als er forsch in Richtung Neustadt ging.

Eine bleichgesichtige ältere Frau öffnete die Tür. Gleich hinter ihrer dürren Gestalt erschien ihr Mann.

»Lore, du sollst dich nicht anstrengen, sagt der Doktor.« Seine Stimme war erstaunlich sanft. Fast zärtlich schob er die Frau von der Tür in Richtung Küche. Als er Druwe erblickte, wurde sein Ausdruck hart. Kämpferisch. »Was wollen Sie denn hier? Es ist sieben durch.«

»Herr Möller, ich möchte Sie um einen Gefallen bitten. Darf ich reinkommen? Muss ja nicht jeder hören«, sagte Druwe.

Der kräftige Werftarbeiter überlegte kurz und nickte. »Rechts in die Küche«, sagte er und wies mit der Hand die Richtung.

Zu Druwes Überraschung saß Ludwig Steinfeld neben Frau Möller am Tisch.

»Meine Güte«, rief Steinfeld aus, »mir scheint, der Dienst in der deutschen Polizei ist gefährlicher als ein Fronteinsatz in Russland. Du siehst fürchterlich aus, Jens!«

Druwe grummelte etwas Unverständliches. Er ahnte, dass Steinfeld ihn auf Eva ansprechen könnte, was tatsächlich im nächsten Augenblick geschah.

»Wie geht es meinem Schwesterherz?«

»Gut«, antwortete Druwe. »Ich wollte sie nur aus dieser Sache heraushalten. Zu gefährlich.«

Steinfeld nickte verständnisvoll. Die Sicherheit seiner Schwester ging ihm über alles.

»Ach – und den alten Möller und seine Frau können Sie mit reinziehen, oder was?«, mischte sich Fiete Möller ein.

»Ich habe jemanden erschossen«, sagte Druwe.

In den folgenden Minuten erzählte er den Anwesenden von den Ereignissen der letzten Tage. Ihm war es nun egal, dass das Ehepaar Möller letztlich auch von Dienstgeheimnissen erfuhr. Er war müde, die Wirkung der Spritzen ließ erstaunlich schnell nach. Er war jedoch auch müde hinsichtlich der Verheimlichung und Vertuschung. Leisetreten und Nicht-Auffallen waren nie seine Sache gewesen. Es war Zeit, es mal wieder mit Vertrauen zu versuchen.

»Aber das war doch Notwehr«, sprach Frau Möller aus, was wohl alle dachten, als er seine Geschichte beendet hatte. »Dieser Kerl hat mit der Schlägerei angefangen und auch als Erster auf Sie geschossen.«

»Die Nazis drehen das, wie sie es haben wollen«, entgegnete Ludwig Steinfeld. »Das Nest da drüben muss ausgehoben werden. Sonst legt die Schlange bald wieder braune Eier.«

»Wie stellst du dir das vor, Ludwig?«, fragte Möller. »Eine neue rote Front muss sich erst aufbauen. Wir sind noch zu wenige. Waffen wären kein Problem, aber die Kommunisten sind renitenter als je zuvor. Die wollen die Rote Armee in ganz Deutschland sehen.«

Steinfeld und Druwe schüttelten gleichzeitig den Kopf.

»Im Moment haben nur die Alliierten genug Schlagkraft, um das Pack auszuräuchern«, sagte Ludwig Steinfeld. »Ich fürchte aber, dass der Fall Dähler zu wenig ist, um sie zum Handeln zu bewegen.«

»Immerhin hat der Kerl einen englischen Offizier getötet«, gab Druwe zu bedenken. »Und ich habe noch ein paar Trümpfe, die für das britische Hauptquartier und die Amerikaner interessant sein dürften.« Er wandte sich an Fiete Möller. »Vor allem dank Ihres Enkels.«

»Sind Sie nur gekommen, weil Sie uns das erzählen wollten?«, fragte Frau Möller plötzlich mit schwacher Stimme. Trotz ihrer Krankheit schien ihr Verstand hellwach zu sein.

»Nein«, sagte Druwe verlegen. »Ich wollte Sie fragen, ob ich heute hier übernachten könnte.«

Fiete Möller brach in ein tiefes Gelächter aus. »Was sagst du dazu, Lore? Zwölf Jahre habe ich die Hundescheiße gemieden, wo es nur ging. Und nun will ein Polizist bei uns die Nacht verbringen.« Wieder lachte er. »Keine Sorge, Herr Druwe. Ich bin kein Unmensch. Und ich glaube, dass Sie jemand sind, der alles richtig machen wollte, aber dabei immer wieder auf die Schnauze gefallen ist. Sie können bleiben. Es ist allerdings nur das Bett in Ludwigs Zimmer frei. Unfassbar, der Rote Ludwig und ein Kripomann unter demselben Dach. Das glaubt mir doch keiner.«

Eine Stunde später saß Druwe auf seinem Bett und blätterte in einigen Akten, die er aus der Tasche genommen hatte. Zusammen mit den Aufzeichnungen über Günter Quandt und Wilhelm Stuckart befanden sich genau dreißig komplette Dossiers darin. Quandts Akte war in Besitz der Briten und lag in Griffiths Schrank. Die Papiere von Stuckart hatte Druwe wieder zu den anderen gelegt. Zusätzlich gab es eine Liste, auf der sich weitere einhundertzwanzig Namen befanden. Alle Namen trugen als Nebenvermerke *photogr/Orig vernichtet.* Offenbar war ein Großteil der Akten auf Mikrofilm abfotografiert worden, bevor

Grell und seine Kameraden Berlin verlassen hatten. Die DIN-A6-Silber-Negative befanden sich platzsparend in kleinen Pappfächern, durch Seidenpapier vor Kratzern geschützt. Druwe nahm einen Film heraus und betrachtete ihn im Gegenlicht einer Lampe. Auf der kleinen Fläche fanden etwa fünfzig Seiten einer Akte Platz, dazu meist auch Kopien von Fotos, Geschäftsberichten, Zeitungsartikeln. Ohne ein passendes Lesegerät war es jedoch unmöglich, Einzelheiten zu entziffern. Zudem mussten die Negative in einem guten Labor erst umkopiert werden, damit man lesbare Positive erhielt.

»Die Stelle bei der Regierung kannst du dann wohl vergessen«, sagte Ludwig Steinfeld und beobachtete interessiert, wie Druwe in den Papieren blätterte.

»Hm. Aber richtig warm bin ich damit nie geworden. Ich bin kein Schreibtischstratege. Ich gehöre auf die Straße«, erwiderte Druwe.

»Jetzt hast du wieder brisante Informationen am Hals«, sagte Steinfeld. »Wie mit dieser Nazi-Liste. Pass bloß auf, dass du Eva nicht in irgendeine Scheiße hineinziehst.«

»Danke, dass du dich auch um mich sorgst.« Druwes Stimme klang giftig. Seine Nerven lagen blank, und er war hundemüde. Evas Bruder hatte einen wunden Punkt erwischt. Die Wirkung der Arzneidrogen ließ nach und mit ihr die Euphorie. Druwes Schmerzen waren nicht nur körperlicher Art, er litt auch unter dem Streit mit Eva.

»Und? Was wirst du mit dem Zeug machen?«, fragte Steinfeld.

»Ich arbeite ja auch für diesen Griffith«, antwortete Druwe. »Aber ganz durchschaut habe ich den Kerl noch nicht. Ich denke, er ist nicht nur Soldat und nicht nur Militärpolizist. Ich möchte wetten, dass die Briten uns Leute vom Geheimdienst vor die Nase gesetzt haben. Der Tote, dieser Captain Vaughn, hat sich einmal verplappert. Er sagte irgendetwas vom *MI-6*. Wenn ich nicht irre, ist das ein Zweig der englischen Spionage.«

»Dann ist doch alles bestens, Jens. Gib ihnen die Akten, und dann schnappen sich die Alliierten diese Schweine.« Steinfeld hatte sich fertig gemacht für die Nachtruhe.

»Ich kenne da noch einen anderen Offizier. Mein ehemaliger Kollege Oberbauer hat den Kontakt hergestellt. Weil ich nicht weiterwusste, habe ich dem die Liste mit den Decknamen von abgetauchten SS-Leuten und Parteibonzen gegeben. Offenbar haben sie schon ein paar von denen geschnappt. Der Mann scheint mir kompetenter und vertrauenswürdiger.« Er schwieg einen Moment. »Und sehr viel sympathischer.«

Steinfeld reagierte schon nicht mehr und schnarchte leise. Druwe konnte noch aus Hose und Schuhen schlüpfen, dann ließ er sich aufs Bett sinken. Obwohl es für ihn keine Lage gab, die nicht schmerzte, fiel er augenblicklich in einen tiefen, traumlosen Schlaf.

19. Mai 1945

Druwe war früh am Morgen in Richtung Krankenhaus aufgebrochen. Er wollte seinen Schwager fragen, ob er ein paar Nächte bei ihm bleiben konnte. Vielleicht kannte er auch jemanden auf der Westlichen Höhe, der ein Zimmer vermietete. Wahrscheinlich waren aber überall Flüchtlinge einquartiert worden. Auf jeden Fall musste er die Sache mit Eva ins Reine bringen. Er konnte kaum noch klar denken, weil er immerzu an ihren Streit dachte. Und Paltinger hatte ihm geraten, die Schusswunden nochmals versorgen zu lassen. Nicht zuletzt aber wollte er zu Oberbauer und dessen Rat einholen. Während ihm diese Gedanken durch den Kopf gingen, hatte Druwe das Gefühl, ihm könnte jeden Moment der Schädel platzen.

Als er von der Knuthstraße in Richtung Haupteingang der Diako ging, musste er sich aufgrund seiner vielen Verbände und des grün und blau schillernden Gesichts erneut zweier resoluter Schwestern erwehren, die ihn auf eine Trage zwingen wollten. Schließlich gelang es ihm doch, sich in Richtung Chirurgie durchzukämpfen, als er immer wieder nach Dr. Schmid verlangte. Dort angekommen wollte er dieses Mal keinen Eklat provozieren, sondern klopfte artig an die Tür des Krankenzimmers. Er trat ein und fand Oberbauer frühstückend vor.

»Grüß dich, Jens«, sagte Druwes Kollege kauend. »Meine letzte Ration für Schwerverletzte. Ab morgen gibt es weniger. Möchtest du eine halbe Brotscheibe?« Er betrachtete Druwe. »Dein Zustand wird ja von Mal zu Mal katastrophaler. Vielleicht solltest du zur Bahnpolizei gehen. Dort ist es weniger gefährlich.«

Während sie sich das recht üppige Mahl teilten, brachte Druwe den Kollegen auf den neuesten Stand. Danach erörterten die beiden Polizisten die Optionen in der Sache. Druwe hatte seinen Hausstand in Form des Lederkoffers mitgebracht. Nun nahm er die Ledertasche daraus hervor. Kurze Zeit später blätterte Oberbauer oberflächlich zwei Akten durch, um sich einen Eindruck über die Art der Informationen zu verschaffen.

»Da bin ich aber froh, dass ich zu unwichtig war, um die Aufmerksamkeit von Canaris zu wecken«, sagte Oberbauer nach einer Weile. »Da steht ja sogar drin, wie oft man aufs Klo geht. Mensch, Jens, dir ist sicherlich klar, dass Leute schon für weitaus weniger abgestochen wurden.« Er blickte auf die unscheinbare Aktentasche, die Druwe neben das Tischbein gestellt hatte. »Und du schleppst das Zeug seelenruhig durch die Stadt.«

»Zu wem gehe ich, Hans?«, fragte Druwe. »Tanner oder Griffith? Ich arbeite zwar für diesen Major auf dem Präsidium, aber ich vertraue ihm nicht mehr. Die Arbeitsräume dort sehen aus, als bereiteten sie sich auf einen neuen Krieg vor. Die Leute wissen ja nicht, dass ich gut Englisch spreche. Und ich habe Dinge aufgeschnappt, da stehen dir die Haare zu Berge. Die Russen sind auf Bornholm. Offenbar befürchten die Amis, sie könnten sich auch Finnland und ganz Skandinavien schnappen. Von Schwerin bis zur Nordsee sind es nur hundertfünfzig Kilometer. Und das Beste ist, dass die Briten und Amis fieberhaft nach unseren V-Raketen suchen. Die scheinen plötzlich eine Höllenangst vor den Russen zu haben.«

»Also bei Tanner kann ich dir sagen, dass seine Truppe ganz scharf auf deine erste Liste gewesen ist. Er spricht gut über dich, Jens. Vielleicht schnappt Tanners Truppe demnächst sogar das größte Schwein.« Oberbauer dämpfte seine Stimme.

»Himmler?«, fragte Druwe ungläubig.

Oberbauer nickte und hob den Finger an die Lippen. »Er ist unter falschem Namen in mehreren Orten Schleswig-Holsteins aufgetaucht. Vor drei Tagen soll er bei Friedrichskoog über die Elbe sein. Gestern hat Tanners Truppe Alfred Rosenberg in Mürwik verhaftet. Muss eine Nacht- und Nebelaktion gewesen rein. Wenn du mich fragst, dann ist es mit der Regierung bald aus. Das sind doch jetzt nur noch Marionetten.«

Tanner gehört zur *FSS*, der *Field Security Section*, überlegte Druwe. Und diese Leute haben die Informationen, die ich ihnen gegeben habe, offenbar bisher gut genutzt. Richard Glücks, der Leiter aller Konzentrationslager, hatte sich umgebracht, als sie ihm zu nahe gekommen sind. Rosenberg war der Ideologe der NSDAP und später Minister für die Ostgebiete. Und wurde gestern verhaftet. Und dem Reichsführer-SS Himmler sind sie auf der Spur. Gute Erfolgsbilanz für diese kurze Zeit.

Druwe war jetzt sicher, dass er Tanner die Canaris-Akten übergeben würde. Die *FSS* war offensichtlich verantwortlich für die Verfolgung von Personen, die sich während der letzten Jahre irgendwelcher Verbrechen schuldig gemacht hatten. Ein solches Vorgehen hatten die Briten über die BBC immer wieder angekündigt. Hingegen war es für Druwe unklar, welche Ziele Griffith verfolgte. Ihm schien es, als handelte es sich vornehmlich um politische Aspekte. Und ihm war bei dem Gedanken unwohl, solchen Leuten die Akten zu überlassen.

»Übrigens kann ich vielleicht bei Tanner einsteigen.« Hans Oberbauer grinste. »Die *Field Security* will eine Einsatztruppe aufbauen, die aus deutschen Polizisten besteht und verdeckt für sie arbeitet. Ich habe ja auch ein paar Aufzeichnungen über meine ehemaligen Vorgesetzten. Natürlich nicht so groß wie deine Canaris-Akten. Trotzdem ist einiges Material zusammengekommen über die Jahre. Da war Tanner ebenfalls ganz begeistert. Vielleicht macht er mich sogar zum Leiter dieser deutschen Sektion. Und für dich, Jens, können wir da sicherlich auch etwas machen.«

Hans hat seine Schäfchen also schon wieder ins Trockene gebracht, dachte Druwe. Ihm reicht es aus, mit einem britischen Feldpolizisten in einem Krankenhaus zu liegen, und schon bringt er seine Welt wieder in Ordnung. Druwe wusste nicht, ob er diese Eigenart seines Kollegen bewundern oder verabscheuen sollte.

»Keine Geheimniskrämerei mehr, Hans.« Er schüttelte den Kopf. »Ich bin es leid. Keine Intrigen, kein Strippenziehen. Ich will einfach nur Kripo-Arbeit machen. Offen und ehrlich.«

Seine wenigen Habseligkeiten und die heiklen Canaris-Akten brachte Druwe zunächst bei seinem Schwager in der Pathologie unter. Als er den Streifschuss am Kopf untersuchte, bestätigte Berthold Schmid nochmals die Einschätzung seines Kollegen von der Marine.

»Das war haarscharf, Jens. Ein bisschen tiefer und die Kopfwunde hätte dich umbringen können«, sagte er, nachdem er den Verband entfernt hatte. Er versorgte auch den Durchschuss an der linken Flanke neu und blickte Druwe dann nachdenklich an. »Da ist doch noch etwas anderes. Obwohl ich Chirurg bin, kann ich körperlichen von seelischem Schmerz unterscheiden. Was treibt dich um, Jens?«, fragte der Arzt.

»Eva«, erwiderte Druwe und berichtete seinem Schwager von dem Streit und der Funkstille seither.

»Ein Chirurg sollte nicht im Entzug operieren«, sagte Schmid mit ernster Miene. »Und ein Polizist sollte nicht mit Liebeskummer ermitteln. Du bist abgelenkt und unkonzentriert. Du machst Fehler, Jens. Wenn nicht jetzt, dann später. Bring das in Ordnung, bevor du irgendetwas bereuen musst.«

Druwe murmelte unverständliche Worte.

»Stell dich nicht an wie ein schmollendes Kind, dem man die Kekse weggenommen hat., Schmid fasste ihn an die Schulter. »Ich gäbe beide Beine dafür, Margot noch einmal halten zu dürfen. Mein Leben, um noch einmal ihren Duft einatmen zu können. Deine Eva ist nur zwanzig Kilometer weit weg, das wirst du doch wohl einrenken können.« Er stieß ein Lachen aus. »Sonst sehe ich das als Freibrief, mich an diese attraktive Frau heranmachen zu können.«

»Du alter Sack?« Jetzt lachte auch Druwe. »Dir hilft sie höchstens über die Straße oder in die Tram.«

Schmid hatte zwei Becher von seinem Pathologie-Brand eingeschenkt, und Druwe warf alle guten Vorsätze über Bord. Später ließ er sich von dem Arzt noch jeweils eine halbe Ampulle *Eukodal* und *Pervitin* spritzen. So fühlte er sich ausreichend vorbereitet für das Gespräch mit Griffith. Und hinterher wollte er nach Kattrup fahren.

Druwe nahm den Weg runter zum Hafen über die steil abfallende Toosbüystraße. Die Fahrzeuge, die er sah, waren meist von der britischen Armee, seltener alte Lastwagen. Der Transport von Waren mit Handkarren oder Pferdewagen hatte wieder deutlich zugenommen. Aus wenigen offenen Fenstern der Wohnhäuser vernahm er ungewohnte Klänge von Tanzmusik. Er bezweifelte, dass Herr Goebbels damit glücklich geworden wäre. Viel öfter als Musik schlugen ihm jedoch Küchendämpfe entgegen. Rüben, Kohl, Kartoffeln und Mehlstippe waren die Luxusmahlzeiten dieser Zeit. Auch hier im Norden mussten die Städter auf den Bauernhöfen der Umgebung ihre Wertsachen gegen zusätzliche Nahrungsmittel eintauschen, denn die Zuteilung auf Lebensmittelmarken reichte kaum zum Überleben.

Am Hafen angekommen, bog Druwe nach rechts in die Straße Norderhofenden ab und erreichte das Polizeipräsidium nach wenigen Minuten. In der Wachstube, die jetzt eher einer Bahnhofshalle glich, erkundigte er sich, ob Major Griffith tatsächlich im Haus war. Er hatte Glück und quälte sich wenige Augenblicke später über die Treppe in den zweiten Stock.

»Druwe«, begrüßte ihn Griffith, nachdem ihn die Sekretärin angekündigt hatte. »Sie sind ja so zuverlässig wie die Liebesbekundungen einer Hafenhure.« Er bot Druwe einen Platz an. »Täuscht es, oder sind Sie seit dem letzten Mal auch noch unter einen Panzer geraten?«

»Der Verdächtige Dähler hat mir vorgestern früh aufgelauert. Er schoss ohne Vorwarnung. Mir blieb nur, mich nach besten Kräften zur Wehr zu setzen«, erwiderte Druwe.

Griffith nahm eine zweite Tasse aus der Schublade und goss beiden Männern Tee ein. Er tippte auf einen Aktendeckel. »Ein Ersuchen der Dönitz-Regierung. Man verlangt, dass wir Sie festnehmen und in den Sonderbereich überstellen.«

Druwe trank gerade von dem heißen Tee und hätte beinahe die Tasse fallen lassen. »Und wie begründen die Herrschaften das?«, fragte er verdutzt. »Soll ich mich von dem Schwein einfach abknallen lassen?«

»Tja, Druwe. Jetzt erleben Sie am eigenen Leib, wie es ist, wenn sich Recht und Willkür paaren«, entgegnete der Brite. »Hier steht, dass Sie erst versucht hätten, den Kapitänleutnant an den Hafenanlagen zu provozieren. Nachdem Sie ihn niedergeschlagen hatten, wurden Sie daran gehindert, ihm schon dort den Rest zu geben. Und vorgestern haben Sie ihn dann erschossen, als er zufällig an Ihrer Dienststelle vorbeikam. So einfach formuliert ein Richter am Volksgerichtshof die Anklageschrift.« Er blickte Druwe an. »Übrigens liegt dem Ersuchen die Abschrift eines Haftbefehls bei. Raten Sie, wer den unterschrieben hat.« Jetzt lächelte Griffith.

Druwe zuckte nur mit den Schultern, bereute die Geste jedoch sofort.

»Unser lieber Dr. Löhr«, sagte Griffith schließlich. »Sie erinnern sich, Druwe? Ich habe demnächst wieder einen Termin mit dem feinen Herrn Amtsrichter. Da will er mir alle verlässlichen Richter vorstellen.« Der Brite schlug plötzlich mit der flachen Hand auf den Schreibtisch, so dass seine Tasse umkippte. »Mit diesem Mist schlage ich mich hier herum, Druwe«, brüllte er. »Lackaffen, Blender, Etappenhengste, Unschuldslämmer. Das Schlimmste dabei ist, dass ich nicht auf diese Kerle verzichten kann. Und jetzt habe ich hier auch noch einen Mörder sitzen.« Er zeigte auf das Schreiben. »Jedenfalls behaupten Ihre Landsleute das.«

»Ach ja? Dähler ist an einem Kopfschuss verstorben«, rief Druwe erregt. »Wie soll er mir zwei Kugeln verpasst haben, wenn er nicht vor mir geschossen hat?«

Griffith zuckte mit den Schultern. »Ich stelle die Sache erst mal zurück. Aber ich rate Ihnen, sich bei den Burschen drüben in nächster Zeit nicht sehen zu lassen. Persönlich ist es mir ziemlich egal, ob Sie noch fünf oder zehn weitere Nazis abknallen, Druwe. Aber ich brauche Ordnung. Genau so lautet mein Befehl von Colonel Andrews. Geordneter Übergang in eine Besatzungsverwaltung der Region Flensburg. Wenn Sie mir dabei in die Quere kommen, übergebe ich Sie Dönitz.«

Im Stillen dankte Druwe der Einschätzung Paltingers. Dass er schnell aus der Marineschule verschwunden war, hatte ihm vielleicht das Leben gerettet. Ebenso wenig wie sich Griffith jetzt um das Gesuch kümmerte, hätte ihn ein verschwundener deutscher Polizist geschert.

Auch Oberbauer und sein Schwager hatten die Situation durchaus realistisch eingeschätzt. Er selbst jedoch hatte nicht wahrhaben wollen, dass das Recht auch nach dem Sturz der Nazi-Bande weiterhin verbogen werden konnte. Er war unachtsam und abgelenkt. Sein Urteilsvermögen war derzeit getrübt. Er reagierte mehr, als dass er das Heft bei dieser Ermittlung in der Hand hielt.

Kurze Zeit später tranken beide Männer den heißen Earl Grey, Griffith allerdings mit mehr Genuss als Druwe, der nur mühsam seine Wut unterdrücken konnte. Dabei wusste er nicht, was ihn mehr verärgerte: die Regierung in Mürwik, die einfach die Tatsachen verdrehte und keinen Deut besser zu sein schien als die Rechtsverdreher unter Hitler. Oder Griffith, der nur sein Ziel verfolgte und dabei die falschen Anschuldigungen auch noch als Druckmittel gegen ihn verwenden wollte.

»Was ist mit den Akten?«, fragte Griffith unvermittelt, als er seine Tasse abstellte.

»Ich bin dran«, antwortete Druwe ausweichend. Lange würde er den Mann nicht mehr hinhalten können. Das Verhalten des englischen Offiziers gefiel ihm nicht. Er war offenbar ein ähnlicher Opportunist wie Hans Oberbauer. Er erledigte seine Aufgaben, hängte sein Fähnchen in den Wind und sicherte sich nach allen Seiten ab. Allerdings war er Druwe dabei nicht sympathisch – im Gegensatz zu Oberbauer. Mittlerweile war Druwe sicher, dass er mit Captain Tanner von der *Field Security* über die Canaris-Akten sprechen würde.

»Was heißt das?«, insistierte Griffith ungeduldig. »Haben Sie sie oder nicht?«

»Bei den beiden Toten waren sie nicht.« Druwe tastete sich vor. Irgendetwas schien sein Vorgesetzter zu wissen. »Und Dähler hatte sie auch nicht. Aber zumindest ist der Tathergang jetzt klar, und wir haben den Mörder.«

»Ja, ja. Dähler interessiert mich nicht. Aus Rücksichtnahme auf die

Marine und Dönitz können wir ihn im Moment nicht als Schuldigen präsentieren«, sagte Griffith.

»Der Ordnung halber«, sagte Druwe bissig.

»Exakt.« Griffith sah den Deutschen forschend an. »Was ist mit dem Jungen?«

Druwe war wie vom Blitz getroffen. Er hatte weder Taylor noch Griffith von Willi Hansen erzählt.

»Schauen Sie nicht so überrascht, Druwe«, sagte Griffith und lächelte. »Halten Sie mich für einen Idioten? Was denken Sie, wie wir den Krieg gewonnen haben? Truppenstärke ist wichtig, aber Informationen sind noch viel wichtiger. Dachten Sie wirklich, Sie können mir den Bengel verschweigen?«

»Wie …?« Weiter kam Druwe jedoch nicht.

»Taylor hat Sie überwacht. Er muss zwar noch viel lernen, aber Sie haben offenbar nichts bemerkt. Der Junge hat Talent. Und Sie haben ihm ja die Nummer mit dem Schriftsteller abgekauft. Holmes und Watson.« Der Brite lachte sonor. »Übrigens, allzu clever war der Schachzug mit dem Großvater nicht.« Wieder grinste der Major unverschämt.

Natürlich hatte Druwe sich eher darum gesorgt, dass der Junge von der deutschen Feldpolizei der Marineschule gesucht werden könnte. Oder sogar von Dähler persönlich. Dass die Briten ihm hinterherspionierten, war ihm nicht in den Sinn gekommen. Insgeheim schalt er sich einen Narren. Freund und Feind waren in dem Spiel, das hier gespielt wurde, offenbar relative Variablen. Jetzt musste er versuchen, das Beste aus dieser Situation zu machen.

»Der Junge hat nichts mit der Sache zu tun«, sagte er. »In der Nähe der Lagerhalle wurde eine Flakstellung demontiert. Dort war er zum Dienst eingeteilt und musste Kisten verstauen. Er hat nicht geschossen. Und Hauptmann Grell hat ihm vor seinem Tod ein paar Akten in die Hand gedrückt, damit der Mörder, also Dähler, sie nicht bekommt.«

Vielleicht konnte Druwe bluffen und musste Griffith nur ein paar Akten opfern.

»Blödsinn!«, donnerte der Major und schlug dieses Mal mit der Faust auf seinen Schreibtisch, so dass die Teetassen erneut klirrten. »Der Junge hat geheult wie ein Schlosshund und geplappert wie ein Wasserfall. Grell hat ihm das Versteck der Aktentasche verraten. Also wird er wohl alle Akten gehabt haben.«

»Geheult? Geplappert?« Druwe blickte verwirrt, dann dämmerte es ihm. »Wo ist er jetzt?« Er ahnte, dass dieser Mann zu drastischen Schritten fähig war, obwohl er wie ein cholerischer Dummkopf wirkte.

»Hören Sie zu, Druwe.« Griffith schenkte sich eine weitere Tasse Tee ein. »Ich kann Sie natürlich verhaften lassen. Ich befürchte allerdings, dass Sie nach einem Monat immer noch nichts sagen würden. Stur wie sie sind. Und soviel Zeit habe ich nicht. Andrews sitzt mir im Nacken. Und diese verdammte Kontrollkommission will auch Ergebnisse sehen. Also muss ich ihnen die Canaris-Akten liefern. Oder mindestens einen Schuldigen für den Tod von Captain Vaughn.«

»Aber der Junge war es nicht!«, rief Druwe. »Er war nur Zeuge. Allein das hat ihm schon mächtig zugesetzt. Er hat mit den tödlichen Schüssen nichts zu tun.«

»Ich weiß«, sagte Griffith seelenruhig und trank. »Aber Dähler kann ich aus ...« Er suchte nach Worten. »... taktischen Überlegungen heraus nicht nehmen. Wenn ich also die Akten nicht bekomme, dann muss ich den jungen Hansen als Täter präsentieren.«

»Er ist fünfzehn, Griffith! Fünfzehn!« Druwe war aufgesprungen. »Haben Sie keinen Anstand im Leib?«

»Erzählen Sie mir nichts von Anstand. Da habt ihr Deutschen auf lange Zeit jeden Kredit verspielt.« Griffith blickte sein Gegenüber seelenruhig an und nahm sich eine Zigarette. »Millionen auf den Schlachtfeldern, Millionen in euren Lagern. Da werdet ihr auf Wilhelm Hansen verzichten können. Schließlich habt ihr selbst ja Fünfzehnjährige an die Front geschickt.«

»Verda ...« Druwe hielt inne. Er wollte den Briten nicht weiter provozieren. »Werden Sie den Jungen freilassen, wenn ich Ihnen die Akten übergebe?«

»Sie haben mein Wort darauf, Druwe«, antwortete Griffith. »Überlegen Sie aber nicht zu lange. Morgen früh treffe ich Colonel Andrews und werde ihm den Täter präsentieren.« Er lächelte boshaft. »Oder eben nicht. Ganz wie Sie wollen, Herr Kommissar. Noch einen Tee?«

Ohne Antwort verließ Druwe das Zimmer und warf die Tür hinter sich zu. Auf den Fluren schlug ihm wieder eine Mischung aus Verachtung und Respekt entgegen, als er in den Kellerbereich ging.

»No admittance. Only for authorized British military personnel«, schnarrte ihm ein stämmiger Unteroffizier am Treppenabsatz entgegen und griff nach seiner Schulter.

Druwe fluchte und machte kehrt. Eher konnte er eine Eiche überzeugen, Platz zu machen, als dass solche Leute von ihrer Order abweichen würden. Er begab sich in den ersten Stock zu seinen deutschen Kollegen. Immerhin arbeiteten hier jetzt elf Polizisten, von denen er jedoch nur die Hälfte kannte. Der Raum war für diese Anzahl von Leuten viel zu klein; es roch nach ungewaschenen Socken. Zudem war es laut, da zwei Schreibmaschinen klapperten und die Unterhaltungen mit den Telefongesprächen konkurrierten. Druwe hatte seine Aufgabe, eine neue Polizeitruppe aufzustellen und zu leiten, seit mehr als einer Woche vernachlässigt. Entsprechend verunsichert waren die Männer, als sich der humpelnde, mehrfach verbundene Druwe mit seinen Regenbogenfarben im Gesicht als ihr Chef vorstellte. Offenbar hatte ein gewisser Kommissar Freiberg mittlerweile das Sagen, aber nach einem kurzen Wortwechsel war er bereit, dem Wunsch seines Kollegen nachzukommen.

»Ich brauche eine freie Leitung«, sagte Druwe.

Freiberg verwies ihn an einen Assistenten, der neben dem Schreibtisch seines Vorgesetzten auf einer Kiste saß. Druwe wühlte in seinen Taschen und brachte schließlich Oberbauers Zettel hervor. Sein Kollege aus dem Krankenhaus hatte gesagt, dass Tanner von Druwes Liste so begeistert gewesen war, dass er ihm sogar einen Job anbieten wollte. Zwar wollte er jetzt nicht zusagen, aber er hatte wenigstens die Nummer des Anschlusses von Tanners Büro.

Ein Augenblick später stellte das Amt eine Verbindung her. Zwar hatte er nicht das Glück, Captain Tanner sofort sprechen zu können, aber der Lieutenant am anderen Ende wurde hellhörig.

»A matter of national importance.« Druwe hatte nicht den Eindruck, dass er damit übertrieb.

Der junge Offizier versprach, Tanner umgehend zu informieren. Druwe instruierte die Vermittlung, auf dieser Leitung keine anderen Gespräche durchzustellen. Danach musste er abwarten. Der Kaffee der Kollegen schmeckte wie Spülwasser. Die gerauchten Zigaretten rochen nach verbranntem Kohl. Zudem klemmten alle Fenster. Druwe gab Anweisung, dass er im Flur oder in der Kantine zu finden wäre. Dann verließ er den Raum.

In der Kantine bekam er dank seiner Beziehungen zum Personal einen kräftigen Tee und ein Schmalzbrot. Er wollte sich gerade setzen, als er am Fenster Reece Taylor entdeckte. Er saß mit zwei Kameraden am Tisch und scherzte ausgelassen. Offenbar hatte er ihn nicht bemerkt. Druwes Vater hatte vor Jahrzehnten versucht, seinem Sohn das lose Mundwerk – wie er es nannte – abzugewöhnen. Jedoch hatten all die Prügel Druwe eher trotzig darin bestärkt, erst recht den Mund aufzumachen. Schon Gennat, später Nebe hatten ihre schützende Hand über ihn halten müssen, wenn er wieder den falschen Leuten die Meinung gesagt hatte. Bei den Polizeibataillonen wäre die Sache für ihn fast schiefgegangen. Allerdings war er damals statt nur mit einem blauen Auge gleich ohne rechte Hand davongekommen. Als er Taylor jetzt hier scherzen sah, hatte er das Gefühl, seine rechte Faust wollte sich ballen. Er erhob sich langsam, versuchte seine Wut zu dämpfen.

»Oh, Druwe. Nice to see you«, sagte Lieutenant Taylor, als er den Deutschen erkannte. »What happened to you? Did you …« Weiter kam er nicht.

»Ich hätte Lust, dich windelweich zu prügeln.« Druwe hob seine Prothese als Drohung, und sofort griffen Taylors Kameraden zu ihren Revolvern. »Bete zu Gott, dass du mir nie allein im Dunkeln begegnest, sonst wirst du für die Sache mit dem Jungen bezahlen.«

Reece Taylor wurde blass und wollte gerade etwas entgegnen, als der junge deutsche Kriminalassistent in die Kantine gelaufen kam. Druwe ließ sofort von dem Briten ab und lief, so gut es seine Prellungen zuließen, in den ersten Stock. In dem Dienstraum angekommen, riss er einem Kollegen den Telefonhörer aus der Hand.

»Sehr schön, wieder von Ihnen zu hören, Mr Druwe«, sagte Captain Tanner ohne Umschweife. »Oberbauer hält große Stücke auf Sie. Und mir haben Sie einen großen Dienst erwiesen. Aber keine Einzelheiten am Telefon. Was kann ich jetzt für Sie tun?«

»Ich würde Sie gern treffen. Es geht um weitere Informationen und …« Druwe wurde unterbrochen.

»Nur unter vier Augen, Druwe. Wo?«, fragte Tanner.

»Würde Ihnen das Krankenhaus passen? Bei Oberbauer?« Druwe fiel nichts Besseres ein. Er wusste nicht, wo die Dienststelle der *Field Security* war. Zugriff auf einen Dienstwagen hatte er nicht mehr, und an vielen Stellen fühlte er sich beobachtet. Die Sache mit Taylor saß tief.

»Prima. Ich wollte ohnehin mit Ihrem Kollegen ein paar Dinge besprechen. Sagen wir, in einer Stunde?«, fragte der Offizier.

Druwe war benommen, als er das Präsidium verließ. Sein Schädel dröhnte, und in seinen Ohren rauschte es. Er konnte kaum einen klaren Gedanken fassen. Mehrmals stieß er gegen andere Passanten, deren Flüche er überhörte. Er vermochte seine Empfindungen kaum zu beschreiben. Am ehesten fühlte er Ekel, Ekel vor den Winkelzügen derer, die die Fäden in der Hand hielten. Er war jedoch auch entsetzt über sich selbst. Denn schon zwei Wochen nach dem Sturz Hitlers und dem Ende des Kriegs war er wieder aller Illusionen beraubt. Er hatte immer gehofft, der Unehrlichkeit seine persönliche Integrität entgegensetzen zu können. Schon einmal, vor vier Jahren, war er damit auf die Schnauze gefallen. Dann hatte er seine Hoffnungen auf einen Sieg der Alliierten gesetzt. Allein das war paradox gewesen – ein Deutscher, der hoffte, dass die Feinde des eigenen Landes siegten. Nun erschien Druwe alles noch verrückter, ja, er war sogar verunsichert, denn die Machtspiele glichen einander auf allen Seiten.

Im Nordergraben war ein Fuhrwerk umgekippt, und ein britischer Lorrie hatte nicht mehr rechtzeitig bremsen können. Nun verteilten sich Zeltplanen, Kochgeschirr und Decken auf der Straße. Das Pferd lag auf der Seite und wimmerte nur. Offenbar war noch kein Tierarzt eingetroffen, um eine Entscheidung zu treffen. Druwe musste einen Umweg über den Museumsberg nehmen. Unter der Anhöhe befand sich ein riesiger Bunkerkomplex, und vor knapp drei Wochen hatte er hier einen Mörder verfolgt. Er fragte sich, was wohl aus den vielen Vorräten, die dort lagerten, geworden war. Immerhin hatte er damals gesehen, dass von Champagner über Orangen bis zu Parma-Schinken in den unterirdischen Lagern alles zu haben gewesen war.

Nach etwa zwanzig Minuten kam er verschwitzt beim Krankenhaus an. Er hatte noch etwas Zeit und suchte zunächst Oberbauer auf. Sein ehemaliger Kollege saß angekleidet an einem kleinen Tisch und versuchte offenbar, einen Brief zu schreiben. Sein rechter Arm befand sich in einer Schlinge, denn die lädierte Schulter brauchte noch Ruhe.

Insgesamt wirkte Oberbauer jedoch nicht mehr wie ein Schwerverletzter, eher wie ein höherer Angestellter auf Sommerfrische.

»Was machst du denn für Sachen, Jens?«, polterte Oberbauer los, als er Druwe sah. »Sie haben Willi verhaftet. Hast du etwas damit zu tun?«

»Nein, Hans, habe ich nicht«, knurrte Druwe. »Dieser Griffith hat mich überwachen lassen. Deshalb wusste er, wo er den Jungen findet.«

»Sieh zu, dass du Ruth nicht in die Hände fällst. Die kratzt dir die Augen aus.« Oberbauer war aufgestanden. »Kannst du für den Jungen etwas tun?«, fragte er.

»Ich war zu gutgläubig mit Vaughn«, meinte Druwe. »Und auch mit Griffith. Die Briten kochen eine Suppe, von der wir nichts abbekommen sollen.«

»Und die wir ihnen nicht versalzen sollen«, ergänzte Oberbauer. »Geht es um die Akten, die die Canaris-Leute dabeihatten?«

»Griffith will sie unbedingt haben« antwortete Druwe. »Wenn ich sie ihm gebe, dann wird er Willi Hansen freilassen. Andernfalls will er ihn als Mordverdächtigen in der Lagerhaussache anklagen lassen.«

»Ich könnte mit Tanner sprechen«, sagte Oberbauer. »Ich schreibe gerade an meinem Lebenslauf. Du weißt, er will mich tatsächlich in seiner Truppe haben.«

»Jetzt wirst du ihm also weismachen, dass du schon immer gegen unseren Adolf warst«, murmelte Druwe.

»Ach was. Das interessiert ihn gar nicht«, sagte Oberbauer. »Die wollen die großen Fische kriegen. Dass wir alle ein bisschen von der braunen Brühe getrunken haben, ist den Engländern doch egal.«

Im nächsten Moment öffnete sich die Tür, und Captain Tanner trat ins Krankenzimmer. Hans Oberbauer und er begrüßten sich fast freundschaftlich. »Freut mich, Sie zu sehen«, wandte er sich danach an Druwe. »Wir konnten vorhin nicht offen sprechen, da ich annehme, dass die Leitungen abgehört werden.«

»Von wem?«, fragte Druwe verdutzt und kam sich im selben Augenblick dämlich vor.

»Von unseren Geheimdienstleuten, Mr Druwe«, antwortete Tanner lächelnd.

»Ja, aber … Ich meine, Sie arbeiten doch auf derselben Seite.« Druwe war irritiert angesichts der Offenheit, mit der der Mann sprach.

»Es ist wie bei einer Schellack-Platte. Auf einer Seite sind oft mehrere Stücke. Und dann gibt es noch die Rückseite. Dennoch ist es eine Platte. Bei euch war das doch nicht anders. Himmler kochte sein Süppchen im Sicherheitsdienst, Admiral Canaris bei der Abwehr, dann noch die Wehrmacht mit ihrer Abteilung Fremde Heere Ost.« Tanner nahm auf dem einzigen Stuhl im Raum Platz und schlug jovial die Beine übereinander. »Nun aber Schluss mit dem Unterricht. Druwe, erzählen Sie, was Sie auf dem Herzen haben. Sie haben mich sicherlich nicht hierhergebeten, um mir Ihre Bewerbungsunterlagen zu geben.«

Druwe berichtete über die Ereignisse der letzten Tage. Manche Dinge waren dem Briten offenbar bekannt, denn er nickte mehrmals ungeduldig. Druwe vermutete, dass Oberbauer seinen zukünftigen Vorgesetzten bereits mit Informationen versorgt hatte. Außerdem war es Tanners Aufgabe, eher Bescheid zu wissen als andere. Andere Schilderungen verfolgte er mit Interesse, und schließlich nahm er sogar ein kleines Heft aus der Brusttasche, um sich Notizen zu machen.

»Nur, damit ich es verstehe, Mr Druwe, fasse ich die Geschichte mal zusammen«, sagte Tanner, als Druwe seinen Bericht beendet hatte. »Captain Vaughn und Grell treffen sich in dem Lagerhaus. Grell hat Akten des Amtes Ausland und Abwehr in Besitz, die er gegen gewisse Vorteile an uns übergeben will. Vaughn hingegen möchte sie ihm ohne Gegenleistung abnehmen. Um seiner Forderung Nachdruck zu verleihen, schießt er Grell zwei Mal an. Dann kommen Kaleu Dähler, Kapitän Lüth und ein paar Saufkumpane vorbei, die das Licht in der Halle bemerkt haben. Vaughn war an einem anderen Abend in einem Lokal mit Dähler in Streit geraten. Der Deutsche sieht seine Chance gekommen, sich zu revanchieren. Er schlägt Vaughn zunächst nieder, dann erschießt er ihn. Erst danach bemerkt er Grell, der schwer verletzt am Boden liegt. Da Grell ein unliebsamer Zeuge ist, erschießt Dähler auch ihn. Dann greift er sich noch die Akte Stuckart, die Grell als Kostprobe zu dem Treffen mitgebracht hatte.«

Druwe nickte. »Der Junge hat absolut nichts mit der Sache zu tun.«

»Er ist ein Zeuge, und er hat von Grell offenbar noch die Information erhalten, wo die restlichen Akten versteckt waren«, unterbrach ihn Tanner. »Leute wurden schon für sehr viel weniger getötet oder weggesperrt.«

»Er ist ein Kind, Captain.« Druwe blickte dem Engländer direkt in die Augen, bis dieser schließlich nickte.

»Der Tod von Kapitänleutnant Dähler ist für uns ärgerlich«, sagte Tanner. »Major Griffith hätte kein Druckmittel gegen Sie, wenn wir unserer militärischen Führung den Täter liefern könnten.« Bevor Druwe etwas sagen konnte, hob Tanner beschwichtigend die Hand und fuhr fort. »Mir ist klar, dass Sie sich verteidigen mussten, Mr Druwe. Aber ein guter Körpertreffer hätte es auch getan. Musste es gleich sein halber Kopf sein?« Er grinste.

»Vaughn ist für das *Military Cross* vorgeschlagen«, fuhr er fort. »Da ist natürlich ein Zeuge wie dieser Hansen unliebsam, wenn er den Richtern von Vaughns Schüssen auf Grell erzählt.«

»Und was bedeutet das jetzt?«, schaltete sich Oberbauer besorgt ein.

»Entweder blufft Griffith und lässt den Jungen frei, wenn wir nicht reagieren«, entgegnete Tanner. »Oder der junge Mann ist in höchster Gefahr. In dem Fall ist er bereits vor einer möglichen Verhandlung tot.«

»Sie kennen Griffith doch sicherlich«, sagte Druwe. »Wie schätzen Sie ihn ein?«

»Er wäre gern an der Stelle von Colonel Andrews«, entgegnete Tanner. »Reicht Ihnen das als Antwort?«

Druwe nickte und schwieg.

»Sie haben aufs falsche Pferd gesetzt, Mr Druwe.« Tanner bot den beiden Deutschen eine Zigarette an. »Sie hätten zu mir kommen sollen.«

»Er saß als Erster im Polizeipräsidium.« Druwe klang resigniert. »Ich war dämlich genug, zu glauben, dass wir jetzt alle an einem Strang ziehen können. Eine neue Polizei aufbauen, die alten Schweine aus den Ämtern jagen. So etwas in der Art.«

»Wachen Sie auf, Druwe«, sagte Tanner. »Die Welt dreht sich weiter. Und es wird in ihr weiterhin Kloaken geben. Ihr Deutschen habt euch freiwillig in eine hineingelegt. Der Geruch wird lange Zeit hängenbleiben. Das heißt aber nicht, dass nicht auch andere Leute stinken können.«

»Ich werde Griffith die Akten geben.« Druwe sah Hans Oberbauer an, der erleichtert aufatmete.

»Ich denke, das wäre ein Fehler«, sagte Tanner. »Griffith arbeitet für den *MI-6*. Und diese Kerle sind vor allem an politischen Winkelzügen interessiert. Der *Secret Service* beteiligt sich am großen Schachspiel, das Weltpolitik heißt. Da sind wir nur die Bauern. Mal gewinnt Weiß, mal Schwarz. Aber das Fußvolk verliert immer.« Tanner drückte seine Zigarette auf einer Untertasse aus. »Wir von der *Field Security* sind aus einfacherem Holz geschnitzt. Ich möchte Schwarz vom Spielfeld fegen. Deshalb könnte ich mit den Canaris-Papieren weit mehr anstellen als Griffith.«

»Ich kann den Jungen nicht die Zeche zahlen lassen, obwohl er gar nichts bestellt hat«, sagte Druwe. »Er ist vielleicht keine weiße Figur, aber ganz sicher auch keine schwarze. Er ist einfach nur Willi Hansen.«

»Ihre Entscheidung, Druwe«, sagte Tanner und erhob sich. »Ich könnte Sie verhaften lassen, aber wahrscheinlich werden Sie so lange schweigen, bis die Informationen aus den Akten wertlos sind.«

Druwe glaubte, sich verhört zu haben. Eben diese Worte hatte er vor drei Stunden schon einmal gehört. Allerdings aus Griffiths Mund.

»Mein Angebot steht«, fuhr Tanner fort. »Geben Sie mir die Akten, und Sie haben einen neuen Job. Oberbauer und Sie, da können wir manchen bösen Buben einlochen. Vielleicht kann ich Griffith den Jungen ja abschwatzen.«

»Ein Vielleicht ist in diesem Fall zu wenig, Tanner. Nichts zu machen«, sagte Druwe.

Captain Tanner zuckte lediglich mit den Achseln, tippte sich mit dem Finger an die Stirn und verließ den Raum.

»Ich dachte, dass er eine größere Hilfe sein würde«, wandte sich Druwe an Oberbauer.

»Er wird sich nicht mit Griffith wegen eines deutschen Bengels und ein paar Akten überwerfen«, erwiderte Oberbauer. »Danke übrigens, auch in Ruths Namen.«

Druwe verabschiedete sich und nahm die Straße in Richtung Neustadt. Er wollte es nicht riskieren, die Ledertasche aus der Wohnung seines Schwagers abzuholen. Er ging fest davon aus, dass Griffith ihn auch jetzt beschatten ließ. Die Straßenzüge im alten Stadtteil Duburg waren eng, und er schlug mehrere Haken und ging sinnlose Wege, die im Kreis führten. Tatsächlich konnte er auf diese Weise zwei geschickt auftretende Verfolger in harmlos wirkender Arbeiterkleidung enttarnen. Da er ohnehin auf dem Weg in den Norden der Stadt war, entschied er, der Familie Hansen seine Entscheidung mitzuteilen. Als er das Mietshaus betrat, bewegte sich in der Hochparterre-Wohnung des ehemaligen Blockwarts der Türspion. Alte Angewohnheiten ließen sich eben nicht sofort abstellen. Druwe läutete bei Möllers.

»Na, Sie haben Nerven«, empfing ihn der Hausherr Fiete Möller. »Wollen Sie jetzt noch meine Frau verhaften? Oder den Kanarienvogel?« Trotz des frostigen Empfangs bat er Druwe mit einer raschen Handbewegung herein.

»Ich wusste nichts von …«, begann Druwe, aber weiter kam er nicht. Eva lief aus der Küche auf ihn zu.

»Ihr könnt doch nicht einfach Willi verhaften!«, rief sie aufgebracht. »Ich habe dir gesagt, dass es gefährlich ist, ihn nach Flensburg zurückzubringen.«

»Ich freue mich auch, dich zu sehen, Eva«, sagte Druwe tonlos. »Ich wollte gerade sagen …«

»Er ist fünfzehn, Jens. Fünfzehn!«, unterbrach ihn Eva erneut. »Und er hat nichts getan. Wieso sitzt er jetzt in einer Zelle?«

»Würde mir jetzt bitte mal jemand zuhören«, brüllte Druwe plötzlich los.

Offenbar hatten Möllers viel Besuch. Denn im Flur scharte sich nun eine kleine Menge – neben Eva und Fiete erkannte Druwe noch Ludwig Steinfeld, Fietes Ehefrau und zwei unbekannte Männer mittleren Alters. Auch aus Küche und Stube wandten sich ihm neugierig einige Gesichter zu. Nun jedoch wurde es ruhig in der Wohnung.

»Ich – habe – nichts – davon – gewusst.« Druwe sprach jedes Wort gedehnt. »Und ich habe nichts damit zu tun. Eines der Opfer hat Willi eine Aktentasche anvertraut. Willi hat sie mir gegeben. Die Tommys wollen diese Akten haben. Um jeden Preis. Sie werden ihn erst freilassen, wenn ich ihnen im Tausch die Tasche aushändige. Ist das soweit angekommen?« Er blickte wütend in die Runde. Dann fuhr er an Eva gewandt fort. »Dass du mir zutraust, dem Jungen irgendetwas anzutun …« Er schüttelte den Kopf.

»Was werden Sie jetzt tun?«, fragte Fiete Möller.

»Die Kerle sollen die Akten kriegen«, antwortete Druwe. »Ich will nur sichergehen, dass sie sich nicht schon vorher bedienen. Ich werde nämlich verfolgt. Auf diese Weise haben sie auch herausgefunden, wo ich Willi versteckt hatte.« Er sah Eva an, die seinem Blick trotzig standhielt. Druwe wusste nicht, ob der leichte Schimmer in ihren Augen von Wut oder Beschämung herrührte.

»Da kennen wir uns aus«, sagte Fiete. »Die Gestapo war oft hinter uns her. Es gibt ein paar Tricks, mit denen man die Drecksspitzel los wird. Gorilla!« Er winkte zur Küche, und ein Baum von einem Mann stellte sich neben ihn. »Du wirst den Kommissar begleiten.«

20. Mai 1945

Tatsächlich hatte Ralf »Gorilla« Hucke einen Weg gefunden, Druwe zu der Wohngegend am Friesischen Berg zu lotsen. Hier hatte Berthold Schmid seine Wohnung. Hucke war mehrere Umwege über den Wrangel-Park und den Friedhof gegangen. Druwe hatte nur mit Mühe folgen können. Schließlich jedoch war das Ziel erreicht. Mehrere Minuten hatten die beiden Männer in einem unbeleuchteten Hauseingang gewartet, um sicher zu sein, dass ihnen niemand mehr folgte. Nach einem kurzen Abschied war Druwe im Treppenhaus der großen Villa verschwunden, ohne Licht zu machen. Sein Schwager bewohnte die kleine Dachgeschosswohnung und war als Arzt von Einquartierungen verschont geblieben. Erschöpft hatte sich Druwe nur Mantel und Schuhe ausgezogen, dann war er auf dem kleinen Sofa fast augenblicklich eingeschlafen.

Am folgenden Morgen saßen er und Schmid am Küchentisch. Der Chirurg war über die Kontakte zu seinen Patienten an Bohnenkaffee herangekommen. Er gehörte auch nicht zu jenen, die knauserten, wenn sie etwas hatten. So war das schwarze Gebräu stark und weckte sogar bei Druwe die halbtoten Lebensgeister.

»Dein Freund Oberbauer hat mir ein paar Sachen erzählt«, begann Schmid das Gespräch. »Du steckst schon wieder mächtig in der Klemme, was?«

Druwe murmelte nur etwas Unverständliches. Offenbar wusste jeder in dieser Stadt mehr über ihn als er über sich selbst.

»Bring die Sache hinter dich, und dann fahr mit deiner Verlobten ein paar Tage zu diesem Bauern«, sagte der Arzt. »Hier muss sich erst einmal alles beruhigen. In ein oder zwei Monaten fängst du dann wieder bei der Kripo an.«

Verlobte! Bei diesem Wort schnaubte Druwe verächtlich. Die Sache mit Eva hatte er offenbar auch wieder gründlich versaut. Vielleicht hatten Inge und sein Sohn recht. Er war ein Ausgestoßener. Oder sogar ein Aussätziger. Konnte er überhaupt eine Beziehung aufrechterhalten? Waren Menschen in seiner Umgebung dazu verdammt, von seinen dunklen Gefühlen zerstört zu werden? War sein eigener Schmerz lediglich eine Form von Gewalt gegen die, die er liebte? Vielleicht war er nicht fähig, sich in eine Gemeinschaft einzufügen. Vielleicht gehörte er als asoziales Element einfach an die Wand.

Druwe betrat das Präsidium. In der Linken hielt er die dunkelbraune Ledertasche mit den Akten der Canaris-Abwehr. Seine Wut war einem Fatalismus gewichen, dem er sich in den letzten Stunden ergeben hatte. Was konnte er schon ändern? Eine neue Zeit brach an – mit ihm oder ohne ihn. Wen interessierte es? Berthold hatte recht. Erst wollte er mit Eva sprechen, dann ein paar Tage bei den Lesslings ausspannen. Ob es ein Danach gäbe, wusste in diesem Land sowieso niemand. Welchen Sinn hatte es also zu planen?

Er hatte seine weiße Armbinde, die ihn als deutschen Polizisten auswies, nicht angelegt, aber jeder kannte ihn. Er war der Kommissar, der Ordnungspolizist, der Chef, der Lakai, der Mann mit den vielen Blessuren. Jens Druwe. Niemand wagte es, sich seinem energischen Schritt entgegenzustellen, nicht einmal, als er im zweiten Stock geradewegs auf Griffiths Tür zuging. Er war ein Mann, der viele Niederlagen erlitten, an vielen Fronten kapituliert hatte. Und immer wieder war er aufgestanden, hatte einen Fuß vor den nächsten gesetzt. Dieses stille, von allen geteilte Wissen verschaffte ihm Respekt. Siegen war leicht, Verlieren jedoch war eine Frage des Charakters. Druwe beschäftigte sich nicht mehr mit solchen Gedanken. Er hatte innerlich Abschied genommen von der Vorstellung, dass der Staat, eine Partei, eine Verwaltung oder eine Institution wie die Polizei für das Wohlergehen der Menschen sorgen konnte. Die eigentliche Verantwortung trug jeder selbst. Für Druwe hieß das in diesem Augenblick, die Möglichkeiten, die sich durch den Besitz der Akten ergaben, zugunsten eines einzelnen Lebens aufzugeben. Es hatte ihn verblüfft, wie einfach die Frage war, der er sich stellen musste. Was bist du bereit, für Menschen, die du liebst, zu tun? Dabei ging es nicht nur um Eva oder seine Tochter. Es ging auch um Berthold, um Willi Hansen, ja sogar um Hans Oberbauer. Und es ging um ihn selbst. Kommissar Jens Druwe. Sein Traum war es gewesen, doch noch mit der Kripo-Arbeit auf den Berliner Straßen alt zu werden. Und er hatte erkannt, dass es nur eine Illusion gewesen war. Wieder einmal war die Zeit über die Menschen hinweggefegt. Das Alte halten zu wollen bedeutete nur, in den Minenfeldern der Geschichte stecken zu bleiben.

Fast erwartete Druwe, eine andere Welt zu betreten, als er die Tür zum Dienstzimmer des Majors öffnete. Jedoch saßen hier nur vier englische Offiziere, die ihn nun erstaunt betrachteten.

»Druwe! In England pflegt man sich anzumelden. Oder wenigstens zu klopfen.« Griffith lächelte aalglatt und hatte die Lacher auf seiner Seite.

»Honour to whom honour is due – Ehre, wem Ehre gebührt.« Druwe blickte ihn selbstsicher an.

Sofort erstarb das Lachen im Raum, und Griffith entglitten seine Gesichtszüge. Dann erblickte er Druwes Tasche, und er gewann seine Fassung zurück. »Ich sehe, Sie sind zur Vernunft gekommen.«

»Bis heute habe ich Erpressung nicht für einen Ausdruck von Vernunft gehalten«, entgegnete Druwe kühl.

»Meine Herren …« Griffith musste nicht mehr sagen. In der kurzen Zeit hatte er seine Untergebenen offenbar gut abgerichtet. Eine Minute später standen nur noch er und Druwe im Raum.

»Immer noch Arsch in der Hose«, sagte Griffith. »Geben Sie mir die Akten.« Er hielt den Arm ausgestreckt über den Tisch.

»Der Junge«, sagte Druwe und verharrte regungslos.

»Ich habe Ihnen mein Wort gegeben. Wenn die Akten vollständig sind, kann er gehen.« Der Offizier wedelte ungeduldig mit der Hand.

Druwe übergab ihm die Ledertasche. Griffith öffnete den Verschluss und blickte hinein. Er nahm einige Mikrofilme heraus, dann griff er nach einem Dossier.

»Na bitte. Hundertfünfzig müssen es sein. Das hatte dieser Grell den Dänen erklärt«, sagte er.

»Eine weniger. Ich habe sie gezählt. Keine Ahnung, was Grell damit gemacht hat.«

Druwe blickte seinem ehemaligen Vorgesetzten fest in die Augen. Es war eine Art Kräftemessen. Schließlich ließ Griffith die Akte wieder in die Tasche gleiten.

»Was soll es. Eine mehr oder weniger«, sagte er. »Schade, dass Sie nicht aus Essex oder Hampshire kommen. Sie passen gut zu meinem Team, Druwe.« Er öffnete eine Schublade. »Eine letzte Zigarette?«

Druwe schüttelte den Kopf. Im nächsten Moment betraten mehrere Männer den Raum. Er erkannte Lieutenant Taylor, der mit einem Corporal den jungen Hansen eskortierte. Hinter ihnen ging der ehemalige Marinerichter Dr. Löhr.

»Sie sehen, Druwe, ich halte mein Wort«, sagte Griffith. »Lieutenant …« Er nickte Taylor zu, der seinem Gefangenen einen leichten Stoß in Richtung Druwe gab.

»Herr Kommissar! Ich habe … Sie sind gekommen und haben mich einfach mitgenommen. Ich konnte nichts machen. Und ich habe nichts verraten«, stammelte der Jugendliche.

»Schon gut, Willi. Niemand macht dir einen Vorwurf. Ich habe mit Major Griffith eine Abmachung. Du bist frei. Geh nach Hause. Deine Mutter und deine Schwester warten schon auf dich«, erwiderte Druwe.

Willi Hansen sah kurz zu Druwe, dann erkannte er die Ledertasche auf dem Schreibtisch des Offiziers. Er war jedoch klug genug, nicht zu fragen, sondern nickte nur.

»Können wir jetzt gehen, Griffith?«, fragte Druwe.

Auf einen Wink hin führte der Corporal Willi zur Tür. Als Druwe folgen wollte, hielt ihn Taylor an der Schulter fest. Er musste wieder alle Beherrschung aufbringen, um den Mann nicht seine Wut spüren zu lassen.

»Sie bleiben, Druwe«, sagte Griffith fast beiläufig.

Beflissen trat Dr. Löhr an den Schreibtisch und legte einige Papiere darauf ab.

»Es gibt hier einiges Material, zu dem Klärungsbedarf besteht. Material zu Ihrer Person«, holte Griffith aus. Er öffnete die drei vor ihm ausgelegten Mappen betont umständlich.

»Zum Ersten haben wir hier immer noch das offizielle Ersuchen der Deutschen Reichsregierung mit Datum vom gestrigen Tage«, sagte er. »Darin wünscht die Oberste Polizeibehörde im Namen des Innenministers ...« Er konnte sich ein abfälliges Schmunzeln nicht verkneifen. »... eine Überstellung von Jens Hannes Druwe, geboren am 2. Mai 1895 in Leck, Nordfriesland, an die Jurisdiktion der Reichsregierung. Vorgeworfen wird ihm der Mord an einem Marineangehörigen der Marineschule Mürwik, namentlich dem Kapitänleutnant Hans-Otto Dähler. Nähere Angaben und Nachweis des Haftbefehls in Abschrift finden sich ... blabla.«

»Ich habe mich vergewissert, dass der Rechtstitel der Regierung formal korrekt ist, Herr Major.« Der Jurist Löhr deutete eine leichte Verbeugung an.

»Ja, ja.« Griffith winkte ab. »Davon gehe ich aus, denn das könnt ihr in diesem Land gut.«

Druwe fühlte sich, als hätte ihn eine Dampframme getroffen. Zu allem Überfluss begann seine Kopfwunde zu schmerzen, und das Ohrenrauschen setzte wieder ein.

»Zum Zweiten haben wir hier den Abschlussbericht in der Mordsache Gerhard Lessling vorliegen«, fuhr der Offizier fort. »Verfasst vom ehemaligen Leiter der Polizeidirektion, SS-Standartenführer Hans Hinsch. Sachlich für richtig befunden und persönlich gegengezeichnet von Ihnen, Herr Druwe. Darin erklären Sie, dass Sie am 29. April 1945 einen flüchtigen ehemaligen Lagerinsassen, Ludwig Steinfeld, erschossen haben.«

Druwe konnte sich nicht aus der inneren Starre lösen, in der er sich befand. Er wollte die Wahrheit herausschreien, aber es gelang ihm nicht. Lessling und Hinsch waren die Dreckskerle, nicht er. Und der erwähnte Steinfeld lebte und war mittlerweile sogar so etwas wie ein Freund.

»Ich möchte ganz besonders Herrn Amtsrichter Dr. Löhr danken, der durch seine unermüdliche Recherche und akribische Sichtung von Dienstunterlagen der Polizei dabei helfen wird, den deutschen Staat und seine Verwaltung von unlauteren Elementen zu säubern.« Griffith schien die Demütigung seines Widersachers förmlich zu genießen. Danach nahm er die dritte Mappe zur Hand. »Zum Dritten liegt eine erste Einschätzung der Alliierten Kontrollkommission vor, nach der gegen Jens Druwe mit großer Wahrscheinlichkeit Anklage erhoben wird wegen Kriegsverbrechen und Verbrechen gegen die Menschlichkeit. Grundlage für diesen Vorwurf ist die Abschrift des Militärgerichtsverfahrens gegen den Beschuldigten im Verfahren vom 5. Dezember 1941 in Krakau. Der Beschuldigte hatte sich darin wegen des tätlichen Angriffs gegen einen Vorgesetzten und Trunkenheit im Dienst zu verantworten. Als Hauptmann im Polizeibataillon 131 hatte er vorher die Exekution von Partisanen und im gleichen Zuge die ethnische Säuberung des Dorfes Rasniecz in der Nähe von Witebsk befehligt …«

Witebsk, dachte Druwe nur. Es wird mich ewig verfolgen. Er hörte Griffith kaum noch zu.

Nein, es verfolgt mich nicht mehr, es hat mich eingeholt.

»Mr Jens Druwe«, sagte der Major, »ich verhafte Sie wegen Mordverdachts.« Er nickte Lieutenant Taylor zu. »Überstellen Sie den Häftling in seine Zelle.«

EPILOG

23. Mai 1945, Flensburg

Jens Druwe ging in der Zelle auf und ab. Seit der Verhaftung vor drei Tagen hatte eine seltsame Unruhe sich seiner bemächtigt. Es war Scham, die ihn keinen Schlaf finden und auf den sechs Quadratmetern umherwandern ließ. Er fühlte sich wie ein Arzt, der krank wurde. Wie ein Finanzbeamter, den die Steuerpolizei im Visier hatte. Ein Kriminaler, der in Haft kam, hatte seine Berufung verfehlt, war schlichtweg gescheitert. So kam es ihm vor.

Der Trakt für die Inhaftierten der Ordnungs- und Kriminalpolizei befand sich unter dem Gebäude des Präsidiums. Die Kellerzellen im linken Bereich waren bis vor kurzem der Gestapo vorbehalten gewesen. Griffith hatte dafür gesorgt, dass Druwe hier untergebracht wurde. An der Wand, die gegenüber der Tür lag, befand sich ganz oben ein kleines Fenster. Ein winziger Streifen des Himmels war aus einem bestimmten Winkel zu sehen. Bei dessen Anblick konnten die Insassen hoffen oder aber verzweifeln. Die Taktik der Gestapo-Leute hatte darin bestanden, genau dieses Wechselbad der Gefühle auszulösen. Hoffnung zerstören, das konnte jeder. Aber gebrochene Menschen waren oft erstaunlich widerstandsfähig, weil sie meistens nichts mehr zu verlieren hatten. Trotz Folter gaben sie nichts preis. Früh hatten die Herren in den dunklen Kleppermänteln deshalb erkannt, dass sie auch immer wieder ein wenig Hoffnung säen mussten, um den Schmerz lebendig zu halten. Gequälte Hoffnung erwies sich als redseliger. Zerstörte Hoffnung hingegen machte taub gegen die Pein.

Nun stand Druwe hier. Ein Mann ohne Hoffnung. Außerhalb der

Zeit. Ein Relikt. Selbst erst ein halbes Jahrhundert alt, war er doch schon ein Fossil. Ein Fossil, das sich zum vierten Mal in eine Welt neu einfinden musste. Er fühlte sich gefangen in einem Traum, in dem er die Hauptrolle spielte. Sein Leben schien ihm wie die Wellen am Strand. Ein ewiges Kommen und Gehen. Und jedes Mal trugen die Wellen ein Stück von ihm fort. Er war Druwe, der Fortgespülte. In Haft genommen für eine Schuld, die ihn schier erdrückte, die er verdrängt hatte und die ihm nun alle Luft zum Atmen nahm.

Druwe konnte nicht wissen, dass in dem Innenhof, auf den sein Kellerfenster einen winzigen Blick freigab, eben der letzte Vorhang fiel für das Deutsche, das »Tausendjährige« Reich. Er hörte die Stiefelschritte, vernahm die auf Englisch gerufenen Befehle, auch das Klicken von Fotoapparaten drang an seine Ohren. Aber hier blieb er Platons Höhlenmensch, der zwar Schemen wahrnehmen, den tiefen Sinn des Wahrgenommenen jedoch nicht erfassen konnte. Er gab seiner Welt genau die Bedeutung, die er abmessen und ertragen konnte. Sehr wohl ahnend, dass es auch viele Dinge jenseits seiner Erfahrung gab.

Großadmiral Dönitz stand nur wenige Meter von Druwe entfernt. Er wiederum wusste nichts von den Kellermenschen, von jenen Kreaturen, die der Terror, dem er diente, zerstört und weggesperrt hatte. Mit versteinertem Gesicht schien der höchste Marineoffizier und Präsident des Deutschen Reichs das Spektakel um sich herum zu verfolgen. Er wirkte seltsam hölzern, fast unecht. Aber wer ihn kannte, der wusste, dass sich sein Auftreten nicht wesentlich von den anderen Momenten in seinem Leben unterschied. Beseelt von einem schon zu Grabe getragenen wilhelminischen Pathos war er fest davon überzeugt, zum Retter Deutschlands bestimmt zu sein. Allein, er war kein Führer. Kein Redner. Er war kein Frauentyp. Er war noch nicht einmal wirklicher Vorgesetzter. Er war nur ein Bürokrat. Er wusste, wem, was, wann zustand. Und ihm als Staatsoberhaupt – da war er überzeugt – stand wenigstens eine milde Ehrenhaft zu. Ein Palais oder eine Villa am Meer. Mit Gärtner und Köchin. Etwas anderes käme nicht in Frage.

Man hatte ihn, Generaloberst Jodl und Admiral von Friedeburg am frühen Morgen auf die *Patria* in Mürwik einbestellt. Der amerikanische General Rooks hatte dabei keine Gelegenheit ausgelassen, die Mitglieder der handlungsunfähigen deutschen Regierung zu demütigen. Später mussten sich alle Männer sogar entkleiden, um sie nach Verstecken für Zyankali-Ampullen absuchen zu können. Rooks hatte den drei Deutschen gegenüber erklärt, dass sie verhaftet wären. Die Reichsregierung war aufgelöst worden. De facto hatte das Deutsche Reich von jenem Moment an aufgehört zu existieren. Von Friedeburg hatte sich auf der Toilette das Leben genommen. Ein wenig beneidete Dönitz ihn. Nicht um den Tod selbst, sondern um die ehrenhafte Konsequenz, mit der sein Kamerad jegliche weitere Würdelosigkeit vermieden hatte. Dennoch spürte Dönitz, dass sich ihm hier die einmalige Möglichkeit bot, eine tragische Legende um sein eigenes Dasein zu weben. Aufgrund seiner Mittelmäßigkeit würde die Geschichte andernfalls nur über ihn hinweggehen, ihn gesichtslos machen. In der Faszination des Untergangs jedoch mochte sich seine uninspirierte Art die Einfärbung stoischer Überlegenheit geben.

Ein Rattern der Fotoverschlüsse war zu hören. Die Presse aller Siegermächte war zugegen, aber auch schwedische, schweizer und spanische Reporter nahmen die Gelegenheit war, dieser historischen Ungeheuerlichkeit beizuwohnen. Eine Regierung wurde verhaftet, die Existenz eines Staates beendet. Dönitz war unschlüssig, ob er mit seinem Gesichtsausdruck die deutsche Würde ausreichend repräsentierte und dem Anlass gerecht wurde. Jodl, der neben ihm stand, blickte herrisch und arrogant in die Runde. Seine Alkoholfahne fand hingegen keine Abbildung. Albert Speer, der ehemalige Rüstungsminister und Hitlers Architekt, wirkte sowieso zeit seines Lebens ebenso gelangweilt wie langweilig.

Herrenmensch und Kellerkreatur hingen noch ihren Gedanken nach, als sich die Tür zu Druwes Zellenverschlag öffnete. Druwe hatte sich daran gewöhnt, dass seine Wachen kaum mit ihm sprachen. Er wurde gezogen und gestoßen, wohin man ihn haben wollte. Mal zum Waschraum, mal zum Essensraum. Oder auch zum Verhör durch Griffith und Andrews. Seine Kleidung hatte man ihm abgenommen, er trug mittlerweile eine Art unscheinbares Feldgrau. Der Stoff juckte auf der Haut, mehrere Stellen hatte er sich bereits blutig gescheuert. Die Haare hatte man ihm kurzgeschoren. Er wunderte sich, als er bemerkte, dass es in Richtung Speiseraum ging. Seinen Brei mit Brot hatte er heute schon gehabt. Der junge Mann vor ihm, ein Private, öffnete die Tür. Zwei Gestalten saßen im Halbdunkel, da nur eine trübe Funzel den Raum beleuchtete. Erstens sah man so den Fraß, der einem vorgesetzt wurde, nicht genau. Zweitens wurden die zerschlagenen Gesichter in milderes Licht getaucht. In dieser Hinsicht hatte Druwe allerdings Glück gehabt. Bisher hatten ihn die Engländer nicht körperlich misshandelt.

»Jens.« Ein Stuhl wurde ruckartig zurückgeschoben. Druwe erkannte Evas Stimme. In ihr lagen keine Freude, keine Zuversicht. Sie kam auf ihn zu und wollte ihn umarmen.

»No contact!«, fuhr der Private sie sofort an. Der Corporal räusperte sich und pfiff den Soldaten wie einen Hund zu sich. Dann nickte er Druwe zu.

»Eva.« Druwe traten Tränen in die Augen, als er sie umarmte. »Ich dachte …«, stammelte er. »Seit drei Tagen … Ich dachte, du kommst nicht mehr.«

»Dummkopf«, sagte sie mit bebender Stimme. »Wir haben beide Fehler gemacht. Ich könnte mich dafür ohrfeigen, dass ich an deinen Absichten gezweifelt habe. Andererseits …« Sie blickte ihm direkt in die Augen. »Du hast mich auf dem Lessling-Hof ganz schön auf die Palme gebracht.«

Dafür liebte Druwe diese Frau. Sie war anders. Eigensinnig. Stachelig. Sie hatte Feuer in den Augen, wenn sie sich ungerecht behandelt fühlte. Sie war kein Anhängsel, das sich ein Mann an die Uniform heftete. Sie schritt neben ihm, nicht hinter ihm. Sie war stark, wenn er schwach war.

Verdammt, dachte er. Das Leben mit ihr hätte schön werden können. Wenn ich nicht wieder einmal alles ruiniert hätte. Tränen liefen ihm die Wangen hinunter, als er sie ansah.

»Dafür ist jetzt keine Zeit«, sagte sie und wischte seine Tränen mit den Fingern fort. Ihre Stimme war jetzt weich und tröstlich. »Wir wollten eigentlich alle kommen. Berthold, Hans, Ludwig, Ruth, Willi. Sogar Fiete. Magda und Paul haben dir telefonisch Grüße ausgerichtet. Aber dieser Griffith hat nur einen Anwalt und die Ehefrau erlaubt.«

»Ehefrau?« Druwe musste jetzt grinsen.

»Ich habe gesagt, ich sei deine Verlobte, und wir hätten am 8. Mai heiraten wollen.« Eva lächelte. »Da hat er zugestimmt, dass ich ebenfalls Besuchsrecht habe. Ludwig und Fiete haben bei den Genossen gefragt. Dr. Strehler ist Anwalt.« Sie nickte zu dem Mann, der am Tisch saß.

»Ten minutes left«, blökte der Corporal.

Eva Steinfeld führte Druwe zu dem Tisch und stellte beide Männer einander vor.

»Ich hätte nicht gedacht, dass ich nach dem Krieg einmal einen Offizier und Polizisten verteidigen würde, der der Verübung von Kriegsverbrechen angeklagt ist«, sagte der Anwalt. Druwe schätzte ihn auf Ende vierzig. Er hatte eine Fistelstimme, seine Gestalt war hager, das Gesicht zeigte Reste von jungenhaften Zügen. Allerdings war sein Haar schütter und sein Auftreten bürokratisch bieder. Er hatte eine Mappe vor sich liegen, auf den Papieren hatte er bereits einige Notizen gemacht.

»Gibt es für so etwas ein Gericht?«, fragte Druwe. »Vielleicht beim Völkerbund?«

»Problem Nummer eins. Scharf erkannt, Herr Druwe«, entgegnete der Anwalt. »Nein, es gibt bisher für solche Strafsachen keine Gerichte. Es gibt noch nicht einmal die Anklagepunkte. Nach amerikanischem Strafrecht könnte man also die Strategie verfolgen, die Rechtmäßigkeit des Vorwurfs infrage zu stellen. Angesichts der Bilder von Bergen-Belsen, Kulmhof und Auschwitz wäre ich da allerdings vorsichtig.«

Von dem ersten Lager hatte Druwe gehört, die beiden anderen kannte er nicht, doch er wusste, was der Anwalt meinte.

»Die Briten haben Ihnen in gewisser Weise einen Gefallen getan«, fuhr Strehler fort.

»Ach ja. Inwiefern?«, fragte Druwe in zynischem Tonfall.

»Die Alliierten haben vereinbart, dass alle Kriegsverbrecher in das Land überstellt werden, in dem die Verbrechen verübt wurden. In Ihrem Fall wäre das jetzt Russland. Eine Ausnahme liegt vor, wenn gleichzeitig eine Straftat im Land der Inhaftierung vorliegt. Da Sie der Morde an einem deutschen Offizier und an einem KL-Häftling beschuldigt werden, bleibt Ihnen die Überstellung nach Russland erspart.«

»Hervorragend, dann hänge ich also hier«, sagte Druwe.

»Jens!«, rief Eva entsetzt.

»Ich denke, dass wir die Punkte 1 und 2 vor Gericht schnell entkräften können. Ich habe von einem Stabsarzt in Mürwik die eidesstattliche Aussage, dass Dähler nur eine einzige Schusswunde erlitten hat. Und mit halbem Schädel hätte er wohl kaum zwei Mal auf Sie schießen können. Zudem ist er ohne Zustimmung des Arztes aus dem Lazarett verschwunden. Und woher hätten Sie das wissen sollen, Herr Druwe?« Strehler heftete das erste Blatt ab, bevor er weitersprach.

»Punkt 2 ist etwas heikler«, fuhr er fort. »Tötung eines Häftlings. Wir müssen glaubhaft machen, warum Sie das falsche Protokoll unterschrieben haben. Sonst werden die Richter denken, wir hätten einen

Mann bestochen, sich als Ludwig Steinfeld auszugeben. Oder der Tote wäre ein ganz anderer.«

»Er ist mein Bruder! Ich werde das wohl bezeugen können«, rief Eva gereizt.

»Sie gelten als voreingenommen. Sie sind offiziell die Ehegattin«, sagte der Anwalt trocken.

»Verlobte! Und selbst das ...« Eva verstummte, als sie den strengen Blick Strehlers bemerkte.

»Es bleibt also vornehmlich Anklagepunkt 3, auf den wir uns konzentrieren müssen«, sagte der Jurist und blickte auf die Uhr. Dann setzte er an, Druwe einige juristische Feinheiten und Kniffe zu erklären. »Die Rechtmäßigkeit des Verfahrens vor dem Militärgericht gegen Sie werden wir infrage stellen. Es ging um Trunkenheit im Dienst und Angriff auf einen Vorgesetzten. Beide Tatbestände werden wir als eine Art des Widerstands darstellen. Die Sache in dem Dorf werden wir als Kleinigkeit herunterspielen. Kriegsbedingte Grausamkeit oder so ähnlich. Wir hebeln das solange aus, bis es Punkt drei nicht mehr gibt.«

»Auch auf die Gefahr hin, euch zu enttäuschen«, sagte Druwe und blickte Eva und den Anwalt an. »In diesem Anklagepunkt werde ich mich schuldig bekennen.«

NACHWORT

Die kurze Zeit zwischen Kapitulation und Verhaftung der »Regierung« Dönitz im Mai 1945 mag wie eine belanglose Randnotiz der Geschichte erscheinen: Reichspräsident und Hitler-Nachfolger Karl Dönitz, Regierungssitz Flensburg, Sonderbereich Mürwik. Schlagworte, die Zeugnis ablegen vom nicht endenden Größenwahn einer besiegten NS-Bewegung und vom Irrsinn der Zeit. Und doch ist diese Phase historisch bedeutsam, denn über drei Wochen funktionierte die »Rattenlinie Nord« weiter, konnten sich Nazi-Verbrecher tarnen und untertauchen, wurden Tausende belastende Dokumente gezielt vernichtet. Zudem konnten sich Legenden bilden (die »ehrenhafte« Marine, der »saubere« Frontsoldat, die Absetzung einer »um Frieden bemühten« Reichsregierung), die die spätere Aufarbeitung des nationalsozialistischen Unrechts erheblich erschwerten. Plötzlich gab es auch in der kollektiven Wahrnehmung (und psychologischen Abwehr) nur noch »die da oben«, die »den einfachen Leuten alles eingebrockt« hatten.

Ich habe mich wieder bemüht, die historischen Fakten und Orte unverfälscht darzustellen. Die Marinesportschule in Flensburg-Mürwik war tatsächlich für kurze Zeit Sitz der Regierung. Die Verhaftungen von NS-Politikern (Keitel, Rosenberg) oder deren Selbstmorde (Glücks, Himmler) sind ebenso verbürgt wie das Urteil wegen »Fahnenflucht« gegen Kapitänleutnant Jepsen oder der rätselhafte Tod von Kapitän Lüth. Die britische Besatzungszeit begann recht ungeordnet, es gibt nur wenige Aufzeichnungen über diese ersten Wochen. Colonel Peter Andrews und seine Infanteriebrigade kamen als erste britische

Einheiten in die Stadt. Und Tatsache ist, dass vielerorts zunächst die *Military Police* (britische Militärpolizei) das Heft in die Hand nahm. In den Augen der Zivilbevölkerung führte dies zu einer unglücklichen Vermischung von militärischen, polizeilichen und administrativen Aufgaben, die oft als »Besatzerwillkür« gedeutet wurde. Damit war auch früh der Weg gebahnt für eine Einmischung der Geheimdienste in Verwaltung und Strafverfolgung. Die Ergreifung und Aburteilung von Nazi-Tätern wurden hierdurch erheblich erschwert.

Ein weiteres, dunkles Kapitel der Geschichte ist die Zusammenarbeit vieler Unternehmer mit dem Hitler-Regime. Einige wurden vor Gericht gestellt (Krupp, Flick), die meisten blieben jedoch unbehelligt. Die in *Totenwelt* angedeutete Geschichte Günther Quandts ist historisch belegt. Zu seinem Unternehmensverband gehörten Batteriefabriken wie die AFA, die stark von der Zwangsarbeit profitierten. Zu diesem Zweck wurden von der SS Zehntausende Gefangene regelrecht »vermietet« und mussten unter schrecklichsten Bedingungen arbeiten. Das Werk in Hannover-Stöcken war grausame Realität. Und gleich neben der Fabrik stand ein Außenlager des KZ Neuengamme zur Unterbringung. Die genaue Zahl der Opfer ist nicht bekannt. Da Batterien für jeden Krieg gebraucht wurden, konnte Quandts Sohn gleich nach dem Krieg Kontakte mit den Briten knüpfen und die Produktion bereits im Sommer 1945 wieder aufnehmen. Günther Quandt blieb weitgehend unbehelligt und wurde später als »Mitläufer« eingestuft.

Um die im Roman erwähnten Canaris-Akten ranken sich viele Gerüchte. Admiral Canaris war Leiter der Abwehr, eines Zweigs der deutschen Geheimdienste. Einerseits diente auch er dem NS-System, andererseits unterstützte er am Ende Teile des Widerstands gegen Hitler. Nach Angaben von Mitarbeitern soll seine Abteilung Informationen über Politiker, Industrielle, Militärs und sogar Künstler erfasst haben. Das sagenumwobene Archiv gilt als verschollen.

Vor diesem historischen Hintergrund entfaltet sich Druwes Geschichte. Sie ist jedoch nicht nur fiktiv. Die Recherche ließ mich eintauchen in das Fühlen und Denken jener Tage. Ich habe versucht, diese Gefühle und Gedanken lebendig werden zu lassen in der (fiktiven) Geschichte. Und vielleicht ist es ja das, was Kierkegaard meinte, als er sagte:

»Die innere Geschichte ist erst die wahre Geschichte.«

Das Ausmaß dessen, was die Menschen damals erlitten haben, ist für uns heute kaum abzuschätzen. Die Millionen, die in den Lagern und im Krieg starben, werden zu einer abstrakten Zahl, weil unser Gehirn für das Unfassbare keinen Begriff hat. Wir können diesen seelisch durchaus gesunden Prozess der Distanzierung und Anonymisierung durchbrechen, indem wir quasi eine Lupe ansetzen und indem wir uns dem Schicksal Einzelner zuwenden. Geschichte braucht Gesichter. Zum Beispiel gelingt es der Initiative *Stolpersteine*, den Opfern ihre Namen wiederzugeben. Anonym Entrechtete erhalten so einen Teil ihrer Würde zurück. Auch sagt für mich das Foto eines befreiten Häftlings aus Bergen-Belsen mehr als jedes Zahlenwerk. Und Primo Levis Buch *Ist das ein Mensch?* berührt Grundsatzfragen des Menschseins, indem es dem Leid ein Gesicht gibt.

In keiner Weise maße ich mir an, meinen Roman *Totenwelt* auf diese Bedeutungsebene zu heben. Ich möchte nur erklären, was mich persönlich beschäftigt. Der Hauptcharakter Druwe hat dabei viel von mir selbst, er ist quasi (in Teilen) mein Alter Ego. Als Traumatherapeut hatte ich oft mit dem Phänomen des »vererbten Schreckens« zu tun. Das Schweigen und die Verdrängung in der Nachkriegsgesellschaft haben zu starken seelischen Belastungen bei späteren Generationen geführt. Die Ängste, Selbstzweifel und Depressionen vieler Menschen müssen vor diesem Hintergrund als Spätfolgen nicht verarbeiteter Traumatisierungen gesehen werden. In der Figur Druwes finden sich meine eigenen Zweifel und Fragen. Was hätte ich getan? Wäre ich Täter gewesen? Mitläufer? Profiteur? Oder hätte ich nein gesagt? Ich denke, alle LeserInnen dieses Buchs sind sich in der Haltung eines »Nie wieder« einig. Vielleicht kann es aber nicht schaden, ein wenig mit Druwe mitzuschwingen und in seine Zeit einzutauchen. Durch die Beschäftigung mit dieser Figur habe ich die Freiheit gewonnen, mich als fehlbarer Mensch fühlen zu dürfen. Ich darf irren und scheitern. Denn auf die Grundhaltung kommt es an. Ich bin frei darin, eine Entscheidung zu treffen. Im besten Fall ist es die Entscheidung, das Gute für andere zu wollen. Darin liegt meine Verantwortung, meine Freiheit. In diesem Sinne wage ich es, den Satz Kierkegaards zu ergänzen:

»Die innere Geschichte ist erst die wahre Geschichte.«

Sie anzunehmen, ist wahre Freiheit.

Michael Jensen
Bluthunde
Syndicat Berlin
Kriminalroman
429 Seiten. Broschur
ISBN 978-3-7466-4175-1
Auch als E-Book lieferbar

Der spektakulärste Coup von Berlin

Sommer, Ende der 1920er Jahre: die beste Zeit der Weimarer Republik. Für die Sass-Brüder und ihr Syndicat wird das Pflaster in Berlin jedoch allmählich zu heiß. Zu sehr sind sie ins Visier der Behörden geraten. Franz Sass plant einen letzten großen Coup: In einem der Tresore der Commerz- und Disconto-Bank sollen eine Million Reichsmark aus illegalen Wahlkampfspenden liegen. Mit dieser Beute hätten die Brüder endgültig ausgesorgt. Doch mit dieser Aktion legen sie sich mit einem höchst gefährlichen Feind an: Joseph Goebbels.

Das grandiose Finale der Syndicat-Reihe

atb aufbau taschenbuch